HEYNE BÜCHER

SCIENCE FICTION

Herausgegeben
von Wolfgang Jeschke

WOLFGANG JESCHKE

DER LETZTE TAG DER SCHÖPFUNG

Roman

Sonderausgabe
in der Serie
TOP HITS DER SCIENCE FICTION

WILHELM HEYNE VERLAG
MÜNCHEN

HEYNE SCIENCE FICTION Nr. 06/4200

Das Umschlagbild ist eine Collage von Jan Heinecke
Die Karte auf Seite 8/9 zeichnete Erhard Ringer
Die Illustrationen im Text zeichnete Aiga Rasch

Redaktion: Friedel Wahren

Taschenbuchausgabe 1993 im Wilhelm Heyne Verlag, München
mit freundlicher Genehmigung des Autors
Umschlaggestaltung: Atelier Ingrid Schütz, München
Technische Betreuung: Manfred Spinola
Satz: Schaber, Wels
Druck und Bindung: Elsnerdruck, Berlin
Printed in Germany 1992

ISBN 3-453-31134-5

Inhalt

Da ward aus Abend und Morgen der fünfte Tag.
Und Gott sprach: Die Erde bringe hervor
lebendige Tiere, ein jegliches nach seiner Art:
Vieh, Gewürm und Tiere auf Erden,
ein jegliches nach seiner Art.
Und es geschah also.
Und Gott machte Tiere auf Erden,
ein jegliches nach seiner Art,
und das Vieh nach seiner Art,
und allerlei Gewürm auf Erden nach seiner Art.
Und Gott sah, daß es gut war.
Und Gott sprach: Lasset uns Menschen machen,
ein Bild, das uns gleich sei …

1. Mose 1, 23-26

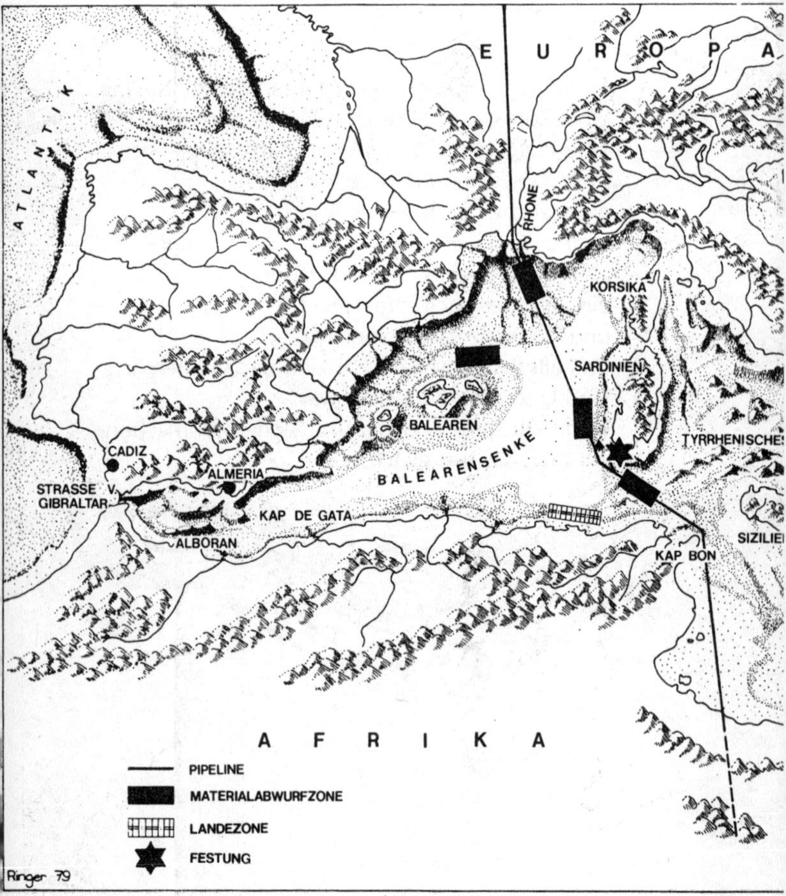
E U R O P A
ATLANTIK
RHONE
KORSIKA
SARDINIEN
BALEAREN
BALEARENSENKE
TYRRHENISCHES
CADIZ
ALMERIA
STRASSE V. GIBRALTAR
KAP DE GATA
ALBORAN
KAP BON
SIZILIEN
A F R I K A
PIPELINE
MATERIALABWURFZONE
LANDEZONE
FESTUNG
Ringer 79

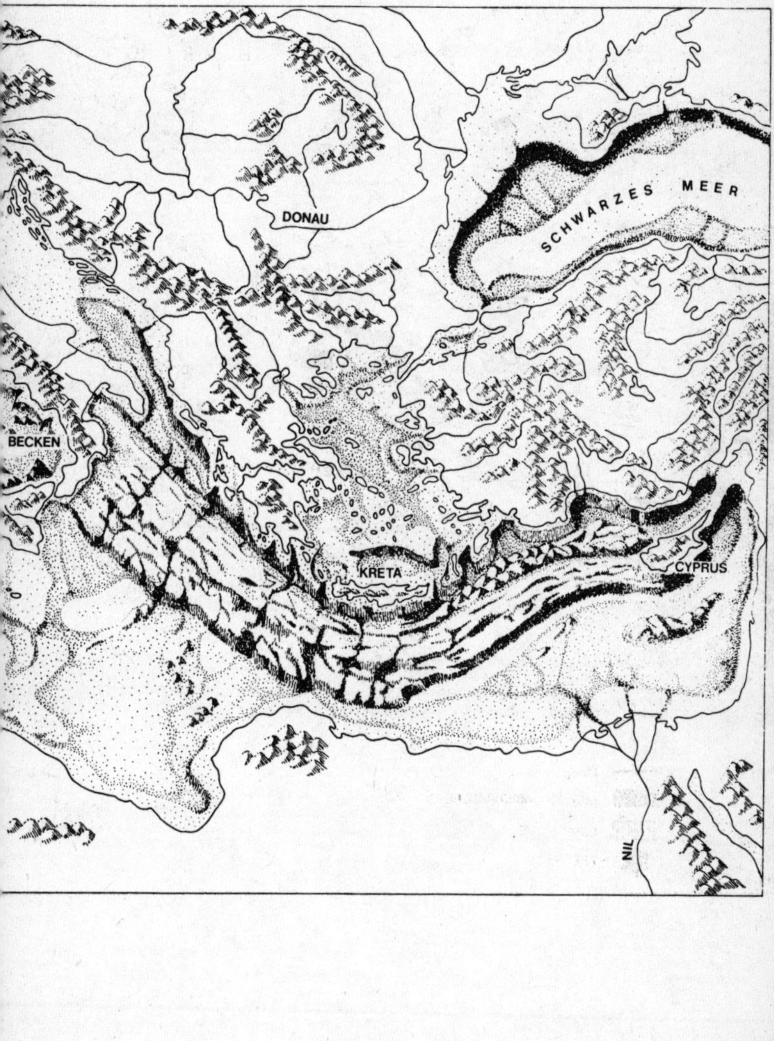
DONAU
SCHWARZES MEER
BECKEN
KRETA
CYPRUS
NIL

Prolog

1959 war Steve Stanley 16 Jahre alt. Er hatte seine Kindheit in Paris und Rom verbracht, wo sein Vater Auslandsvertreter eines amerikanischen Pharmakonzerns war. In die Staaten zurückgekehrt, besuchte er das College in Springfield, Ohio, wollte Flugzeugbau studieren und Pilot werden. Nach Abschluß des Examens meldete er sich zur Air Force.

1959 entdeckte der amerikanische Geheimdienst im Umkreis des westlichen Mittelmeerraums Spuren, die auf ein Projekt hinwiesen, das die Wirklichkeit, wie wir sie kennen, radikal verändern sollte.

1968 war Steve Stanley 25 und gehörte zu den besten Piloten der amerikanischen Luftwaffe.

1968 wurde unter strengster Geheimhaltung und strikten Sicherheitsmaßnahmen in den USA die Vorbereitungen zu einem Projekt getroffen, das die US-Navy in Zusammenarbeit mit der NASA zu verwirklichen gedachte und das in der Geschichte der Menschheit einzigartig sein sollte.

1977 war Steve Stanley 34 und arbeitete als Testpilot bei Rockwell. Er verlor seine Stellung, als Präsident Carter die Entscheidung traf, daß die B-1 nicht in Serie gehen solle. Steve Stanley bewarb sich daraufhin bei der NASA, die für die geplanten Shuttle-Flüge erfahrene Piloten suchte.

1977 lief das geheime NASA/Navy-Projekt bereits auf Hochtouren, obwohl einige der beteiligten Wissenschaftler seit geraumer Zeit dringend vor den sich abzeichnenden Konsequenzen warnten. Spätestens zu diesem Zeitpunkt war nämlich allen Eingeweihten klar, daß nicht alles nach Plan ablief. Die Militärs schlugen die Warnungen in den Wind und forcierten das Projekt mit allen Mitteln, obwohl inzwischen sogar Laien auffiel, daß im Seegebiet westlich der Bermudas seltsame Dinge geschahen. Der CIA kamen die wilden Spekulationen über das sogenannte Bermuda-Dreieck nicht ungelegen, und sie trug durchaus dazu bei, die obskure Gerüchteküche anzuheizen, damit kein Wissenschaftler auch nur daran dachte, sich ernsthaft mit den rätselhaften Phänomenen zu befassen.

Kurz darauf erschien der Name Steve Stanley auf einem Computerausdruck unter den Namen der Kandidaten, die man für die Teilnahme an dem Geheimprojekt in die engere Wahl gezogen hatte. Die Liste benannte Spezialisten aus einigen Bereichen der Wissenschaft, der Technik und der Logistik sowie ehemalige Angehörige der kämpfenden Truppe, die ganz bestimmte Forderungen erfüllten.

Steve Stanley konnte zu diesem Zeitpunkt noch nicht wissen, was man von ihm forderte – ebensowenig wie die anderen, die auf der Liste des Projektleiters Admiral William W. Francis standen. Sie alle hatten keine Ahnung, daß ihr Leben einen ganz anderen Verlauf nehmen würde, als sie es sich in ihren kühnsten Träumen vorgestellt haben mochten. Sie waren ausersehen, das Paradies zu betreten – doch es war nicht die Genesis, deren Zeugen sie wurden, sondern die Apokalypse.

Eines Tages war Steve Stanley spurlos verschwunden, und mit ihm verschwanden die meisten jener Leute spurlos, deren Namen der Computer aufgelistet hatte.

Spurlos?

Sie hinterließen Spuren.

Es war nur äußerst schwierig, sie zu erkennen, und noch schwieriger, sie zu deuten – besonders für alle diejenigen, die nicht ihre Zeitgenossen waren.

ERSTER TEIL

Spuren

Bohrlöcher

Als am 13. August 1970 die *Glomar Challenger* den Hafen von Lissabon verließ, um in der Balearensenke Bohrungen im Meeresgrund durchzuführen, erwarteten nicht nur Wissenschaftler Aufschluß über rätselhafte Phänomene, auf die man in den fünfziger und sechziger Jahren gestoßen war. Den Biologen und Ozeanographen ging es um die Klärung eines einschneidenden Vorgangs, der sich vor etwa fünfeinhalb Millionen Jahren ereignet haben mußte und der den Übergang zwischen Miozän und Pliozän markiert. Er bedeutete für den Mittelmeerraum eine biologische Revolution, die mit einer drastischen Klimaveränderung in Europa verbunden war.

Die Expedition der *Glomar Challenger* wurde von der National Science Foundation finanziert und unter Aufsicht der Scripps Institution of Oceanography durchgeführt. Am Nachmittag des 23. August wurde das Forschungsschiff 100 Meilen südlich von Barcelona elektronisch verankert und in 2000 Metern Meerestiefe die erste Bohrung niedergebracht. Weitere Bohrungen folgten.

Die Ergebnisse bestätigten die Hypothesen von William E. B. Benson von der National Science Foundation und Orville L. Bandy von der University of Southern California. Sie bestätigten auch einige abenteuerliche Vermutungen von hohen Militärs im Pentagon, die mit einem militärischen Projekt beschäftigt waren, das sich Ende der sechziger Jahre, auf dem Höhepunkt des Apollo-Programms, in Umrissen abzeichnete. Auf der Pressekonferenz in Paris und New York, auf der die Ergebnisse der Expedition bekanntgegeben wurden, hielt man vorsorglich einige Informationen zurück. Sie betrafen ein bei den Bohrungen zutage gefördertes Material, das man zunächst nicht identifizieren konnte, bei dem es sich jedoch um das schwerwiegendste Argument handelte, das die Befürworter des Projekts vorzubringen hatten. Dieses Argument bewog Präsident Nixon Mitte Februar 1971 – der Flug von Apollo 14 war eben erfolgreich beendet worden –, das Raumfahrt-Budget der NASA drastisch zu kürzen, um Gelder für das Projekt bereitzustellen, das zunächst, als »Sealab« getarnt, in Zusammenarbeit der Navy mit der NASA vorbereitet wurde.

Die Ergebnisse bestätigten einige rätselhafte Details, die der Geheimdienst zusammengetragen hatte. Der erste Hinweis stammte aus dem Jahre 1959. Er kam aus dem französischen Kriegsministerium und war höchst alarmierend, da man keinerlei Erklärung für den Umstand hatte. Er wurde als ›Artefakt 1‹ gekennzeichnet. Commander Francis, ein erfahrener Mann von der waffentechnischen Entwicklungsabteilung der US-Navy, wurde mit den Nachforschungen beauftragt. Er stieß aber erst 1968 auf ein weiteres sicheres Detail, das in diesen speziellen Zusammenhang paßte: ›Artefakt 2‹ war gefunden. Es stammte aus der Schweiz. 1969 tauchte eine Information auf, die der Geheimdienst im Vatikan aufgestöbert hatte. Sie wurde als ›Artefakt 3‹ unter Verschluß genommen. Das Mosaik setzte sich Stück für Stück zusammen. Das Bild rundete sich – und allmählich nahm auch die wissenschaftliche Basis des Unternehmens die Form an, wie Francis und seine Mitarbeiter es längst vermutet hatten. Zu diesem Zweck wurden seit mehr als einem Jahrzehnt alle Publikationen auf dem Gebiet der theoretischen Physik in aller Welt gesichtet und ausgewertet.

ARTEFAKT 3:
Die Flöte des hl. Veit

Anachronismen sind schwer zu erkennen. Man muß Zeitgenosse von Dingen sein, um sie anhand ihrer Funktion und ihres Aussehens einzuordnen, oder ein Spätgeborener, der von ihnen aus Überlieferungen weiß. Dem Frühgeborenen werden sie allenfalls als Kuriositäten erscheinen – oder als magische oder heilige Gegenstände, ganz nach Einfalt des Herzens, nach Gläubigkeit oder wissenschaftlicher Einsicht.

Tatsächlich gab es seit Jahrhunderten Hinweise darauf, daß im westlichen Mittelmeerraum irgendwann in vorgeschichtlicher Zeit ein Ereignis stattgefunden haben mußte, das man als »Zeitfraktur« bezeichnen könnte. Es waren merkwürdige Funde, die im Küstengebiet von Südspanien und Süditalien, auf Malta, Sardinien, Korsika und den Balearen, vor allem aber in Sizilien gemacht wurden und die man ihrer nahezu unzerstörbaren Beschaffenheit und Unerklärlichkeit wegen allenthalben als Reliquien verehrte und zum Teil heute noch verehrt. Es handelt sich in der Regel um Splitter eines leichten Materials von schmutzigweißer bis gelblichbrauner Färbung, das man für sehr altes Elfenbein halten kann oder für Überreste von Totenschädeln und Knochen, die das Meer und der Sand in Jahrhunderten glattgeschliffen und so bis zur Unkenntlichkeit deformiert haben. Um so mehr findet die Phantasie Anreiz, in diese beinernen Fragmente Gestalt, Geschichtlichkeit, gar Heiligkeit zu legen und sie als wunderbarerweise gerettete Körperteile aller möglichen Heiligen zu interpretieren, die einst auf Erden wandelten.

So wird in San Lorenzo unweit von Reggio in Calabrien seit mehr als 500 Jahren ein zwanzig Zentimeter langes Stück dieses Materials als der Zeigefinger des Propheten Jeremias verehrt. In Algeciras vor Gibraltar bewahrt man ein Bruchstück von quadratischer Form und etwa zwölf Zentimeter Seitenlänge als Reliquie auf, die angeblich die Schädeldecke Johannes des Täufers darstellt, dessen abgeschlagenes Haupt auf wunderbare Weise an spanische Gestade geschwemmt wurde. Und in mindestens 37 Kirchen Siziliens ruhen Finger- und Zehenknöchelchen, Ober- und Unterkiefer, Rippen und Schienbeine von mindestens 27 Heiligen, Propheten und ähnlichen verdienstvollen Männern.

Der merkwürdigste Fund indes ruhte bislang in einem Silberschrein zu Sta. Felicità in Palermo: das Allerheiligste des hl. Veit oder Vitus, wie er dort genannt wird. Vitus, als Heiliger heute unter anderem zuständig für Bierbrauer und Bergleute, Krüppel und Kesselschmiede, Schauspieler, Apotheker und Winzer, angefleht bei Bettnässen und Feuersbrünsten, Schlangenbiß und Tollwut, Veitstanz und Fallsucht, Aufregung und bedrohter Keuschheit, stammte aus Mazara del Valla an der Südwestküste Siziliens und hatte bekanntermaßen unter den Häschern Diokletians um 304/05 Schreckliches zu erleiden. Er war der Sohn eines begüterten Heiden namens Hylas und trat zu dessen Verdruß schon im zarten Alter von sieben Jahren der Sekte der Christen bei. Um den Nachstellungen des erbosten Vaters zu entgehen, floh er mit seiner Amme Crescentia und seinem Erzieher Modestus nach Lukanien. Er wurde jedoch erkannt, ergriffen und nach Rom gebracht, wo man ihn auf besonders grausame Weise vom Leben zum Tode befördern wollte, indem man ihn in einen Kessel siedendes Öl steckte. Engel retteten ihn im letzten Moment aus der Fritüre und trugen das arme Kerlchen zurück in die ferne Heimat, wo er aber bald darauf gestorben sein soll.

Im Jahre 583 begann man die sterblichen Überreste des Märtyrers zu zerlegen. Während der Leib nach Unteritalien überführt wurde, blieb das abgetrennte Glied in Sizilien. Der rührige Abt Fulrad von St. Denis ließ den verstümmelten Leichnam 756 in sein Kloster bringen, doch nicht alle seiner Nachfolger scheinen dem ölgesottenen Veit die gleiche Hochachtung entgegengebracht zu haben, denn Abt Hilduin schenkte die Leiche 836 dem Weserkloster Corvey. Dort wurde der Märtyrer – inzwischen zum Reichspartron avanciert – weiter zerlegt, 922 erhielt

Herzog Wenzel einen Arm, als dieser zu Ehren Veits in Prag eine Kirche bauen ließ, eben an der Stelle, wo sich heute der berühmte Veitsdom auf dem Hradschin erhebt. 1355 versuchte Kaiser Karl IV., die fehlenden, in alle Winde verstreuten Teile der sterblichen Hülle einzusammeln, konnte aber nur in Pavia ein paar Knöchelchen erwerben, von deren Echtheit die Gottesgelehrten nie so ganz zu überzeugen waren. Heute gibt es mehr als 150 Orte in Mittel- und Südeuropa, die Körperteile des Heiligen zu besitzen glauben.

Die delikateste Reliquie, welcher Veit das Patronat über bedrohte Keuschheit verdankt, tauchte im zehnten Jahrhundert in Palermo auf. Sie wird urkundlich erwähnt im Jahre 938 anläßlich des Neubaus der Kirche von Sta. Felicità, wo sie einen sicheren Hort fand. Welch ungewissem Schicksal sie während der verflossenen 355 Jahre ausgesetzt gewesen war, verschweigen uns die Legenden, die sich sonst so üppig um die Gestalt des jugendlichen Märtyrers ranken.

Eine lokale Überlieferung will ihren Ursprung wissen und kommt der Wahrheit möglicherweise ziemlich nahe: Ein braver Fischersmann namens Rosso war des Nachts von einem Sturm überrascht und weit hinaus aufs Meer verschlagen worden. Er litt zwei Tage und zwei Nächte lang Unsägliches, bis der Sturm sich endlich legte und er am Morgen des dritten Tages wieder heimatliches Gestade sichtete. Als er sein Netz einholte, befand sich neben zwölf Fischen (dieser Zahl ist freilich zu mißtrauen, denn gewiß handelt es sich um einen Hinweis auf die zwölf Apostel) ein seltsamer Gegenstand darin: ein gekrümmtes schlauchähnliches geripptes Gebilde von anderthalb Fuß Länge und einer halben Spanne Durchmesser aus einem unbekannten Material, das zugleich elastisch und brüchig wirkte und von blaßgrauer Färbung war.

Dankbar für seine wunderbare Errettung übergab der Fischersmann seinen Fund dem Prior von Sta. Felicità, der das merkwürdige Ding unter Verschluß nahm, es vor allem den Blicken der Damenwelt entzog, da es möglicherweise zu unkeuschen Gedanken hätte Anlaß geben können. So geschehen um die Mitte des 9. Jahrhunderts.

Wie durch ein Wunder überstand es unversehrt den Brand, der 922 das alte Sta. Felicità in Schutt und Asche legte. 932 wurde mit dem Bau des neuen Gotteshauses begonnen, wie es noch bis heute zum größten Teil erhalten ist.

Im Jahre 1277 erwirkte Ambrosius, ein junger und ehrgeiziger Prior von Sta. Felicità, beim Erzbischof von Palermo die Erlaubnis, beim Hl. Vater um eine Beglaubigung der Reliquie anzusuchen. Papst Nikolaus III. konnte sich nicht entscheiden, obwohl er gleich zwei Expertenkommissionen nach Palermo entsandte, die das Gebilde an Ort und Stelle untersuchten. Dann ruhte der Antrag, bis Bonifatius VIII. 1296 eine dritte Expertenkommission schickte; doch erst 1303, kurz vor seinem Tode, konnte sich der Hl. Vater zu einer positiven Entscheidung durchringen und erteilte seinen apostolischen Segen.

Seit dem 13. Jahrhundert ruhte das seltsame Stück Schlauch von höchster Instanz der katholischen Kirche als Sinnbild christlicher Keuschheit und Zeugnis erstaunlicher sizilianischer Mannbarkeit bestätigt, in einem kunstvoll ziselierten und mit Seide ausgekleideten Silberschrein, der nur alle hundert Jahre zur Feier des Centenariums von Sta. Felicità geöffnet und zur Schau gestellt wurde, damit jedermann das wundersam der Verwesung entzogene Glied des Heiligen in Augenschein nehmen könne.

Professor Angelo Buenocavallo, Lehrer der Medizin zu Palermo, verfaßte über diese Reliquie – im Volksmund »Der Unaussprechliche des hl. Vitus« oder auch manchmal ganz ordinär »Il gazzo di Santa Felicità« genannt – 1439 eine gelehrte Abhandlung, in der er entschieden bestritt, daß es sich bei besagtem Gegenstand um ein menschliches Glied im allgemeinen oder gar besonderen handeln könne, auf welch wundersame Weise auch immer es sich durch das Sieden in Öl verändert haben möge, denn es weise anatomisch nicht die geringste Ähnlichkeit mit einem solchen auf – von der Länge ganz zu schweigen. Zwar habe man etwa bei Schweineschwänzen wiederholt feststellen können, daß sie nach einiger Zeit in siedendem Öl aufquellen und schaumig verkrusten, wodurch sie größer und härter erschienen. Aber bei dem besagten Gegenstand handele es sich nicht um ausgebrutzeltes Fleisch, sondern aller Wahrscheinlichkeit nach um Elfenbein. Alles deute eher darauf hin, daß es sich um eines jener heidnischen, aus Elfenbein verfertigten Musikinstrumente handeln könne, auf denen muselmanische Musikanten ihre schaurigen Töne hervorbrachten, die angeblich der Stauferkönig bei Hof so gern mochte.

Buenocavallo erhielt von seiner Fakultät keine Druckerlaubnis. Neider denunzierten ihn bei kirchlichen Stellen, er habe auf häretische Weise das Glied des hl. Vitus mit ausgebrutzelten Schweineschwänzen verglichen. Die Schrift wurde konfisziert und öffentlich verbrannt. Das tapfere Professorlein entging mit Not einer Anklage der Ketzerei und erhielt zwei Jahre Lehrverbot. Er ging nach Padua, wo er noch drei fruchtbare Jahrzehnte als Anatom wirkte. Sein Ruhm drang weit über die Grenzen seiner Wahlheimat hinaus.

Inzwischen ruhte das Musikinstrument des hl. Vitus in seinem Silberschrein, widerstand dem Zahn der Zeit, überdauerte die Jahrhunderte und geriet fast in Vergessenheit.

Als 1938 der Schrein anläßlich der Tausendjahrfeier von Sta. Felicità erneut geöffnet und das hl. Glied den Blicken des Publikums preisgegeben wurde, nahm ein gewisser Luigi Risotto, Gymnasiallehrer in Tarent und im Ersten Weltkrieg an eben jener Stelle versehrt wie weiland der berühmte Abaelard zu Paris, die Reliquie besonders gewissenhaft in Augenschein. 1939 erschien im Tarentiner Blättchen für Lehrerbildung ein Aufsatz, in dem Luigi Risotto die Echtheit der Reliquie entschieden bezweifelte. Er nannte es einen ungeheuren Skandal, daß die katholische Kirche sich noch im 20. Jahrhundert erdreiste, ein Stück Schlauch, noch dazu dieser Länge und Beschaffenheit, für den Geschlechtsteil eines Heiligen auszugeben und verehren zu lassen. Das sei Fortschreibung des finstersten Mittelalters und eine unverschämte Verdummung des einfachen gläubigen Volkes, und das zu einem Zeitpunkt, da die große Kulturnation Italien sich anschicke, auch politisch eine der bedeutendsten Nationen der Welt zu werden. Eine Schande sei das, ereiferte er sich.

Bei dem Ding handle es sich, so führte Risotto weiter aus, um nichts anderes als um ein geripptes Stück Schlauch aus hart und brüchig gewordenem Gummiharz, wahrscheinlich das Verbindungsstück einer Wasserpfeife maurischen Ursprungs. Ihm entging in seinem aufklärerischen Elan und seiner einfältigen Gelehrsamkeit, daß dieses Stück Gummi bereits im 10. Jahrhundert urkundlich erwähnt und 1303 als Reliquie sanktioniert wurde, die Mauren aber erst um die Mitte des 16. Jahrhunderts mit dem Rauchtabak Bekanntschaft machten. Und was die Wasserpfeife anbetrifft: sie wurde erst 1612 erfunden, und zwar von einem geschäftstüchtigen Kaffeehausbesitzer namens Ziad Kawadri zu Damaskus, der nach längerem intensiven Nachdenken die Nargileh zur gesteigerten Behaglichkeit der Gäste in seinem Lokal ersann. Von Damaskus aus trat dieser Quell orientalischer Behaglichkeit gurgelnd und blubbernd seinen Siegeszug an durch die muselmanischen Länder bis Budapest und Casablanca, bis Dar-es-Salam und Hyderabad.

Seit 1961 war auf Anweisung Johannes XXIII. eine vatikanische Gelehrtenkommission tätig, um in aller Stille den Reliquiendschungel auszuforsten. Es sollten in erster Linie alle jene Fälle untersucht werden, die der Verehrung unwürdig, weil abgeschmackt, peinlich oder gar lächerlich seien. Im Verlauf von mehr als fünf Jahren hatte die Kommission 3786 derartiger Fälle zusammengetragen, von denen 1284 tunlichst sofort dem Vergessen anheimgegeben, 1544 weitere, von deren Duldung auf längere Sicht abzuraten sei und deshalb offiziell unerwähnt bleiben, und schließlich 958, die zwar stillschweigend geduldet werden könnten, jedoch nur in Ausnahmefällen offiziell erwähnt werden sollten.

Ein unerwartetes Ergebnis dieser Nachforschung war, daß in mehr als tausend Fällen die Reliquie aus einem Material von schmutzigweißer bis gelblichbrauner Färbung bestand, das – wie die Beschreibung regelmäßig lautete – »wie sehr altes, rissiges Elfenbein aussehe«.

Die päpstliche Kommission erbat Proben von diesem Material und übergab sie dem physikalischen Kabinett des Vatikans, wo sie mit modernsten Methoden – unter anderem auch der

Radiokarbonmethode – untersucht wurden. Dabei machte man eine weitere überraschende Feststellung. Sämtliche Tests nach der Radiokarbonmethode verliefen negativ, und das konnte nur eins bedeuten: Handelte es sich um organisches Material, also Knochen oder Elfenbein, Gummi oder selbst Bernstein, dann mußten sämtliche Proben älter als 30000 Jahre sein, denn weiter reicht die Datierung nach diesem Verfahren nicht in die Vergangenheit zurück. Wahrscheinlich waren die Proben sogar älter als 100000 Jahre. Also konnte es sich weder um den Zeigefinger des Propheten Jeremias, noch um die Schädeldecke Johannes des Täufers, weder um das rechte Fußknöchelchen der hl. Genoveva, noch um das Brustbein des hl. Paulus handeln.

Die Flöte des hl. Vitus, wie nicht anders zu erwarten unter den peinlichen, tunlichst sofort dem Vergessen anheimzugebenden Reliquien eingereiht, wich zwar in Färbung und Konsistenz von der Fülle des anderen Materials ab, wies jedoch, als man sie später ebenfalls inkriminierte und untersuchte, dasselbe vorbiblische, ja unbiblische Alter auf. Des hl. Vitus echtes Glied mußte als verschollen gelten. Was der Fischer Rossi nach Seenot und Unbill im Netz aus den Tiefen des Meeres geborgen hatte, war indes mit einemmal erheblich interessanter – auch für die Gelehrten des päpstlichen physikalischen Kabinetts. Was sich da am Horizont als unscheinbare Trübung zu erkennen gab, konnte sich zu einem Sturm auswachsen, der geeignet war, an den Grundfesten der Heilsgeschichte zu rütteln. Wenn sich die Vermutungen als richtig erwiesen, konnte diese Entdeckung von ungeheurer Tragweite sein.

Und sie sollte sich als richtig erweisen.

Am 2. März 1969 traf in Palermo eine Gesandtschaft Pauls VI. ein. Sie überbrachte dem Erzbischof von Palermo ein persönliches Handschreiben des Hl. Vaters, in dem er seine Eminenz bat, aus Gründen, die zu verschweigen er allerdringlichsten Anlaß hätte, die in Sta. Felicità aufbewahrte Reliquie des hl. Vitus unverzüglich nach Sankt Peter zu überführen. Furchterfüllt müsse er Anzeichen zur Kenntnis nehmen, daß der Antichrist Jahrtausende der Heilsgeschichte mit einem Federstrich zunichte machen, die Welt ihres ersehnten und erlittenen Heils berauben und sie nachträglich in Besitz nehmen könne.

Stirnrunzelnd, da verärgert über den offenkundigen Mangel an Vertrauen des Hl. Vaters in seine Person, da er ihn nicht über den Zusammenhang zwischen der schrulligen Reliquie und der drohenden Herrschaft des Antichrist unterrichtete, andererseits aber besorgt wegen der Dringlichkeit der Bitte, gab seine Eminenz Anweisung, den Schrein in Sta. Felicità zu öffnen und den gewünschten Gegenstand wohlverpackt der Gesandtschaft auszuhändigen.

Nach mehr als tausend Jahren der Ruhe ging die Flöte des hl. Veit, Schlauchstück einer Wasserpfeife oder heidnisches Musikinstrument auf die Reise. Ein Jahrtausend lang als Anachronismus unerkannt, versetzte sie nun plötzlich Physiker, Moraltheologen und Politiker gleichermaßen in Aufregung.

Am 5. März traf die Reliquie in Rom ein und wurde ungesäumt dem Hl. Vater vorgelegt, der sie mit wachsendem Unbehagen in Augenschein nahm, seine schrecklichsten Ahnungen bestätigt sah und sich zum Gebet zurückzog.

Im physikalischen Kabinett hatte man inzwischen weitere Proben untersucht und war zu dem Schluß gekommen, daß es sich bei dem Material weder um ein organisches noch um ein anorganisches handeln konnte, sondern daß es sich um ein *synthetisches* handeln mußte. Dasselbe bestätigte sich bei dem etwas andersartigen Material, aus dem die Reliquie aus Palermo bestand. Darüber hinaus ähnelte »Il gazzo di Santa Felicità« ganz verblüffend dem gerippten Schlauch einer Atemmaske, wie sie Düsenjägerpiloten zu tragen pflegen.

Ungeklärt blieb allerdings vorerst die Frage, wie viele Jahrhunderte *vor* der Erfindung der Kunststoffe derartiges Material auftauchen *konnte*, das überdies zu jenem Zeitpunkt bereits Spuren extrem hohen Alters aufwies. Die Gelehrten des Vatikans standen vor einem Rätsel. Es gab weder eine wisssenschaftliche Theorie, noch war eine technische Einrichtung vorstellbar, mit der sich der Sachverhalt hätte erklären lassen. Die Konsequenzen dieser fast undenkbaren Möglichkeit waren jedoch in höchstem Maße alarmierend.

Papst Paul VI. tagte mit seinen Gelehrten und Ratgebern in Permanenz. Nach langem Zögern rang er sich zu der Entscheidung durch: Alle verfügbaren und beschaffbaren Proben dieser rätselhaften Materialien seien *in eternitatem* in den vatikanischen Archiven unter Verschluß zu nehmen und allerstrengstes Stillschweigen über sie zu bewahren.

So wanderte die Flöte des hl. Veit in das vatikanische Archiv mit der größten Sammlung merkwürdiger Gerätschaften, kurioser Apparaturen, Handschriften und Kunstwerke, die in anderthalb Jahrtausenden zusammengetragen wurde.

Was Paul VI. bei seinem weisen Entschluß aber nicht bedachte, ist die Tatsache, daß die CIA sich grundsätzlich für alles interessiert und ihre Schnüffler allgegenwärtig sind. So hat der amerikanische Geheimdienst sozusagen auch ständig eine Nase unter dem Hl. Stuhl, um jedes päpstliche Lüftchen zu registrieren, das dem Pentagon ins Gesicht blasen könnte. Und so hatte man in Washington alsbald Wind von den rätselhaften Funden und der Besorgnis im Vatikan – und wenig später Packen von Photos und einige Proben des seltsamen Materials.

Captain Francis reckte kampflustig das Kinn vor, als er die auf seinem Schreibtisch ausgebreiteten Photos mit der Lupe musterte. Was da unverhofft aus dem Vatikan eingetroffen war, paßte genau in den gezeichneten Rahmen und zu den beiden Steinchen, die aus den Jahren 1959 und 1968 stammten, aus Algerien und von Gibraltar. Die *Glomar Challenger* mußte mit Bohrungen in der Balearensenke die letzten Steinchen des Mosaiks liefern. Die Vorbereitungen zu dem Deep Sea Drilling Projekt der National Science Foundation würden bald anlaufen, die Gelder für das Forschungsvorhaben standen bereit.

Francis warf einen Blick auf die schon etwas abgeschabten Kapitänsstreifen an seiner Uniformjacke. Es war höchste Zeit, daß er einen Schritt weiterkam, und er spürte befriedigt den

Aufwind, den das Projekt mit der Sendung aus Rom erhalten hatte. Es würde auch ihn ganz nach oben reißen. Einer Beförderung zum Admiral stand dann nichts mehr im Wege.

Er zielte mit dem Plastiklineal und erschlug eine Fliege, die sich auf dem gestochen scharfen Photo der Reliquie niedergelassen hatte. Ein Blutfleck verunzierte den Unaussprechlichen des hl. Vitus, aber das störte Captain Francis nicht.

Er schabte sich mit der Kante des Lineals den Nasenrücken und lächelte, wobei er die Oberlippe mit dem schmalen Schnurrbart hob und die Zungenspitze zwischen seine großen gelben Schneidezähne und die Unterlippe schob. Er grunzte befriedigt.

Er war sehr, sehr zuversichtlich.

ARTEFAKT 2:

Der Streitwagen von Gibraltar

Während sich Österreicher und Franzosen im Spanischen Erbfolgekrieg um den Thron stritten, brachten sich die Briten mit sicherem Blick fürs Wesentliche in den Besitz des wichtigsten Stützpunkts im westlichen Mittelmeer. Am Morgen des 4. August 1704 stürmten deutsche Söldner Gibraltar, nahmen es im Handstreich und hißten die Flagge Großbritanniens.

Der Dschebel al-Tarik, der Felsen des Tarik, so genannt nach dem berühmten arabischen Feldherrn, der hier mit seinen Truppen 711 Fuß faßte, um die Pyrenäenhalbinsel zu überrennen, ist ein Klotz aus Jurakalk, der zusammen mit dem auf afrikanischer Seite westlich von Ceuta gelegenen Dschebel Musa einen schmalen Riegel bildete, der einst den Atlantik vom Mittelmeer trennte. Da im Mittelmeerbecken mehr Wasser verdunstet, als ihm von Flüssen zugeführt wird, ist ein ständiger Zustrom von Wasser aus dem Atlantik die Folge. Diese Wassermengen haben im Laufe der Jahrmillionen eine Bresche von mehr als 300 Meter Tiefe und 24 Kilometer Breite gesägt: die Straße von Gibraltar. In die südliche Flanke des Felsklotzes von Gibraltar frästen sie zwei Terrassen, den Windmill Hill und die Europa Flats, die zur Punta de Europa hin abfallen und sich geradezu ideal zur Befestigung eignen. 1714 mit dem Friedensvertrag von Utrecht im Besitz bestätigt begannen die Engländer mit dem Ausbau zum Flottenstützpunkt.

Es hat in Spanien nie an Stimmen gefehlt, welche die Rückgabe forderten; es gab sogar einige Eroberungsversuche, die jedoch kläglich scheiterten. Aber da England für die Spanier häufig ein willkommener Verbündeter gegen Frankreich war, wie etwa während der Napoleonischen Kriege, blieb die britische Stellung unangefochten, von der aus sich alle Flottenbewegungen zwischen Mittelmeer und Atlantik überwachen lassen.

Als Napoleon von der Bühne der Geschichte abgetreten war, mehrten sich wieder die Stimmen im Lande, die für eine »Befreiung« des Felsens plädierten. Zwar hatten die Stimmen kein Gewicht, und die politischen Hitzköpfe waren mit der liberalen Revolution, mit der französischen Intervention und anschließend mit einem blutigen Bürgerkrieg zwischen Karlisten und den Anhängern der Regentin vollauf beschäftigt, doch da in Spanien alles, was auch nur entfernt nach *Reconquista* klingt, die nationalen Leidenschaften zu entzünden vermag, taktierten die Engländer auf Gibraltar behutsam und unauffällig. Jeder Zusammenstoß mit Einheimischen mußte unweigerlich zu Querelen zwischen den europäischen Großmächten führen, die den Briten die strategische Position neideten und jede Schlägerei zwischen Matrosen der Royal Navy und spanischen Fischern zum »Freiheitskampf« emporstilisieren würden. Deshalb entschloß sich 1843 der Kommandant des Stützpunkts, die Befestigungen über der Sandnehrung nordöstlich des Moorish Castle verstärken zu lassen. Im Herbst 1843 begannen die ersten Schanzarbeiten.

Das Gelände sollte möglichst unauffällig verändert werden, um den Nationalisten die Absicht zu verhehlen und nicht peinlichen Fragen in Madrid ausgesetzt zu sein. Die Leitung dieser Arbeiten lag in den Händen von Oberst Frank Gilmore, eines im Festungsbau erfahrenen Offiziers, der bereits in Ägypten als Berater Mohammed Alis tätig gewesen war, bevor sich dieser mit Großbritannien überwarf, und die Londoner Konvention gegen den abtrünnigen Statthalter der Pforte geschlossen wurde. Gilmore war ein begeisterter Amateurarchäologe und bei Ausgrabungen in Nubien dabeigewesen. Von den anderen Offizieren wurde er scherzhaft »Gilmore Pascha« genannt.

Es wurden zunächst der lichte Buschwald abgeholzt und Gräben gezogen – angeblich um das Wassereinzugsgebiet für das südwestliche Reservoir zu erweitern. Um die Fundamente für die Kasematten der Vorwerke auf gewachsenen Fels zu setzen, ließ Gilmore Pascha die Wurzelstöcke ausgraben und das lockere Erdreich – vor allem Mergel und Tonschiefer – abtragen. In etwa acht Fuß Tiefe stieß man auf eine harte Tonschicht.

Gilmore ließ einen Stollen hineintreiben, um ihre Mächtigkeit festzustellen. Die Arbeiter waren mit ihren Spitzhacken kaum drei Fuß tief eingedrungen, als Ton zutage trat, der mit Rost durchsetzt schien.

Der Oberst ließ die Arbeiten sofort einstellen, um das Material zu untersuchen. Es handelte sich in der Tat um sehr stark verwittertes Eisen, aber auch um Spuren anderer Substanzen, darunter stumpfe Splitter eines granulierten Materials, bei dem es sich möglicherweise um Glas handeln mochte.

Daraufhin ließ Gilmore vorsichtig ein zwanzig mal zwanzig Fuß großes Areal Zoll für Zoll waagrecht abgraben, weil er zu Recht vermutete, auf ein Artefakt gestoßen zu sein. In etwa zwei Fuß Tiefe stieß man auf weitere Rostspuren, und tags darauf zeichnete sich an der Grabungsstelle ein rechteckiger Umriß von etwa sechs mal zwölf Fuß Größe ab.

Oberst Gilmore fertigte eine maßstabgetreue Zeichnung von dem Umriß an und ließ weiter Schicht für Schicht abdecken. Nach jeweils fünf Zoll Tiefe wurde der Umriß von neuem genau vermessen und jeweils eine weitere maßstabgetreue Skizze angefertigt, um den völlig verwitterten Gegenstand anschließend vertikal rekonstruieren zu können. Nach einem weiteren Fuß Tiefe war Gilmore felsenfest davon überzeugt, daß es sich nur um ein Artefakt handeln konnte. Als in zweieinhalb Fuß Tiefe sich der rechteckige Umriß zunächst auf einer Seite und in dreieinhalb Fuß Tiefe in seiner ganzen Fläche mit Rostspuren füllte, erkannte Gilmore, daß er die Überreste eines kastenähnlichen Gebildes vor sich hatte, wahrscheinlich eines Wagens, möglicherweise eines antiken Streitwagens, der hier im Schlamm versunken war. Der Schlamm mußte ins Innere des Gefährts eingedrungen sein und den Innenraum völlig ausgefüllt haben wie der stützende Kern einer Gußform. Dadurch war das Fahrzeug sozusagen aufrecht stehend konserviert worden.

Mit Spatel und Pinsel bewaffnet, suchte Gilmore Pascha die Flanken des »Kastens« ab, um die Reste von Rädern zu finden, zunächst jedoch ohne Erfolg. Er wollte bereits aufgeben, weil er annahm, daß das Eisengefährt möglicherweise Holzräder besessen hätte, von denen keine Spuren mehr nachweisbar wären, als er vorn und hinten seitliche Auswüchse des »Kastens« entdeckte, die metallischer Natur waren und bei denen es sich sehr wohl um Räder oder Walzen gehandelt haben könnte. Das Fahrzeug hatte ursprünglich also vier Räder besessen, was bei einem antiken Streitwagen eine recht ungewöhnliche Konstruktion gewesen wäre.

Als Oberst Gilmore daranging, den »Streitwagen« anhand der Horizontalskizzen vertikal zu rekonstruieren, schälte sich ein merkwürdiges Gebilde heraus, das eher einer leichten niedrigen Equipage glich als einem gepanzerten Streitwagen, wie man sie von antiken Darstellungen her kannte.

Auf der einen Seite, die Gilmore instinktiv als »vorn« bezeichnete, schien sich ein größerer Metallblock befunden zu haben, der sich etwa bis zur halben Höhe der Seitenverkleidung über die Grundfläche des Chassis erhoben hatte. Ob es sich dabei um eine massive Plattform gehandelt haben mochte, auf dem der Wagenlenker seinen Platz hatte oder Bogenschützen standen, oder um eine Waffe, eine Art Rammbock oder dergleichen, wagte er nicht zu entscheiden. Auf jeden Fall schien das Fahrzeug von eher plumper Konstruktion zu sein und denkbar unpraktisch, unnötig massiv im Chassis und vor allem an der »Plattform«, dagegen fahrlässig schwach gepanzert an den Flanken. Vielleicht hatten sich dort Holz- oder Lederschilde befunden, von denen nichts übriggeblieben war, sagte sich der Oberst. Gleichwohl war er mit dem Ergebnis unzufrieden, weil er seinen Fund nicht so recht einordnen konnte.

Gilmore hatte selbstverständlich Sir Walter von der Angelegenheit unterrichtet, und dieser hatte ihm – innerlich belustigt, aber nach außen hin wie immer sehr formell – gestattet, die Schanzarbeiten an der fraglichen Stelle für einige Zeit zu unterbrechen, damit der Festungsbaumeister sein »ägyptisches« Steckenpferd, wie er es nannte, reiten könne. Sir Walter war allerdings der Meinung, daß es sich bei dem ominösen »Rostfleck« allenfalls um ein Fahrzeug handeln konnte, das den Mauren im Schlamm versunken war, als sie den Dschebel al-Tarik eroberten und von hier aus ihren Nachschub kontrollierten.

Der Oberst widersprach der Meinung des Kommandanten

nicht, doch er war Archäologe genug, um zu wissen, daß es sich bei dem »Rostfleck«, nach Beschaffenheit des Untergrunds und Tiefe des Fundorts zu schließen, um ein Artefakt aus vorchristlicher, spätestens karthagischer Zeit handeln mußte, wahrscheinlich aber war der Fund noch wesentlich älter.

Diese Vermutung erhärtete sich, als Gilmore Pascha bei neuerlicher Untersuchung der Grabungsstelle auf stark zerfallene Knochenreste stieß, darunter auf einen Schädelknochen, der ein daumennagelgroßes Loch aufwies. Der Lenker dieses Fahrzeugs war also offenbar eines gewaltsamen Todes gestorben.

Was den Oberst indes irritierte, war die Tatsache, daß die Knochenreste in einem Zustand waren, der auf ein weit höheres Alter schließen ließ als drei- oder viertausend Jahre. Gilmore hatte in Ägypten Skelettfunde gesehen, die unter weniger günstigen Umständen als den gegebenen sich mindestens fünftausend Jahre fast vollständig erhalten hatten. Die Tonschicht, in welcher das Fahrzeug steckte, hätte den Leichnam über den zehn- oder gar zwanzigfachen Zeitraum hinaus konservieren müssen.

Oberst Gilmore war ratlos und bat Sir Walter um Erlaubnis, mit dem nächsten Schiff eine Nachricht an die Royal Society in London absenden zu dürfen, damit sich Spezialisten mit dem Fund befaßten.

»Ausgeschlossen, Oberst«, entgegnete Sir Walter rundheraus. »Völlig ausgeschlossen. Ich kann es nicht verantworten, daß hier eine Horde Wissenschaftler auftaucht, die mich in der Wahrnehmung meiner militärischen Aufgaben behindert. Die Schanzarbeiten nördlich des Moorish Castle wurden ohnehin schon lange genug verzögert, weil ich Ihren ägyptischen Interessen nachgegeben habe. Ich muß darauf bestehen, daß sie nun zügig fortgeführt und abgeschlossen werden.«

»Aber mit Ihrer Erlaubnis, Sir ...«

»Gewiß. Aber Sie werden verstehen, Oberst, daß ich es mir nicht leisten kann, eine Diskussion in der Presse zu provozieren, bei Schanzarbeiten seien auf der Landseite von Gibraltar archäologische Funde gemacht worden.«

»Bei Kanalisationsarbeiten für das Reservoir, Sir.«

Sir Walter winkte ungeduldig ab. »Ich würde einem Archäologen, oder wie Sie diese Leute nennen, doch zutrauen, daß sie Schanzarbeiten von Kanalisationsarbeiten unterscheiden können, Oberst Gilmore.«

»Sir, es könnte sich möglicherweise um einen der wichtigsten vorgeschichtlichen Funde in Europa handeln, und das auf dem Territorium Seiner Majestät.«

»Auf einem *militärischen* Territorium Seiner Majestät, für dessen Sicherheit ich verantwortlich bin, Oberst Gilmore.«

»Das ist mir selbstverständlich bekannt, Sir. Aber bitte verstehen Sie auch meine Situation. Ich bin kein ausgewiesener Archäologe, mir fehlen die Hilfsmittel und Möglichkeiten zu einer eingehenden Untersuchung, vor allem zu einer genaueren Datierung. Der Wissenschaft könnte ein unersetzlicher Verlust entstehen. Ich möchte die Verantwortung nicht länger allein tragen ...«

»Die Verantwortung überlassen Sie getrost mir, Oberst. Außerdem habe ich den Eindruck, daß Sie Ihren Fund etwas überschätzen. Sie tun ja geradezu, als hätten Sie das Gerippe eines Elefanten von Hannibals Armee entdeckt. Wahrscheinlich ist ein spanisches Bäuerlein im Rausch bei Nacht und Nebel vom Weg abgekommen und mit seinem Mistkarren im Sumpf abgesoffen. Wir wollen doch nicht soviel Aufhebens von diesem Rostfleck machen. Ich muß wohl nicht deutlicher werden, Oberst. Ich hoffe, Sie haben mich verstanden.«

»Jawohl, Sir.«

Es war sinnlos. Sir Walter blieb bei seiner Entscheidung. Allerdings gestattete er Gilmore Pascha, einen befreundeten Lichtbildner in London, der eine Zeitlang in Reading Talbots Gehilfe gewesen war und heimlich nach dessen neuem Verfahren arbeitete, zu benachrichtigen und ihn zu bitten, nach Gibraltar zu kommen, um ein paar photographische Aufnahmen von der Fundstelle zu machen.

Drei Wochen später war Archibald Wesley zur Stelle und belichtete etwa vierzig Platten, um den Rostfleck für die Nachwelt festzuhalten und für eine nachträgliche wissenschaftliche Auswertung zu retten. Sowohl ihm als auch Oberst Gilmore wurde zur Auflage gemacht, vorläufig nichts über die Angelegenheit zu publizieren. Darauf wurden die Schanzarbeiten weitergeführt und der Rest der Tonschicht abgegraben.

Als Oberst Gilmore 1846 in den Ruhestand trat, hätte ihn gewiß niemand mehr daran zu hindern versucht, über seinen Fund zu berichten, aber merkwürdigerweise sah er davon ab. Vielleicht hatte sein innerer Widerstreit zwischen Forscherinteressen und militärischer Loyalität sich endgültig zugunsten letzterer entschieden. Wahrscheinlicher aber ist wohl, daß er zu dem Schluß gelangt war, als Amateur mit seinen Skizzen und technisch noch recht unzureichenden photographischen Aufnahmen die Fachwelt nicht überzeugen zu können, er sich im Gegenteil heftiger Kritik ausgesetzt hätte, weil es ihm nicht gelungen war, Sir Walter in wünschenswertem Maße die Wichtigkeit des Funds und die Notwendigkeit einer eingehenden wissenschaftlichen Untersuchung durch Spezialisten klarzumachen. Seltsamerweise kam ihm nie zur Kenntnis, daß zwei Jahre nach seinem Rückzug ins Privatleben in Gibraltar ein weiterer Fund gemacht wurde. Man stieß bei weiteren Schanzarbeiten auf den Schädel eines Vormenschen, den man jahrzehntelang für den eines Menschenaffen hielt. Sir Walter Griffith war zu dem Zeitpunkt nicht mehr Kommandant von Gibraltar. Der Fund wurde in Fachkreisen bekannt, er fand aber erst 100 Jahre später – nach den Forschungen der Leakeys – das Interesse der Spezialisten.

Als Gilmore Pascha am 25. Dezember 1874 hochbetagt in seinem Landhaus in der Nähe von Chatham bei London starb, fielen seine Unterlagen, den rätselhaften Streitwagen bei Gibraltar betreffend, der Vergessenheit anheim.

Sein Enkel, Edward George Gilmore jr., ein erfolgreicher junger Architekt und begeisterter Automobilist, gab 1898 das Landhaus bei Chatham auf, um es zu renovieren und an einen reichen Textilfabrikanten aus Manchester zu verkaufen. Vor dem Umzug nach London Westend, wo er sich ein Haus gebaut hatte, machte sich Edward Gilmore jr. persönlich die Mühe, die zum Teil uralten Papiere und Briefe, die sich auf dem geräumigen

Speicher des Landhauses angesammelt hatten, zu sichten, bevor er sie verbrannte. Dabei stieß er auf ein Bündel von 32 ziemlich stark vergilbten Photographien, die auf der Rückseite in der Handschrift seines Großvaters säuberlich beschriftet waren, auf denen er aber nichts zu erkennen vermochte als die schwungvoll gestaltete Firmenbezeichnung »Archibald Wesley, Calotype Atelier, Chiswick« in der rechten unteren Ecke. Beigefügt waren ein sorgfältig verschnürtes kleines Papierpäckchen, das indes nur graubraunen, mit harten Krümeln durchsetzten Staub enthielt – offenbar Knochenstaub, dachte Mr. Gilmore jr. bevor er es achtlos wegwarf – und ein Packen Skizzen von der Hand seines Großvaters, darunter eine Zeichnung, auf der sich unschwer ein Automobil erkennen ließ.

Mr. Edward G. Gilmore jr. hielt den Atem an. Das Blatt trug das Datum: 12. März 1844. »Moment mal!« dachte er. Hatte der alte Oberst sich etwa heimlich als Erfinder betätigt? War er bereits 1844 drauf und dran gewesen, ein Automobil zu konstruieren? Seines Wissens hatte der alte Gilmore sich weniger für Technik als vielmehr für Ausgrabungen interessiert.

Mr. Gilmore betrachtete mit geübtem Auge die Zeichnung von allen Seiten. Die übrigen Skizzen stellten Rißzeichnungen dar, die das Fahrzeug in verschiedenen Querschnitten zeigten. Um eine Kutsche handelte es sich auf keinen Fall, eher um ein Automobil, auch wenn es von recht merkwürdiger Form war, darauf deutete der Motorblock vorn hin. Er ging den gesamten Nachlaß seines Großvaters durch, um weitere Hinweise auf dessen Erfindertätigkeit zu entdecken, aber vergeblich. Möglicherweise hatte es sich um ein Gerät für Erdbewegungsarbeiten oder um ein militärisches Vehikel gehandelt, das bei irgendeinem Spezialeinsatz oder im Festungsbauwesen Verwendung gefunden haben mußte.

Mr. Gilmore jr. verlor das Interesse. Immerhin schien ihm der Fund bedeutsam genug, um ihn in seinem Tagebuch zu erwähnen und Skizzen wie Photographien aufzuheben und mit nach London zu nehmen, als er einige Wochen später in sein neues Haus in Westend zog.

Dort ruhte Gilmore Paschas Nachlaß, bis an einem verregneten Samstagnachmittag im September 1968 Patrick Geston, seit 1966 verehelicht mit Catherine Geston, geborene Gilmore, Enkelin des Architekten Edward G. Gilmore jr. und Tochter des Bauunternehmers Arthur Edward Gilmore, in einem Anfall von Nostalgie das Tagebuch des Großvaters seiner Frau zur Hand nahm und darin schmökerte. Dabei stieß er auf jene Eintragung über das automobilähnliche Vehikel, das sein Vorfahr angeblich 1844 skizziert habe. Darunter stand in der säuberlichen Druckschrift des erfolgreichen Jugendstil-Architekten: »Es sind noch weitere Rißzeichnungen (Schnitt. Konstruktionspläne?) und auch 32 Photographien dabei, die jedoch leider schlecht fixiert wurden. Es sind nur Flecken darauf zu erkennen.«

Patrick Geston, Deutsch- und Englischlehrer, auch Gelegenheitsübersetzer, Liebhaber von Science Fiction und all jener Literatur, die sich mit den Grenzen der Wissenschaft und jenen Dingen befaßt, die jenseits dieser Grenzen liefen, wurde stutzig. Er trank sein Bier aus, kletterte auf den Speicher und durchstöberte Truhen und Pappschachteln, Kisten und Körbe. Schließlich wurde er fündig.

In einem festen braunen Kuvert, auf dem mit Tinte in denselben schönen Druckbuchstaben der Architektenschrift »Großvater Gilmore Paschas Automobil« geschrieben stand, steckte der gesuchte Packen. Zuoberst befand sich die Zeichnung des »Automobils«.

Geston zuckte zusammen, als hätte er einen elektrischen Schlag erhalten.

Das Ding war unverkennbar ein Jeep oder Land-Rover, auch wenn die Form nicht ganz stimmte. Kotflügel und Räder fehlten, und die Kühlerhaube lag tiefer, so als sei sie abgesackt.

Wo um alles in der Welt war der alte Oberst Gilmore im Jahre 1844 einem *Jeep* begegnet? Zu einem Zeitpunkt, da noch nicht einmal der Benzinmotor erfunden war?

Geston atmete tief durch und hielt die Blätter so vorsichtig, als drohten sie, ihm zwischen den Fingern zu Staub zu zerfallen. Wahnwitzige Ideen schossen ihm durch den Kopf von Zeitsprüngen und Zeitreisen, »Hawk among the Sparrows« von Dean McLaughlin, die zwei Monate vorher in »Analog« erschienen war, und die Zeitreisegeschichte eines deutschen Autors, dessen Name ihm nicht mehr einfallen wollte, die er in einem Science Fiction-Fanzine gelesen hatte.

Er eilte hinunter in sein Arbeitszimmer und breitete mit zitternden Fingern die Photos auf seinem Schreibtisch aus. Eine herbe Enttäuschung. Sie waren völlig vergilbt und wiesen braune Flecken auf. Einige davon zeigten bei genauerem Hinsehen zwar regelmäßige Struktur, aber er wurde nicht schlau daraus, was sie darstellten.

Dann legte er die 28 Blätter mit den Skizzen nach den Datumsangaben auf der Rückseite in chronologischer Reihenfolge hintereinander. Es war ihm sofort klar, daß es sich dabei um Querschnitte durch den »Jeep« handelte, und zwar von oben nach unten. Schließlich entdeckte er auch Ähnlichkeiten zwischen der Fleckenstruktur einiger der Aufnahmen und den Skizzen, welche die untersten Querschnitte darstellten. Das wies auf das Protokoll einer Ausgrabung hin!

Geston eilte hinaus ins Wohnzimmer und fragte atemlos seine junge Frau: »Was hat der alte Gilmore gemacht, Oberst Gilmore, dein Ur-Urgroßvater?«

Mrs. Geston blickte erschrocken von dem Buch auf, in dem sie las. Ein Regenschauer trommelte gegen die Fensterscheiben. »Was meinst du damit, was hat er *gemacht?* Offizier war er. Ich glaube Festungsbaumeister oder sowas. Warum willst du das plötzlich wissen?«

»Und warum nannte man ihn Pascha?« fragte Patrick, ohne auf ihre Fragen einzugehen.

»Herrjeh, was weiß ich? Doch – warte mal! Ist er nicht eine Zeitlang in Ägypten gewesen? Ich glaube, er ist in Ägypten gewesen.«

Ägypten! Das Wort wirkte auf Patrick Geston wie ein magisches Zeichen. Er eilte in die Küche, holte sich eine Büchse Bier aus dem Kühlschrank und riß sie mit zitternden Fingern auf, um sich den Sand des ganzen Orients hinunterzuspülen, der sich plötzlich auf seinen Schleimhäuten abgelagert zu haben schien.

»Und wann war das?« fragte er, als er zurückkehrte.

»Keine Ahnung, aber das muß sich doch feststellen lassen.«

Es ließ sich feststellen. Oberst Frank Gilmore war zum fraglichen Zeitpunkt *nicht* in Ägypten gewesen. Er war 1840 von Alexandria nach London zurückgekehrt und im Jahr darauf nach Gibraltar abkommandiert worden, wo er bis zu seiner Pensionierung 1846 den Ausbau der Befestigungsanlagen geleitet hatte.

Gibraltar?

Geston war enttäuscht, doch er gab nicht auf. Er schrieb an die Royal Society und an die National Geographic Society, ob in oder bei Gibraltar Mitte der vierziger Jahre des 19. Jahrhunderts archäologische Ausgrabungen durchgeführt worden seien. Von beiden Institutionen erhielt er den Bescheid, daß von archäologischen Grabungen in oder bei Gibraltar nichts bekannt sei, weder zur fraglichen Zeit noch zu einem späteren Zeitpunkt. Allerdings seien 1848 bei Schanzarbeiten Schädelreste eines Menschenaffen gefunden worden, die man neuerdings eher für die eines Vormenschen halte.

Gestons Enthusiasmus war nunmehr erheblich gedämpft. 1848 war der alte Frank nicht mehr in Gibraltar gewesen, sondern auf seinem Ruhesitz bei Chatham. Geston wußte nicht, wie er weiterkommen sollte. Er kannte jedoch einen deutschsprachigen Autor, der ein sehr erfolgreiches Buch über rätselhafte vor- und frühgeschichtliche Funde publiziert hatte. Geston hatte es ins Englische übersetzt und aus diesem Anlaß wiederholt mit dem Autor korrespondiert. Diesem bot er nun das Material an, wobei er andeutete, daß er möglicherweise einer ganz großen Sache auf der Spur sei, aber nicht die Möglichkeit und die Mittel habe, sie weiterzuverfolgen.

Der Schriftsteller*, der wie Oberst Gilmore Pascha Amateurarchäologe war, zeigte sich an dem Fund brennend interessiert und bot sich an, die Skizzen und Photos nach gründlicher Prüfung in seinem nächsten Buch zu publizieren. Vielleicht könne man dadurch zu weiteren Hinweisen gelangen.

Da Geston das wertvolle Material nicht der Post anvertrauen

---

* Sein Name soll auf Wunsch des Betreffenden nicht genannt werden. – *Anm. d. Red.*

wollte, wählte er einen ihm sicherer erscheinenden Weg, es dem Schriftsteller zu übermitteln. Er hatte im Deutschen Club in London einige Leute von der deutschen Botschaft kennengelernt, darunter auch den Botschaftsangestellten Dr. Werner Reichert, der zwei- bis dreimal pro Woche mit wichtigen und geheimen Schriftstücken im diplomatischen Gepäck zwischen Bad Godesberg und London hin- und herreiste. Dr. Reichert erbot sich, den Umschlag mit dem Material mit nach Deutschland zu nehmen.

Ein anderer Angestellter der deutschen Botschaft, der das Gepäck des Kuriers zusammenzustellen hatte, lichtete routinemäßig das gesamte für Bad Godesberg bestimmte Material ab und leitete die Kopien an den amerikanischen Geheimdienst weiter.

Drei Tage später hatte das Pentagon Kenntnis von dem merkwürdigen Fund von Gibraltar, der genau zu dem anderen rätselhaften Stück paßte, das aus Algerien stammte und ihm 1959 vom französischen Kriegsministerium übermittelt worden war.

Da auf den Ablichtungen der Photos kaum etwas zu erkennen war, entschied Captain Francis, daß das Originalmaterial herbeigeschafft werden müsse, um die Kalotypien nachzubehandeln und sie durch den Computer kontrastverstärken zu lassen. Darüber hinaus müsse eine Publikation des Materials unter allen Umständen vermieden werden. Vielleicht ließe es sich einrichten, diesen Autor eine Zeitlang am Publizieren zu hindern. Im derzeitigen Stadium des Projekts wäre es verhängnisvoll, wenn die Gegenseite auch nur eine Andeutung der Aktivitäten erhielte, mit denen die US-Navy befaßt sei.

Am 16. Oktober 1968 traf der Umschlag mit den Photos und Skizzen in Bad Godesberg ein. Der Empfänger sah sich außerstande, die Sendung sofort persönlich abzuholen, weil er auf einer Vortragsreise unterwegs war, und beauftragte seinen Verlag, jemanden hinzuschicken und das Material in Empfang zu nehmen.

Am Montag, den 21. Oktober, fuhr eine Lektorin des Verlags nach Bad Godesberg und nahm die Sendung entgegen. Am Freitag der darauffolgenden Woche wurde sie in Düsseldorf dem eigentlichen Empfänger ausgehändigt, der das Kuvert öffnete und das Material flüchtig durchsah, da die Zeit drängte und er sich verspätet hatte. Er steckte den Umschlag in den Koffer und fuhr mit dem Taxi zum Bahnhof.

Vier Stunden später, auf der Strecke zwischen Karlsruhe und Basel, verließ der Schriftsteller für etwa zehn Minuten sein Abteil 1. Klasse, das er zu diesem Zeitpunkt allein benutzte. Als er von der Toilette zurückkehrte, war sein Koffer aus dem Gepäcknetz verschwunden. Er benachrichtigte den Zugführer, der die Bahnpolizei alarmierte. Eine Untersuchung des Reisegepäcks an der Grenzstation in Lörrach blieb ergebnislos, eine weitere auf dem Hauptbahnhof von Basel ebenso.

Als er an diesem Abend verspätet zu Hause eintraf, fand er den Koffer bereits vor. Ein Unbekannter hatte seinen Namen benutzt und einen Taxifahrer beauftragt, das Gepäckstück zu ihm nach Hause zu bringen und seiner Frau auszurichten, er sei kurz aufgehalten worden und würde in spätestens einer Stunde eintreffen.

Der Koffer enthielt alles, was sich darin befunden hatte – nur der Umschlag mit den Photos und den Skizzen fehlte.

Die Polizei fand angeblich nie eine Spur und brach die Ermittlungen bald ab. Kurz darauf wurde der Bestohlene unter obskurem Vorwand festgenommen und erst nach anderthalb Jahren (!) aus der Untersuchungshaft entlassen.

Captain Francis blickte in den fallenden Schnee hinaus, der dann und wann von heftigen Windböen getrieben fast waagrecht am Fenster vorbeiflog, doch er nahm ihn nicht wahr. Es schien eher, als fixierten seine Augen einen unendlich fernen Punkt.

»Warum ausgerechnet Gibraltar?« murmelte er. »Die schwächste Stelle«, fuhr er fort, benetzte Daumen und Zeigefinger mit Spucke und bügelte gedankenverloren seinen schmalen Schnurrbart mit langsamen Bewegungen von innen nach außen. »Die allerschwächste Stelle.«

Hinter ihm auf dem Schreibtisch waren die Skizzen und Kalotypien von 1844 ausgebreitet. Daneben lag ein unförmiges, stark korrodiertes Stück Metall, das beinahe wie Holzkohle aussah, aber an einigen Stellen matt glänzte, wo Materialproben entnommen worden waren.

Es wird also Ausfälle geben, dachte Captain Francis. Nun, wo gehobelt wird, fallen Späne. Und da würde gehobelt werden, weiß Gott. Wir sind dabei, den größten Coup der Weltgeschichte zu landen – buchstäblich.

Der Captain lächelte, denn er war – wie immer – sehr, sehr zuversichtlich.

ARTEFAKT 1:
Tiefenbachers Knarre

Axel Tiefenbacher, 1934 in Hanau bei Frankfurt geboren, war ein Waffennarr von frühester Jugend an. Er stahl und kaufte Schußwaffen, wann und wo er ihrer habhaft werden konnte. Und sie wurden schließlich sein Verhängnis.

1949 hatte er eine zweijährige Jugendstrafe zu verbüßen, weil er bei einer Wirtshausschlägerei mit Besatzungssoldaten im Frankfurter Stadtteil Bockenheim einen Sergeant der US-Army angeschossen und erheblich verletzt hatte. Bei der Durchsuchung der elterlichen Wohnung fand die Polizei in der unbenutzten Waschküche des bombengeschädigten Hinterhauses ein Waffenversteck, wie es die Polizei bis dahin selten entdeckt hatte. Es enthielt 42 Pistolen aus vielen Ländern, hauptsächlich aber Waffen aus Beständen der ehemaligen deutschen Wehrmacht und aus amerikanischen Heeresbeständen, und eine Maschinenpistole russischer Herkunft; dazu Munition jeden Kalibers, das Rohr einer Panzerfaust mit Treibsatz und mehrere Eierhandgranaten amerikanischen Ursprungs.

Nach Herkunft seines Arsenals befragt, schwieg Tiefenbacher beharrlich. Nach seiner Haftentlassung 1951 ging es stetig bergab mit ihm. Er hatte kein Glück mehr, denn die Polizei hatte ein Auge auf ihn geworfen und verstand immer weniger Spaß, wenn sie ihn auf einer verdächtigen Tour erwischte.

1952 saß er wieder acht Monate ein, wegen Widerstandes gegen die Staatsgewalt. Die Polizei suchte gründlich und fand zwei Schnellfeuergewehre aus englischen und 14 Pistolen aus amerikanischen Heeresbeständen, Teile eines MG-34-Maschinengewehrs der deutschen Wehrmacht und eine französische Panzerabwehrwaffe, die zwei Monate zuvor in Rastatt gestohlen worden war.

Nachdem er im Sommer 1953 bei einem versuchten Autodiebstahl in der Frankfurter Innenstadt gefaßt worden war, als er einen Passanten und einen Streifenpolizisten angeschossen hatte, wurde ihm klar, daß die Richter jetzt hart durchgreifen würden. Fünf Jahre waren das mindeste, was ihn erwartete.

In derselben Nacht noch setzte er sich nach Süden ab, schwamm nördlich von Kehl über den Rhein und war in Straßburg, bevor die Fahndung nach ihm voll angelaufen war. Als seine Barschaft erschöpft war und sie war es bald, meldete er sich in Straßburg bei einem Rekrutierungsbüro der Fremdenlegion.

Nach einer kurzen Ausbildungszeit in der Nähe von Perpignan und bei Oran wurde er nach Vietnam eingeschifft. Er war keine drei Monate an der Front, als ein Granatsplitter ihm den Ring- und den kleinen Finger der rechten Hand wegriß. Auf diese Weise blieb ihm Dien Bien Phu erspart. Er verbrachte zwei prächtige und ausschweifende Monate der Rekonvaleszenz in Marseille, bis er wieder dienstfähig war. Für Tapferkeit vor dem Feind – Tiefenbacher hatte sich in Vietnam als Scharfschütze hervorgetan – wurde er ausgezeichnet und zum Caporal befördert.

Die Reste der Vietnam-Truppen waren nach Algerien verlegt worden, wo gerade jene Zeit begann, da die *Grande Nation* einiges von ihrer *gloire* einbüßte, eine Schlappe nach der anderen hinnehmen mußte und es zuließ, daß ihre frustrierten Legionäre ihr Mütchen an der Zivilbevölkerung kühlten. Tiefenbacher tat sich auch hierbei hervor, führte im Atlasgebirge ein paar heikle »Befriedungsaktionen« durch und stieg 1956 zum Caporal-Chef auf.

Seine Einheit wurde nach Quarglia abkommandiert, wo ihr die Aufgabe zufiel, das Erdölgebiet von Hassi Messaoud zu sichern und Transporte auf der Ostpiste durch die Grand Erg Oriental zu den Bohrstellen von Bourarhet an der libyschen Grenze zu begleiten.

Am 18. Januar 1957 befand sich Tiefenbacher mit zwei Panzerspähwagen und 18 Mann auf dem Rückweg nach Quarglia. Er und seine Leute hatten einen Lastwagenkonvoi in Richtung Fort Flatters bis Hi Bel Guebbour begleitet und ihn dort einer anderen Sicherungsgruppe übergeben. Es war kurz vor Einbruch der Dunkelheit, als sie südlich von Cassi Touil in einen Hinterhalt gerieten. Der erste Wagen fuhr auf eine Mine. Die Explosion war so stark, daß die Vorderachse des Fahrzeugs weggerissen und der Fahrer auf der Stelle getötet wurde. Als die Soldaten von der Ladefläche sprangen, wurden sie von einer Düne aus beschossen. Tiefenbacher verlor noch einen seiner Männer und drei weitere wurden verletzt. Der Beifahrer, dem die Explosion beide Beine unterhalb der Knie weggerissen hatte, starb kurz darauf.

Die Aufständischen ergriffen auf Reitkamelen die Flucht, und es war aussichtslos, sie in der Dunkelheit in das unwegsame Gelände zu verfolgen. Mit dem intakten Fahrzeug den Rest seiner Leute, die drei Verwundeten und die Waffen nach Quarglia zurückzubringen, war unmöglich. Tiefenbacher nahm an, daß die Rebellen dies auch wußten; sie würden sich die Gelegenheit nicht entgehen lassen, den Konvoi zu erbeuten. Da ein Entsatz aus Quarglia nicht vor acht bis zehn Stunden eintreffen würde, suchte er ein höherliegendes Gelände und befahl den Leuten, sich auf dem Kamm einer Düne zu verschanzen. Über Funk setzte er den Kommandanten von Quarglia von dem Überfall in Kenntnis und bat um Hilfe.

Die Explosion der großen, wahrscheinlich selbstgebastelten Mine hatte einen gewaltigen Krater in den lockeren Sandboden gerissen. Tiefenbacher ließ das schwerbeschädigte Fahrzeug mit Hilfe des anderen auf die Seite schleppen und untersuchte das Loch. Dabei entdeckte er einen schweren, stark verrosteten Metallgegenstand, der durch die Explosion halb aus dem Boden gerissen worden war. Tiefenbacher grub ihn vollends aus und musterte ihn neugierig. Er war etwa vierzig Zentimeter lang und schien ehemals ein Rohr dargestellt zu haben, dessen Wandung auf der einen Seite von der Erosion weggefressen war. Es war ihm als Fachmann sofort klar, daß dieses seltsame Rohr mit der Mine nichts zu tun gehabt hatte und zufällig durch die Explosion ans Tageslicht gekommen war. Tiefenbacher sah aber auch auf den ersten Blick, daß es sich dabei um den Rest einer schweren panzerbrechenden Waffe handeln mußte. Er hielt es für ein verschlepptes Überbleibsel des deutschen Afrikafeldzugs, wunderte sich jedoch über den stark verwitterten Zustand, in dem das Metall war. Bei der extrem geringen Luftfeuchtigkeit der Erg blieben im Sand begrabene Teile aus Stahl erfahrungsgemäß über Jahrzehnte hinweg blank, ohne auch nur eine Spur Rost anzusetzen. Das Rohr dagegen sah aus, als hätte es Jahrzehnte in Salzwasser gelegen.

Auf Befehl der Kommandantur mußten alle Waffen und Waffenteile, die im Aufstandsgebiet gefunden wurden, dem Gouvernement in Algier zugestellt werden, wo sie auf ihren Ursprung hin untersucht wurden; zum einen, weil die Araber selbst Steinschloßflinten reparierten, um sie gegen die verhaßten Kolonialisten einzusetzen, zum anderen, weil man informiert sein wollte, aus welchen trüben Quellen die aufsässigen Wüstensöhne ihre Waffen bezogen.

Tiefenbacher legte diesen Befehl in seinem Sinne aus: Er requirierte den seltsamen Fund für seine Privatsammlung, wickelte ihn in eine Decke und legte ihn unter den Fahrersitz. Dann stapfte er die Düne hinauf, auf der sich seine Leute verschanzt hatten. Sie waren eben dabei, ihre Maschinengewehre in Stellung zu bringen. Im Westen erlosch die letzte Glut des Tages, über ihnen brannten die Sterne. Es wurde eine kalte Nacht, und vor allem die Verwundeten litten. Dann und wann war ein Stöhnen und unterdrücktes Fluchen zu hören; auch die Männer, die wachfrei hatten, taten kein Auge zu. Immer wieder kauerte sich eine Gestalt in der Deckung zusammen, um sich eine Zigarette anzuzünden.

Tiefenbacher saß mit klammen Fingern hinter einem der MGs. Er hatte die Situation richtig eingeschätzt. Kurz vor Tagesanbruch hörte er das typische *Tschak-tschak-tschak-tschak* trabender Kamele in einiger Entfernung. Er schwenkte das MG in die Richtung, aus der das Geräusch kam, und lauschte. Wenige Sekunden später vernahm sein geübtes Ohr das Knirschen hastender Füße auf Sand.

Mit leiser Stimme gab er Befehl, eine Leuchtkugel abzuschießen. Im selben Sekundenbruchteil, in dem sie mit einem dumpfen *Flopp* zerplatzte und kreideweißen Schimmer über die Dünen erbrach, eröffnete Tiefenbacher das Feuer. In dem ungewissen Licht glaubte er einige Gestalten stürzen zu sehen und in etwa 100 bis 120 Meter Entfernung acht oder zehn Kamele auszumachen, die sich erschrocken aufbäumten und an ihrem Zaumzeug zerrten, dunkle Flecken von Einschüssen erschienen auf ihren kreideweiß gebleichten Fellen, dann erlosch das Licht.

Während das andere Maschinengewehr weiterfeuerte, schwenkte Tiefenbacher den Lauf seiner Waffe in die Gegenrichtung, um einem Angriff von der anderen Seite zu begegnen. Doch es erfolgte keiner.

Die Gegner hatten nicht einen einzigen Schuß abgegeben. Hatten sie keine Gelegenheit mehr dazu gehabt? Tiefenbacher lauschte mit angehaltenem Atem in die Dunkelheit, doch er vernahm nichts als das Zähneklappern seiner Leute, die unter dem sternglitzernden Himmel froren, und das Ächzen der Verwundeten, wenn sie ihre unbequeme Lage veränderten. Und an der Grenze des Wahrnehmbaren konnte man ein feines emsiges Flüstern vernehmen – den Nachtwind, der sich an der Düne rieb und geduldig Sandkorn auf Sandkorn von Luv nach Lee trug im großen Stundenglas der Zeit.

Der Morgen schien nicht anbrechen zu wollen. Dann, endlich, zeigte sich ein heller Schimmer am östlichen Horizont. Tiefenbacher blinzelte angestrengt in die Dämmerung. Allmählich zeichneten sich Konturen ab, doch er vermochte nur die Flanken der Dünen zu erkennen. Sowohl die Kamele als auch die nächtlichen Gestalten waren verschwunden wie ein Spuk. Er nahm eine Maschinenpistole, kletterte aus der Deckung und näherte sich vorsichtig dem Terrain, das sie unter Feuer genommen hatten. Man sah die Krater und Furchen der Einschüsse, doch keinen Toten, keine Blutspuren weit und breit – aber die Spuren von Männern und Kamelen.

»Merde!« sagte Tiefenbacher, ließ vier Mann aufsitzen und folgte mit dem intakten Fahrzeug den Spuren etwa sechs Kilometer weit, dann verlor er sie im felsigen Gelände. Er schlug einen Bogen nach Süden und stieß nach etwa drei Kilometern auf zwei schwarze Zelte. Nomaden. In einem Gehege aus

Dorngestrüpp zupften etwa ein Dutzend Schafe und Ziegen an den spärlichen dürren Grashalmen, die zwischen den Steinen wuchsen.

Tiefenbacher hielt an, ließ absitzen und die Zelte umstellen.

»Alles raus! Aber ein bißchen plötzlich!« brüllte er, hob seine Maschinenpistole und gab einen Feuerstoß in die Luft ab, um seinem Befehl Nachdruck zu verleihen.

Es erhob sich lautes Geschrei, und zwei ältere und eine jüngere Frau sowie vier Kinder kamen zum Vorschein.

Typisch, sagte er sich. Keine Männer. Wahrscheinlich waren sie bei dem Trupp, der sie überfallen hatte. Nun, die sollten sich wundern, wenn sie nach Hause kamen.

Tiefenbacher ließ die Frauen und Kinder zusammentreiben und näherte sich vorsichtig den Zelten, um sie nach versteckten Waffen zu durchsuchen. Das erste Zelt war leer, nur ein paar Küchengeräte und irdene Schüsseln standen auf dem Boden. Tiefenbacher fegte sie mit einem Fußtritt beiseite. Als er das zweite Zelt betrat, nahm er aus den Augenwinkeln im Halbdunkel eine Bewegung wahr. Reflexartig schoß er in die Richtung. Als seine Augen sich eine Sekunde später an die Düsternis gewöhnt hatten, sah er, daß er einen alten Mann vor sich hatte, der im Hintergrund des Zelts auf dem Boden hockte und offenbar nicht mehr gehen konnte.

Der Alte hob seinen braunen, abgezehrten Arm und streckte die Hand aus, als wolle er ihn um etwas bitten, während er mit der anderen den schmutzigweißen Burnus vor der Brust zusammenhielt, der sich rasch mit Blut tränkte. Dabei sah er ihn mit wasserblauen Augen erschrocken an und formte mit den dünnen faltigen Lippen unhörbare Worte. Plötzlich quoll ein Schwall helles schaumiges Blut aus dem Mund, rann ihm übers Kinn, färbte seinen schütteren Bart und troff ihm auf die Brust, während er immer noch weitersprach und die Hand bittend ausgestreckt hielt.

»Bringt ihn hier raus! Los!« schrie Tiefenbacher und spürte, daß er zitterte.

Zwei seiner Leute schleppten den Sterbenden ins Freie.

»Ich sagte, *alles* raus!« herrschte er die Frauen an, die bei dem schrecklichen Anblick, den der alte Mann bot, in lautes Klagegeheul ausbrachen, worauf die Kinder laut zu weinen anfingen.

»Ruhe, verdammt noch mal!« schrie Tiefenbacher.

Er ließ zwei der Schafe ins Fahrzeug laden und die übrigen Tiere erschießen, dann wurden die beiden Zelte mit Benzin übergossen und angezündet.

Sie waren schon einen guten halben Kilometer gefahren, aber das durchdringende Klagegeheul der Weiber hörten sie immer noch.

»Das wollen Menschen sein?« sagte Tiefenbacher. »Leben im Dreck wie die Zigeuner und heulen wie die Koyoten.« Er wollte lachen, aber es schnürte ihm die Kehle zu, denn er sah das Gesicht des alten Mannes vor Augen, der ihn erschrocken anstarrte und nicht aufhören wollte, ihm unhörbare Fragen zu stellen. »Verdammt!« sagte er immer wieder, als könne er sich damit des Spuks entledigen.

Als sie zu ihrer provisorischen Stellung am Rand der Piste zurückkehrten, waren aus Quarglia zehn Mann Verstärkung mit drei Fahrzeugen eingetroffen, darunter eine Ambulanz, in der die Verwundeten bereits versorgt wurden. Die Leichen des Fahrers und des gefallenen Soldaten lagen in schmucklosen flachen Fichtenholzsärgen, die am Straßenrand standen.

»Was gefunden?« fragte der Major.

»Nichts«, sagte Tiefenbacher lakonisch.

»Schöne Schweinerei«, meinte der Major, aber es klang ziemlich gleichgültig.

»Kann man wohl sagen«, sagte Tiefenbacher.

Bevor er sich hinters Steuer setzte, sah er nach, ob sich die vorsintflutliche Knarre, die er im Sand gefunden hatte, noch unter seinem Sitz befand.

Sie war noch da. Niemand hatte von ihr Notiz genommen. Aber das sollte sich bald ändern.

Im März des folgenden Jahres wurde Tiefenbachers Einheit nach Oran verlegt, um in der Stadt Ruhe und Ordnung aufrechtzuerhalten. Tiefenbacher genoß das unverhoffte Großstadtleben nach den Monaten in verwanzten Wüstenquartieren in vollen Zügen. Eines Abends – er hatte gut gegessen und Schampus getrunken, war dann mit einer fleischigen Araberhure nach oben gegangen und hatte ihr mächtig einen geschoben, hatte dann noch einen getrunken, um sich abzukühlen, fühlte sich wohlig an Geist und Glied erschlafft, war mit sich in seiner Erbärmlichkeit und der Erbärmlichkeit der Welt zufrieden – da lauerte ihm ein Heckenschütze auf, als er das Bordell verließ. Der erste Schuß traf ihn in die Schulter, der zweite in den Unterleib – und der riß ihn um. Aber noch im Fallen zog er die Pistole. Er wollte sich auf den Bauch wälzen, um besser sein Ziel suchen zu können, aber er schaffte es nicht mehr. Auf dem Rücken liegend schoß er auf zwei Gestalten, die über die Straße rannten. Es waren zwei Araberjungen, die von den Schüssen verängstigt ihre Deckung in einer nahen Toreinfahrt verlassen und versucht hatten, die andere Straßenseite zu erreichen. Aber Tiefenbacher schoß noch immer viel zu gut. Dann riß ihn ein dritter Schuß gnädig in die Dunkelheit.

Tiefenbacher lag röchelnd in einer immer größer werdenden Blutlache, und als die Ambulanz kam, war er bereits tot, aber er hielt die Waffe immer noch so fest, daß man sie ihm nur mit Mühe entwinden konnte.

Als man in der Kaserne den Spind des Gefallenen öffnete, entdeckte man eine Kollektion von Beutewaffen, die ausgereicht hätten, den Caporal-Chef vor ein Kriegsgericht zu bringen. Darunter war auch das verrostete Bruchstück jener Waffe, das er an der Piste südlich von Cassi Touil gefunden hatte. Tiefenbacher hatte es mit einer Stahldrahtbürste so gut es ging gereinigt und von lockerem Rost befreit, dann mit Öl eingerieben und in ein Stück Wolldecke eingeschlagen. Es sah nun mattschwarz und eher wie ein Stück Holzkohle aus.

Das Arsenal Tiefenbachers wurde einem Waffenspezialisten der Präfektur vorgelegt, der die Pistolen und automatischen Waffen auf Anhieb identifizierte und ordnete. Als letztes betrachtete er das verrostete Beutestück, das er zunächst wenig beachtet hatte. Es handelte sich augenscheinlich um den Teil einer Waffe, eines Granatwerfers oder etwas Ähnlichem. Er konsultierte einige Handbücher; eine deutsche Waffe aus dem

Zweiten Weltkrieg war es offenbar nicht. Nun wurde er stutzig. Aber all seine Bemühungen um eine Identifizierung blieben vergeblich. So schickte er einige Wochen später das Stück an die waffentechnische Abteilung des Kriegsministeriums in Paris.

Dort war man indes ebenso ratlos, vor allem als man feststelltte, daß es sich um eine Legierung handelte, die neben Vanadium und Wolfram ungewöhnlich viel Titan enthielt, ein teurer Werkstoff, mit dem man noch wenig Erfahrungen hatte und den man vor allem wegen seiner *Korrosionsbeständigkeit* in Legierungen verwendete.

Nach langem Zögern entschloß sich das Ministerium, einen US-Waffenspezialisten der NATO heranzuziehen, die zu jener Zeit noch im Palais Chaillot residierte. Dieser wurde munter, als er die Ergebnisse der Werkstoffanalyse zu Gesicht bekam, weil ihm bekannt war, daß mit ähnlichen Legierungen im Zusammenhang mit der Raketentechnik experimentiert wurde. Er setzte durch, daß Tiefenbachers Knarre über den Atlantik geflogen wurde. Sie gelangte im September 1959 in die waffentechnische Entwicklungsabteilung der Navy in Oakland, Kalifornien, wo seit dem Krieg im Pazifik die modernsten Werkstoffe entwickelt und auf ihre militärische Verwendbarkeit erprobt wurden.

Dort rief das unansehnliche Stück Metall helle Bestürzung hervor, denn es glich – vielmehr das, was noch von ihm übrig war – aufs Haar dem Teil einer Waffe der Navy, die sich *erst in Entwicklung befand* und von der erst vier Prototypen existierten, die gerade erprobt wurden: ein tragbarer Werfer, mit dem man taktische Atomgranaten verschießen konnte.

Commander Francis' Stunde war gekommen. Er hatte in der Pazifikflotte gedient und galt bereits während des Korea-Krie-als einer der ausgewiesensten Experten für Waffen russischen und chinesischen Ursprungs. Man sagte ihm nach, er könne an einem fliegenden Geschoß erkennen, aus welcher Waffe es abgefeuert worden sei. Er hatte einen fabelhaft kühlen Verstand, der gepaart war mit jener Art von Penetranz, Sturheit, Ellbogentechnik und Gefühllosigkeit, die man gemeinhin als

Durchsetzungsvermögen bezeichnet und honoriert, und er war stets Optimist, was seine Karriere betraf – und die Projekte, die er im Hinblick auf diese mit Tüchtigkeit und Tücke verfolgte.

Zwischen 1954 und 1958 war er mit Werkstoffuntersuchungen beschäftigt gewesen, welche die Navy anläßlich der Wasserstoffbombenversuche auf dem Eniwetok- und dem Bikini-Atoll durchführte, bei denen auf abgewrackten Schiffen in der Nähe der Explosionsherde verschiedene Materialien harter Strahlung ausgesetzt wurden.

Die Navy holte Commander Francis nach Oakland und setzte ihn auf den rätselhaften und beängstigenden Sachverhalt an. Eine Beförderung zum Captain wurde ihm in Aussicht gestellt.

»Kein Zweifel möglich?« fragte Commander Francis und schabte mit der Messingfassung der Lupe seinen Nasenrücken, die Stirn in so düstere Falten gelegt, daß sein graumeliertes, zur Bürste gestutztes Haar sich beinahe nach vorn sträubte. Er fuhr mit den Fingerkuppen prüfend über die stark korrodierte Oberfläche, als wolle er die ursprüngliche Form der Waffe ertasten.

»Kein Zweifel, Sir«, sagte der Ingenieur und schob seine Brille aus dem feisten rotbackigen Gesicht über die verschwitzte Stirn hoch, wo sie auf dem grauen Haarbüschel Halt fand, der zwischen langen glänzenden Geheimratsecken üppig gedieh.

Francis blickte unbehaglich auf die langen weißen Borsten, die aus dem Halsausschnitt seines Gegenübers quollen, betrachtete den fleckigen Labormantel, der sich über den voluminösen Bauch spannte und dessen Knöpfe abgesprengt zu werden drohten, bis sein Blick auf den roten, unglaublich breiten Händen haften blieb und den Manschetten der zu kurzen Ärmel, aus denen grauweißer Pelz quoll wie ein Spitzenjabot. Ein weißer Affe, sagte sich Francis, ein majestätisches, grauweiß bepelztes wohlgenährtes Tier. Es müßte besondere Rasiervorschriften für solche Typen geben. Er sah ein Bild vor sich, das er in seiner Jugend gesehen hatte: Zwei Bauernburschen, die ein

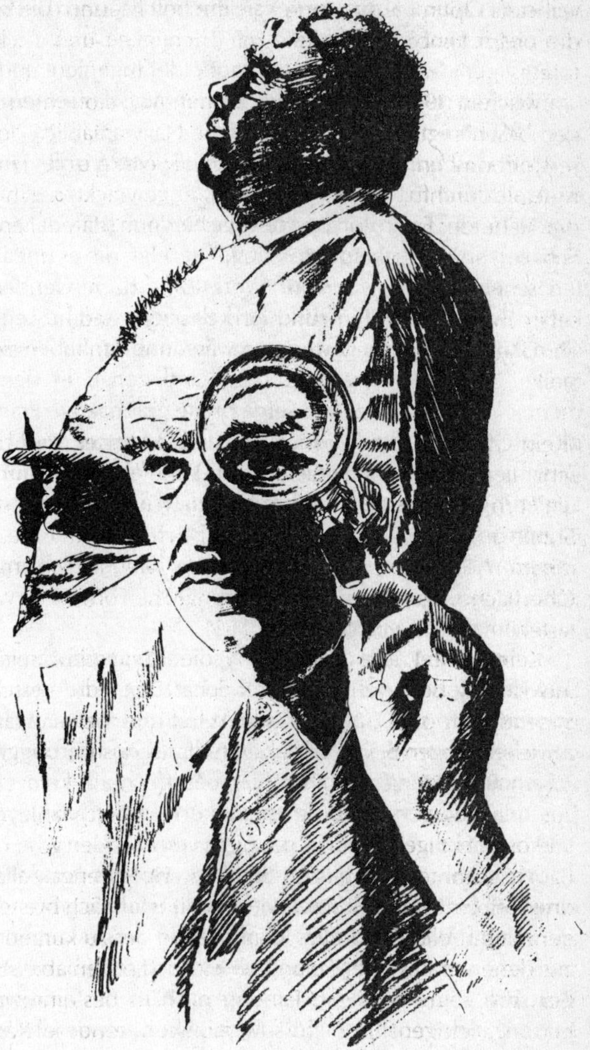

frischgeschlachtetes Schwein in einem Holztrog voll kochend heißem Wasser wälzten, bevor sie ihm mit Messern die Borsten von der Schwarte schabten.

»Es ist geradezu verrückt«, schnaufte der Ingenieur und brach unmotiviert in ein glucksendes Lachen aus, das seinen mächtigen Bauch erschütterte.

»Und was bringt Sie zu dem Schluß, Mr. Manley?« erkundigte sich Francis.

»Wir testen die Prototypen des Werfers nun seit vier Monaten. Es haben sich verschiedene Mängel gezeigt, die es uns angeraten scheinen lassen, andere Werkstoffe zu verwenden. Wir haben wochenlang hin- und herkalkuliert, welche Legierung allen Anforderungen gewachsen wäre, und wir haben eine geradezu ideale Lösung gefunden. Und genau in dem Moment ...« – Mr. Manley ließ seine breite grauhaarige Pranke auf die Tischplatte fallen – »genau in dem Moment wird uns das Ding hier auf den Tisch gelegt. Und es besteht genau aus dieser Legierung, die wir als ideal betrachten, von der aber noch kein Gramm in Auftrag gegeben worden ist.«

»Hm. Also fassen wir zusammen: Es handelt sich mutmaßlich ...«

»Mutmaßlich? Mit Sicherheit, Sir!«

»... um eine Waffe der US-Navy, die sich gegenwärtig hier in Entwicklung befindet, nach ihrer Schätzung mindestens zehntausend Jahre den Einflüssen von Wind und Wetter ausgesetzt gewesen sein muß, von der aber in dieser Ausführung, was die Zusammensetzung des Materials betrifft, noch kein einziges Exemplar angefertigt wurde. Ist das korrekt, Mr. Manley?«

»Absolut korrekt. Und ist das nicht verrückt?«

»Wissen Sie, Mr. Manley, Sherlock Holmes handelte nach einer Maxime, die er immer wieder mit Erfolg angewendet hat. Sie lautet: ›Wenn du alles Unmögliche ausgeklammert hast, muß das, was übrigbleibt, und sei es noch so unbeweisbar, die Wahrheit sein.‹ Meiner Meinung nach ist das eine voreilige Maxime. Ich möchte nicht soweit gehen, etwas fahrlässig als unmöglich auszuklammern.«

Mr. Manley senkte seinen bulligen Kopf und starrte den Navy-Offizier einen Moment lang verdutzt an. »Gestatten Sie eine Frage, Sir?« sagte er dann.

»Bitte fragen Sie, Mr. Manley.«

»Lesen Sie Science Fiction, Sir?«

»Sie sagen das ein wenig vorwurfsvoll, Mr. Manley.«

»Aber keineswegs, Sir. Im Gegenteil.«

»Es gehört manchmal zu meinen Pflichten, mich mit Dingen zu beschäftigen, die nicht gerade auf der Hand liegen.«

Der Ingenieur nickte und lächelte plötzlich strahlend. Commander Francis' Gesicht blieb völlig unbewegt.

»Ich glaube, damit hätten wir's vorläufig, Mr. Manley, oder haben Sie noch Fragen?«

»N-nein, Sir«, sagte der Ingenieur, sammelte seine Unterlagen zusammen und eilte hinaus.

Etwa zehn Monate später, im Herbst 1960, lief in den USA der Film *The Time Machine* von G. Pal nach einem Roman von H. G. Wells. Commander Francis sah ihn in Washington. Er besorgte sich ein Standphoto und heftete es in seinem Büro im Pentagon an die Wand. Es zeigte eine an zwei Stellen geknickte Zigarre auf dem Sitz eines winzigen Zeitmaschinenmodells, hinter der sich eine kunstvoll gehämmerte Metallscheibe drehte, die magisch den Blick auf sich zog, als gelte es, von einem Taschenspielertrick abzulenken.

Der Sputnik-Schock von 1957 steckte den Amerikanern noch in den Knochen, als am 12. April 1961 0707 MEZ Major Gagarin an Bord von »Wostok I« in 108 Minuten einmal die Erde umkreiste und in der Nähe des Dorfs Smelowka im Distrikt Saratow sicher landete. Die westliche Presse, vom Kalten Krieg noch auf Erfolgsmeldungen programmiert, heulte auf; die Militärs im Pentagon knirschten mit den Zähnen. Präsident John F. Kennedy sah sich veranlaßt, seine im Wettlauf um den Raum geschlagene Nation um sich zu sammeln und verkündete sechs Wochen später, am 25. Mai 1961: »Unsere Nation sollte sich zum Ziel setzen, noch vor Ende dieses Jahrzehnts einen Menschen zum Mond und heil wieder zurückzubringen.«

Die USA setzten auf den Mond.

Mitte November 1962 fand in Detroit eine Tagung statt, auf der NASA-Wissenschaftler, Techniker aus den Luftfahrt- und Raumfahrt-Industrien und Spezialisten von der Army, der Air Force und der Navy über das Verhalten von Werkstoffen bei extremen Belastungen diskutierten und ihre Erfahrungen austauschten. Auch Commander Francis war abkommandiert worden und hielt einen Vortrag über die Ergebnisse, welche die Navy bei den Wasserstoffbombenexplosionen im Pazifik gewonnen hatte. Sein Thema lautete lapidar: »Verhalten von Oberflächen bei extremer Strahlenbelastung.«

Die Stimmung auf der Tagung war mehr als gedämpft. 18 Monate nach Kennedys programmatischer Forderung hatten die USA nicht einen Erfolg aufzuweisen, sondern im Gegenteil einen Rückschlag nach dem anderen hinnehmen müssen. »Ranger 2« erreichte im November 1961 nicht einmal eine Bahn Richtung Mond; »Ranger 3« flog Ende Januar 36 000 km am Mond vorbei; Ende April traf »Ranger 4« endlich den Mond und zerschellte programmgemäß auf der Mondoberfläche – doch die Kameras versagten; und »Ranger 5« hatte eben wieder das Ziel verfehlt, wenn auch nur um 720 km. Die Leute von der NASA wirkten bedrückt; die Militärs machten aus ihrer Unzufriedenheit kein Hehl, und es fielen gelegentlich böse Worte. Die Vertreter der Industrie wiesen zwar darauf hin, daß die Programme zu überstürzt durchgeführt würden, gaben sich jedoch optimistisch, denn es winkten lukrative Aufträge.

Nach den Spezialexkursen tagsüber lenkte man die Diskussionen am Abend dankbar in allgemeinere Bahnen. Es war immer wieder von der »Überwindung des Raumes« die Rede.

»Sagen Sie«, fragte Francis gedehnt und betont beiläufig den Physiker, der neben ihm saß und dessen Schildchen am Revers ihn als einen Dr. Thomas Winter von der NASA auswies, »halten Sie es für möglich, daß wir eines Tages auch die Zeit überwinden?«

Dr. Winter blickte ihn einen Moment lang abschätzend über seine schicke randlose Brille hinweg an, dann schielte er auf Francis' Schildchen am Revers und sagte mit einer winzigen Spur Überheblichkeit in der Stimme:

»Wissen Sie, Commander, die Wissenschaftsgeschichte pflegt grausam mit jenen umzugehen, die das Wort ›unmöglich‹ allzu unbedacht gebrauchten. Ich halte die Zeitreise theoretisch und praktisch für unwahrscheinlich.«

»Also, wenn ich Sie richtig verstanden habe, Doktor, dann ist sie nicht unmöglich, aber unwahrscheinlich.«

»J-ja, ich möchte sogar weitergehen«, meinte Dr. Winter, spitzte die Lippen und saugte an dem blauen Plastikhalm seiner Colaflasche. Dann nahm er mit bedeutsamer Geste die Brille von der Nase. »Ich halte sie einfach für undenkbar.«

Francis nickte.

»Sehen Sie ...«, Winter schob sich die Brille wieder auf die Nase und funkelte sein Gegenüber nun mit wachem Interesse an, »wenn Sie diese Möglichkeit eröffnen, dann öffnen Sie den Paradoxa Tor und Tür. Sie verstricken sich bei jedem logischen Schritt in unaufhebbare Widersprüche. Zeitreise würde die Logik zunichte machen. Die Annahme dieser Möglichkeit wäre bereits unlogisch.«

»Das heißt also, daß Sie die Zeitreise für unwahrscheinlich, undenkbar und unlogisch halten. Dennoch halten Sie sie für – sagen wir – nicht unmöglich.«

Dr. Winter sah ihn nachdenklich an, dann nickte er schweigend.

»Entschuldigen Sie die Frage, Doktor«, fuhr Francis fort, »das tun Sie aber doch nicht aus übertriebenem Respekt vor einem zukünftigen Urteil der Wissenschaftsgeschichte.«

Dr. Winter lächelte. Dieser Mann von der Navy, den er zunächst für einen etwas eitlen Trottel gehalten hatte, begann ihm zu gefallen.

»Sehen Sie, Commander«, sagte er gönnerhaft, »Wahrscheinlichkeiten und Undenkbarkeiten besagen in der naturwissenschaftlichen Theorienbildung im Grunde nichts. Sie sind Ausdruck von empirischen Erfahrungen und Denkgewohnheiten. Und was die Logik betrifft – sie spiegelt allenfalls die Gesetzmäßigkeiten menschlichen Erkenntnisvermögens, nicht die Gesetzmäßigkeiten des Universums.«

»Ich verstehe«, sagte Francis.

»Es sind gerade diese Unmöglichkeiten – die verbotenen Spielregeln sozusagen –, die dem menschlichen Geist den Raum zu faszinierenden Gedankenspielereien eröffnen.«

Francis nickte gedankenvoll. Er beschloß, sofort nach seiner Rückkehr nach Washington einen Stab von Leuten von Stund an alle Literatur nach Spuren solcher faszinierenden Gedankenspielereien durchsuchen zu lassen! Er nickte nur noch mechanisch und hörte nicht mehr zu, als der Mann von der NASA dozierend den Finger hob und sagte: »Und die entscheidenden Durchbrüche in der Naturphilosophie – was waren sie denn am Anfang anderes als faszinierende Gedankenspielereien?«

ZWEITER TEIL

Das Chronotron-Projekt

Über Huntsville, Alabama, ging ein Gewitterregen nieder. Blitze zuckten, der Donner ließ die vom Wasser verschmierten Scheiben klirren. Draußen war es dunkel, als wäre die Nacht hereingebrochen, doch die elektrische Uhr über der Tür zeigte in Leuchtschrift die Ziffernfolge 1447.

Im Sitzungssaal des »Engeren Kreises« brannten Leuchtstoffröhren, aber die brannten auch, wenn draußen die Sonne schien. Der schwache Hauch der permanent leise wispernden Klimaanlage abstrahierte die Mittagsschwüle ebenso wie die Labsal des erfrischenden Regengusses zu einer faden, sorgfältig befeuchteten Frostigkeit, die sich auf Schleimhäuten und in Gehirnen festsetzte.

Admiral William W. Francis reckte energisch sein markantes Kinn vor, als wollte er mit dieser Geste wie eine Planierraupe die Argumente der Wissenschaftler beiseiteschieben und symbolisch einen Schlußpunkt unter die Debatte setzen, und sagte: »Meine Herren, ich verstehe ...« Ein greller Blitz erhellte die Gesichter der Anwesenden, und ein unmittelbar darauffolgender Donnerschlag ließ die Scheiben erzittern. Der Admiral senkte den Kopf und wartete einige Sekunden, bis das Krachen abgeebbt war, dann fuhr er fort: »Ich verstehe Ihre Einwände nicht. Früher oder später werden auch andere Wissenschaftler dahinterkommen, daß zwischen Gravitation und Zeitdimension eine Abhängigkeit besteht. Was liegt näher als die Annahme, daß zwischen einem vierdimensionalen Raum, in dem sich die Gravitationswirkungen von Massen abbilden, und der Dimension der Zeit Interdependenzen vorliegen. Gut, wir können verhindern, daß andere sich allzu intensiv damit befassen, aber warum sollen wir nicht den Vorsprung nutzen, den wir haben. Meine Herren, es geht hier um den Bestand unserer

Nation – ach, was sage ich – um den Bestand der abendländischen Zivilisation! Wir sind am Ball, und wir sollten unsere Chance nutzen. Wir haben die Mittel, die entscheidenden Weichenstellungen für das Wohlergehen der westlichen Welt vorzunehmen, also werden wir genau dies tun, bevor die anderen die Finger am Hebel haben. Das ist doch das einzige Argument, das *zählt*, meine Herren!«

Professor Samuel Fleissiger – ein hochaufgeschossener, etwas linkisch wirkender Mann Ende dreißig, dunkles, leicht gekräuseltes Haar, beginnende Stirnglatze, nicht mehr ganz weißer Rollkragenpullover und abgeschabtes braunes Cordjacket mit ausgebeulten Taschen, hellbraune, ebenso ausgebeulte Gabardinehosen – hob den Blick von den Papieren, die vor ihm auf dem Tisch lagen, und betrachtete mit seinen hellgrauen Augen über den Rand seiner Nickelbrille hinweg den Admiral, als hätte er einen etwas begriffstutzigen Prüfungskandidaten vor sich.

»Eben deshalb mein Einwand, Admiral Francis«, sagte er betont erstaunt und mit einer Spur ätzendem Spott in der Stimme. »*Weil* es um den Fortbestand der abendländischen Zivilisation, und *weil* es um das Wohlergehen der westlichen Welt geht, ist es vor allem nötig, Projekte in dieser Richtung sorgfältig zu planen. Es ist völlig überflüssig, etwas zu überstürzen, denn jeder ›Vorsprung‹, wie Sie es nennen, ist illusorisch. Sie würden einem Phantom nachjagen, und es ginge Ihnen wie dem Hasen, der mit dem Igel um die Wette läuft. Ganz gleich, wie schnell sie rennen, wenn Sie ans Ziel kommen, ist der Igel immer schon da.«

»Dann müssen wir eben der Igel sein«, sagte der Admiral, der die Anspielung nicht verstand. Er lehnte sich zurück und warf den beiden technischen Direktoren von der NASA einen Hilfe heischenden Blick zu.

Dr. Herbert H. Hollister setzte pflichtschuldigst ein verächtliches Lächeln auf und wandte den Kopf in Fleissigers Richtung, während Dr. Ing. Walther W. Berger mit verdrossener Miene auf seine Unterlagen starrte; ihn interessierten allein der technische Aspekt des Projekts, die Fakten, die theoretischen Abschweifungen der Akademiker hielt er für schiere Zeitverschwendung.

»Wenn das so einfach wäre«, entgegnete Fleissiger und legte resigniert seufzend die Kuppen seiner beinahe häßlich langen, schmalen Finger gegeneinander. »Oder was meinst du, Nobuyuki?«

Professor Nobuyuki Kafu, ein kleiner untersetzter Mann japanischer Abstammung mit rundem Schädel, das glänzend schwarze borstige Haar da und dort mit weißen Büscheln durchsetzt, war etwa gleichaltrig mit Samuel Fleissiger. Er trug ein blütenweißes Hemd und einen eleganten dunkelblauen Maßanzug mit Nadelstreifen, der seine stiernackige, kurzbeinige Vierschrötigkeit etwas milderte. Dennoch wirkte er eher wie ein Mittelgewichtsmeister im Boxen, der zu einem Bankett geladen ist und sich zu diesem Zweck in einen ungewohnten Anzug gezwängt hat, als ein Physikprofessor bei einer Arbeitssitzung. Er hatte zusammen mit Fleissiger am Caltech an einem Projekt für Schwerkraftfelder- und Gravitationswellenforschung gearbeitet. Dabei waren sie bei der Berechnung von Modellen extremer Schwerkraftverhältnisse, wie sie bei Pulsaren und Schwarzen Löchern auftreten, auf Abhängigkeiten zwischen solchen Feldern und seltsamen chronometrischen Phänomenen in der Frequenz von Pulsaren gestoßen, die einen merkwürdigen Schluß zuließen: In extrem starken Schwerefeldern ist es möglich, daß Masseteilchen in Richtung Vergangenheit verschwinden.

Gemeinsam hatten sie aus den Ergebnissen die theoretischen Grundlagen des Chronotrons erarbeitet, eines hypothetischen Geräts, mit dessen Hilfe man unter großem Energieaufwand derartige Schwerefelder künstlich herstellen könnte. Diese Untersuchungen lagen inzwischen mehr als acht Jahre zurück.

Professor Kafu, dem trotz der beinahe unangenehmen Kühle im Raum Schweißtropfen auf der breiten Nase und über der Oberlippe standen, blinzelte aus seinen Schlitzaugen, als hätte man ihn aus einem wohlverdienten Schlummer gerissen, erst seinen langjährigen Freund und Kollegen und dann die anderen Herren der Reihe nach an, bevor er mit seiner überraschend hohen und etwas näselnden Stimme sagte: »Ich glaube, wir sollten zunächst die Probleme des technisch Machbaren besprechen und die theoretischen Erwägungen hintansetzen, damit die Herren von der NASA nicht ungeduldig werden.«

Berger warf ihm einen dankbaren Blick zu.

»Der Meinung bin ich ganz und gar nicht«, meinte Fleissiger. »Alle hier Anwesenden sollten sich über die Konsequenzen des Projekts voll und ganz im klaren sein, bevor man die technische Erprobung forciert und noch mehr Milliarden in das Chronotron-Projekt hineingepumpt werden.«

»Lassen Sie das meine Sorge sein«, fiel ihm Admiral Francis grollend ins Wort.

»Oh, ich weiß, ihr Militärs seid alles andere als geizig, wenn es darum geht, die Rüstungsausgaben wieder eine Runde hinaufzuschrauben, um eurem Berechtigungsnachweis eine noch breitere Grundlage zu verschaffen, aber es sind auch *meine* Steuergelder, Admiral, die da verschleudert werden«, sagte Fleissiger hitzig.

»Bestehen Sie auf diesem Punkt, der eigentlich nicht zur Tagesordnung gehört, Professor?« fragte der Admiral geduldig. Dr. Hollister kicherte unterdrückt, Fleissiger warf ihm einen giftigen Blick zu und vertiefte sich in seine Unterlagen, ohne den Admiral einer Antwort zu würdigen.

»Tatsache ist«, fuhr Francis fort, »daß wir seit Jahren andere Projekte beschneiden, um die Gelder ins Chronotron fließen zu lassen. Wir sind dabei, unter dem Deckmantel der NASA eine ganz große Sache in die Wege zu leiten, halten die bemannte Raumfahrt seit zehn Jahren auf Sparflamme und lassen das Marsprojekt in der Schublade, obwohl uns die Sowjets bei jedem Startfenster, das aufgeht, die Show stehlen könnten. Und sie plädieren dafür, daß wir das Projekt auf die lange Bank schieben und Zeit vertrödeln.«

»Vielleicht stehen die Sowjets vor dem gleichen Problem wie wir und knobeln ebenfalls etwas in der Richtung aus«, wagte Berger einzuwerfen.

Dem Admiral verschlug es sichtlich einen Moment lang die Sprache, dann schüttelte er entschieden den Kopf. »Dafür, daß derzeit noch jemand auf diesem speziellen Gebiet forscht, gibt es nicht den geringsten Hinweis.«

»Wollen Sie damit sagen, daß Sie die gesamte Forschung überwachen und steuern können?« wollte Fleissiger wissen.

Der Admiral lehnte sich nachsichtig lächelnd zurück. Sein schmaler weißer Schnurrbart bildete eine korrekte Waagrechte. »Professor, das sollten Sie eigentlich wissen. Seit mehr als fünfzehn Jahren weiß ich sehr genau, wer sich mit Dingen dieser Art befaßt und wer an Material herankommt, das ihn zur Lösung führen könnte, zu der Sie und Professor Kafu gekommen sind.«

»Auch im Ostblock?«

»Auch im Ostblock. Weitgehend zumindest.«

»Aber Sie können doch nicht verhindern, daß sich immer wieder Leute mit dieser Art von Problemen auseinandersetzen.«

»Und warum nicht, Professor?« Der Admiral lächelte triumphierend, und als er den erschrockenen Gesichtsausdruck Fleissigers bemerkte, fuhr er rasch fort: »Sie brauchen deshalb nicht gleich das Schlimmste zu befürchten. Wir brauchen ja schließlich Nachwuchs. Entweder ist der Betreffende unser Mann – und wir tun, weiß Gott, alles, damit ihm sein Entschluß leichtfällt – oder ...« – Francis schnippte mit dem Finger – »er ist es nicht. So einfach ist das.«

»Hm«, brummte Kafu. »Was mich nur stutzig macht, ist das Verhalten der Sowjets. Sie bauen ihre große Raumstation nicht; sie starten nicht zum Mars; sie sind plötzlich wieder brennend an der Wiederaufnahme der SALT-Gespräche interessiert. Ich frage mich: Was, zum Teufel, machen die mit ihrem Geld?«

»Sie brauchen es, um alljährlich unseren Weizen zu kaufen«, warf Hollister ein.

»So ist es«, nickte Francis erleichtert. »Sie haben eine Mißernte nach der anderen. Aber sollte an den Vermutungen wider Erwarten doch etwas dran sein, dann ist Eile geboten. Deshalb verstehe ich Ihr Zögern nicht, meine Herren. Wer zuerst da ist, mahlt zuerst.«

Fleissiger warf dem Japaner einen hilflosen Blick zu und

schüttelte unmerklich den Kopf, bevor er sagte: »Leider trifft diese schöne alte Bauernregel in unserem Fall nicht zu. Man könnte eher sagen: Wenn der Erste seinen Zug getan hat, ist der Zweite schlauer.«

»Wir werden uns niemals in die Defensive drängen und uns unser Handeln diktieren lassen.«

»Sir, darauf wird es aber hinauslaufen. Das ist nicht so wie beim Mensch-ärgre-dich-nicht, wo Sie lospreschen können, wenn Sie den ersten Wurf und freie Bahn haben, das ist eher wie beim Schach unter gleichwertigen Partnern: Sie müssen stets auf den Zug ihres Gegners *reagieren*. Nur kann bei Ihrem Vorhaben, Admiral Francis, anders als beim Schach, schon der erste Zug verhängnisvoll sein.«

»Wie soll ich das verstehen?« fragte der Admiral ungeduldig. Ein krachender Donnerschlag bekräftigte seine Frage; Regen prasselte gegen die Scheiben. Fleissiger zündete sich eine Zigarette an, bevor er antwortete.

»Sehen Sie, Sir, das ist so: Angenommen, Sie setzen im 16. Jahrhundert ein Kommandounternehmen in Alaska ab, das nach Kamtschatka übersetzen und einen großen Teil des an Bodenschätzen reichen Ostsibiriens für die USA sichern soll, bevor die Offiziere des Zaren dort auftauchen und es in Besitz nehmen.«

»Die Weltgeschichte würde einen ganz anderen Verlauf nehmen. Und wie stünden wir den Sowjets gegenüber heute strategisch da?« rief der Admiral triumphierend. »Das ist es, Professor! Genau das ist es!«

»Aber erlauben Sie, Sir, das ist doch barer Unsinn«, sagte Berger ungeduldig. »Im 16. Jahrhundert gibt es eine Handvoll englischer, französischer und holländischer Siedler an der Ostküste, die vor Hunger beinahe umkommen und sich kaum der Rothäute erwehren können. Wie wollen Sie da im Namen der USA, die es erst 200 Jahre später geben wird, in Sibirien territoriale Besitzansprüche geltend machen. Das sind doch Hirngespinste!«

»Moment mal, Herr Dr. Berger. Territoriale Besitzansprüche kann jeder geltend machen, wenn er sie auch verteidigen kann«, entgegnete Fleissiger. »Und wenn eine *zukünftige* USA im 16. Jahrhundert bereits in der Lage wäre ...«

»So gefallen Sie mir schon wesentlich besser, Professor«, sagte Francis versöhnlich.

Der Japaner musterte den Admiral neugierig unter schweren faltigen Lidern hervor, dann ließ er sich verächtlich schnaufend im Sessel zurücksinken. Seinem Gesicht war beim besten Willen nicht zu entnehmen, ob er es sarkastisch meinte, als er sagte: »Der Haken ist nur, daß die Leute, welche die Interessen der anderen vertreten, sich praktisch 500 Jahre Zeit lassen und dann in aller Ruhe eine Kompanie Infanterie in die Vergangenheit just dahin befördern und Stellung beziehen lassen können, daß sie genau an dem Tag, an dem Ihre Leute ahnungslos zur Landung ansetzen, dort sind, um ihnen einen heißen Empfang zu bereiten. Und der Empfang wäre etwa so heiß, wie eine Kompanie Ledernacken ihn einem Fähnlein Kreuzritter bereiten könnte, will sagen, 500 Jahre waffentechnischer Entwicklung wären sie ihnen voraus. Ihr Stoßtrupp, Admiral Francis, wäre ein verlorener Haufen. Verstehen Sie nun, was Mister Fleissiger meint?«

Francis gefror sein siegesgewisses Lächeln auf den schmalen glattrasierten Wangen; Hollister schlug trübsinnig die Augen nieder; Berger blickte mürrischer drein denn je.

»Und bisher haben wir noch nicht einmal den Aloysius-Effekt in Erwägung gezogen«, warf Sam Fleissiger ein.

»Den *was*?« wollte der Admiral wissen.

»Den *Aloysius-Effekt*«, wiederholte Fleissiger und sah Francis mit tadelndem Blick über den Brillenrand hinweg an. »So genannt nach Raphael Aloysius Lafferty, dem Erfinder der phänomenalen Ktistec-Maschine.«

»Ein Science Ficition-Autor der sechziger und siebziger Jahre«, fügte Kafu erläuternd hinzu, als er den irritierten Blick des Admirals bemerkte, den dieser den beiden NASA-Wissenschaftlern zuwarf. »Lafferty hat sich unter anderem eingehend mit dem Phänomen der Zeitreise und den Konsequenzen von Zeitfrakturen befaßt.«

»Was soll der Unsinn?« fuhr Berger auf. »Ich habe allmählich den Eindruck, daß Sie uns hier ein bißchen auf den Arm nehmen wollen, meine Herren.«

»Keineswegs, Dr. Berger«, entgegnete Fleissiger. »Das ist kein Unsinn. Lafferty behauptet nämlich – und seine Argumentation ist absolut logisch –, daß man mit der Vergangenheit anfangen kann, was immer man will. Die in der Gegenwart Lebenden, die jemanden oder etwas in die Vergangenheit senden, damit dort eine Veränderung vorgenommen wird, werden nie feststellen können, ob diese Veränderung durchgeführt worden ist oder nicht, weil im Moment der Veränderung die Alternative, die sich durch sie ergibt, zur geschichtlichen Realität wird. Das heißt aber nichts anderes, als daß jeder Zeitgenosse weiß, daß es *so und nicht anders schon immer gewesen ist.* Wenn Sie jemanden ins Jahr 1775 zurückschickten, der George Washington über den Haufen schießt, bevor ihn der Kontinentalkongreß zum Höchstkommandierenden der Streitkräfte ernennt, dann wird in allen Geschichtsbüchern stehen, daß George Washington, möglicherweise ein fabelhafter Feldherr, der möglicherweise gegen die Briten hätte was ausrichten können, 1775 erschossen worden sei. So ist das! Und Sie, meine Herren, wüßten es auch nicht anders, weil Sie es so und nicht anders in der Schule gelernt hätten.«

»Reden wir hier über die verschrobenen Ideen eines Science Fiction-Autors oder über das Chronotron-Projekt?« schnaubte der Admiral ärgerlich.

»Über das Chronotron-Projekt, Sir«, erwiderte Fleissiger ungerührt.

Dr. Hollister kicherte und schüttelte den Kopf.

»Sehen Sie, Admiral Francis«, fuhr Fleissiger fort. »Sie wollen Ihrer Nation mit Hilfe des Chronotrons Vorteile verschaffen. Das Vertrackte dabei ist nur, daß Ihnen das niemand danken wird. Kein Zeitgenosse, Sie selbst eingeschlossen, wird jemals merken, daß sich etwas zum Vorteil verändert hat. Und sollten Sie tatsächlich Erfolg haben und die Situation der USA und ihrer Verbündeten strategisch, wirtschaftlich, politisch usw. usw. verbessern, dann wird jeder bloß sagen: Ach, wie geht es uns doch gut. Aber was, zum Teufel, will eigentlich dieser Francis? Steckt

Milliarden Dollar in dieses sündhaft teure Projekt, das nichts bewirkt, nicht einen einzigen Erfolg aufzuweisen hat. Und wozu schmeißt er das ganze Geld zum Fenster raus? Damit es uns *noch* besser geht. Es ist doch eigentlich eine Schande, daß es uns so gut geht und den anderen so schlecht. Wäre mit dem Geld nicht besser den armen Muschiks geholfen, die unter der Knute des Zaren stöhnen, oder den Millionen Chinesen, die in Leibeigenschaft leben und von denen jedes Jahr Hunderttausende in Hungersnöten umkommen, während die Machthaber in Petersburg und Peking es sich gut gehen lassen – vorausgesetzt es gelingt Ihnen, Lenin und Mao ein Bein zu stellen, und das dürfte doch zu den vitalsten Interessen der westlichen Welt gehören, wie ich unsere Hexenjäger kenne.«

»Sie irren sich«, platzte Hollister heraus. »Es geht um ganz etwas anderes.«

»*Ach?* Es gibt also schon konkrete Pläne?« fragte Fleissiger erstaunt. Der Admiral hatte die Lippen zusammengepreßt und warf dem Ingenieur einen finsteren Blick zu, dann wandte er sich an den Professor und sagte grollend: »Es kann auch so nicht weitergehen, sonst putzen wir über kurz oder lang den Ölscheichen die Schuhe, oder die Kommunisten übernehmen den ganzen Laden, weil wir von einer Wirtschaftskrise in die andere taumeln. Hier die Kernkraftwerksgegner und die Naturschutzheinis, die gegen jeden Bohrturm und jede Bohrinsel an der Küste protestieren, und die dort drüben lachen sich ins Fäustchen und stellen sich goldene Klos in die Wüste. Dem werden wir einen Riegel vorschieben, ein für allemal!«

Hollister nickte bekräftigend. Fleissiger blickte irritiert von einem zum anderen. So temperamentvoll hatte er diesen unterkühlten Francis noch nie erlebt. Hatte er da an einer alten Wunde des Admirals gekratzt oder war das schiere Begeisterung an der Sache? Das klang ganz nach ›Knüppel aus dem Sack‹.

»Daher weht der Wind also«, sagte er unsicher.

»Auf was wir uns hier einlassen, meine Herren«, warf Kafu ein, »ist eine Schraube ohne Ende, und die Kosten für ein derartiges Unternehmen werden alles Vorstellbare überschreiten.«

»Na und?« entgegnete Francis entrüstet. »Die Nation wird das Opfer bringen, wenn ihre Sicherheit und ihr Wohlergehen auf dem Spiel stehen.«

»Und die Rendite wird beachtlich sein«, meinte Hollister, aber niemand nahm seinen Einwurf zur Kenntnis.

»Das heißt nämlich nichts anderes«, schnaufte Kafu, »als jeden Konflikt in die Vergangenheit hinein zu verlängern und jede Entscheidung zu einer vorläufigen zu reduzieren. Jeder Sieg wäre in Gefahr, nachträglich in eine Niederlage verwandelt zu werden. Das ist eine Gleichung – beinahe hätte ich ›Spiel‹ gesagt – mit unendlich vielen Variablen. Das hält keine Nation durch, schon wirtschaftlich nicht. Womöglich geht unsere Zivilisation, ja vielleicht die ganze Welt, so wie wir sie kennen, in die Binsen.«

»Dieser Gefahr blicken wir auf anderem Gebiet schon seit langem ins Auge«, winkte Francis ab. »Wir werden auch ihr zu begegnen wissen, Professor, und wenn wir entlang der Zeitlinie Militärstützpunkte errichten müssen bis weit ins Präkambrium hinein.«

»Alle hundert, alle tausend oder alle zehntausend Jahre einen Stützpunkt, Sir?« meinte Fleissiger sarkastisch. »Ich frage nur, weil Sie dazu eine ganze Menge Leute brauchen werden.«

»Ich möchte doch sehen, wer da den längeren Atem hat«, grollte der Admiral.

Kafu schüttelte den Kopf. »Das nützt Ihnen gar nichts. Es genügt nämlich, wenn die anderen nur *einen Tag früher* da sind als Sie.«

»Da sah der Hase, daß der Igel schon da war«, zitierte Fleissiger.

»Dann werden wir eben *noch* einen Tag früher da sein«, rief Francis aufgebracht und schlug mit der flachen Hand auf den Stapel Papiere, der vor ihm auf dem Tisch lag. »Und wenn wir dafür eine Flotte Flugzeugträger und Atom-U-Boote ins Algonkium zurückschicken müssen und sie im Ur-Ozean kreuzen lassen.«

Fleissiger sah ihn betroffen an. »Mein Gott«, murmelte er, »Sie brächten's fertig.«

»Danke, Professor, ich fasse es als Kompliment auf«, sagte der Admiral.

»Wir sollten uns vielleicht doch lieber den technischen Details zuwenden«, schlug Hollister vor und warf dem Admiral einen unbehaglichen Blick zu. »Soweit sind wir nämlich beileibe noch nicht.«

»Aber wir haben unwiderlegbare Beweise, daß das Projekt ein Erfolg werden wird«, funkelte Francis ihn an. Der NASA-Mann zuckte zusammen und nickte pflichtschuldigst. »Wir haben ...«, fuhr der Admiral fort und zählte seine Beutestücke an den Fingern ab, »... den Raketenwerfer aus Algerien, diesen Jeep von Gibraltar und die Plastikteile, die der Papst eingesammelt hat.«

»Und die Bohrproben der *Glomar Challenger*«, beeilte sich Hollister hinzuzufügen.

»Und die Bohrproben der *Glomar Challenger*«, nickte der Admiral.

Fleissiger winkte ab. »Wie Sie daraus auf einen *Erfolg* des Unternehmens schließen, ist mir zwar schleierhaft«, sagte er. »Aber bitte.«

Berger sah endlich seinen Augenblick gekommen und wollte loslegen, aber in dem Moment stand Professor Kafu auf, füllte sich am Trinkwasserspender einen Plastikbecher und leerte ihn geräuschvoll.

Als er sich wieder gesetzt hatte, sagte Fleissiger: »Jetzt sind Sie dran, Dr. Berger.«

»Ja, also ...«, begann Berger irritiert, weil der Japaner den Plastikbecher zwischen seinen kräftigen Fingern hin und her drehte, daß es laut knackte. »Ich fasse am besten noch einmal zusammen. Wir haben bis jetzt mit dem kleinen ›Käfig Eins‹ insgesamt 38 Versuche durchgeführt, die alle erfolgreich verliefen. Mit ihm haben wir in Plastikkugeln eingeschweißte Atomuhren über Zeiträume zwischen 500 und 5000 Jahren zurückgeschickt. Sie ließen sich alle in der Nähe des Instituts orten und aus geringer Tiefe bergen. Mit dem größeren ›Käfig Zwei‹ in Arizona haben wir Distanzen zwischen 1000 und 1 Million Jahren bewältigt. Von vierzehn Zeitsonden konnten bisher zwölf geborgen werden. Bei dem noch größeren ›Käfig Drei‹, der sich wie ›Zwei‹ in

Arizona befindet, und den wir vor sechs Monaten in Betrieb genommen haben, treten nun allerdings ungewöhnlich hohe Streubreiten auf.«

»Reichweite?« schnaufte Kafu und zerknitterte ungerührt seinen Trinkbecher. Hollister starrte das Plastikgebilde an, als könnte er es mit seinen Blicken zum Schmelzen bringen, damit es der Japaner endlich in Ruhe ließe, doch der Professor ließ sich in seinem geräuschvollen Zerstörungswerk nicht beirren.

»Die höchste bisher«, sagte Berger, »60 Millionen Jahre. Zwei Sonden, und obwohl exakt gleich in Aufbau, Form und Masse und exakt gleicher Feldstärke der Gravitationsanomalie beim Start, lagen sie ziemlich genau 7 Millionen Jahre auseinander.«

»11,6666 Prozent«, brummte Kafu. »Was verstehen Sie unter ›exakt gleicher Feldstärke‹, Doktor?«

»Auf ein Millionstel der Gesamtenergie bezogen.«

»Und die betrug?«

Berger zögerte einen Moment und warf dem Admiral einen fragenden Blick zu. Als dieser nicht reagierte, sagte er: »Knapp 900 000 Megawattstunden.«

Der Japaner nickte lächelnd. Fleissiger pfiff durch die Zähne. »Ganz schöne Stromrechnung.«

»Wir haben die beiden Sonden erst nach wochenlangem Suchen bergen können«, berichtete der Ingenieur weiter. »Dafür mußten wir alle orogenetischen Faktoren berücksichtigen und eine Simulation der Kontinentaldrift durchrechnen. Er ist nicht zu allen Zeiten gleich und wird durch den Stau der Gebirgsauffaltung im Versuchsbereich verlangsamt. Die eine Sonde gruben wir in 158 Meilen Entfernung aus, die andere war 182 Meilen weit weggerutscht, beide lagen in etwa 80 Metern Tiefe.«

»Beachtlich«, erklärte Kafu.

»Ja, beachtlich«, bestätigte Admiral Francis und reckte sein Kinn herausfordernd in Fleissigers Richtung.

»Sagen Sie mal, Dr. Berger«, sagte Fleissiger gedehnt. »Haben Sie eigentlich schon mal versucht, eins von ihren Atomuhr-Eiern auszugraben, *bevor* Sie es in den Käfig gesteckt und abgeprotzt hatten?«

Berger verzog das Gesicht, als hätte er unvermutet ein Senfkorn zerbissen. »Nun ... ich weiß nicht ...«, meinte er unbehaglich und wandte sich hilfesuchend an Hollister, der Fleissiger verständnislos anstarrte.

Der Professor hob den Zeigefinger, blickte Berger über den Brillenrand hinweg tadelnd an und sagte bedeutungsschwer: »Aloysius.«

»Das ist in der Tat ein interessanter Aspekt, Doktor«, schaltete sich Francis ein. »Das sollten wir in der Tat ... äh ... gelegentlich versuchen. Vielleicht ...«

»... ist das Ei da, bevor die Henne es gelegt hat«, nickte Fleissiger grinsend.

Berger warf dem Admiral einen prüfenden Blick zu, dann sagte er mürrisch die Achseln zuckend: »Wenn Sie meinen, Sir.« Er blätterte in seinen Unterlagen, bis er den Faden wiedergefunden hatte, und fuhr fort: »Unser vordringlichstes Problem ist es, die Streubreite im Bereich zwischen 5 und 6 Millionen Jahren drastisch unter die bisher erzielten 100 Jahre zu senken – möglichst auf fünf oder maximal zehn Jahre.«

»Und ich bin da sehr, sehr zuversichtlich«, warf der Admiral ein, wobei er sich vorbeugte und bedeutungsvoll mit dem hinteren Ende des Bleistifts auf seine Unterlagen klopfte, als könne er damit seiner Versicherung mehr Gewicht verleihen.

»Wieso ausgerechnet zwischen 5 und 6 Millionen Jahren?« fragte Fleissiger überrascht. »Soll das heißen, daß mit dem Projekt bereits ganz konkrete Ziele verfolgt werden?«

»Allerdings, meine Herren. Mit Ihrer Hilfe haben wir in der Tat bereits eine Phase des Projekts einleiten können, die ... äh ... alle Aussicht auf Erfolg hat«, erklärte der Admiral lächelnd. »›Käfig Vier‹ befindet sich bereits in Bau, und sein Kafu-Feld wird stark genug sein, um Menschen und Material über den genannten Zeitraum hinweg in die Vergangenheit zu befördern.«

»Sagten Sie *Menschen*?« fragte Fleissiger entgeistert. »Sie wissen doch ganz genau, daß es für diese Leute keine Rückkehr in die Gegenwart gäbe. Wir befinden uns im Stadium der Erprobung einer Theorie, deren Konsequenzen noch unüberschaubar sind, und da wollen Sie Menschenleben aufs Spiel setzen?! Ich habe doch wohl nicht richtig gehört?«

»Nun, Professor, Sie sehen die Sache entschieden zu pessimistisch. Schauen Sie, Professor ...«, sagte Francis und versuchte, einen versöhnlichen Ton anzuschlagen, »es ist sonst nicht meine Art, jemanden auf Widersprüche in seiner Argumentation aufmerksam ...«

»Erlauben Sie, Sir?« fuhr Fleissiger auf.

»... in seiner Argumentation aufmerksam zu machen. Sie sagten selbst, Professor Fleissiger, daß wir nichts zu überstürzen brauchen. Selbst wenn wir derzeit noch nicht über die Möglichkeit verfügen, etwas aus der Vergangenheit in die Gegenwart zu holen, in zehn, in zwanzig, spätestens in fünfzig Jahren werden wir soweit sein. Und dann werden wir die Leute von *überallher* zurückholen, wo immer sie sich auch in der Vergangenheit befinden mögen.«

»Ist Ihnen klar, was Sie da behaupten, Admiral Francis?«

»Aber gewiß, Professor! Dem menschlichen Geist ist nichts unüberwindlich, das haben doch Sie, meine Herren, selbst schlagend bewiesen. Vor zehn Jahren noch hätte jeder schlankweg behauptet, die Zeitreise sei ein Hirngespinst. Und wenn ich Sie jetzt und heute Ihre Ergebnisse publizieren ließe, würden Sie Spott und Gelächter ernten. Und den Beweis Ihrer Theorie könnten Sie erst antreten, wenn Sie einen Irren finden, der Ihnen die Stromrechnung bezahlt.«

»Den haben wir wahrhaftig gefunden«, warf Fleissiger ein.

»Wenn die nötigen Köpfe und das nötige Kapital vorhanden sind, ist *jedes*, aber auch *jedes* Problem lösbar.«

»Ihr Wort in Gottes Ohr«, sagte Fleissiger trocken.

»Oh, ich bin da sehr, sehr zuversichtlich, Professor«, versicherte Francis.

»Mr. Francis«, sagte Fleissiger sehr ernst. Der Admiral runzelte ärgerlich die Stirn. Er war es nicht gewohnt, mit ›Mister‹ angeredet zu werden und konnte es auf den Tod nicht ausstehen. »Sie kommen mir vor wie jener Optimist, der ohne einen roten Heller in der Tasche in einem Feinschmeckerrestaurant sitzt, sich eine Portion Muscheln nach der anderen bestellt und fest daran glaubt, daß er ja irgendwann in irgendeinem von den Dingern eine Perle finden *muß*, mit der er dann das Ganze bezahlen kann. Dieser Mann ist auch *sehr, sehr* zuversichtlich, nicht wahr, Sir? Sind Sie sich im klaren darüber, mit welcher Hypothek auf die Zukunft Sie an diese Sache herangehen? Welchen Vorschuß Sie da beanspruchen?«

Fleissiger war immer lauter geworden und hatte die Fragen dem Admiral geradezu ins Gesicht geschrien. Als er geendet hatte, entstand eine unerquickliche Pause. Schließlich räusperte sich Francis und sagte: »Sie werden mir wohl nie verzeihen, *Mister* Fleissiger, daß ich Ihnen ... äh ... davon abgeraten habe, Ihre Forschungsergebnisse zu publizieren.«

»Pah!« fauchte Fleissiger.

»Sie und Professor Kafu hätten mit Sicherheit den Nobelpreis für Ihre Entdeckung bekommen.«

»Sir, wir wurden überaus großzügig entschädigt, wenn Sie das meinen«, sagte Fleissiger sarkastisch und verbeugte sich. »Ich könnte mich auf der Stelle in den Ruhestand versetzen lassen und meine Memoiren schreiben – nur würde ich keine Druckerlaubnis kriegen. Ich sehe einem gesicherten Lebensabend entgegen – unter den schützenden Fittichen der CIA versteht sich.«

»Sie werden doch hoffentlich verstehen, daß wir ein Sicherheitsrisiko ...«

»Aber gewiß, Admiral. Ich verstehe.«

»Ich nehme an, daß die Versuche mit ›Käfig Vier‹ nicht auf dem Territorium der Vereinigten Staaten, sondern auf dem Ozean durchgeführt werden sollen«, sagte Kafu, um das Gespräch wieder in sachliche Bahnen zu lenken.

»Wieso nehmen Sie das an?« sagte Francis mißtrauisch.

»Nun«, sagte der Japaner mit undurchdringlichem Lächeln. »Wohin ich blicke, sehe ich die Navy mit dem Projekt beschäftigt. Was also liegt näher?«

Francis musterte ihn einige Sekunden lang stirnrunzelnd, dann hellte sich sein Gesicht auf. »Sie haben recht, Professor. Es wird einige Käfige des Typs 4 geben, und sie werden an verschiedenen Orten in internationalen Gewässern zum Einsatz gebracht werden.«

»Und wie lösen Sie das Energieproblem?«

»Noch diesen Monat werden zwei als Versorgungsschiffe getarnte Reaktorschiffe vom Stapel laufen. Acht weitere sind auf Kiel gelegt und werden bis Mitte, beziehungsweise Ende nächsten Jahres zur Verfügung stehen. Jedes von ihnen wird einen Käfig vom Typ 4 tragen.«

»Und das Einsatzgebiet?« fragte Kafu.

»Werden Sie rechtzeitig erfahren, meine Herren«, sagte der Admiral gönnerhaft. »Wir können und wollen auf Ihre Mitarbeit nicht verzichten.«

»Die armen Hunde«, sagte Fleissiger leise.

»Es sind ausnahmslos Freiwillige«, sagte der Admiral. »Lassen Sie den Einsatz von Menschen und Material meine Sorge sein, Professor. Im übrigen verstehe ich Ihre Bedenken nicht. Wir werden keine Mühe und Kosten scheuen, unsere Jungs, wo und wann auch immer sie sich in der Vergangenheit befinden mögen, nach getaner Arbeit wieder zurückzuholen. Und sie werden uns dabei helfen, meine Herren. Ich bitte Sie darum. Die Navy ist dabei, im Rahmen des Projekts eine Großanlage zu errichten. Sie wird in vierzig Meter Wassertiefe in der Nähe unseres Stützpunkts auf den nordöstlichen Bermudas entstehen. Sie ist dort weit genug vom Festland entfernt, damit auch größere Gravitationsanomalien keine Erdbeben auslösen können. Die Anlage wird ausschließlich dem Zweck dienen, die Wirkung des Fleissiger-Generators umzudrehen, um ein negatives Kafu-Feld herzustellen, damit wir Massen aus der Vergangenheit in die Gegenwart transportieren können.«

»Wissen Sie überhaupt, was ein Kafu-Feld ist?« fragte Fleissiger entgeistert.

»Das fällt doch wohl nicht in meinen Zuständigkeitsbereich«, sagte Francis entrüstet und blickte Hollister und Berger hilfesuchend an.

»Ein Kafu-Feld ist eine künstlich hergestellte Gravitationsanomalie, die eine Masse, die sich in ihren Zentrum befindet, aus unserem Universum ausstößt und durch die Zeit bewegt, wenn die sogenannte kritische Feldstärke erreicht ist. Und der Überschuß an Gravitationsenergie, der durch die Anomalie gegeben ist, gleicht sich im raumzeitlichen Kontinuum in Richtung Vergangenheit aus wie eine Longitudinalwelle. Und je nachdem, wie groß dieser Überschuß im Verhältnis zur gegebenen Masse ist, desto weiter wird diese in Richtung Vergangenheit transportiert und tritt dort wieder ins Universum ein, wo die Trägerwelle verebbt, weil ihr Energieüberschuß verbraucht ist. Und das Entscheidende an diesem Ausgleichsvorgang ist, daß er entgegengesetzt – *und nur entgegengesetzt* – zur Richtung des Zeitflusses verläuft. Ist Ihnen das klar, Sir?«

»Dann drehen Sie diesen gottverdammten Effekt eben um«, rief der Admiral ungehalten.

»Ja, wissen Sie, Sir«, sagte Kafu bedächtig, »das wäre so, als würden Sie einen Topf Wasser auf eine heiße Herdplatte stellen und versuchen, aus dem Wasser Eis zu machen.«

Fleissiger stieß seinen Stuhl zurück und sprang auf. Er eilte zum Trinkwasserspender, goß sich mit zitternden Fingern einen Plastikbecher voll ein und trank ihn wie ein Verdurstender gierig leer. Einen Moment lang glaubte er, sich übergeben zu müssen.

Draußen brach plötzlich die Sonne durch, und die Regentropfen, die auf der Fensterscheibe hafteten, zerrissen das Licht in Hunderte von glitzernden Fragmenten.

DRITTER TEIL

Das Unternehmen Westsenke

Freiwillige

Steve Stanley wußte nicht warum, aber er hatte ein ungutes Gefühl, als General Snydenham ihn am späten Nachmittag anrief.

»Ich muß Sie sprechen, Major. Kommen Sie gleich mal rüber.«

»Ja, Sir.«

Steve zog seine Uniformjacke an, kämmte sich und machte sich auf den Weg zur Häuptlingsbaracke. Die Sonne stand bereits tief im Westen, aber sie brannte immer noch gnadenlos herab. Irgendwo in den freitragenden, mit Tarnfarbe gestrichenen Montagehallen kreischten die Triebwerke eines Jagdbombers im Probelauf. Eine Windhose zog quer über das Rollfeld, rauchig grau in den tiefblauen Himmel gekrümmt wie ein geisterhafter Schlund, verlor rasch an Substanz, gewann sie wieder, als sie an der Böschung neue Nahrung fand. Die heiße trockene Wüstenluft roch nach verbranntem Kerosin und geschmolzenem Gummi. Auf der anderen Seite der Piste standen fünf Hubschrauber hintereinander, die ihre schmalen Rotorblätter traurig hängen ließen, starr wippend im Wind wie abstraktes stählernes Gefieder.

Steve klopfte an die Barackentür und trat ein.

»Hallo, Major«, sagte Snydenham, fletschte breite, etwas zu hell geratene Zahnprothesen und wies gebieterisch auf den abgeschabten grünen Ledersessel vor seinem Schreibtisch. Der General war ein sehr großer, hagerer Mann Mitte fünfzig mit vollem schlohweißen, für einen Militär seines Ranges bemerkenswert langem Haar, einem kleinen, gepflegten und ebenso schlohweißen Schnauzer, der in dem schmalen tiefgebräunten Gesicht wie angeklebt wirkte, und einem ungewöhnlich breiten Mund. Seinen fleischigen, beinahe wulstigen Lippen nach zu urteilen, war er ein Genießer, doch die tief eingegrabenen Furchen, die sich von den Flanken seiner kräftigen, weit vorspringenden Nase auf die Mundwinkel spreizten, ließen erkennen, daß Magengeschwüre ihm so manchen lukullischen Genuß vergällten.

»Aber setzen Sie sich doch, Major Stanley«, sagte er lächelnd und strich sich die üppige Haarlocke aus der Stirn.

»Danke, Sir«, sagte Steve und ließ sich in den riesigen Sessel sinken. Er kam sich winzig vor in dem Ding, als er seine Unterarme auf die mächtigen wulstigen Armlehnen legte. Die halb abgelösten grünen Lederpartikel, die einst die Unterseite der glatten Oberfläche gebildet hatten, fühlten sich unter den Händen weich an wie Rußflocken.

»Man hat offenbar wieder Verwendung für euch Astronauten«, sagte der General und wedelte bedeutungsvoll mit einem Schriftstück. Mach's nicht so spannend, dachte Stanley und versuchte einen flüchtigen Blick auf den Briefkopf zu erhaschen, doch vergeblich. Das Kreischen der Triebwerke war durch die schalldämmenden Fenster der Baracke zu einem Winseln herabgedämpft, aber als Flieger schien ihm das leise Geräusch störender, als wenn er sich im Freien befunden hätte. Drüben, jenseits der Piste, weidete friedlich eine Schafherde. Ein Hirte war nicht zu entdecken.

»Entweder wir sehen uns nächste Woche wieder – oder in fünf Jahren«, verkündete Snydenham, »so steht es wenigstens in dem Schrieb von der NASA.«

Konnte das bedeuten, daß sie nun doch zu einer bemannten Mission zum Mars rüsteten? Die Gerüchte, daß die Sowjets eine Expedition vorbereiteten, waren nie ganz verstummt – und wurden von der NASA bewußt gefördert. Aber die Regierung konnte sich zu keinem Entschluß durchringen; man zauderte, und die Zauderer schienen recht zu behalten, denn ein Startfenster nach dem anderen ging auf und schloß sich wieder, ohne daß in Baikonur ein bemanntes Schiff abgehoben hätte, das über den Erdorbit hinauswollte. Sollten die Zauderer sich doch getäuscht haben?

Zwei Übungsmaschinen schwebten ein, setzten knapp hintereinander zur Landung an, huschten schattenhaft am Fenster vorbei und starteten mit aufheulenden Motoren sofort wieder durch. Die Hubschrauber jenseits der Piste schienen im wabernden Strahl der Triebwerke für einen Moment zu schmelzen und wieder zu erstarren.

»Das ist alles, was ich dem Einladungsschreiben entnehmen kann, Major Stanley«, sagte Snydenham, »und eine Flugkarte nach Miami.«

»Danke, Sir«, nickte Stanley, obwohl er nicht so recht wußte, wofür er sich eigentlich zu bedanken hatte.

»Die NASA sucht Freiwillige, offenbar für eine ganz große Sache. Sie sind schon der neunte Pilot, der von meinen Einheiten angefordert wird.«

»Aha«, sagte Steve etwas enttäuscht.

»Ich hoffe, wir sehen uns nächste Woche wieder, Major.«

»Wenn Sie meinen, Sir, dann lehne ich das Angebot ab«, sagte Steve.

Der General sah ihn einige Sekunden lang an und brachte es fertig, gleichzeitig zu lächeln und leicht mißbilligend die Stirn zu runzeln.

»Nein, nein, Major. Sie tun, was man von Ihnen verlangt, es sei denn, Sie hätten gewichtige Gründe dagegen. So ungern ich Sie ausleihe, denn Sie sind einer meiner allerbesten Leute, Sie haben sich als Astronaut qualifiziert, und Ihre Ausbildung hat eine Menge Geld gekostet. Wenn man Sie braucht, sollten Sie sich zur Verfügung stellen.«

Snydenham stand auf. Stanley schnellte aus dem Sessel und salutierte, doch der General reagierte nicht, sondern streckte freundschaftlich seine braungebrannte Rechte über den Schreibtisch. Stanley ergriff sie und schüttelte sie herzlich. »Machen Sie's gut, Steve.«

»Ich werd's versuchen, Sir.«

Auf sein Zimmer zurückgekehrt, warf Steve das Ticket und die Reisepapiere auf den winzigen plastikbeschichteten Schreibtisch und starrte sie an. Er legte die Uniformjacke aufs Bett und setzte sich in den wohltuenden Luftzug des Ventilators, der an der weißgestrichenen Holzdecke zerrte und die warme Luft in Bewegung hielt.

Steve hatte nie damit gerechnet, je wieder als Astronaut

reaktiviert zu werden. Er war knapp 40 Jahre alt, körperlich zwar in Hochform, doch seine besten Jahre lagen hinter ihm, das hatte er sich längst eingestanden, ohne daß es ihn mit Bitterkeit erfüllte. Er hatte, weiß Gott, immer Glück gehabt, wenn er auch nie besonders glücklich gewesen war. Man hatte ihn in jungen Jahren als Pilot ausgebildet, er war schließlich nach Guam verlegt worden, als Johnsons verzweifelte Argumente gegen Nordvietnam so gewichtig wurden, daß sie nur noch die B-52 tragen konnte, war gerade dabei, ebenfalls verladen zu werden, als Tricky Old Henry das Wunderhorn hervorkramte und Tricky Old Dicky hineinstieß, daß es mißtönend knarrte, und bald darauf der große teure Zapfenstreich mit Katzenjammer ausbrach und die Jungs zehn unwiederbringliche Jahre zu spät nach Hause zurückkehrten – wenigstens jene, die noch dazu in der Lage waren.

Steven B. Stanley (er mochte seinen zweiten Vornamen Benedikt nicht) war dazu in der Lage. Er flog die B-1 Prototypen von Rockwell, aber als die USA im Frühjahr 1977 unter Präsident Carter nach den gescheiterten SALT II-Verhandlungen mit einem verschärften Wettrüsten begannen, auf das unbemannte »Cruise-Missile« setzten und auf die teure B-1 verzichteten, meldete er sich freiwillig bei der NASA, die gerade erfahrene Piloten für die vierte Astronautengeneration suchte. »Astronauten« war ein reiner Euphemismus, die NASA bildete Shuttle-Piloten aus, die ihre Nase kaum 100 Kilometer aus der Erdatmosphäre steckten, doch man hielt die Leute bei der Stange, indem man ständig von einer bevorstehenden Mars-Expedition redete, weil die Sowjets ebenfalls dabei wären, eine bemannte Mission zum Roten Planeten vorzubereiten.

Bereits 1977 deutete der amerikanische Geheimdienst an, daß die Sowjetregierung Aufträge größeren Umfangs an die Schwer- und Elektronik-Industrie vergab, die nicht unmittelbar im Zusammenhang mit der Rüstung und dem in großem Umfang produzierten »Backfire« stehen konnten. Von da an verdichteten sich die Gerüchte um eine sowjetische Marsexpedition in regelmäßigen Abständen, wenn ein Startfenster aufging bzw. sich wieder schloß. Da die beiden Viking-Lander der

USA 1976 keinen eindeutigen Aufschluß über Lebensspuren auf dem Mars gebracht, ja im Gegenteil den Exobiologen, Chemikern und Geologen unvermutet weit mehr Rätsel aufgegeben als gelöst hatten, forderten eine Reihe namhafter Wissenschaftler eine bemannte Expedition zum Nachbarplaneten. Die NASA griff ihre Argumente bereitwillig auf und rührte die Werbetrommel. Es gab immer wieder ein paar NASA-Direktoren, die auf einen Wink der Industrie hin an den Fäden zogen, und ihre Hampelmänner in Washington zappelten prompt und tischten die alten Parolen von neuem auf, »das Prestige der USA«, »die Ehre der Nation« und wie sie alle heißen. Man hatte die Pläne des verstorbenen von Braun aus der Schublade geholt, war aber nur sehr halbherzig an ihre Realisierung gegangen. Die Aufträge, die an die Industrie vergeben wurden, waren nicht nennenswert: Projektstudien, Alternativlösungen, Kostenrechnungen. Der Kongreß knauserte. Niemand glaubte so recht an den Wettlauf zum Roten Planeten, zumal nicht mit Sicherheit herauszukriegen war, ob die Russen ihre Vorbereitungen ernsthaft betrieben. Und der Kongreß geizte nicht ohne Grund, doch es wußten nur wenige Eingeweihte, die Angehörigen des »Engeren Kreises«, daß die Gelder längst in andere Kanäle flossen, die sich als unersättlich erwiesen.

1982 begannen die regelmäßigen Shuttle-Flüge, und das Spacelab nahm seine Arbeit auf. Als kurz darauf das Startfenster zum Mars näherrückte und die Sowjets nicht die geringsten Anstalten machten, eine bemannte Mission auf den Weg zu bringen, froren die USA ihre Pläne für bemannte interplanetare Missionen vorläufig ganz ein. Die Inaktivität der Sowjets auf dem Gebiet war unerklärlich. Die mit dem Chronotron-Projekt beauftragten Militärs beurteilten die Situation als in wachsendem Maße besorgniserregend und drängten zur Eile. Der Bau der Käfigschiffe wurde beschleunigt, der wissenschaftliche Stab erweitert.

Von diesen Entwicklungen hatte Steve B. Stanley natürlich keine Ahnung. Er spürte nur, daß die Regierung jedes Interesse an der Raumfahrt verloren hatte und ständig wissenschaftliches und technisches Personal abgezogen wurde. Er war ein halbes dutzendmal mit Wissenschaftlern und deren zerbrechlichem Reisegepäck in den Orbit aufgestiegen, hatte am Spacelab angedockt und war mit anderen Wissenschaftlern und deren Reisegepäck auf die Erde zurückgekehrt. 1983 musterte er bei der NASA ab; die Arbeit war nicht nach seinem Geschmack. Zwanzig Stunden lang Tests und Durchchecken aller Geräte und Meßinstrumente zur Startvorbereitung – und nach kaum einer Stunde Flug war der erste Teil der Mission beendet. Zwei Stunden lang dieselbe Prozedur parallel mit Stations- und Bodenkontrolle, dann Rückstart zur Erde, Ausklinken der »Nosoup«-Behälter* bei Wiedereintritt in die Erdatmosphäre, Landung.

Steve kam sich schon nach dem dritten Flug vor wie ein Droschkenkutscher, der sich von nervösen Metallurgen, Biologen, Geographen, Meteorologen und Astronomen schikanieren lassen mußte, von denen die meisten über die Maßen um die Sicherheit ihrer Instrumentenpakete und ihrer eigenen Person besorgt waren und ihm die Schuld gaben, wenn etwas nicht einwandfrei funktionierte. Als er beim sechsten Rückflug die wohlgefüllte Latrine ins Luftmeer kippte, wo sie wie ein Feuerwerk verglühte, hatte er seinen Entschluß längst gefaßt. Er ging als Fluglehrer zurück zur Air-Force – und er war nicht der einzige.

So war er vor zwei Jahren hierher nach New Mexico gekommen.

Das Flugticket war für Freitag ausgestellt. Steve hatte also noch zwei Tage Zeit, um seine Angelegenheiten zu regeln. Seine paar Habseligkeiten brachte er leicht in zwei Metallkoffern und einem Seesack unter. Am Nachmittag des folgenden Tages rief er Lucy an, mit der er seit etwa einem halben Jahr ein Verhältnis hatte. Sie war ein blitzgescheites Mädchen Ende dreißig mit rotbraunen Haaren und herausfordernden grünen Augen, die eine Spur zu weit auseinanderstanden. Sie arbeitete in Albuquerque in der Kanzlei eines Rechtsanwalts als Sekretärin.

---

* eig. Noresub = No recycled substances = nicht wieder aufbereitete Substanzen: Fäkalien, Abfälle u. ä.

Steve ließ sich, nachdem er seine Marschpapiere abgeholt hatte, mit einem Jeep vom Luftwaffenstützpunkt in die Stadt fahren und von einem Taxi in der Nähe der Kanzlei absetzen.

Wie die meisten kleingewachsenen Männer mochte Steve große Frauen, und Lucy entsprach mit ihren 1,79 ganz seinen Vorstellungen. Sie nannte ihn scherzhaft »Frankieboy« wegen seiner entfernten Ähnlichkeit mit Frank Sinatra in seinen alten Filmen wie »Verdammt in alle Ewigkeit«, oder »Der Mann mit dem goldenen Arm« und behauptete, er *müsse* italienisches Blut in den Adern haben. Steve konnte sich zwar nicht vorstellen, wie sich ein Italiener in die fromme Baptistenfamilie der Stanleys hätte verirren sollen, aber der Augenschein sprach sichtlich dafür, das mußte er zugeben. Seine Eltern hatten sich in jungen Jahren oft in Europa aufgehalten. Er konnte sich an seine Mutter kaum erinnern und kannte sie fast nur aus den Erzählungen seines Vaters. Sie war bei einem Unfall ums Leben gekommen, als er knapp zwei Jahre alt gewesen war. Nur ihre Stimme hatte er irgendwie im Gedächtnis behalten, eine helle, klare, melodische Stimme, die sich bei ihm seltsamerweise mit dem Eindruck von buntem Herbstlaub verband und dem Geruch von überreifem Obst an windstillen sonnigen Nachmittagen.

Steve hatte Lucy zum Essen einladen und dann in eine Bar schleppen wollen, doch sie bestand darauf, selbst etwas zu kochen. Also fuhren sie in Lucys VW zum Einkaufen, und Lucy bereitete etwas verteufelt Gutes und höllisch Scharfes aus ihrem mexikanischen Repertoire. Als sie bei der zweiten Flasche ›Los Reyes‹ saßen, musterte sie ihn mit funkelnden grünen Augen und sagte: »Benedikt«, sie sagte stets ›Benedikt‹ zu ihm, wenn sie formell wurde, »du mußt selber wissen, was du tust. Es ist dein Job, und er muß dir Spaß machen. Du solltest um Himmels willen nie das Gefühl hegen, meinetwegen irgend etwas Großes versäumt zu haben. Das wäre für uns beide schlimm.«

»Hör zu, Lucy. Ich möchte die Entscheidung nicht treffen, ohne mit dir darüber ...«

Sie hatte ihre Hand auf seinen Unterarm gelegt und musterte ihn mit einem Lächeln, in dem er eine winzige Spur Traurigkeit

NASA

zu entdecken glaubte. »Du hast dich doch längst entschieden, Steve. Auch wenn du es dir selbst gegenüber noch nicht zugibst.«

»Aber Lucy, ich ...«

»Uns zwei alte störrische Esel kann man ohnehin nicht mehr gemeinsam vor einen Karren spannen.« Als er sie hilflos anblickte, fuhr sie fort: »Aber ruf mich vom Cape aus an. Sag mir, was los ist, damit ich Bescheid weiß.«

Als sie gegen Morgen erschöpft nebeneinander lagen, fragte sich Steve Benedikt ernsthaft, ob ihm nicht erheblich mehr behagen würde, mit Lucy zusammen vor einen Karren gespannt zu sein, als alles, was die NASA ihm bieten konnte. Und dann fanden sie beide noch ein bißchen Schlaf, bevor der Tag anbrach.

Als Steve erwachte, war Lucy bereits ins Büro gefahren. Sie machte es ihm leicht, wollte es ihm leicht machen, das war so ihre Art. Er frühstückte gemächlich, rauchte ganz gegen seine Gewohnheit eine von Lucys Zigaretten, legte eine Platte mit italienischer Lautenmusik auf, die zuoberst auf einem Stapel lag, und machte es sich in dem geschmackvoll eingerichteten Wohnzimmer bequem, stand wieder auf, betrachtete die Postkarten aus Mexiko und aus Europa, aus Sizilien, Kreta und Rhodos, die Lucy mit Reißzwecken an der Wand befestigt hatte. Seine Gedanken wanderten im Kreis; eine merkwürdige Unruhe hatte ihn erfaßt, deren Ursache er sich nicht erklären konnte. Es war fast wie damals, als er nach Guam verlegt wurde. Kurz zuvor war sein Vater gestorben, Lungenkarzinom.

Angeekelt drückte Steve die zweite Zigarette wieder aus, die er sich angezündet hatte, trug das Geschirr vom Abend zusammen und spülte ab. Dann zog er sich an, nahm seine beiden Koffer und den Seesack und machte sich auf den Weg zum Flugplatz.

Er war viel zu früh da. Die Maschine aus Miami hatte wegen eines Sturmtiefs über dem Golf mehr als zwei Stunden Verspätung. Auch der Rückflug würde nicht über Houston gehen, sondern über Memphis umgeleitet werden.

Er rief Lucy an und verabschiedete sich. Sie war sehr beschäftigt, und er war nicht unglücklich darüber.

Gegen 16 Uhr startete die Maschine endlich, und als sie in Miami landete, wurde es bereits dunkel. Nach der staubtrokkenen Luft von New Mexico klatschte ihm die schwüle Atmosphäre Floridas wie ein feuchtwarmes Handtuch ins Gesicht, als er dem Flugzeug entstieg.

»Major Stanley?« fragte ein Herr in Zivil, als er sich dem Ausgang näherte.

»Ja, das bin ich«, sagte er.

»Bitte folgen Sie mir.«

»Ich habe mein Gepäck noch ...«

»Das wird erledigt. Wenn Sie mir bitte Ihr Ticket geben, Major.«

»Aber ...«

»Mein Name ist Walton, Commander Alan S. Walton von der Navy, derzeit zur NASA abkommandiert. Wir warten seit mehr als zwei Stunden auf Sie.«

»Die Maschine hatte Verspätung.«

»Das ist uns bekannt, Major.« Der Commander schien einer von den ganz Fixen zu sein. Steve stellte fest, daß er den Mann von der Navy nicht mochte. Als hätte er seine Gedanken gelesen und wolle den ungünstigen Eindruck revidieren, drehte der Commander sich um und lächelte ihn an, aber es war ein armseliges Lächeln.

Der Kerl strahlt einen Charme aus wie eine Tiefkühltruhe, sagte sich Steve grimmig, und dann fragte er sich, wie die Navy dazu kam, bei der NASA mitzuwirken. Sie fischte zwar seit Anbeginn Landekapseln und in letzter Zeit Shuttle-Booster aus dem Wasser und ließ sich das gut bezahlen, aber daß sie der NASA Reiseleiter für anreisende Astronauten stellte, das war neu. Sollte die Navy Leute für ihre Sealab-Experimente suchen, dann war sie bei ihm an der falschen Adresse. Er würde die nächste Maschine zurück nach Albuquerque nehmen, das schwor er sich.

Er wurde in einen Raum im alten Teil des Flugplatzes geführt, der sonst den Transit-Passagieren zweit- und drittrangiger Fluglinien vorbehalten war. Es waren etwa 50 Männer anwesend. Ein älterer grauhaariger Kellner, der in seinem weinroten Jacket, hellen Gabardinehosen und Kreppschuhen eher wie ein abgetakelter Showmaster wirkte, räumte leere Coca-Cola-Flaschen und Bierdosen ab und leerte überfüllte Aschenbecher in eine große Blechbüchse.

Steve blickte in die Runde, ob er nicht vielleicht ein bekanntes Gesicht entdeckte, da hörte er eine vertraute Stimme sagen: »Hätte mir denken können, daß sie den alten Steve auch dabeihaben wollen.«

Das war unverkennbar Jerome Bannister, mit dem er die Ausbildung bei der NASA absolviert hatte, ein großer, breitschultriger Mann Anfang vierzig mit ausgeprägten Wangenknochen, funkelnden schwarzen Augen und einem Teint wie die Burschen in den Marlboro-Werbespots. Er klopfte Steve herzlich auf die Schulter. Es war gut zwei Jahre her, daß sie sich nicht mehr gesehen hatten. Bannister hatte zur gleichen Zeit wie Steve bei der NASA abgemustert und als Fluglehrer in einer privaten Schule in Tucson angefangen. Er wollte dort soviel Geld machen, bis er sich selbst eine Fliegerschule einrichten konnte.

Bannister war in Begleitung eines jungen, etwas rundlich wirkenden Mannes mit schütterem blonden Haar, einem vergnügten, fast etwas dümmlichen Grinsen auf seinem rotbackigen Gesicht und einem keck nach außen gezwirbelten rotblonden Schnurrbart, auf den er sichtlich stolz war, denn er fingerte ständig daran herum. Er schien an Jerome zu hängen wie eine Klette an einer Wollweste.

»Harald Olsen«, stellte Bannister ihn vor. »Der beste Flugingenieur, den ich je kennengelernt habe. Wenn du ihm einen Werkzeugkasten in die Hand drückst und ein wenig Zeit läßt, bringt er selbst einen Omnibus zum Fliegen.«

Der blonde Junge nickte begeistert und kicherte vergnügt. Steve war von dieser Reaktion so verblüfft, daß er den Flugingenieur einige Sekunden lang verstört anstarrte, bevor er ihm freundlich zunickte. Steve hielt den Jungen für zumindest ein bißchen wunderlich – wenn nicht gar für etwas verrückt. Seltsam, denn Jerome pflegte sich seine Freunde stets sorgfältig auszusuchen und war mit seinem Lob sonst eher zurückhaltend. Vielleicht hatten sie ein bißchen getrunken.

Er merkte erst jetzt, was für einen Durst er hatte, aber man ließ ihm keine Chance, noch etwas zu bestellen. Die Anwesenden schienen tatsächlich nur noch auf seine Ankunft gewartet zu haben, denn keine drei Minuten später wurden sie zu zwei Flugplatzbussen geführt, die sie zu einer abseits stehenden alten 737 brachten, einer Chartermaschine der Eastern Airways.

Sie rollten unverzüglich an den Start, gleich darauf hatten sie die bunten Lichterketten des verschwenderisch illuminierten Miami unter sich, dann drehte die Maschine nach Norden ab.

»Hast du eine Ahnung, was die mit uns vorhaben?« fragte Steve Jerome, der neben ihm saß.

Bannister schürzte die Lippen, schüttelte bedächtig den Kopf und sagte: »Ich kann mir beim besten Willen noch keinen Reim darauf machen.«

»Der Mars?« Im selben Moment, in dem Steve diese Frage stellte, wurde ihm die Unsinnigkeit dieser Vorstellung klar. *Davon* hätten sie längst Wind haben müssen.

Jerome musterte ihn mit einem prüfenden Seitenblick. »Ist das dein Ernst?«

»Eigentlich nicht«, gestand Steve.

»Sieh dir doch die Leute an«, sagte Jerome leise. »Ich kenne einige davon. Ein paar Piloten, mit und ohne Kampferfahrung; ein paar mit astronautischer Ausbildung, die meisten ohne; eine Menge Techniker, erste Garnitur, die Mehrzahl aber hat keine Ahnung von Raketen, von Raumfahrt ganz zu schweigen. Außerdem scheint die Navy kräftig mitzumischen; sind eine Menge Marinepiloten dabei, gute Leute. Bisher hat die Navy der NASA lediglich das Zeug aus dem Wasser gefischt, diesmal aber deutet alles darauf hin, daß sie der eigentliche Veranstalter ist. Kannst du dir einen Grund vorstellen, Steve, aus dem die Navy am Mars Interesse haben könnte?«

»Vielleicht will sie ein paar Torpedoboote auf den Marskanälen kreuzen lassen«, meinte Steve.

Jerome ging nicht auf den Scherz ein. Er schüttelte nur entschieden den Kopf und starrte gedankenverloren vor sich hin.

Am Cape wurden sie von einem Schwarm Betreuern in Empfang genommen und in einen nüchternen, von gelblich getönten Neonröhren beleuchteten Raum gebracht, erhielten zunächst Essen- und Getränkegutscheine und dann ihre Quartiere zugewiesen und mußten sich schließlich mit einer Polaroidkamera photographieren lassen, die in Sekundenschnelle ein bedrucktes Plastikkärtchen mit Farbporträt ausspie, auf dem Name und militärischer Rang eingetragen wurden. Schließlich erhielten alle ein Kunstledermäppchen mit Schreibutensilien, auf dessen Vorderseite unter dem NASA-Emblem in Gold »SYMPOSION – NEUE ZIELSETZUNGEN DER NAUTIK« eingeprägt war.

Steve fragte sich verwundert, was zum Teufel er wohl zu neuen Zielsetzungen der Nautik beizutragen habe, und begab sich in sein Apartment. Es war eine von zahlreichen kleinen barackenähnlichen Behausungen im Bungalowstil, überragt von Eukalyptusbäumen, durch sorgfältig geschnittene Hecken, gut gepflegten Rasen und Blumenrabatten voneinander getrennt. Über dem Meer war Wetterleuchten zu sehen. Dunkel hoben sich die riesigen uralten Startrampen des Apollo-Programms gegen den zuckenden Himmel. Monumente des Aufbruchs, schon halb zurückerobert vom Dschungel. Die Luft war feuchtwarm; kein Blatt bewegte sich. Ganz in der Nähe lärmten Frösche in Kompaniestärke.

Steve war hundemüde. Er nahm eine heiße Dusche, legte sich nackt aufs Bett und war binnen Sekunden eingeschlafen.

Am Samstagvormittag trafen sich die Teilnehmer des »Symposions« im großen Sitzungssaal des Raumfahrtzentrums, in dem normalerweise die Arbeitsgruppen tagten, wenn ein Großprojekt in seine technische Endphase trat, um die Koordination durchzuchecken, bevor die Montage begann.

Steve war verwundert über die große Zahl der Teilnehmer, die zu dieser »Tagung« eingeladen worden waren; schätzungsweise 160 bis 180 Personen hatten sich versammelt. Auch etwa zwei Dutzend Frauen befanden sich darunter.

Ein großer, schlanker, weißhaariger Kerl um die sechzig

namens Francis in imposanter Admiralsuniform kam hereinstolziert, dezent flankiert von einigen weiteren hohen Tieren der Navy und ihren Adjutanten, einige Zivilisten im Schlepp, offenbar Leute von der NASA, die überaus geheimnisvoll taten, und ein paar Geheimdienstlern, die sich betont entspannt und desinteressiert gaben. Sie nahmen an der Stirnseite des Saals an einem langen Tisch Platz, warfen dann und wann einen neugierigen Blick ins Publikum und beschäftigten sich mit ihren Unterlagen, die sie vor sich ausbreiteten.

»Das sieht nach Galavorstellung aus«, knurrte Jerome, der neben Steve Platz genommen hatte; einen Stuhl weiter saß Olsen.

»Allmählich bin ich gespannt, wo das hin soll«, sagte Steve leise. »Bei dem Aufgebot.«

»Die Sache gefällt mir nicht«, antwortete Jerome kopfschüttelnd, und der Ausdruck des Widerwillens auf seinem Gesicht vertiefte sich, als dieser Francis mit betont jugendlicher Elastizität das Podium erklomm, sich zwischen der US-Flagge und dem Fähnchen der NASA mit beiden Händen aufs Pult stemmte und mit einem gewinnenden Lächeln, das ihm zu einem etwas schiefen Grinsen geriet, die Anwesenden begrüßte, sie im Namen der Navy und der NASA willkommen hieß. Dann beugte er sich übers Mikrophon und hielt eine Ansprache, die fast dreißig Minuten dauerte, der aber absolut nichts Konkretes zu entnehmen war als die Tatsache, daß es um »die Ehre der Nation« ginge und »die besten Köpfe der Nation« zusammengerufen worden seien, um »ihr Bestes zu geben«, damit die »Zukunft der Nation« gesichert werde. Nur an einer Stelle gab es einen sachlichen Hinweis, daß die »Mission, zu der sie aufgerufen« seien, voraussichtlich fünf Jahre in Anspruch nehmen werde, und daß während dieses Zeitraums kein Kontakt mit der »Heimatwelt« möglich sei.

»Entschuldigen Sie, Sir«, fragte jemand aus dem Publikum. »Ist das so zu verstehen, daß es während des genannten Zeitraums auch keinen Funkkontakt mit der Erde geben wird?«

»Kein Kommentar«, erwiderte der Admiral. »Ich wiederhole: Es wird während der Dauer der Mission, die etwa fünf

Jahre betragen wird, keinen Kontakt mit der Heimatwelt geben.«

»Sir, wird dieser Kontakt dadurch unterbrochen«, forschte der Fragesteller unerbittlich weiter, »daß technische ...«

»Keinen Kommentar«, erwiderte Admiral Francis, nun etwas gereizter. »Sie werden gewiß verstehen, meine Damen und Herren, daß ich in diesem Stadium des Projekts mich nicht in der Lage sehe, irgendwelche konkreten Hinweise zu geben. Das Projekt unterliegt allerstrengster Geheimhaltung. Erst wenn Sie sich positiv entschieden haben – und mit dieser Entscheidung haben Sie bis morgen Zeit –, kann ich Ihnen weitere Informationen über Ihren Einsatz zugänglich machen.«

Entrüstetes Gemurmel erhob sich, und es gab einige Zwischenrufe wie »... ins Wasser springen« und »doch nicht die Katze im Sack kaufen«.

»Meine Damen und Herren ...«, der Admiral hob die Stimme. »Meine Damen und Herren! Ich gebe zu, daß ich Sie vor eine außergewöhnliche Entscheidung stelle. Aber Sie haben keinerlei Risiko zu befürchten, das über das normale Risiko eines raumfahrttechnischen Unternehmens hinausginge. Für Ihre Sicherheit wird alles Menschenmögliche getan. Ich verbürge mich dafür.« Er wartete, bis die Unruhe im Saal sich gelegt hatte, dann fuhr er fort: »Sämtliche hier Anwesenden kommen aus den verschiedensten technischen und wissenschaftlichen Berufen beziehungsweise von technischen Einheiten der Air Force, der Navy, der Army und den Marines. Eins aber haben Sie allesamt gemeinsam: Sie sind unverheiratet oder geschieden und haben keine Familie, sind also in ihrer Entscheidung weitgehend frei.«

Er lächelte triumphierend, als hätte er damit ein Staatsgeheimnis kundgetan, und fuhr fort: »Eins aber möchte ich noch hinzufügen.« Er senkte den weißhaarigen kurzgeschorenen Schädel, als wollte er seine Zuhörer auf die Hörner nehmen. »Wir haben bei weitem mehr Personal angefordert, als wir verwenden können. Vorerst wenigstens. Deshalb sollte jeder von Ihnen, der auch nur entfernt das vage Gefühl hat, sich nicht entscheiden zu können – ich meine, daß er das Gefühl hat, sich nicht mit ganzem Herzen und aus voller Seele *dafür* entscheiden zu können –, seinen Tagungsausweis zurückgeben. Niemand wird es ihm verübeln, niemand wird ihm gram sein, niemand wird ihn nach seinen Gründen fragen. Die Entscheidung ist völlig frei, meine Damen und Herren.«

Francis reckte angriffslustig das Kinn vor und blickte herausfordernd in die Runde. Sein Gesichtsausdruck strafte seine Worte Lügen.

»Sollten Sie sich aber positiv entscheiden, meine Damen und Herren«, fuhr er fort, »und sich morgen früh um 10 Uhr hier einfinden, werden Sie automatisch zu Geheimnisträgern und unterliegen strengsten Sicherheitsbestimmungen und den damit verbundenen Überwachungen und Einschränkungen. Sie werden dann in irgendeiner Form mit dem Projekt befaßt sein, entweder als ... äh ... fliegendes Personal oder als Bodenpersonal. Und ...« – er hob die Stimme zu einer feierlichen Schlußapotheose – »Sie werden das erhabene Gefühl kennenlernen, einer Elitetruppe anzugehören, die etwas bis dahin Unvorstellbares leisten wird. Sie werden durch Ihren Einsatz die Sicherheit und das Wohlergehen unserer Nation verbürgen, Sie werden die Weichen stellen für eine bessere, für eine glorreiche Zukunft dieses Landes, der westlichen Welt, der christlich-abendländischen Tradition, ja der gesamten Zivilisation. Ich danke Ihnen, meine Damen und Herren.«

Jerome starrte Steve mit einem bestürzten Gesichtsausdruck an, als habe er sich eine Plombe ausgebissen.

»Herrje«, sagte Olsen. »Wenn das keine Kreuzzugpredigt war! Besser hätte sie der heilige Bernhard auch nicht halten können.«

Jerome blickte Steve fragend an. »Wer?«

»Bernhard von Clairvaux. Irgend so ein christlicher Einpeitscher im 12. Jahrhundert, der ganze Ritterheere gegen die Sarazenen mobilisierte«, erklärte Steve.

»Ich höre sie klirren«, sagte Jerome und nickte bedrückt. »Ein vertrautes Geräusch seit Teheran und den alljährlichen Ölkrisen.«

»Meinst du, es geht in die Richtung?«

Jerome hob die Schultern.

»Hat jemand eine Ahnung, was es mit dieser Weichenstellerei auf sich hat?« fragte Steve, als sie in Bannisters Apartment bei ein paar Flaschen Scotch beisammen saßen.

»Bin ich Eisenbahner?« sagte Geoffrey »Moses« Calahan, der mit dem Rücken an der Tür lehnte, gleichgültig seinen Kaugummi bearbeitete und die Eisstücke in seinem Whiskyglas kreisen ließ. Er war einer von jenen baumlangen Schwarzen, die man irgendwo speziell für Basketballmannschaften zu züchten scheint.

Außer ihm, Jerome, Steve und Olsen war noch Paul Loorey dabei. Er war mit einer Reisetasche voll Whisky angereist, weil er das Cape aus seiner Astronauten-Zeit kannte und seine Erfahrungen gesammelt hatte. »Jungs, hier werden nicht nur die Sümpfe trockengelegt«, hatte er gesagt, als er sie zu einem Glas einlud. »Hier müßt ihr unter Umständen hundert Meilen fahren, um einen anständigen Schluck aufzutreiben!« Er war wie Steve und Jerome Shuttle-Pilot gewesen und hatte es noch ein Jahr länger ausgehalten, bevor er zur Air Force zurückgekehrt war.

Steve blickte auf und sah in die bernsteinfarbenen Augen Calahans, den er erst vor wenigen Minuten kennengelernt hatte. Moses senkte seinen kahlrasierten Schädel, hörte auf, seinen Kaugummi zu mahlen und nippte mit einer raschen nickenden Kopfbewegung an seinem Glas.

»Und wohin soll die Fahrt gehen, wenn diese geheimnisvollen Weichen gestellt sind?« fragte Steve.

»Mann«, sagte Moses. Seine bernsteinfarbenen Pupillen zuckten auf vergilbten Augäpfeln hin und her, bevor sie ihn fixierten. »Immer besser, immer besser, *immer besser*! Was sonst? Oder was sagst du, Paul?«

Paul Loorey, ein verdrossen dreinblickender Mann Mitte dreißig, noch ein paar Zentimeter kleiner als Steve, aber kräftig und untersetzt, den man nach seinem Äußeren eher für einen kleinen Beamten oder Volksschullehrer hätte halten können, zuckte die Achseln, drehte unschlüssig sein Glas hin und her und ließ sich aufs Bett zurücksinken.

»Ich hab ein bißchen herumgehorcht, was alles so im Busch

ist«, sagte Jerome zögernd. »Der heißeste Tip dürfte eine Sache sein, um die die Navy seit Jahren auf den Bermudas viel Geheimniskrämerei macht. Irgend so ein kompliziertes Projekt mit Schwerkraftwellen, künstlichen Gravitationsanomalien und so.«

»Künstlichen Gravitationsanomalien?« sagte Moses verständnislos. »Was soll das denn sein?«

Jerome zuckte die Achseln. »Kein Mensch weiß Genaueres. Es ist nichts herauszukriegen.«

»Dann ist bestimmt was dran«, warf Moses ein.

»Gestörte Schwerkraft, Aufhebung der Schwerkraft, Schwerkraftanomalien, Schwerewelleninterferenzen ...«, sinnierte Steve laut und spürte die wohltuende Wärme, die der Whisky in seinem Innern erzeugte. Er war den ganzen Nachmittag hinter seinem Bungalow in der Sonne gelegen, bis es diesig geworden war und der Himmel sich bezogen hatte. Es hatte ihn gefröstelt, und der Drink tat ihm gut. »Und die NASA ist dabei«, meinte er und pfiff durch die Zähne.

»Und was soll das heißen?« fragte Harald Olsen.

»Gravitation bedeutet Masse«, sagte Loorey und hob dozierend den Zeigefinger, »und Masse bedeutet Gravitation. Was bedeutet eine ›Gravitationsanomalie‹ für die dazugehörige Masse?«

»Was geschieht mit der dazugehörigen Masse?« fragte Harald.

»Wie anomal ist diese Anomalie?« warf Moses ein.

»Beträchtlich«, erwiderte Jerome, »nach den Energiemengen zu schließen, die dabei aufgewendet werden. Sie sollen angeblich im Gigawattbereich liegen.«

»Was?« sagte Harald entgeistert.

»Eine Gravitationsanomalie bedeutet für die dazugehörige Masse«, fuhr Loorey unbeeindruckt fort, »daß sie im Extremfall entweder unendlich groß wird oder ganz verschwindet.«

Harald Olsen, der immer wieder einen kräftigen Schluck aus seinem Glas genommen, fieberhaft mit seinem Taschenrechner hantiert und ab und zu Notizen in seinem NASA-Schreibmäppchen gemacht hatte, hob verblüfft den Kopf.

»Wohin?« fragte er.

»Ja, *wohin*?« fragte auch Loorey.

Mit einemmal schwiegen alle. Die Klimaanlage schien plötzlich einen Defekt zu haben und unnatürlich laut zu brummen.

»Aha. Ja ... nun, da wird's wohl langgehen«, sagte Jerome und verteilte den Rest aus der Flasche in die Gläser. »Und wer geht mit?«

»Ich«, sagte Harald Olsen wie aus der Pistole geschossen. »Mal was Neues.«

»Da ich ohnehin der Elite der Nation angehöre«, erklärte Moses, indem er Francis' Tonfall nachäffte, »werde ich mich dem Ruf des Vaterlandes wohl kaum entziehen können.«

»So etwas kann man doch unmöglich den Wasserköpfen von der Navy überlassen«, sagte Loorey geringschätzig. »Außerdem bin ich inzwischen viel zu neugierig.«

»Und du, Steve?« fragte Jerome.

Steve zuckte die Achseln. »Du?« fragte er zurück.

Jerome legte ihm die Hand auf die Schulter. »Ich glaube kaum, daß ich euch bei diesem Projekt allein lassen kann. Immerhin geht es um die Tradition des christlichen Abendlandes, wenn man dem Admiral Glauben schenken darf.«

»Scheiß drauf!« sagte Moses wütend.

»Also tragen wir alle unsere Haut zu Markte«, meinte Loorey und nickte mißmutig. »Zur Ehre der Nation.«

Jerome schnaubte verächtlich.

»Um die Weichen zu stellen für eine bessere, für eine glorreiche Zukunft dieses Landes«, sagte Moses, drückte mit der Zunge zwischen seinen Zähnen eine Beule in seinen Kaugummi und blies sie auf, bis sie flappend zerplatzte.

»Aber die Wasserköpfe von der Navy können mich mal«, versicherte Jerome mit schwerer Zunge und goß den Rest seines Whiskys hinunter.

»Und mich diese ganze christlich-abendländische Zivilisation«, erklärte Moses Calahan mit Nachdruck, spuckte seinen Kaugummi in die Hand und warf ihn in einen der überfüllten Aschenbecher. »Ich schwör's euch!«

»Die Navy und das christliche Abendland«, kicherte Loorey

außer Atem vor Heiterkeit. »Die heilige päpstliche Flotte. Du kriegst die Tür nicht zu!«

Steve lag in der Dunkelheit und zermarterte sich sein alkoholumnebeltes Gehirn, wohin wohl bei einer Gravitationsanomalie die zu der Gravitation gehörige Masse verschwinden könne, aber seine Gedanken hetzten durch düstere Labyrinthe, über die sich undurchdringlicher Nebel gesenkt hatte, und jedesmal, wenn er einen Lichtschimmer zu erkennen glaubte und auf ihn zueilte, rannte er gegen eine Wand. Sein Kopf und seine Beine fühlten sich bleischwer an.

Dann träumte er von einer Erzählung, die er vor vielen Jahren gelesen hatte. Sie handelte von einem Zeitreisenden, der ins England Shakespeares zurückkehrt, aber in eine alptraumhafte Welt gerät. Er war dieser Zeitreisende. Vor der Herberge, in der er Quartier zu finden hoffte, lag im Schlamm der Straße zwischen Abfällen und Unrat eine halbverweste abgehauene Hand, auf deren grauer runzliger Innenfläche sich ein Auge öffnete, das ihn aufmerksam anstarrte.

In dem großen holzgetäfelten Vorraum im ersten Stock der Herberge, der nur von einem schmalen Fenster erhellt wurde und von dem aus merkwürdige schmale Türen in die angrenzenden Räume führten, saß an einem mächtigen dunklen Schreibtisch ein großer, schlanker, weißhaariger Mann, der ganz in dunkles Leder gekleidet war und eine Gesichtsmaske aus dunklem rissigen Leder trug, wie sie früher Leprakranke anzulegen pflegten. Seine Augen funkelten durch die schmalen Schlitze, und vor dem Mund hatte er einen großzahnigen Reißverschluß, was dem leblosen Gesicht den Ausdruck eines grinsenden Totenschädels gab. Vor ihm auf dem Schreibtisch stand eine kostbare, kunstvoll geschliffene Vase aus venezianischem Glas, in der ein Strauß lilienartiger Blumen steckte, die anstatt der Staubgefäße Augen besaßen, die alle neugierig in seine Richtung blickten. Der Mann wies gebieterisch nach hinten in den düsteren Raum, und als Steve sich umwandte, um festzustellen, was der Maskenmann ihm bedeuten wollte, sah er, daß sich im Halbdunkel unbemerkt eine Tür geöffnet hatte.

Aus dem schmalen Raum dahinter, der nicht tiefer war als ein Sarg, trat eine Frau. Als sie das Gesicht in seine Richtung wandte, erkannte er sie.

Es war Lucy!

Er eilte auf sie zu. Die alten ausgetretenen Dielen unter seinen Füßen knarrten unnatürlich laut und gaben so stark nach, daß er einen Moment lang glaubte, durch die Decke ins Erdgeschoß hinunterzubrechen.

»Lucy!« rief er und breitete die Arme aus, um sie zu begrüßen. In diesem Augenblick schnalzte aus ihrem Dekolleté eines dieser lilienartigen Gewächse und starrte ihn an.

Steve prallte entsetzt zurück, aber der Maskenmann war unbemerkt hinter ihn getreten, umklammerte ihn und preßte ihm den Brustkorb so fest zusammen, daß Steve kaum noch atmen konnte.

»Lucy!« keuchte er, während der Maskenmann ihn unerbittlich festhielt und das gespenstische Blumenauge auf seinem fleischigen Stengel auf ihn zuwuchs. Steve bemerkte, daß Lucys halbentblößte Brust über und über mit winzigen Schweißperlen übersät war, aber so sehr er sich auch bemühte, er konnte in der wachsenden Dunkelheit ihr Gesicht nicht mehr erkennen. Und im Hintergrund wurde ein prasselndes Geräusch, das er schon geraume Zeit vernommen hatte und dessen Ursprung er sich nicht erklären konnte, immer lauter und durchdringender.

Es dauerte einen Moment, bis Steve sich zurechtfand und das Licht einschalten konnte. Die Luft in dem kleinen Raum war stickig und heiß. Er hatte, bevor er zu Bett ging, die Klimaanlage ausgeschaltet, weil er von dem kalten Luftzug regelmäßig Halsschmerzen bekam.

Das durchdringende prasselnde Geräusch, das seinen Traum begleitet hatte, hielt an. Es regnete. Steve öffnete die Tür. Ein dichter Tropenregen, eine Kaskade wie von Millionen winziger, silbern glitzernder Fischleiber rauschte herab und trommelte auf die großblättrigen Stauden, die vor dem Bungalow den Gehweg säumten und sich unter der Wucht des Aufpralls wie in Schmerzen wanden. Dicht an der Hauswand hatte ein Trupp großer dunkler Kröten Schutz gesucht. Sie sahen aus wie

faustgroße schwarze Steine, nur ihre starren Augen glitzerten aufmerksam. Weit draußen über dem Meer zuckte tiefrotes Wetterleuchten in aufreißendem Wolkengedärm wie Magma.

Blitzartig wurde Steve die Tragweite der Entscheidung klar, die er getroffen hatte, und ein Gefühl der Beklommenheit schnürte ihm einige Augenblicke lang die Brust, als stünde der Maskenmann noch hinter ihm und hielte ihn fest. Er atmete tief die frische, nässeschwangere Nachtluft, bis sich der Druck löste.

Bevor er wieder einschlief, fiel ihm ein, daß alle Lilien, die ihm im Traum begegnet waren, ihn mit Lucys Augen angeblickt hatten.

Unternehmen Westsenke

Als sie am nächsten Morgen zum Tagungszentrum gingen, hatte die Sonne die Nässe des nächtlichen Regens fast aufgesogen, die Wege waren trocken, und nur da und dort funkelten noch Tropfen im Gras, in Blüten und an den Stauden. Die Luft war hell und erfrischend und schwer von Blütenduft.

Im Sitzungssaal derselbe Aufzug, derselbe Troß, dieselbe Sitzordnung bei den Offiziellen. Admiral Francis erkletterte das Pult unter der riesigen Projektionswand, präsentierte sich zwischen Sternenbanner und NASA-Flagge und hielt triumphierend einen kleinen Stapel Teilnehmerkärtchen in die Höhe.

»Ich habe nichts anderes erwartet, meine Damen und Herren«, verkündete er strahlend. »Ich danke Ihnen. Nur achtzehn unserer Gäste konnten sich nicht dazu entschließen, an unserem Projekt mitzuarbeiten. Ich nehme an, daß sie für ihre Ablehnung ihre Gründe haben, und ich habe versprochen, diese Gründe zu respektieren und nicht nach ihnen zu fragen. Es handelt sich dabei um folgende Personen ...« Er begann die Namen auf den abgelieferten Plastikkärtchen vorzulesen und machte nach jedem eine bedeutungsvolle Pause, als versähe er sie mit einem unauslöschlichen Makel.

Steve fand den Stil billig. Es waren sechzehn Männer und zwei Frauen, die sich nicht freiwillig gemeldet und ihre »Tagungsausweise« zurückgegeben hatten.

»Ich mache Sie darauf aufmerksam, meine Damen und Herren«, fuhr der Admiral fort, »daß Sie ab sofort der strengsten Geheimhaltungspflicht unterliegen und die damit verbundenen Sicherheitsmaßnahmen auf Sie angewendet werden. Die Informationen, die Sie nun erhalten werden, sind nicht für Außenstehende bestimmt, und ich versichere Ihnen, meine Damen und Herren, daß wir alle – ich wiederhole – *alle* Maßnahmen ergreifen werden, um zu verhindern, daß diese Informationen an Außenstehende gelangen.«

Er reckte das Kinn vor und ließ seinen Blick forschend über die Anwesenden wandern, als gälte es, den letzten feindlichen Agenten zu enttarnen und auf der Stelle niederzustrecken. Die Spannung im Saal stieg.

»Sie, meine Damen und Herren, werden die Vorhut eines großartigen Unternehmens bilden, das den Fortbestand der westlichen Welt und das Wohlergehen aller unserer verbündeten Nationen garantieren wird. Ihre Aufgabe wird es sein, ... äh ... rechtzeitig die Weichen zu stellen für eine Zukunft, wie wir sie uns wünschen. Zu Ihnen wird nun Commander Walton sprechen, der Ihnen die technischen Einzelheiten erörtern wird. Ich danke Ihnen, meine Damen und Herren.«

Steve erkannte den schmucken jungen Offizier in vollem Wichs im ersten Moment nicht, der nun ans Rednerpult trat und sich über die Mikrophone beugte. Erst als er die Stimme hörte, wurde ihm klar, daß es sich um den unsympathischen Burschen handelte, der ihn in Miami in der Ankunftshalle erwartet hatte.

»Die technische Entwicklung der letzten Jahre, basierend auf physikalisch-mathematischer Grundlagenforschung seit Mitte der sechziger Jahre, hat einen entscheidenden Durchbruch erzielt, der im buchstäblichen Sinn als bahnbrechende Entdeckung bezeichnet werden kann.«

Er zögerte einen Moment lang und bedachte stirnrunzelnd die Mikrophone mit einem Blick, als mißtraue er den Sicherheitsmaßnahmen. Im Saal herrschte erwartungsvolle Stille.

»Ich bin kein Freund großer Worte«, fuhr er fort, »aber die Erfindung des Feuers, die Entdeckung der Relativitätstheorie und die ersten Ausflüge zum Mond sind harmlose Fortschritte im Vergleich zu dem, was wir nun geschafft haben.«

Die Stimmung im Saal hatte nun einen Punkt erreicht, in dem die überreizte Spannung nicht selten in Heiterkeit und Ausgelassenheit umschlägt und sich in witzelnden, zumeist recht albernen, aber dankbar belachten Zwischenrufen kundtut.

Vor der großen Projektionswand wurde eine Karte entrollt,

die sich langsam herabsenkte. Es war eine Reliefdarstellung des Mittelmeerraums, etwa acht Meter breit und dreieinhalb Meter hoch.

»Damit Sie sich das schöne Mittelmeer nicht wegzudenken brauchen, haben wir eine Karte anfertigen lassen, die das Gebiet in seiner physikalischen Struktur zeigt.«

»He«, rief einer der Zuhörer, »will die Navy das Mittelmeer auspumpen?«

»In the Navy ...«, intonierte jemand den alten Hit der Village People.

Gelächter.

»Das ist nicht nötig«, sagte Walton ungerührt, »denn es hat immer wieder Zeiten gegeben, in denen die Mittelmeersenke ausgetrocknet war. Das Mittelmeer ist ein Verdunstungsbecken; das heißt, es verliert mehr Wasser, als es durch Zuflüsse erhält. Wenn die Straße von Gibraltar verschlossen ist – und das ist in erdgeschichtlicher Zeit einige Male der Fall gewesen – verwandelt sich die Mittelmeersenke in eine Wüste, durchsetzt mit Salzseen und Sümpfen zwischen zwei- und dreitausend Meter unter dem Meeresspiegel, besonders in dieser Gegend ...« – er deutete auf den Graben vor dem Querriegel des Steilabfalls südlich von Kreta, in den durch einen tief eingefressenen Canyon zwischen Wadi Halfa und Alexandria der Nil sich ergoß – »und hier.« Er wies auf das breit ausgefächerte Delta der Rhône etwa in Höhe von Barcelona, wo der durch eine tiefe Schlucht über 2000 m herabschäumende Fluß in einen sichelförmigen See mündete, der etwa 200 Meilen südlich von Nizza begann, dessen Ostufer parallel zur Westküste Korsikas und Sardiniens verlief, sich um die Balearen nach Westen herumschwang und – immer schmaler werdend – bis etwa südlich von Cartagena erstreckte.

»Sie werden sagen, daß mag ja ganz interessant sein, aber was soll das alles? Was interessiert uns eine Salzwüste, die seit weiß Gott wieviel Jahren auf dem Meeresgrund liegt.«

Beifälliges Gemurmel.

»Vor ziemlich genau 5,3 Millionen Jahren zerbrach – wahrscheinlich durch ein Erdbeben – die Landverbindung zwischen der Pyrenäenhalbinsel und Afrika. Das Wasser des Atlantik strömte ein und füllte das Becken.«

»Na und?« rief jemand. Ein paar Leute lachten.

Walton musterte den Fragesteller, und in seinem Blick drückte sich unendliche Langmut über soviel Begriffsstutzigkeit aus.

»Weil wir Sie in dieses Gebiet bringen können, bevor es auf dem Meeresgrund liegt«, sagte Walton lapidar. »Wir haben ein Gerät zur Verfügung, das dazu in der Lage ist: das Chronotron.«

Einen Moment lang glaubte Steve, das Herz bleibe ihm stehen. Er warf Jerome, der neben ihm saß, einen prüfenden Blick zu, als müsse er sich vergewissern, daß er nicht träume. Jerome starrte ihn mit schreckgeweiteten Augen an. Es herrschte plötzlich eine Stille, daß man eine Büroklammer hätte zu Boden fallen hören, dann ging ein Geräusch durch den Saal, das einem Keuchen, fast einem qualvollen Stöhnen glich und Ausdruck ungläubiger Verwunderung war.

»Die Westsenke«, fuhr Walton fort und deutete mit einer umfassenden Geste auf den Bereich zwischen Sizilien und Gibraltar, »wird Ihre Operationsbasis sein. Wir werden Sie fünfeinhalb Millionen Jahre in die Vergangenheit schicken, und Sie werden dort ein paar Handgriffe erledigen, die Gottes Vorsehung aus unerfindlichen Gründen entgangen zu sein scheinen.«

Walton grinste. Eine kleine Ratte, dachte Steve, eine widerliche kleine gefräßige Ratte, geil auf Macht, geil auf – koste es, was es wolle – Selbstbestätigung.

»Doch wie es so schön heißt«, fuhr der Commander fort, und eine Spur von Zynismus schlich sich in seine Stimme. »Hilf dir selbst, dann hilft dir Gott.« Er hob den Blick von seinen Papieren und grinste triumphierend. »Und genau das wollen wir tun. Wir werden zur Selbsthilfe greifen, meine Damen und Herren. Und Sie werden die Kerntruppe der geplanten Operation bilden. Ihnen fällt es zu, die logistischen und technischen Aufgaben zu überwachen und natürlich Sicherungsaufgaben zu übernehmen.«

»Sicherung vor was?« wollte jemand wissen.

»Ah ... natürlich allgemein. Sie werden die Bautrupps vor

wilden Tieren und unseren Urahnen, den Affenmenschen, schützen, Sie und das technische Personal werden die ersten Menschen in jener Epoche sein. Mit Ihnen werden Geologen, Geophysiker, Pipeline-Spezialisten und Driller dorthin gebracht werden. Ihre Aufgabe wird folgendes sein.« Der Commander nahm einen langen Zeigestock zur Hand und deutete auf die Karte.

Quer durch die Westsenke zog sich eine rote Linie, die sich südwestlich von Tripolis in zwei Arme gabelte, von denen einer nach Ostsüdost, der andere nach Südsüdwest verlief.

»Wir haben vor, den Scheichen das Öl wegzupumpen, bevor sie sich draufsetzen können.«

Die Tollkühnheit der Idee verschlug den Anwesenden einen Moment lang die Sprache. Dann erhob sich erregtes Stimmengewirr.

»Unglaublich«, murmelte Jerome.

»Das ist doch heller Wahnsinn«, sagte Steve.

»Aber so hirnverbrannt das scheinen mag, irgendwie finde ich den Plan genial«, sagte Jerome und schüttelte lachend den Kopf.

»Das ist eine durch und durch gerechte Sache. Wir korrigieren lediglich einen Webfehler in der Schöpfung«, fuhr Walton fort und lächelte selbstgefällig. »Man könnte das Unternehmen weniger euphorisch auch als geophysikalische Schönheitsoperation bezeichnen.« Er wandte sich wieder der Karte zu. »Das Unternehmen Westsenke wird sich mit den Erdölvorkommen in Nordafrika befassen, dem heutigen Libyen und Algerien. Die Hauptfördergebiete liegen hier ...« – er folgte mit dem Stock der östlich verlaufenden Abzweigung der Linie – »zwischen der Großen Syrte und dem Al-Harūj al-Aswad um Beda, Waha und der Jalo-Oase im südlichen Bengasi. Die anderen Quellen liegen hier ...« – der Stock umkreiste das Gebiet, in dem die südliche Abzweigung endete – »östlich des Plateaus von Tinrhert im Erg Bourarhet an der heutigen algerisch-libyschen Grenze. Die Pipelines aus diesen beiden Fördergebieten vereinigen sich hier bei Bi'ral Ghanam. Die Trasse wird von dort aus nordnordwestlich weitergeführt, erreicht in der Nähe von Zuwarah die Küste, wie sie heute verläuft, dann auf dem flachen Schelf zwischen Malta und der tunesischen Küste, bis hier nordöstlich vom Cap Bône. Dort wendet sie sich mit einem Knick nach Westnordwest, zieht sich hier südlich der heutigen Insel San Antioco um den Steilabfall des Gebirgsstocks, der die Insel Sardinien bildet, und wendet sich am Rand der Balearensenke nach Norden, folgt ein Stück dem Verlauf der Westküste von Sardinien und schwenkt in der Höhe der kleinen Insel von Mal die Ventre nach Nordwesten, durchmißt den Norden der Senke und führt ins Mündungsgebiet der Rhône, das zu jener Zeit mehr als zweihundert Kilometer weiter südlich etwa auf der Höhe von Barcelona liegt. Die Trasse wird durch den Rhône-Canyon nach Norden geführt und folgt dem Fluß bis zur Einmündung der Saône, dann weiter dem Tal der Saône folgend durch die Burgundische Pforte, dem Lauf der Maas durch Nordfrankreich und Belgien, hinein in die Niederlande. Dort wird sie voraussichtlich in der Gegend von Masstricht die Küste erreichen, denn der Wasserspiegel des Atlantik dürfte um jene Zeit erheblich höher gewesen sein als heute. Über den genauen Küstenverlauf sind sich die Wissenschaftler nicht einig. Einerseits war das Klima wesentlich wärmer, also weniger Eis in Gletschern und Polkappen gebunden und die Meereshöhe deshalb überdurchschnittlich; andererseits dürften die tektonischen Platten, die das Mittelmeer umrahmen, die eurasische, die adriatische, die ägäische, die türkische, die arabische und die afrikanische, um jene Zeit höher gelegen haben. Sie wurden später durch das ungeheure Gewicht der Wassermassen, die das Mittelmeer darstellen, nach unten gedrückt, was zu starken tektonischen Unruhen in den angrenzenden Bereichen geführt haben muß. Im Küstengebiet um Lüttich, Maastricht, Aachen, Bonn, Koblenz wird unsere Pipeline auf eine zweite stoßen, die vom Persischen Golf und Saudi-Arabien her über Anatolien, dann die Schwarzmeerküste entlang und dem Lauf der Donau folgend quer durch Europa führt. Beide Stränge werden vereint und in das Festlandschelf der Nordsee hinausgeführt. Dort werden einige als Bohrinseln getarnte Chronotrone in der Gegenwart das Öl je nach Bedarf aus der Vergangenheit heraufpumpen.«

»Und die Ölscheiche werden sich das gefallen lassen?« fragte jemand.

»Es gibt nicht den geringsten Hinweis darauf«, sagte Walton, »daß irgend jemand etwas über das Projekt in Erfahrung gebracht haben könnte. Weder was die wissenschaftlichen Voraussetzungen, noch was die technische Realisierung anbetrifft.«

Der Commander sagte nicht ganz die Wahrheit. Es gab tatsächlich Verdachtsmomente, daß die Sowjets mit einem Projekt ähnlicher Art beschäftigt waren. Seit Mitte der siebziger Jahre kreuzte der sowjetische Flugzeugträger *Kiew* im östlichen Mittelmeer. Inzwischen waren vier weitere ähnliche Einheiten hinzugekommen, über deren Zweck und Nutzen die Militärexperten rätselten.

»Dennoch«, fuhr Walton fort, »werden wir kein Risiko eingehen und uns gegen alle Eventualitäten rüsten. Zu den genannten Sicherheitsmaßnahmen wird auch die Abwehr potentieller Feinde gehören. Militärisches Gerät – auch schweres Gerät – wird bereitgestellt. Zu Ihren Aufgaben wird übrigens auch gehören, das technische Personal mit Frischfleisch zu versorgen«, fügte er rasch hinzu. »Für passionierte Jäger unter Ihnen tun sich also ungeahnte Möglichkeiten auf. Sie werden eine echte, noch völlig unberührte Wildnis vorfinden.«

»Ist auch ein Gerät bereitgestellt, das uns wieder zurückholt aus dieser Wildnis?« rief Moses, der zwei Reihen hinter Steve und Jerome mit Loorey und Olsen saß. Steve drehte sich um. Loorey hatte sich offenbar schon an eins der Mädchen von der NASA herangemacht. Sie saß neben ihm, sah herzerfrischend jung und unbekümmert aus, höchstens 25, Stupsnase, die flachsblonden struppigen Haare nach oben zu einem abstehenden kurzen Pferdeschwanz aufgesteckt, braungebrannt und über und über voll Sommersprossen bis ins Dekolleté ihres halbgeöffneten weißen Sommerkleides. Loorey bewunderte ungeniert, was sich ihm darbot, blickte ganz und gar nicht verdrossen wie sonst und schien das, was er entdeckt hatte, weit interessanter zu finden als die Ausführungen des Commanders. Steve lächelte, und als ihre Blicke sich trafen, grinste Loorey zurück und hob bewundernd die Augenbrauen.

»Immer schön eins nach dem anderen«, wehrte Walton Calahans Frage ab und hob die Hand. »Wir werden über das Problem noch zu sprechen haben.«

»Sie sagen ›Problem‹, Sir«, hakte Olsen ein. »Gibt es in diesem Punkt Probleme?«

»Keineswegs«, versicherte Walton. »Es gibt nur einige ... äh ... Versuchsserien, die noch nicht ganz abgeschlossen sind. Aber wir sind da ... äh ...« – er senkte den Blick auf seine Unterlagen – »sehr, sehr zuversichtlich.«

»Was soll das heißen, Sir?« bohrte Harald hartnäckig weiter. »Haben Sie schon Leute hingeschickt und wieder zurückgeholt oder nicht?«

»Hören Sie, Lieutenant Olsen«, sagte Walton gereizt, »wenn Sie mich in meinen Ausführungen endlich fortfahren ließen, wird dieser Punkt zu Ihrer Zufriedenheit geklärt werden.«

»Ich hoffe es, Sir.«

»Zur Sechsten US-Flotte gehören acht Reaktorschiffe, die als Versorgungseinheiten getarnt sind, in Wirklichkeit aber das technische Gerät mit sich führen, mit dem wir Sie und Ihre Ausrüstung in die Vergangenheit befördern werden: die sogenannten Chronotrone, im Fachjargon als ›Käfige‹ bezeichnet.«

»Sehr sinnig«, rief jemand.

»Diese Käfigträger operieren seit geraumer Zeit vor der Südküste Sardiniens ...« – er deutete auf ein rechteckiges rot unterlegtes Feld, das etwa fünfzehn Meilen südlich von Cap Sperone begann und sich etwa vierzig Meilen nach Südosten erstreckte –, »hier knapp vor der Westküste ...« – er deutete auf ein zweites rotes Rechteck von etwa vierzig Meilen Länge, das nordwestlich der Insel San Pietro begann und etwa bis in die Höhe von Oristano reichte – »sowie hier und hier.« Er wies auf ein drittes und viertes rotes Rechteck, das eine lag etwa zwanzig Meilen südlich von Toulon und erstreckte sich in südöstlicher Richtung, das andere im nordwestlichen Vorfeld des Gebirgsstocks, der die östlichen Balearen Mallorca und Menorca darstellte, etwa 100 Meilen südlich von Barcelona. »Über diesen Zielgebieten wird seit drei Jahren in regelmäßigen Abständen Material in die Vergangenheit abgesenkt: Rohre für Pipelines,

Maschinen, Treibstoff, geologisches Gerät, Lebensmittel, Medikamente, Zelte, aufblasbare Unterkünfte, Waffen, Munition, Dinge des täglichen Gebrauchs und so weiter.« Er warf einen Blick in Olsens Richtung und fuhr fort: »Was die Rückkehr anbetrifft, so besteht nicht der geringste Anlaß zur Besorgnis. Auf den östlichen Bermudas ist ein Forschungsinstitut errichtet worden, das mit den allermodernsten chronotronischen Anlagen ausgerüstet ist. Wir haben dort bereits eine Reihe von Wissenschaftlern und Technikern in die Vergangenheit geschickt. Sie sind dabei, eine mehrere Quadratkilometer große Fläche zu planieren, sie als sogenannte Zugriffzone vorzubereiten und die entsprechenden Installationen vorzunehmen. Von dort holen wir Sie sicher zurück, sobald Sie Ihre Aufgabe erfüllt haben.«

»Aber zurückgeholt haben Sie noch keinen«, warf Olsen ein. »Dabei muß doch dieses Ding, diese ›Zugriffzone‹, wie Sie es nennen, seit mehr als fünf Millionen Jahren fertig sein.«

»Das Zurückholen ist im Prinzip derselbe Vorgang wie der Transport in die Vergangenheit«, schaltete sich Francis ein, »nur einfach unter umgekehrtem Vorzeichen.« Der Admiral gab sich väterlich huldvoll. »Die besten Köpfe der Nation arbeiten daran, die Anlagen zu perfektionieren und Sie sicher in die Heimat zurückzuholen. Ich bin da sehr, sehr zuversichtlich. In fünf Jahren sind Sie wieder zu Hause, meine Damen und Herren. Dafür verbürge ich mich.«

»Wir haben in der Tat noch nicht alle Probleme der Rückkehr gelöst«, gestand Walton, ohne näher auf Olsens Bemerkung einzugehen. »Doch das ist völlig ohne Belang. Sie sollten nämlich bedenken, daß es ausreicht, wenn *irgendwann* in der Zukunft eine unserer Anlagen funktioniert. Von ihr zurückgeholt, können Sie von dort aus mit jedem beliebigen Chronotron in ihre Epoche zurückkehren. Wir könnten Sie theoretisch nach Ablauf der fünf Jahre, für die Sie sich verpflichtet haben, um fünf Jahre gealtert und weiser geworden, an just diesen heutigen Tag zurückbringen – oder sogar weiter in die Vergangenheit; letzteres ist jedoch aus Sicherheitsgründen unmöglich, wie Sie verstehen werden, ersteres wäre – wie unsere

Psychologen meinen – für Ihre psychische Entwicklung verhängnisvoll. Subjektivzeit und Realzeit sollten, wenn sie schon asynchron verlaufen, wenigstens von annähernd gleicher Dauer sein. Würde das nicht eingehalten, ergäben sich darüber hinaus gesellschaftliche und juristische Probleme, auf die ich erst gar nicht eingehen möchte.«

»Die Navy ist ja *rührend* um uns bemüht«, rief Moses.

»Waren wir das nicht immer, Major Calahan?« entgegnete der Commander lächelnd.

»Ein cleverer Bursche, dieser Walton«, sagte Jerome leise. »Ich würde mich nicht wundern, wenn er alle hier im Saal beim Namen kennt, um seine Plus- und Minuspunkte zu verteilen.«

»Er ist eine Ratte«, knurrte Steve. »Er beißt sich durch jedes Hindernis, um ans Ziel zu gelangen.«

»Irgendwelche Fragen?« rief Walton.

»Sie sagten da vorhin, daß wir von den Bermudas zurückgeholt werden«, sagte einer mit unverkennbarem Südstaatlerakzent. »Ich dachte, die Sache soll an der Riviera stattfinden.« Einige lachten. »Wie kommen wir über den Atlantik? Flugverbindungen wird's doch noch keine geben.«

»Aber Schiffsverbindungen«, entgegnete Walton ungerührt. »Wir gedenken in der Gegend des heutigen Cadiz einen Hafen anzulegen und eine alljährliche Fährverbindung zwischen Europa und den Bermudas einzurichten. Wir sind dabei, einen Käfig zu bauen, mit dem sich auch Objekte von der Größe hochseetüchtiger Einheiten expedieren lassen, und einen Nachschub mit Treibstoff und Mannschaften zu organisieren.«

»Einen Punkt möchte ich noch erwähnen«, fuhr Walton fort. »Wir werden in den Besprechungen mit den einzelnen Einsatzgruppen zwar noch ausführlich darauf zurückkommen, aber wir sollten das Problem von Anfang an ins Auge fassen. Die Chronotrone, die Sie in die Vergangenheit befördern werden, haben Streubreiten, die sich zwar auf ein Minimum reduzieren, aber nicht ganz beseitigen lassen. Sie betragen in unserem Zielgebiet etwa sechs bis acht Jahre. Das bedeutet, daß zwei Sendungen, die in ein und derselben Sekunde ausgeklinkt und über genau dieselbe Distanz geschickt werden, mit sechs bis acht Jahren Zeitunterschied dort eintreffen können. Das bedeutet einige logistische Probleme, die aber nicht unüberwindlich sind. Eine Folge davon jedoch ist, daß wir sogenannte gemischte Gruppen zusammenstellen werden. Es werden nie Techniker allein gehen, immer wird ein bewaffneter Mann mit militärischer Erfahrung dabeisein. Es werden Zweier- und Vierergruppen sein – je nach Umfang der Ausrüstung –, die vollmotorisiert und völlig autark sind, um zur Not, jahrelang auf sich gestellt, operieren zu können. Denn jede Gruppe könnte ja die erste sein und – auch wenn die Wahrscheinlichkeit sehr gering ist – monatelang auf die nächste warten müssen.«

»Das verspricht ein spannendes Blindekuhspiel zu werden«, murmelte Steve. Jerome nickte.

»Sie werden hier landen«, sagte Walton. Er deutete mit dem Zeigestock auf ein schmales, grün unterlegtes Rechteck, das etwa dreißig Meilen nördlich des Cap de Fer parallel zur algerischen Küste verlief und sich rund vierzig Meilen in Ost-West-Richtung erstreckte. »Wir haben dieses Gebiet zwischen dem nordafrikanischen Plateau und der Balearensenke deshalb gewählt, weil dort drei wichtige Forderungen erfüllt sind: Das Gelände ist relativ eben, das heißt, es fällt sanft von Süden nach Norden zur Balearensee hin ab; es liegt zwischen tausend und fünfzehnhundert Metern unter dem Meeresspiegel, ist also für eine Landung mit Gleitflugzeugen, die an der jetzigen Wasseroberfläche ausgeklinkt werden, geeignet; und es befindet sich in internationalen Gewässern – heute.

Sie werden, wenn Sie dort zur Zielzeit eintreffen – und vorausgesetzt, Sie gehören nicht zu den allerersten Gruppen, die landen –, Stützpunkte vorfinden. Der nächste dürfte etwa hier liegen.« Er deutete auf den Steilabfall südlich des Golfs von Palmas am Südwestzipfel Sardiniens. »Wahrscheinlich werden Sie bereits im Landegebiet erwartet. Sollten Sie keine Hilfe erhalten und ihre Funksprüche unbeantwortet bleiben, geraten Sie nicht in Panik. Denken Sie immer daran, daß Sie die ersten sein könnten, machen Sie sich an Ihre Aufgabe und treffen Sie Vorbereitungen für die Landung der nächsten Gruppe. Sie können es in dem stolzen Bewußtsein tun, daß Sie als Erste eine jungfräuliche Erde in Besitz nehmen, die noch nie eines Menschen Fuß betreten hat.«

»Erhebend!« rief jemand.

»Hör dir das an!« knurrte Steve.

Jerome kicherte. »Reg dich nicht auf«, sagte er. »Der Bursche macht seine Sache sehr gut.«

»Ich danke Ihnen, meine Damen und Herren«, schloß Walton.

Admiral Francis erhob sich und trat ans Pult.

»Wissen Sie, was das ist?« fragte er und hielt triumphierend eine Handvoll schmutziggelber Gebilde hoch, die wie überdimensionale Spielbankchips aussahen. »Das ist Kunststoff«, verkündete er und machte selige Kinderaugen, »und zwar 5,3 Millionen Jahre alter Kunststoff. Exakt dasselbe Material, das wir für die Pipelines verwenden, die wir in die Vergangenheit absenken. 1970 hat sie die *Glomar Challenger* aus 2000 Meter Wassertiefe hundert Meilen südlich von Barcelona vom Meeresgrund heraufgeholt, und zwar genau an dem Fleck, an dem wir jetzt das Material abwerfen. Sehen Sie, meine Damen und Herren, und das ist der beste Beweis dafür, daß unser Unternehmen gelingen wird.«

»Entschuldigen Sie, Sir, aber ich finde es nicht gerade ermutigend«, sagte Calahan, »wenn das Zeug genau an dem Fleck gefunden wird, wo es vor fünfeinhalb Millionen Jahren hingeworfen wurde. Wenn die *Glomar Challenger* eine Pipeline angebohrt hätte, wo *kein* Material ausgeklinkt wird, dann würde mir das eher einleuchten.«

Das triumphierende Lächeln schien dem Admiral um die Mundwinkel festzufrieren. Behend sprang Walton in die Bresche.

»Natürlich senken wir bei weitem mehr Material ab, als wir je benötigen werden, Major, um *jederzeit* genügend Material zur Verfügung zu haben. Es ist also nur natürlich, daß im Zielgebiet noch Material herumliegt, eben weil nicht alles verwendet worden ist. Ich wüßte also nicht, was daran merkwürdig sein sollte.«

Francis' triumphierendes Lächeln war wieder aufgetaut. »Wir

haben noch mehr Beweise für den guten Ausgang des Projekts, und zwar seit geraumer Zeit«, verkündete er. »Wir haben also allen Grund, zuversichtlich ans Werk zu gehen. Wir werden gemeinsam eine Sache in Angriff nehmen, die unsere Zukunft in verheißungsvollem Licht erscheinen läßt. Möge Gott uns allen ...«

Steve hörte nicht mehr zu, was der Admiral ins Mikrophon tönte. Als er einige Minuten später den fensterlosen Saal verließ, erschrak er geradezu, weil er nicht erwartet hatte, ins grelle Sonnenlicht hinauszutreten. Aus irgendeinem unerfindlichen Grund hatte er das Gefühl gehabt, es müsse draußen stockfinstere Nacht sein. Er war wie betäubt und hatte Kopfschmerzen; deshalb verzichtete er auf das Mittagessen und legte sich für ein paar Stunden hin. Er ruhte mit bleischweren Gliedern unter dem kühlen Laken und beobachtete noch eine Zeitlang den blaßblauen, mit einem verchromten Gitter geschützten Ventilator, der sein Gesicht mit roboterhafter Geduld um 90 Grad in diese und jene Richtung schwenkte. Nach einer Weile war er eingeschlafen.

Ein Klopfen an der Tür weckte ihn. Jerome stand draußen mit Harald und Moses im Schlepp.

»Wir geben unseren Einstand als Temponauten«, sagte Harald Olsen augenzwinkernd. Seine schütteren blonden Haare waren naß vom Duschen an den Kopf geklatscht, der Schnurrbart frisch gezwirbelt. Er sah aus wie eine neugierige junge Robbe und hatte es doch tatsächlich fertig gebracht, sich in wenigen Minuten an der Sonne Floridas einen Sonnenbrand zuzuziehen.

»Wir müssen vor allem das Ausklinken üben«, meinte Jerome.

Steve nahm eine kalte Dusche, kleidete sich an und zog mit los. Er hatte einen Bärenhunger und einen noch größeren Durst, aber es war nur tiefgefrorenes Büchsenbier zu bekommen, das einen grauenhaften Geschmack hatte. Später gelang es ihnen, Paul Loorey zu überreden, den Rest seiner Whiskybestände herauszugeben. Er kaufte sich damit frei, weil er den Abend mit der Kleinen von der NASA verbringen wollte. Sie hieß Jane Brookwood und arbeitete in der logistischen Abteilung des Westsenke-Unternehmens. Sie wußte genau, welches Material wo abgesenkt wurde, nur wollte Loorey was ganz anderes wissen, und sie schien nicht abgeneigt.

Harald, Jerome, Moses und Steve zogen sich in Calahans Apartment zurück und klinkten aus – und zwar völlig. Keiner von ihnen wußte später, wie er nach Hause gekommen war.

Ausgeklinkt

Nach zehn Wochen theoretischen Unterrichts am Cape und in Houston durch verschiedene Spezialisten, vor allem durch Geologen, Geophysiker, Erdöl- und Pipeline-Spezialisten, erfahrene Lehrer und Ingenieure, aber auch durch Biologen, Botaniker, Paläontologen und Anthropologen, wurde die Einsatzgruppe zur Ausbildung nach Arizona verlegt. Dort wurden sie mit neuem militärischen Gerät vertraut gemacht: mit der »Katze«, einem leichten Kettenfahrzeug, das speziell für die Bewegung in Wüste und Savanne entwickelt worden war, aber auch extreme Steigungen überwinden und in sumpfigem Gelände operieren konnte; und mit dem »Fireflash«, einem mittelschweren Raketenwerfer der Navy, mit dem sich auch taktische Atomgranaten verschießen ließen.

Sie übten das Fahren in steilem und unwegsamem Gelände, lernten die Tricks, mit denen man sich aus Sumpflöchern befreite und Sanddünen überwand, bauten Unterstände in lockerem Boden und gruben Brunnen in knochentrockenen Gegenden, machten mit Fallen Jagd auf Kleintiere und würgten am Spieß gebratene Eidechsen hinunter.

Die Jagd auf Eidechsen war meistens erfolgreich. Die Tiere waren träge, denn um diese Jahreszeit blies meistens ein eisiger Nordwind. Obwohl die Sonne herabbrannte, stieg das Thermometer selten über 15° C. Das Jahr 1985 ging seinem Ende entgegen, der Winter brach früh herein. In den Bergen hatte es bereits geschneit.

Steve flog jedes Wochenende, an dem er sich freimachen konnte, von Tucson nach Albuquerque hinüber, um Lucy zu besuchen. Er hatte irgendwie ein schlechtes Gewissen, weil er sich zu dem Projekt gemeldet hatte, und behandelte sie deshalb besonders liebevoll. Sie genoß es und lächelte.

»Mach dir nicht soviel Gedanken darüber, Frankieboy«, sagte

sie. »Du bist im Grunde deines Herzens ein Abenteurer, und das liebe ich an dir. Ich bin eben mehr ein seßhafter Typ, halte seit fast zwanzig Jahren den Kram des alten O'Nooly in Ordnung, tippe die Rechnungen an seine Klienten und treibe sein Geld ein – und sehe mit Bangen dem Tag entgegen, an dem der Kauz einmal nicht mehr sein wird. Mein Gott, mir wird ganz schlecht, wenn ich nur daran denke. In fünf Jahren bin ich wahrscheinlich eine uralte zerknitterte Schachtel, aber wer weiß? Wenn du Lust hast, schau mal rein. Würd mich freuen, auch wenn's nur auf 'ne Tasse Tee ist. Schreib halt mal von unterwegs.«

Steve biß die Zähne zusammen. Es war ihm nicht wohl in seiner Haut, aber er konnte ihr nicht sagen, daß er dazu keine Gelegenheit haben würde. Er kam sich ziemlich schäbig vor, fühlte sich wie ein halbherziger Liebhaber, der sich nach einem verstohlenen Schäferstündchen klammheimlich aus dem Staub macht.

Ende März 1986 wurden sie auf einen Truppenübungsplatz der Air Force südlich des Utah-Lake verlegt, auf dem Luftlandeeinheiten unter schwierigen Bedingungen trainierten. Sie übten das Ausklinken zuerst aus 2000, dann aus 1500 und schließlich aus 1000 m Höhe, zunächst leer, um ein Gefühl für die Flugeigenschaften des Gleiters zu bekommen, später mit kompletter Ausrüstung und Bemannung. Der »Drache«, wie das etwa 12 m lange Gleitflugzeug genannt wurde, war ein rochenförmiges Gebilde aus Leichtmetall und Plastikfolienbespannung, in dessen Rumpf eine »Katze« samt Anhänger und eine Unmenge von Ausrüstungsgegenständen und Waffen Platz fanden. Ein alter Sikorski S-64 »Skycrane« brachte sie auf Höhe und flog sie ins Landegebiet.

Dann immer wieder dasselbe: die zermarterten, quälenden Worte einer Stimme im Kopfhörer, Wechselgesänge des 20. Jahrhunderts, mühsam verständlich unter den rhythmischen Peitschenhieben der Tragflächen des Lastenhubschraubers, die kurze Liturgie eines Countdown, dann plötzlich Schwerelosigkeit. Die Ruder signalisieren allmählich Widerstand, das Peitschen der Rotoren verstummt, Stille; ein leises Wimmern wird laut, die Luft reibt sich an der Außenhaut des Gleiters. Weite tut sich auf, dunkle weißschopfige Berge in der Ferne, darunter eine gleißende Schüssel, bereitgehalten, um sie sicher aufzufangen. Fluggefühl. Das Singen von Metallsaiten, Verspannungen, Trossen, mit denen die Ruder bewegt werden; dann wieder heiseres Gekläff im Sprechfunkverkehr, die Meute der Bodenmannschaft hat sich auf ihre Spur gesetzt. Durchtreten der Pedale, um die Landekufen auszufahren und anzuwinkeln; die Schüssel kippt nach unten, Himmel schwappt herein; Nase noch höher mit einem kraftvollen Heranziehen des Knüppels, ein Schwall Sonne, Bodenberührung, das scharfe Kratzen der Kufen, dann das federnde, pumpende, leicht schnatternde Aufsetzen des großen gespeichten Bugrades, gesprenkelte Helligkeit, Vorbeifetzen von Zweigen und Gebüsch, das schaukelnde Scharren der Kufen und Rumpeln der Kufenräder, das langsam erstirbt.

Öffnen der Gurte. Warten. Von Umschaltpiepsern zerstanzte Dialoge, Ziffernfragmente. Zernagte Stille. Dann hat sie die Meute eingekreist, fällt über die Geräte her, beißt sich fest. Sie werden ungeduldig aus dem Lander verscheucht wie lästige Fliegen, klettern steifbeinig aus der Kanzel und gehen im Mittagslicht zu einem wartenden Jeep. Geruch nach heißem Öl und verbranntem Gummi. Kalter Frühlingswind, der an kärglichen Büschen zerrt, noch vom letzten Sommer versengt. Das Knacken von erhitztem Metall, das sich abkühlt und zur Ruhe kommt.

Jerome Bannister und Steve Stanley sollten zusammen eine Zweiergruppe bilden. Ihr Gepäck bestand aus einer vollgetankten »Katze« mit Anhänger, 15 Kanistern Treibstoff, Funkgerät, Zweimannzelt mit Schlafsäcken, Feldapotheke und Campingklosett, Wäschesack, Wasserbehälter, zwei weitere leichte Kampfanzüge, Verpflegung für neunzig Tage und darüber hinaus vitaminreiche Trockenkonzentrate; Waffen: ein schweres Maschinengewehr, 2 Maschinenpistolen, 2 Schnellfeuergewehre, die zur Jagd umgerüstet werden konnten, und insgesamt etwa 10 000 Schuß Munition. Die Vorräte waren bei Bedarf an den Depots zu ergänzen, die seit Monaten von der Sechsten US-Flotte entlang der nordafrikanischen Küste, entlang der Westküste von Sardinien und Korsika und nördlich der Balearen ausgeklinkt wurden. Die Ausrüstungscontainer wurden in die Vergangenheit katapultiert und gingen an Fallschirmen in den Randgebieten der Westsenke nieder.

Harald Olsen, Moses Calahan und Paul Loorey sollten eine der mobilen technischen Basiseinheiten bilden, die jeweils mit einem Jeep samt Anhänger ausgerüstet waren. Zu ihnen stieß als vierter Mann Captain Salomon Singer, ein Psychologe und Anthropologe von der Harvard University, der in jungen Jahren in Vietnam gewesen war und damit zu den wenigen Leuten des Unternehmens gehörte, die überhaupt Fronterfahrung hatten. Er war Ende dreißig, hatte mittelblondes Kraushaar, das nicht so recht zu seinem dunklen Teint und dem fleischigen, stets in Kummerfalten gelegten Levantinergesicht passen wollte. Er war mittelgroß und ziemlich dürr, konnte aber Unmengen an Speise und Trank vertilgen, vor allem, wenn er irgendwo eingeladen war. Böswillige Zungen behaupteten, er könne bei solchen Gelegenheiten aus Gründen der Sparsamkeit auf Vorrat essen und trinken wie ein Kamel und benötige anschließend wochenlang nichts.

Salomon Singer hatte einen merkwürdigen militärischen Zusatzauftrag, und Steve traute seinen Ohren nicht, als er zum ersten Mal davon hörte: Der Vietnamveteran und ausgewiesene Spezialist für die Erforschung des Seelenlebens von Zeitgenossen und die Besonderheiten ihrer fernen Vorfahren sollte sich mit den Affenmenschen jener Zeit, vom Stamm des Australopithecus africanus, in Verbindung setzen, ihre Intelligenz testen und sie auf ihre militärische Verwendbarkeit überprüfen, um sie eventuell als eine Art Schutztruppe auszubilden.

Jerome und Moses brüllten vor Lachen, als sie davon erfuhren, und malten sich eine Horde keulenschwingender Affenmännchen in Navy-Uniformen aus, die sich wutentbrannt auf die Brust trommelten, daß die Orden klimperten.

Harald Olsen hielt sich den Bauch vor Lachen, und Tränen liefen ihm über die Wangen. »Einfälle haben die«, wimmerte er. »Das darf doch nicht wahr sein!«

Salomon blickte betrübt von einem zum anderen und sagte schließlich vorwurfsvoll: »So an den Haaren herbeigezogen ist die Idee nicht.«

Woraufhin alle in noch schallenderes Gelächter ausbrachen, und Jerome rief: »Sie werden bei der Navy dann notgedrungen die Rasiervorschriften ändern müssen.«

Mitte Juni 1986 waren die Vorbereitungen abgeschlossen. Als Touristengruppe getarnt, wurde eine Vorausabteilung von 80 Mann nach Madrid geflogen. Sie kamen am späten Nachmittag an, und es regnete in Strömen. Zwei Beamte der Guardia Civil, mit Maschinenpistolen bewaffnet und jenen merkwürdigen flachen, schwarzlackierten Schächtelchen auf dem Kopf, die mehr Eßgeschirren als dienstlichen Kopfbedeckungen gleichen, kontrollierten ihre Pässe. Einer bestand darauf, daß Moses seinen Aluminiumkoffer öffnete.

»Schaut euch diese katholischen Schafsnasen an«, knurrte Calahan. Der Beamte untersuchte den Koffer gründlich, musterte den Major mit dunklen aufmerksamen Augen, die ein bißchen einfältig wirkten und ein bißchen unberechenbar, blieb aber höflich korrekt. Möglicherweise hatte er die Bemerkung nicht verstanden.

Sie wurden durch die Stadt zum Hotel »Escorial« gebracht. Es regnete unaufhörlich. Steve hatte sich Madrid immer als eine große staubige Stadt vorgestellt, ein silberner Himmel darübergestülpt und in düstere Helligkeit getaucht, die alle Farben erstickt, in einen leichten Schleier von Grau hüllt, wie er über den Bildern von El Greco liegt, aber die ehrwürdige spanische Metropole zeigte sich in frischem Glanz der Farben, und die Lichter spiegelten sich auf dem nassen Asphalt.

Am nächsten Tag ging Steve in den Prado. Salomon Singer schloß sich ihm an.

Der Eindruck, den die berühmte Galerie auf Steve machte, war lähmend. Er mochte Kunst und liebte Malerei, doch die düstere Galerie katholischer Potentaten bedrückte ihn; herausgeputzte Kretins mit Wasserköpfen, das Zepter wie eine Kinderrassel haltend, die kaum verhehlte Qual ihrer körperlichen und seelischen Gebrechen; oft der mühsam kaschierte Schwachsinn, in königlichen Purpur gehüllt. Hinter Gruppen ratloser, wohlgenährter Gesichter jenseits steinerner Balustraden über fluchtartig verlassenen Hafeneinfahrten Sturmzeichen, sich verdunkelnde Horizonte, dräuendes Wolkengekröse; Infantinnen mit kostbaren ausladenden Roben, breit wie Straßenkehrmaschinen. Dazwischen ein Archimedes, lächelnd in stiller Einfalt, ein erbärmliches Heureka um den zahnlosen, von dunklem Bartwuchs umwucherten Mund, kränkelnde Gedanken gebärend. Und immer wieder die entsetzlich geschundenen Leiber der Heiligen, abgeschlagene Köpfe auf Platten aus getriebenem Silber und gestärkten, gefältelten Halskrausen serviert, der hundertfach gekreuzigte Heiland, das malträtierte, zerstückte menschliche Fleisch, das Martyrium.

Die rätselhafte Verzückung mancher Darstellungen ließ ihn schaudern. Ekstatische Frömmigkeit stieß ihn ab; und bei dem Wort ›Inbrunst‹ stellte sich bei ihm die Vorstellung selten gewechselter Unterwäsche gottgefälliger, in Keuschheit gealterter Frauen ein. Dies alles hatte für ihn etwas zutiefst Beunruhigendes, etwas Animalisches, dem jegliche Anmut fehlt, wie es bei manchen Aasfressern der Fall ist. Und in der Tat vermeinte Steve vor manch einem altehrwürdigen Gemälde den Geruch von Tod und Verwesung wahrzunehmen. Dankbar blieb er vor jedem Rubens stehen und war entzückt von der prallen Nacktheit seiner lebensvollen Darstellungen vergnügter Sinnlichkeit. Zum Teufel mit der Vergänglichkeit des Fleisches, solange man mit beiden Händen zupacken und die Fülle des Lebens fühlen konnte, sagte sich Steve. Zum Teufel mit diesem ganzen christlichen Abendland, das seiner rätselhaften Bestimmung entgegenfaulte wie ein Lazarus, dem kein Heiland erschien. Wahrscheinlich waren ein paar ganz andere Korrekturen der menschlichen Geschichte nötig, um die Erde zu einer bewohnbaren Welt zu machen, um diesem Planeten jene strahlende Heiterkeit zu verleihen, die sein Anblick aus dem All verheiß: Oase zu sein, ein Labsal in den staubigen Weiten des unendlichen Alls.

»Ich frage mich oft«, sagte Salomon mit schwielig gerunzelter Stirn und rümpfte die fleischige Nase, »zu welchem Urteil Besucher aus dem Weltall gelangen würden, wenn man sie mit diesen scheußlichen Bildern der Kreuzigung Christi, der Enthauptung Johannes, der grausigen Foltern der christlichen Heiligen konfrontierte.«

»Wahrscheinlich dem richtigen«, sagte Steve sarkastisch und schlug den Kragen seines Mantels hoch, als wolle er dahinter Schutz suchen.

»Würden sie uns für Kannibalen halten?«

»Sind wir das nicht?« sagte Steve. »In irgendeiner Weise sind wir Kannibalen geblieben. Nur haben wir unsere Eßgewohnheiten entschieden verfeinert, wie das bei zivilisierten Völkern so üblich ist.«

Nach einer Pause sagte Salomon, die Stirn von tiefen Sorgenfalten durchfurcht: »Auch sie würden, woher sie auch kämen, ihre Götter und Dämonen mit sich herumschleppen, die sie durch die Jahrtausende verfolgt haben und bis in ihre Träume hinein verfolgen. Vielleicht hofften sie auch auf Erlösung, kannten dies nur allzu gut und würden es verstehen.«

Steve zuckte die Achseln und strebte auf den Ausgang zu. Als sie durch das Portal auf die Straße hinaustraten, brach die Sonne zwischen den Wolken durch, und die Farben waren leuchtender als je zuvor. Steve hatte das Gefühl, als schließe sich hinter ihm ein düsterer, wirr mit grausigen Bildnissen bemalter Wandelaltar für immer. Er hatte plötzlich Appetit auf einen Schluck würzigen heißen Kaffee und lud Salomon zu einer Tasse ein.

Sie fanden ein Straßencafé, das trotz der kühlen Witterung geöffnet hatte, und nahmen Platz. Von den bunten Markisen tropfte es noch, und auf den Platten der weißlackierten Blechtischchen standen Wasserlachen. Die Straße vor dem Lokal war von Kronenkorken übersät, verschwenderische Fülle, an heißen Sommertagen in den Asphalt gebacken, doch mehr Erinnerung als Verheißung. Mädchen lachten, und die Abendluft war voll prickelnder Frische.

Spät in der Nacht schrieb er Lucy einen langen Brief, in dem er ihr gestand, daß sie in den fünf Jahren seiner Abwesenheit nichts von ihm hören würde. Und er schrieb ihr, daß er sie über alles liebe.

Zwei Tage später wurden sie in zwei Gruppen aufgeteilt und am späten Nachmittag von zwei großen neuen Touristikbussen abgeholt. »Malaga« stand in großen Lettern über der Windschutzscheibe, sogar ein Reiseleiter war dabei, der in hartem Englisch ein paar Witzchen machte, aber bald alle Munterkeit verlor, als niemand darauf einging. Nach irgendeiner kurzen Rast war er verschwunden. Die meisten Reisenden schliefen. Die getönten Scheiben verfälschten den weichen Abendhimmel zu einer drohenden Gewitterfront. Zwischen La Roda und Albacete wurde es Nacht, die Gegend gebirgiger, Altos de Chinchilla, Sierra del Carrascal, dann Halt in Almansa, ein komplettes Dinner; der Stil des modernen, gähnend leeren Hotels versuchte vergeblich die maurische Vergangenheit zu beschwören; zwei Stunden später Alicante, Geruch von Meer. Die Schilder nach Malaga wiesen nach Süden, der Bus nahm die Straße nach Norden, die Anzeigetafel an der Front wies plötzlich »Barcelona« aus. Ein Schild am Straßenrand, kurz von den Scheinwerfern erfaßt, San Juan de Alicante, dann Campello, schließlich Villajoyora. Der Bus hielt in einem winzigen Hafen. Sie stiegen aus. Nur ein paar Lichter brannten. Die Busse verschwanden durch enge Straßen, dröhnten wieder hinauf in die Berge, ließen Stille zurück.

Schwarzes, von Abfällen bedecktes Wasser schwappte leise gegen die Mole. Der Wind, der vom Land wehte, von den unsichtbaren, mit knorrigen Korkeichen bestandenen Bergen herab, war warm, roch nach durchsonntem Fels und blühendem Salbei. Er fegte Papierfetzen und vorzeitig gefallene Blätter ins dunkle Hafenbecken. Obwohl es Frühsommer war, hatte die Stimmung etwas Herbstliches, etwas Endgültiges, Unwiederbringliches. Steve atmete tief, doch es verschaffte ihm keine Erleichterung. Auch die anderen schwiegen, als spürten auch sie den Bann.

Aus einem Touristenlokal weiter hinten am Strand waren Melodiefetzen von Schlagern zu hören. Ein Esel schrie stöhnend aus tiefster Brust. Ein Hahn krähte zur Unzeit; der Tag war noch fern, die Nacht wie ein dunkles warmes Tuch.

Irgendwann in den nächsten Tagen würden sie spurlos aus dieser Welt verschwinden und in diesen riesigen dunklen Raum, angefüllt mit Milliarden und Abermilliarden Tonnen Wasser und Millionen und Abermillionen Tonnen Leben, eintauchen und hindurchstürzen in eine andere Dimension, in eine sonnenhelle Salzwüste auf dem Meeresgrund, fünfeinhalb Millionen Jahre in der Vergangenheit.

Steve versuchte, seine Beklemmung zu überwinden. Auf den mächtigen, abgeschliffenen Steinquadern der Pier lag eine tote Möwe. Er unterdrückte den Impuls, sie in das unratübersäte Wasser zu stoßen. In einiger Entfernung waren zwei Barkassen vertäut, und von irgendwoher tauchten plötzlich ein paar Matrosen der Navy auf, halfen ihnen in die Boote. Minuten später legten sie ab und tuckerten aufs Meer hinaus, ließen die Lichter des Hafens zurück, dünnes Lichtgerinnsel auf den Wellen.

Außerhalb der Hafenmole ging die See höher, und die Barkasse begann zu stampfen. Dann und wann flog den Männern ein Spritzer Gischt ins Gesicht, und das Pochen der Motoren veränderte sich ständig, je nachdem, wie tief die Schraube ins Wasser tauchte.

Sie saßen eng zusammengedrängt auf den weißen plastikbeschichteten Sitzbänken. Niemand sprach, nur achtern, wo ein Matrose an der Pinne saß, quäkte dann und wann eine Stimme aus einem Sprechfunkgerät, das der Mann um den Hals hängen hatte, und das er dann jedesmal an die Lippen hob, um zu antworten.

Nach etwa fünfzehn Minuten sahen sie voraus Lichter. Es war die *Fellow*, die im Schutz der Insel de Benidorm ankerte. Zehn Minuten später waren sie an Bord.

Sie erhielten eine heiße Fleischbrühe, Sandwiches, Bier und Kaffee. Alle waren um sie bemüht, als hätte man sie aus Seenot gerettet. Decken wurden verteilt; sie nahmen auf Klappstühlen an Deck Platz, unterhielten sich und tranken Bier oder versuchten ein wenig zu schlafen.

Die *Fellow* hatte sofort nach ihrem Eintreffen die Anker gelichtet und war auf Ostkurs gegangen. Im Morgengrauen näherten sich zwei Großraumhubschrauber. Während der eine mit gleißenden Suchscheinwerfern niederging und auf Deck festgemacht wurde, kreiste der andere um das Schiff und prägte mit dem *Fack-fack-fack-fack-fack-fack* seiner peitschenden Rotorblätter Runzeln in die grauen Wogen.

Steve und Jerome gingen mit 18 weiteren Mitgliedern der Einsatzgruppe an Bord des ersten Hubschraubers, der sofort wieder startete, während der zweite sich niederließ. Nach etwa zwei Stunden Flug landeten sie auf dem Deck der *Thomas Alva Edison,* die siebzig Seemeilen südlich von Mallorca kreuzte.

Steve war übernächtigt und nahm es dankbar zu Kenntnis, daß ihnen gleich die Kabinen zugewiesen wurden. Dennoch konnte er lange nicht einschlafen, denn er hatte zuviel Kaffee getrunken, um sich wachzuhalten. Als er endlich schlief, träumte er von einer Flucht aus Altären, auf denen die Bildnisse mit glänzender schwarzer Farbe übermalt worden waren und nun aussahen wie frisch abgewischte aufklappbare Schiefertafeln. Irgend jemand hinter seinem Rücken sagte ungeduldig, er solle endlich anfangen. Steve starrte verwirrt das Stück Kreide in seiner Hand an und hatte keine Ahnung, mit was er anfangen solle, obwohl er fieberhaft überlegte. Er wußte auch nicht, wer sich hinter ihm befand, wagte es aber nicht, sich umzudrehen, aus Angst, es könnte der Mann mit der Ledermaske sein. Er spürte Blicke im Nacken, und seine Verzweiflung wuchs. Aber seine Gedanken gingen sinnlos im Kreis. Plötzlich erhob sich hinter ihm ein vielstimmiges Gelächter, als wäre eine Schulklasse hinter ihm versammelt, doch es war kein helles Kinderlachen, sondern das boshafte Keckern von Erwachsenen. Steve versuchte vergeblich, die Tränen zurückzuhalten, und spürte beschämt, daß sie ihm hemmungslos die Wangen hinunterliefen. Da nahm er all seine Kraft zusammen und drehte sich mit einem Ruck um. Er glaubte noch einen Blick auf zahnlos grinsende Greisengesichter zu erhaschen, doch in dem Moment erwachte er.

Steve spürte, wie die Beklemmung und die tiefe Traurigkeit, die ihn erfüllt hatten, allmählich von ihm wichen, und ihn große Erleichterung überkam. Er hatte Abschied genommen. Und gleich darauf war er in tiefem, traumlosem Schlaf versunken.

Die *Edison* war einer der modernsten, als Versorgungsschiff getarnten Käfigträger. Steve und Jerome, die technische Basiseinheit unter Calahan und fünf weitere Zweier und Vierergruppen sollten von ihr in die Vergangenheit abgesenkt werden.

Da der Reaktor etwa 50 Stunden brauchte, um das künstliche Gravitationsfeld des Käfigs aufzubauen und die Techniker etwa 24 Stunden benötigten, um den leeren Käfig einzuholen, den Generator zu warten und den Käfig neu zu beschicken, konnte nur jeden vierten Tag ausgeklinkt werden. Dies geschah jeweils in den frühen Morgenstunden, wenn es hell genug war, daß der Lichtblitz, der beim Ablösen der Gravitationsblase entstand, von der Sonne überstrahlt wurde und durch Satellitenbeobachtung nicht mehr festgestellt werden konnte, andererseits aber noch zeitig genug, damit der Frühdunst die Dampfentwicklung verbarg.

Zum Aufbau des Kafu-Feldes wurde der Käfig mit seiner Nutzlast durch eine Schleuse im Schiffsrumpf an Trossen etwa zwanzig Meter abgesenkt. Dort hing er über zwei Tage und Nächte, bis die nötige Feldstärke erreicht war und der Computer des Chronotrons, auf die Milliardstelsekunde genau, das GO auslöste. Dann wurde der Käfig wieder hochgezogen, gewartet und neu beschickt. Während der ganzen Prozedur war erhöhte Alarmbereitschaft. Die *Edison* wurde ständig von zwei Zerstörern flankiert, die U-Boot-Sicherung fuhren, und meistens waren noch weitere Einheiten als Geleitschutz in der Nähe.

Steve und Jerome sollten als dritte Gruppe ausgeklinkt werden; die Gruppe Calahan-Olsen-Loorey-Singer ihr als vierte folgen. Das bedeutete, daß sie mehr als eine Woche Zeit hatten, Steve verbrachte sie mit Lesen und Kartenspielen. Alkohol erhielten sie — ganz gegen die sonst waltenden strengen Gebräuche auf den Einrichtungen der Navy — soviel sie wollten, als stünde ihnen eine schwierige und verlustreiche Landeoperation bevor.

Steve dachte an Norman Mailer und was er sonst alles über den Krieg im Pazifik gelesen hatte, als ihm plötzlich einfiel, daß er vergessen hatte, sich für die fünf Jahre in der Vergangenheit mit Lesestoff einzudecken. Er benutzte die verbleibenden Tage vor allem dazu, das ganze Schiff nach Lesefutter zu durchsuchen, erbettelte, lieh und klaute zusammen, was ihm an Büchern auch nur einigermaßen brauchbar erschien. Dabei machte er die Entdeckung, daß auf so einem Schiff das unglaublichste Sammelsurium an Literatur mitschwimmt. Seine Bibliothek, die er in kürzester Frist zusammengetragen hatte, enthielt natürlich jede Menge Heftchen und Taschenbücher, Krimis, Western, Science Fiction, aber auch anspruchsvolle Sachen, der alte Bellow war vertreten, ein paar unverwüstliche Hemingways und Henry Millers, Camus, Nabokov, Hesse, Dostojewski, Tolstoi, Flaubert, eine Auswahl aus den Werken Mark Twains, den ersten Band von Prousts *Suche nach der verlorenen Zeit,* die *Elenden* von Hugo und ein Auswahlband mit Dramen von Strindberg mit dem Titel *Ein Traumspiel.* Steve stopfte soviel er konnte in die Tiefen seines mannshohen Seesacks, der den Expeditionsteilnehmern für ihre persönlichen Habseligkeiten zugebilligt worden war.

Bei seinen Streifzügen durch das Schiff stellte Steve fest, daß die *Edison* weit weniger militärisches als wissenschaftliches und technisches Personal beherbergte. Wo man auch hinkam, begegnete man weißen Mänteln und hellblauen Overalls, selten Uniformen. Gespräche mit diesen Leuten waren unergiebig; untereinander debattierten sie in ihrem »Fachchinesisch«, von »Feldstärkeäquivalenten« war die Rede, von »Gravitationspulsationen im Gigawattbereich« und »chronotronischen Streubreiten im Zielzeitsektor«, von »Temporalemissionen« und »Masse-Zeitstrecken-Relation«. Die Angehörigen der Einsatzgruppen schienen für sie lediglich so etwas wie Versuchskarnickel oder Meerschweinchen darzustellen, ihr Interesse galt allenfalls dem Körpergewicht und dem Gewicht des Reisegepäcks ihrer Kandidaten. Sie betrachteten die Temponauten als »Nutzlast« für ihre Käfige, deren Masse auf ein paar Tausendstel Gramm genau bestimmt und austariert werden mußte, um sie möglichst exakt im »Zielzeitsektor« zu plazieren und die »chronotronischen Streubreiten« so gering wie möglich zu halten.

Steve bemerkte auch, daß die *Edison* und ihre Begleitschiffe ständig im Kreis fuhren. Solange der Käfig beschickt wurde, lagen sie auf Ostkurs und folgten ziemlich genau dem 38. Breitengrad bis etwa auf 8° 30' östliche Länge, schwenkten dann nach Süden ab und auf die afrikanische Küste zu, ließen die Inseln von La Galite links liegen und gingen auf Westkurs. Dann fuhren sie in etwa 30 Seemeilen Entfernung vom Festland parallel zur algerischen Küste. Auf dieser Strecke hatte die Feldstärke des Käfigs die erforderliche Höhe erreicht, und sein Inhalt wurde ausgeklinkt. Das geschah meist auf der Höhe des Kap Rosa, zuweilen auch weiter westlich in Richtung auf Kap Bougaroun. Ein Blick auf die Karte zeigte Steve, daß nördlich von El Kala, Annaba, Chetaibi und Skikda der Meeresgrund sich ziemlich flach auf etwa 1200 m Meerestiefe absenkte und nur geringe Unebenheiten aufwies. Das war ihr Landegebiet. Sofort nach dem Ausklinken steuerten die Schiffe Westnordwest, machten etwa auf dem 3. Längengrad, der der Höhe von Algier entspricht, kehrt, und die Prozedur begann von neuem.

In der Nacht, in der die zweite Gruppe abgesenkt werden sollte, schrak Steve aus dem Schlaf. Er meinte in der Tiefe des Schiffs einen furchtbaren Schrei gehört zu haben. Er hielt den Atem an und lauschte in die Dunkelheit. Wenige Augenblicke später hörte er ein Geräusch, als würde mit einem schweren Schraubenschlüssel gegen Stahlplatten gehämmert. Einen Moment lang suchte ihn die entsetzliche Vorstellung heim, beim Bau des Schiffs könnte im Labyrinth der Verstrebungen und Spanten versehentlich ein Werftarbeiter eingeschlossen worden sein und versuchte nun, sich des Nachts durch Klopfzeichen bemerkbar zu machen. Das war natürlich unsinnig; der Mann wäre längst tot – es sei denn er lebte von Ratten und leckte das Kondenswasser von den Stahlplatten. Aber Steve glaubte gehört zu haben, daß alle Schiffe noch auf der Werft ausgegast wurden, um der Rattenplage abzuhelfen. Es war also denkbar, daß er Wand an Wand mit einer Rattenmumie schlief. Er knipste das Licht an und stand auf. Jerome, der mit ihm die Kabine teilte, schlief fest in seiner Koje. Steve kleidete sich an und ging nach oben.

An Deck wehte ein kühler Wind. Der Tag graute, und der Himmel im Osten sah aus wie eine zartgrüne Lagune, in der dunkel ein paar schmale Wolkenflöße schwammen. Die *Edison* fuhr mit voller Kraft auf Westkurs, und achteraus schien das Kielwasser zu sieden. Dampf stieg auf und lag über dem Meer wie eine niedrige Nebelbank. Steve ging zur Reling und blickte hinab.

In dem Moment glaubte er den Entsetzensschrei, der ihn geweckt hatte, wieder zu hören. Einen Augenblick später zuckte unter dem Heck des Schiffs ein tiefroter Blitz auf und färbte das Wasser, als hätte ein grausamer Harpunier im Herzen eines Wals eine Sprengladung gezündet und es explodiere in einem Schwall von Blut.

Es war eben ausgeklinkt worden, achteraus quirlte Dampf auf und verhängte die aufgehende Sonne. Steve eilte unter Deck und stieg zum Chronotron hinab, um den Technikern beim Bergen des entleerten Käfigs zuzusehen.

Es schien eine Ewigkeit zu dauern, den Käfig hochzuwinden. Steve stand auf der Galerie gegenüber der großen rundum verglasten Schaltzentrale, die schwenkbar über dem durchsichtigen inneren Schleusentor hing, und in der die Bedienungsmannschaft des Chronotrons an ihren Geräten saß. Man sah an den Gesten und Mundbewegungen, daß die Techniker Anweisungen durchgaben, doch es war kein Wort zu vernehmen, denn die Schaltzentrale war völlig schalldicht.

Die Winden ächzten. Triefende, fettglänzende Stahltrossen wickelten sich auf Trommeln. Ein mannsdicker, wasserdicht verkleideter Kabelraum verschwand in der Decke wie eine dunkelgrau gefleckte Urweltschlange. Endlich erschien ein langer dunkler Schatten unterhalb der Schleuse. Das Wimmern der Winschenmotoren klang wie der Gesang eines Buckelwals, und endlich hob sich das mächtige Tier selbst aus den dunklen, im Scheinwerferlicht glitzernden Wassern, schien den samtschwarzen Rücken zu krümmen, als wollte es zu einem neuen Vorstoß in die Tiefe ansetzen. Mit einem dumpfen metallischen Klicken rastete der etwa dreißig Meter lange Kokon des Transportkäfigs in seine Verankerung. Eine Sirene schnarrte. Wasser wurde aus der Schleusenkammer gedrückt, dann wurden die inneren Tore geöffnet. Es roch plötzlich scharf nach Salz und verbranntem Tang. Unter ihnen lag die mattschwarze, wabenartig strukturierte Oberfläche des Geräts, ein schlankes Ellipsoid mit einem beulenförmigen Auswuchs am Heck, in den der Kabelbaum mündete. Dort befand sich das Aggregat des Chronotrons, der Schwerkraftgenerator.

Ventile wurden geöffnet, und Luft strömte in die evakuierte Käfigzelle. Es dauerte länger als eine halbe Stunde, bis die Techniker die Verschraubungen gelöst hatten; dann wurde der Deckel mit einem Kran angehoben und beiseite geschwenkt.

Steve starrte in den gähnend leeren Innenraum. Vor weniger als einer Stunde noch hatten sich vier Mann und eine Menge Material darin befunden. In der darauffolgenden Nacht würden Jerome und er in den Leib des Wals hinabklettern und warten, bis die Techniker den Deckel geschlossen, den Käfig ausgeschleust und zwanzig Meter tief abgesenkt hatten. Und dann würden sie weitere 50 Stunden ausharren müssen, während der Generator, von dem gewaltigen Schiffsreaktor gespeist, das Feld des Chronotrons aufbaute, bis der entscheidende Moment gekommen war und sie den Wal in die Tiefe der Zeit schickten, damit er sie an ein fernes Gestade spie.

Der Kran senkte einen neuen Gitterboden herab, der in den Käfig eingesetzt wurde, denn alles, was sich innerhalb des Feldes befand, innerhalb der Gravitationsblase, einer dünnen Haut aus Energie, die an der Innenseite des Käfigs gebildet wurde, also auch Befestigungen, Einlegböden und Luft, wurden von der Gravitationsanomalie in die Vergangenheit gerissen, wenn die kritische Feldstärke erreicht war.

Steve ging in die Messe zum Frühstücken, wo er Jerome fand, der vor einer doppelten Portion Spiegeleiern mit Speck saß und es sich schmecken ließ.

»Das letzte anständige Frühstück in den nächsten fünf Jahren«, versicherte er, genüßlich kauend, »darauf möchte ich wetten.« Er goß Steve eine Tasse dampfenden Kaffee ein. »Die sollten uns lieber Hühner und Schweine mitgeben als diese Astronautenfurzkonzentrate.«

Steve bestellte sich Rühreier mit Schinken und stocherte lustlos darin herum. Er hatte zwar Hunger, aber keinen Appetit.

Als sie fertig waren, ging Jerome hinunter, um beim Beschicken des Käfigs zuzusehen. Steve stand eine Zeitlang an Deck herum. Die Sonne schien warm, und die *Edison* stampfte bei böigem Westwind Richtung Westnordwest, schöpfte von Zeit zu Zeit einen Spritzer Gischt und warf ihn nach Lee. Weit im Süden konnte man undeutlich die afrikanische Küste erkennen. Im Osten waren drei weitere Schiffe der Navy zu sehen, die auf demselben Kurs wie der Käfigträger lagen.

Es versprach ein schöner Tag zu werden. Steve holte sich ein Buch, stellte an einer windgeschützten Stelle einen Deckstuhl auf und versuchte zu lesen, aber er konnte sich nicht konzentrieren. Möven segelten über ihm und starrten leblosen Blicks herab. Er starrte zurück und versuchte, sie mit der Kraft seines Willens zu vertreiben, doch ihre trägen kleinen Gehirne reagierten nicht auf seine Gedankenimpulse und quittierten seine Versuche auf ihre Art. Fluchend wischte er sich den ätzenden Vogelkot vom Ärmel seiner Windjacke.

Am späten Nachmittag wurden Steve und Jerome ein letztes Mal medizinisch untersucht – ein überflüssiges, aber irgendwie beruhigendes Ritual. Dann schien es plötzlich, als würde ihr Einstieg um 24 Stunden verschoben. Das chinesische Atom-U-Boot *Der Osten ist rot*, das sich seit Tagen im Hafen von Valletta zu einem Freundschaftsbesuch aufgehalten hatte, war mit unbekanntem Ziel ausgelaufen. Die Hektik, die auf der Brücke der *Edison* herrschte, verbreitete sich über das ganze Schiff. Verschlüsselte Funksprüche gingen zwischen dem Käfigträger und dem Flaggschiff, dem Raketenkreuzer *USS Albany*, und zwischen der Admiralität und dem Operationsstab im Hauptquartier von Rota in der Bucht von Cadiz hin und her. Gegen 18 Uhr hieß es, das chinesische U-Boot sei auf dem Weg nach Tripolis geortet worden. Es dauerte aber noch eine Stunde, bis die Meldung bestätigt wurde und die *Edison* das vorläufige GO erhielt.

Steve und Jerome, die während der Zeit in ihrer Unterwäsche auf der Krankenstation herumsaßen und auf die Entscheidung gewartet hatten, legten ihre Reisekleidung an: einen speziell entwickelten leichten Kampfanzug mit zahlreichen aufgesetzten Taschen, Springerstiefel, Lederhaube und Stahlhelm, Waffengürtel mit Pistolenhalfter, Fallschirm, falls beim Ausklinken eine Panne passieren sollte. Dann erhielten sie letzte Instruktionen.

»Wir werden in 60 Stunden über der Zone Rot, dem vorgesehenen Landeplatz sein«, sagte der Erste Offizier der *Edison*, der den Einsatz der Chronotrons leitete, ein untersetzter, breitschultriger Mann Ende vierzig. Ein schmaler grauer Haarkranz säumte eine braungebrannte Glatze. Er zupfte ständig an seinen lappigen, abstehenden Ohren und kaute mit grimmiger Entschlossenheit auf seinem Kaugummi herum, doch es gelang ihm trotzdem nicht ganz, seine Nervosität zu überspielen. Seine Wangenmuskeln zuckten verräterisch. Mit betont lässigen Gesten deutete er die Distanzen und die Position des Schiffs an: »Wir befinden uns derzeit 38° 6' nördlicher Breite und 4° 26' östlicher Länge. Landegebiet: zwischen 37° 15' und 37° 30' nördlicher Breite und zwischen 6° 30' und 8° 15' östlicher Länge – Zone Rot.«

Er unterbrach sich und zankte sich über das Intercom lauthals mit den Käfig-Technikern, die seine Anordnungen offenbar ignorierten, weil sie seine Weisungsbefugnis im technischen Bereich als Anmaßung empfanden.

»Der Landepunkt liegt etwa drei Meilen vor euch, je nach Windstärke und -richtung und je nachdem, wie schnell ihr runterkommt. Der Untergrund ist flach, senkt sich von Süden nach Norden langsam ab. Die salzigen Böden lassen kaum höhere Vegetation zu, sollte es doch da und dort Bäume geben, werden sie längst gefällt sein – es sei denn, ihr seid tatsächlich die Landegruppe, die zuerst eintrifft. Wahrscheinlich finden Sie ein planiertes Gelände vor, auf dem Sie getrost auch bei Dunkelheit landen können.«

»Und wie hat es Ihnen dort gefallen?« fragte Jerome.

»Wie?« sagte der Erste Offizier irritiert.

»Nun, das hört sich so an, als seien Sie schon dort gewesen«, meinte Jerome achselzuckend.

»Es gibt indirekt erschlossene Tatsachenbeschreibungen, die von einer an Sicherheit grenzenden Wahrscheinlichkeit sind, Major«, entgegnete der Mann von der Navy giftig.

»Beruhigen Sie sich«, winkte Jerome ab. »War nicht ernst gemeint.«

»Sie bleiben zunächst am besten in der Zone Rot, bis Sie Funkkontakt mit der Basis haben, vor allem, wenn Sie bei Dunkelheit landen. Die Chancen dafür sind etwa fünfzig zu fünfzig.«

»Logisch«, seufzte Steve.

»Dann versuchen Sie, sich zur Basis durchzuschlagen. Diese wird sich etwa hier befinden.« Er deutete auf den Südzipfel Sardiniens. Er blickte auf die Uhr. »Die Zeit drängt. Sie sollten in etwa 45 Minuten im Käfig sein. Bestellen Sie sich noch ein anständiges Menü. Es wird Ihnen geliefert, bevor der Käfig geschlossen wird. Ich wünsche Ihnen viel Glück.« Dann hatte er es sehr eilig, in Richtung Brücke zu verschwinden.

Mit einer Hebebühne wurden sie in den Käfig herabgelassen. Der beladene Gleiter, das hochbeinige Fahrwerk mit Blöcken gesichert, stand auf dem Gitterrost des Einlegebodens, der beim Ausklinken nach unten wegfallen würde.

Kurz bevor der Deckel des Käfigs aufgesetzt und abgedichtet wurde, servierte man ihnen die Henkersmahlzeit. Steve hatte sich nur einen Stapel Sandwiches und zwei Thermosflaschen voll Tee bestellt, um für die folgenden zwei Tage und Nächte gerüstet zu sein; Jerome verdrückte eine doppelte Portion Bœuf Stroganoff und nahm ebenfalls seine Sandwiches mit Tee in Empfang. Seine Bitten um eine Flasche Rum und eine

Schachtel Bier wurden ebenso ignoriert wie seine Proteste. Er mußte sich mit einer Büchse Bier begnügen. Jerome schüttete sie ergrimmt hinunter und machte es sich auf dem Rücksitz der Katze bequem. Der Deckel war kaum zu, da schlief er bereits.

Ein beneidenswertes Talent, sagte sich Steve, der im engen Cockpit des Gleiters lag, die Rückenlehne so weit wie möglich zurückgekippt. Aber so war es stets gewesen. War am Cape durch schlechte Witterung ein Start verschoben worden, schlief Jerome seelenruhig in seiner Andruckliege, bis es wieder aufgeklart hatte. Ihn schien nichts aus der Ruhe zu bringen, während Steve schon nach einer halben Stunde mit Anfällen von Klaustrophobie zu kämpfen hatte. Er wußte, daß die nächsten 50 Stunden für ihn die schlimmsten seines Lebens werden würden, und daß er, wenn der entscheidende Augenblick herangerückt war, hundemüde und übernächtigt sein würde.

Sie standen während dieser Zeit mit den Leuten von der Bedienungsmannschaft in Sprechfunkverbindung, die allerdings mit der wachsenden Energie des Kafu-Feldes immer schwächer werden und etwa fünf Stunden vor dem Ausklinken ganz abreißen würde. Dann würden sie isoliert sein, eingeschlossen von einer Mauer aus Zeit, die man Schicht um Schicht um sie errichtet hatte, und sie würden nicht mehr mit Sicherheit sagen können, ob jenseits dieser Mauer noch Gegenwart existierte, oder ob sie schon durch die Abgründe fielen.

Nein, nein, sagte sich Steve, solange die Käfigwand noch zu sehen ist, befinden wir uns in der Gegenwart, hängen wir noch sicher unter dem Kiel der *Edison* wie ein Affenjunges unter dem Bauch der Mutter, und doch schaltete er einen der Suchscheinwerfer des Gleiters ein, um sich zu vergewissern, löschte ihn wieder und lauschte den Geräuschen, die durch das Ausschleusen und Abfieren des Käfigs verursacht wurden. Kurz darauf schaltete er ihn wieder ein und schwenkte ihn herum, weil er das Plätschern von Wasser gehört zu haben glaubte. Er kletterte hinaus und betrachtete aufmerksam die wabenartige Innenwand wand des Käfigs. Kein Tropfen Wasser war ausfindig zu machen.

Einen Moment lang überkam ihn Platzangst. Hastig kletterte er ins Cockpit zurück, drückte sich die Atemmaske ins Gesicht und öffnete die Sauerstoffzufuhr. Er atmete ein paarmal tief durch, bis das beklemmende Gefühl nachließ, dann lehnte er sich zurück.

Die Stimme des Ersten Offiziers riß ihn aus dem Schlaf. Er blickte auf die Uhr: Es waren erst sechs Stunden vergangen. Noch etwa 45 Stunden bis zum Ausklinken. Jerome saß fröhlich pfeifend auf dem Campingklo, das er ausgeladen und auf dem Gitterrost neben der Nase des Gleiters aufgebaut hatte.

Der Erste wollte wissen, ob alles in Ordnung war.

»Es geht uns glänzend«, versicherte Steve und hielt die Muschel des Sprechfunkgeräts zu, weil Jerome gerade heraufrief, daß es der Navy eine Stange Geld kosten werden, den Haufen, den er mache, ebenfalls über fünfeinhalb Millionen Jahre ins Miozän zu befördern. »Den werden sie mit Gold aufwiegen müssen«, krähte er.

»Sollen wir euch ein wenig Musik reinspielen?« fragte der Erste.

»Nichts dagegen.«

Zwei Minuten später konnten sie über Kopfhörer das Nachtprogramm von Radio Algier empfangen.

Jerome bestand auf ein paar Runden Schach, nachdem sie es sich in der Katze bequem gemacht hatten. Steve verlor jedes Spiel, weil er sich nicht konzentrieren konnte. Jerome aß fast pausenlos. Seine Art, mit der Situation fertig zu werden, sagte sich Steve.

Sie hörten das Vormittagsprogramm des italienischen Rundfunks, dann das Nachmittagsprogramm des Senders Palermo. Schließlich waren sie östlich genug, um das über den nukleargetriebenen Flugzeugträger *Richard G. Colbert* und die alte *Chester W. Nimitz* ausgestrahlte Programm des AFN für Südeuropa zu empfangen, doch der Empfang wurde von Stunde zu Stunde schlechter. Auch die Stimme des Ersten, die sich in regelmäßigen Abständen meldete, wurde allmählich schwächer und von einem feinen Knistern eingehüllt wie von einem akustischen Gespinst.

Der nächste Tag verging in quälender Langsamkeit.

Um sie ballte sich die mächtige Faust aus Energie, die sie über fünfeinhalbtausend Jahrtausende hinweg in die ferne Vergangenheit schleudern würde.

Jerome saß auf dem Fahrersitz und brütete über einer Karte des westlichen Mittelmeerraums, die er auf dem Armaturenbrett ausgebreitet hatte, um sich markante Punkte der Landschaft einzuprägen. Steve hockte auf dem Rücksitz und las nach langer Zeit wieder einmal Proust. Oben mochte es bereits dunkel sein, vor seinem inneren Auge tat sich die sonnendurchflutete Landschaft von Combray auf: der helle, wie erstarrt wirkende Himmel der Normandie; von Insekten durchschwirrte Stille; schlafende Wasser in überwucherten, von leisem Zerfall durchwitterten Gärten; die von Mohnblumen entflammten Hänge beiderseits des Fahrwegs; die Heckenrosen in ihrer bäuerlich naiven Schlichtheit und die leuchtende, zartrosa überhauchte, beinahe schwerelos wirkende Pracht der Weißdornhecken ... Steve hielt plötzlich inne und schloß die Augen. Er hatte alles genau vor sich: die Hecken, die eine unaufhörliche Folge von Kapellen bildeten und ihren Blütenschmuck wie auf Altären darboten; die rotbraune, vom Alter rissige Rinde der Äste, das glatte Hellgrau der stachelbewehrten Zweige, die behaarten jungen Blätter in ihrem frischen Grün und die explodierende Fülle der zartweißen Blütensterne, aus denen wie Protuberanzen die hellroten Staubgefäße ragten. Doch etwas stimmte nicht. Es gelang ihm nicht, in seinem Gedächtnis die Erinnerung an den Duft zu erhaschen. Die Empfindung wurde von etwas überlagert, das sich nicht greifen ließ.

Die zirpende Stimme eines Technikers, die vom anderen Ende der Welt zu kommen schien, riß ihn aus seinen Gedanken und verkündete triumphierend, daß man ihre Masse exakt bestimmt habe. Sie betrage auf ein Hunderttausendstel Pond genau 5,38972833244 Tonnen.

Jerome deutete nach unten, wo das Campingklo stand.

»Goldjungs, unsere Leute von der NASA.« Er packte ein Sandwich aus und biß hinein. »Es geht nichts verloren. Geschlossenes System.«

Radio Palermo sendete Abendprogramm, aber Sizilien

schien weiter entfernt als der Pluto. Das Zirpen wurde immer unidentifizierbarer, sank zu einem Geräuschbrei zusammen und wurde schließlich zur Qual. Das Rauschen, verursacht durch die steigende Energie des künstlichen Gravitationsfelds wurde härter. Es klang, als regneten tonnenweise winzige Stahlkugeln auf eine Betonfläche.

Jerome legte sich auf den Rücksitz der Katze, und Steve kletterte wieder ins Cockpit hinauf und döste. Ein paarmal schreckte er auf, als er ein Geräusch hörte, als würde quadratmeterweise Stahlblech zerknüllt und mit einem Ruck zerrissen. Die Spannung zwischen dem künstlichen Schwerefeld und dem der Erde wuchs. Die das Feld tragende Materie des Käfigs wurde bis in den subatomaren Bereich hinein beansprucht, bis sich die Energieblase mit ihrer eingeschlossenen Masse nicht mehr im normalen Raum-Zeit-Kontinuum halten konnte.

Mit einemmal fiel Steve auf, was ihn schon seit geraumer Zeit störte, ein süßlicher aromatischer Duft wie von Vanille oder Zimt, der immer intensiver wurde. Er erinnerte sich, während der theoretischen Ausbildung davon gehört zu haben: eine rätselhafte Begleiterscheinung des Kafu-Feldes. Schon die ersten Gruppen, die in die Vergangenheit geschickt worden waren, hatten kurz vor dem Ausklinken davon berichtet.

Um Mitternacht meldete sich noch einmal der Erste. Seine Stimme schien aus einer anderen Galaxis zu kommen. Er zirpte, daß alles in Ordnung sei und der Countdown planmäßig verlaufe. Calahan und Olsen waren bei ihm, aber ihre Stimmen waren kaum noch zu identifizieren. Sie wünschten »guten Fall«.

»Euch auch«, rief Steve ins Mikrophon. Doch sie schienen ihn nicht zu verstehen, denn eine von Störungen zermalmte Stimme fragte: »Sind die wirklich noch da?«

»Sag ihnen, sie sollen was zu trinken mitbringen«, rief Jerome aus dem Laderaum herauf. »Damit wir unser Wiedersehen feiern können. Wir werden inzwischen ein gemütliches Fleckchen dafür suchen.«

Kurz darauf brach der Funkkontakt ab. Stille breitete sich aus, der süßliche Zimtgeruch wurde intensiver, und die Temperatur begann merklich anzusteigen. Eine Weile später trat ein Phänomen auf, das er als Astronaut nur zu gut kannte: ein unregelmäßiges Flattern der Schwere, als ob ein Raketentriebwerk nicht ganz einwandfrei funktioniere. Die vom Chronotron erzeugte Energieblase begann zu beben. Die kritische Feldstärke mußte bald erreicht sein.

Jerome machte alle Luken dicht und kam ins Cockpit geklettert. Sie checkten gemeinsam die Geräte durch; alles funktionierte einwandfrei. Sie schlossen die Kanzel, schnallten sich an, löschten die Scheinwerfer und warteten.

Die Temperatur stieg weiter. Sie begannen zu schwitzen und bliesen sich Sauerstoff ins Gesicht. Die Wände des Käfigs schienen allmählich tiefrot zu glühen. Schweratmend kämpfte Steve einen neuerlichen Anfall von Platzangst nieder. Am Rand seines Blickfeldes tauchten farbige Lichtmuster auf. Er dachte einen Moment lang, sie wären schon durch und sähen die Sterne, doch als er den Kopf hob, erblickte er nur die verzerrten Reflexe des Instrumentenbords auf dem Plastikglas der Kanzel über sich und dahinter nur einen diffusen Schimmer.

In der Ferne wurde ein Dröhnen vernehmbar, das sich rasch näherte und mit seiner Vibration den Käfig zu sprengen drohte.

»Ich glaube, jetzt ist es soweit!« rief Jerome hinter ihm.

Das Dröhnen wuchs. Kurze ruckende Perioden von Schwere und Schwerelosigkeit folgten aufeinander wie das Hämmern eines Widders, der gegen den Druck des auf ihn einströmenden Wassers ankämpft. Die künstliche Gravitationsblase zerrte – riß sich los.

Jesus Christus! dachte Steve.

Und wieder barst das Herz des Wals.

Einen Augenblick der Benommenheit.

Und sie fielen.

... fielen durch blutigen Rauch und Wolkenfetzen geradewegs in die Sonne, eine tiefrote Sonne, die den Saum des westlichen Horizonts berührte.

Steve sah den Einlegboden des Käfigs taumelnd in die Tiefe stürzen, schob instinktiv den Steuerknüppel nach vorn, um den Flug des Gleiters zu stabilisieren; der Bewegungsimpuls, den die *Edison* ihm mitgegeben hatte, reichte dazu nicht aus.

Sie durchstießen eine dünne Wolkendecke. Unter ihnen breitete sich eine unglaubliche Landschaft aus: weißliche, vom Abendlicht rosa behauchte Ebenen, von Vegetation gefleckt und langen Schatten gestreift, einzelne aufragende Gebirgsstöcke, deren Gipfel noch im Sonnenlicht lagen, während ihre steilen Flanken bereits in Dunkelheit gehüllt waren, die aus den Ebenen stieg. Voraus im Nordwesten eine große Wasserfläche, die sich nach Westen erstreckte, soweit das Auge reichte, und deren Ufer beträchtlich weiter südlich lag als auf den Karten eingezeichnet. Der purpurne Abendhimmel ließ sie wie eine Schale aus getriebenem Kupfer leuchten. Im Süden eine dunkle, langgestreckte Gebirgskette, die sich gegen Süden hin immer höher auftürmte: die Küste Nordafrikas.

Die Sonne sank rasch unter den Horizont, die Schatten vertieften sich. Sie sanken hinein in die Düsternis.

»Wir müssen uns mit der Landung beeilen, es wird bald dunkel sein«, sagte Jerome. In dem Moment erreichte sie das Echo ihres Materialisationsknalls, das wie ein mächtiges Grollen an den Bergflanken der Küste entlangrollte.

Steve drückte die Nase des Gleiters tiefer. Die weit ausgestellten Tragflächen wippten in den Turbulenzen. Das Ufer des Sees rechts voraus verlief in einer flach ausschwingenden Kurve nach Südwesten ins Landegebiet hinein. Da der Untergrund sumpfig sein konnte, ließ Steve den Gleiter weiter nach Süden abfallen, um weit genug vom Ufer entfernt aufzusetzen.

Jerome hatte inzwischen den Sender in Betrieb gesetzt und gab das vereinbarte Kennzeichen durch.

»Boje ruft Anker, Boje ruft Anker, bitte kommen. Ende.«

Sie lauschten gespannt.

Und vergeßt nicht, jede der Gruppen könnte die erste sein …

Plötzlich knackte es im Empfänger, dann schrie eine Stimme: »Sender aus! Wenn ihr lebendig runterkommen wollt, haltet um Himmels willen die Schnauze! Bleibt unbedingt auf Empfang!«

Jerome hatte den Sender sofort wieder ausgeschaltet und sagte verdattert: »Die scheinen hier einen gepflegten Umgangston zu haben. Aber was hat das zu bedeuten: ›Wenn ihr lebendig runterkommen wollt ...‹?«

»Scheint doch nicht so glatt zu gehen, wie die Navy sich das vorgestellt hat. Ich ahnte so was schon.«

»Teufel auch! Und sonderlich gesprächig scheint das Empfangskomitee nicht zu sein.«

Steve spähte in die wachsende Dunkelheit voraus und stellte fest, daß es *doch* vereinzelte Bäume im Landegebiet gab. »Sie werden auch ihre Gründe haben, nicht zu lange auf Sendung zu bleiben«, knurrte er. Er riß den Steuerknüppel heran, als er vor sich eine einzelne Palme sah, deren Wipfel fehlte, dahinter Buschwerk, freie Fläche. Er schaltete fluchend die Landescheinwerfer ein. Sie befanden sich etwa 20 m über Grund. Das Gelände war ziemlich eben, aber von Kratern zernarbt, als wäre es von Artillerie beschossen worden: da und dort verbranntes Gras und verkohlte Büsche, dazwischen helle Sandflecken. Steve zog die Nase des Gleiters hoch und stellte die Kufen steil an. Noch etwa 5 m über Grund. Dann scharrten erst die eine Kufe und gleich darauf beide Kufen über den Boden. Die Nase ruckte heftig nach unten, das Bugrad setzte federnd auf, die Kufenräder rumpelten und bremsten die Fahrt rasch ab, Zweige fetzten das Cockpit entlang, ein paarmal schlingerte der Gleiter heftig hin und her, dann sauste er in etwas Elastisches hinein und blieb drin hängen.

Steve schaltete die Landescheinwerfer aus, öffnete die Anschnallgurte und klappte die Kanzel auf. Die Nachtluft war ungewöhnlich warm und roch nach Salz. Zikaden lärmten. Jerome, der durch das Luk in den Frachtraum geklettert war und dort mit einer Taschenlampe herumsuchte, rief herauf, daß alles in Ordnung sei. Ein paar Minuten später kam er mit zwei Maschinenpistolen bewaffnet ins Cockpit zurück.

»Glaubst du, daß die sich mit uns einen Spaß erlauben?« fragte Jerome.

»Den Eindruck habe ich ganz und gar nicht«, sagte Steve mit Entschiedenheit. »Ich möchte auch nicht versuchen, das jetzt herauszufinden«, setzte er grimmig hinzu.

»Wer könnten unsere Gegner sein?«

»Das werden wir wohl sehr bald feststellen.«

Steve lauschte hinaus in die Dunkelheit.

Zweige knackten; irgendwo in weiter Ferne meinte er ein Motorengeräusch zu vernehmen, ein schweres Fahrzeug. Es schien sich zu entfernen und war bald darauf verstummt.

Waren sie tatsächlich in der Vergangenheit? Steve ging es so, wie es ihm immer passiert war, wenn er auf einem Probeflug mit einer 4-Mach-Maschine über den Atlantik und nach dem Auftanken wieder zurückgeflogen war. Am Abend saß er in der Messe und konnte sich des Gefühls nicht erwehren, daß er nicht *tatsächlich* in Europa gewesen war, sondern alles nur in einer Art Simulator erlebt hatte. Es kam ihm vor, als hätte er die Strecke nur auf einer Karte durchmessen. Die *wahre* Distanz blieb so abstrakt wie eine astronomische Entfernungsangabe. Sein Geist war nicht mitgereist, hatte nur im vorgegebenen technischen Muster nach bedingten Reflexen reagiert, die ihm in jahrelangem Training anerzogen worden waren, sich *erlebend* aber kaum von der Stelle gerührt. So muß es einem Baum gehen, den man verpflanzt, sagte sich Steve. Mit seinem beschränkten Sensorium stellt er fest, daß die Luft anders schmeckt, der Boden sich anders anfühlt, die Distanz jedoch, die zwischen seinem früheren und seinem jetzigen Standort liegt, bleibt ihm völlig unvorstellbar.

Nun, sie befanden sich mit Sicherheit im Mittelmeerbecken. Die Landmarken stimmten. Und da dieses Becken nicht mit Wasser gefüllt war, konnten sie sich nicht mehr in der Gegenwart befinden. Vor etwa fünfeinhalb Millionen Jahren hatte sich in diesem Becken kein Wasser befunden. *Ergo* ...

»Wir sind tadellos heruntergekommen und sofort in Deckung gegangen«, berichtete Jerome, der hinausgeklettert und mit der Taschenlampe um den Gleiter herumgegangen war. »Wir haben Glück gehabt. Es gibt auch hier Bäume.« Er leuchtete nach vorn. Der Gleiter war durch leichtes Buschwerk gebrochen und hatte die Nase unter ein verfilztes Dickicht aus dornigen Ranken und harten trockenen Blättern gebohrt, die ihn nun zur Hälfte bedeckten.

»Ich glaube, wir bleiben am besten, wo wir sind. Wenigstens

bis zum Morgen oder bis wir neue Anweisungen erhalten«, sagte Steve.

Jerome nickte. »Während der Nacht können wir ohnehin nichts unternehmen. Ich möchte die Scheinwerfer nicht einschalten, bevor wir nicht wissen, was hier eigentlich los ist.«

Steve schlug nach einem Moskito, der den Stachel in seine Stirn gebohrt hatte. »Diese Biester scheinen sich rasch auf neue Ernährungsgewohnheiten umgestellt zu haben«, knurrte er. »Es gibt noch keinen Menschen in dieser Epoche, aber diese Viecher halten bereits alle Mittel bereit, um ihn gebührend zu empfangen, wenn er die Bühne der Welt betritt, um ihn zu piesacken, durch Krankheiten zu dezimieren und ihm das Leben zur Hölle zu machen.«

»Unglaublich, daß alles schon fertig sein soll und nur der Mensch noch fehlt.«

»Und Gott sah, daß es gut war, aber dann packte ihn der Übermut und er sprach: Lasset uns Menschen machen, ein Bild, das uns gleich sei ...«

Plötzlich war im Süden in etwa 15–20 km Entfernung ein Artillerieabschuß zu hören. Sie lauschten atemlos, dann erfolgte der Einschlag. Er lag etwa 2 km nordwestlich von ihnen. Ein greller Lichtblitz zerriß die Dunkelheit.

»Wir scheinen aber trotzdem nicht im Paradies gelandet zu sein«, sagte Jerome. »Das verspricht eher ein heißer Empfang zu werden.«

»Wenn wir nicht ziemlich steil heruntergekommen wären und ich den Gleiter nicht etwas nach Süden gesteuert hätte, säßen wir jetzt ziemlich genau an der Einschlagstelle«, sagte Steve. »Wahrscheinlich haben sie den Materialisationsknall geortet und danach unseren wahrscheinlichsten Landepunkt berechnet.«

Sie lauschten bang in die Nacht, aber die Gegner schienen das Feuer eingestellt zu haben.

Plötzlich wurde der Empfänger wieder lebendig.

»Willkommen in der Hölle«, sagte eine Stimme in einwandfreiem Englisch, mit kaum hörbarem harten Akzent. »Seid ihr gut gelandet?«

»Nicht antworten!« schrie eine entferntere Stimme dazwischen. »Laßt euch nicht aufs Kreuz legen. Die wollen nur eure Position orten, um euch eins überzubraten.«

Jeromes Zeigefinger, der gekrümmt über dem Schalter geschwebt hatte, erschlaffte und fiel zurück.

»Es ist ohnehin besser, ihr ergebt euch so schnell wie möglich, wie die meisten eurer Kameraden es getan haben. Ihr seid in höchster Gefahr. Die Gegend, in der ihr gelandet seid, ist radioaktiv verseucht. Ihr habt keine Chance. In drei bis vier Stunden seid ihr erledigt. Meldet euch, damit wir euch so schnell wie möglich rausholen können. Es geht um jede Minute, wenn ihr nicht sterben wollt.«

»Seid vernünftig«, fuhr eine andere Stimme fort. »Ihr habt keine Chance. Ein Unternehmen Westsenke gibt es nicht, hat es nie gegeben. Wir haben euren Vorgängern ein Ultimatum gestellt. Ein paar Hitzköpfe haben tatsächlich geglaubt, sich darüber hinwegsetzen zu können. Sie sind längst tot. Wir haben die Straße von Gibraltar gesprengt. Das Wasser steigt. Eure abgeworfenen Vorräte liegen auf dem Meeresgrund. Ihr seid abgeschnitten und ohne Nachschub. Meldet euch. Wir holen euch raus.«

»Laßt euch zu keiner Entgegnung hinreißen!« schrie eine Stimme dazwischen. »Sie orten euch in Sekundenschnelle.«

»Man hat euch verschaukelt. Keiner von euch wird in die Zukunft zurückkehren.«

»Die wollen euch demoralisieren. Geht nicht darauf ein. Glaubt ihnen kein Wort.«

»Wer sind ›die‹?« fragte Jerome.

Steve zuckte die Achseln. »Wahrscheinlich haben die Scheiche doch weniger fest geschlafen als unsere Navy wahrhaben wollte.«

Der Propagandasender schwieg. Die entferntere Stimme gab Anweisungen. »Entladet vor Tagesanbruch und fahrt los, wenn es das Licht erlaubt. Keine Scheinwerfer. Fahrt in nördlicher, dann in nordöstlicher Richtung. So rasch wie möglich. Nützt jede Deckung aus. Achtet auf frische Kamelspuren. Wenn ihr einem berittenen Trupp begegnet, eröffnet ohne Warnung das

Feuer. Die Banditen haben es auf eure Ladung abgesehen. Wir holen euch raus, sobald es uns möglich ist. Bleibt auf Empfang. Ende.«

»Weißt du, wie Kamelspuren aussehen?« fragte Jerome.

»Keine Ahnung. Wußte nicht, daß es um diese Zeit hier Kamele gibt.«

»Die werden sie mitgebracht haben. Gute Idee. Keine Treibstoffprobleme.«

»Es sind also Araber.«

»Höchstwahrscheinlich. Und sie müssen verdammt gut sein, wenn sie unsere Leute so lahmlegen können, daß sie außerstande sind, das Landegebiet zu sichern.«

Aus Nordwesten, wo das Geschoß eingeschlagen hatte, war nun ein protestierendes Trompeten zu vernehmen. Mastodonten? Aufgeschreckte Vögel kreischten. Dann kehrte wieder Ruhe ein.

Steve starrte hinauf ins Sternengestöber, vermochte aber keine vertraute Konstellation zu entdecken. Also waren sie tatsächlich weit in der Vergangenheit gelandet, hatten einen Zeitraum überbrückt, in dem das Licht den Abgrund zwischen Galaxien durchmißt. Die Sonne hatte noch mehr als 4000 Lichtjahre auf ihrer Bahn ums Zentrum der Milchstraße vor sich, bevor die ersten Pyramiden entstanden.

Da sie am nächsten Tag eine anstrengende Fahrt vor sich hatten, versuchten sie, abwechselnd ein bißchen zu schlafen, aber es wurde nicht viel daraus.

Die Schädelstätte

Steve übernahm die erste Wache. Die Venus stand strahlend hell am Westhimmel und sank langsam dem Horizont zu. Eine zerbrechlich dünne Mondsichel schien ihr entgegenzuschweben wie eine gläserne Barke. Als er nach Süden blickte, sah er dicht über den afrikanischen Gebirgszügen einen Kometen. Sein starr nach Osten weisender Schweif wirkte wie der stiebende Funkenregen einer geblasenen Esse. Es war ein fremdartiger, bedrohlicher Himmel, der sich ihnen darbot, der Himmel einer Welt, die noch nicht für den Menschen eingerichtet war, ein Himmel, der noch die wirren Konstellationen einer unfertigen Schöpfung zeigte. Und doch überkam ihn allmählich das Gefühl für die Wirklichkeit dieser Welt, für ihre sinnliche Substanz. Sie nahm Gestalt an, war nicht länger abstrakte Vergangenheit, sondern wurde zum Jetzt, zur Gegenwart, die sich atmen, schmecken und greifen ließ. Es war, als öffne sich eine Pore am gewaltigen Leib der Zeit, und er dringe ein wie eine Mikrobe, werde vom Lebensstrom, den er an anderer Stelle verlassen hatte, wieder aufgenommen und mitgerissen in Richtung Zukunft, in der irgendwo seine einstige Gegenwart lag wie eine ferne Galaxis, durch Äonen von ihm getrennt, wie eine Insel, an deren Gestade man sich erinnert.

Ein Geräusch schreckte ihn aus seinen Gedanken. Äste knackten, dann war ein Schnauben zu hören, wie von einem großen Tier. Irgendein Ungeheuer brach ganz in der Nähe durchs Dickicht. Steve entsicherte die Maschinenpistole und kam sich plötzlich recht kläglich bewaffnet vor. War es ein Saurier? Unsinn. Um einer Großechse zu begegnen, hätten sie zehnmal so weit in die Vergangenheit katapultiert werden müssen. Wahrscheinlich war es ein Mastodon oder ein anderes riesiges Säugetier. Die meisten Arten hatten im Miozän Großformen entwickelt.

Er weckte Jerome. Sie lauschten. Irgend etwas berührte den Gleiter, strich an ihm entlang, entfernte sich wieder. Dann war der nächtliche Spuk verschwunden.

Kurze Zeit später meldete sich der Sender wieder.

»Sieht ganz so aus, als könnten wir euch vorerst nicht rausholen. Aber wir helfen euch, sobald es uns möglich ist. Fahrt zügig aus der Zone Rot heraus. Verlaßt das Fahrzeug nur, wenn es unbedingt nötig ist. Das Landegebiet ist zum Teil radioaktiv verseucht. Wir nehmen wieder Kontakt auf. Ende.«

Jerome klappte fluchend die Kanzel zu und verriegelte sie. »Das hätten uns die Idioten auch früher sagen können. Verdammt noch mal! Lassen uns ahnungslos hier in der heißen Pfanne schmoren.«

Steve versuchte ein bißchen zu schlafen, aber in der engen Kabine war es in kürzester Zeit heiß und stickig. Er wachte schweißüberströmt auf. Er drückte sich die Sauerstoffmaske ins Gesicht und tat ein paar tiefe Züge. Es mochten noch etwa zwei Stunden bis Tagesanbruch sein.

»Laden wir aus?« fragte Jerome.

Sie montierten die Geräte und Armaturen im Cockpit ab und verstauten sie in der Katze. Dann lösten sie das Heck des Gleiters, befreiten die Katze und den Anhänger aus ihren Befestigungen, ließen den Motor an und fuhren ins Freie.

Die Sterne waren erloschen. Während der Nacht hatte sich Nebel gebildet. Im Osten wurde es bereits hell. Die Konturen der Umgebung begannen sich abzuzeichnen.

Der Gleiter hatte bei der Landung eine schmale Bresche durch Buschwerk und niedrige Euphorbien gepflügt, war dann mit der Nase unter ein Dickicht aus Dorngewächsen und Mimosen getaucht und darin steckengeblieben. Sie hätten keine bessere Deckung finden können. Nur die Kanzel des Cockpits und das Seitenruder ragten heraus.

»Wir scheinen Glück zu haben«, meinte Steve. »Vielleicht können wir uns ungesehen davonmachen.«

Jerome trat aufs Gas. Das Gelände war ziemlich eben, savannenartig, mit Büscheln von hartem Gras bewachsen, von dichtem Buschwerk und vereinzelten Baumgruppen durchsetzt, meist Euphorbien, da und dort auch Palmen. Die Katze kam zwar gut voran, aber es war eine anstrengende Fahrerei, weil sie ständig Büschen ausweichen mußten, die sie im Nebel erst im letzten Moment sehen konnten.

Sie waren noch keine 500 Meter weit gekommen, als sie hinter sich das Krachen einer Explosion hörten. Steve blickte über die Schulter zurück und sah die Gegend um ihre Landungsstelle in eine orangefarbene Lichtflut getaucht. Das typisch zuckende Nachglosen und darüber, gespenstisch im Nebel, die steil abwallende und sich pilzförmig ausbreitende Explosionswolke.

»Die schießen mit Atomgranaten!« schrie er.

Jerome gab instinktiv Vollgas – um sofort wieder auf die Bremse zu treten, weil er um ein Haar in ein verfilztes Dorngebüsch gerast wäre. Die Katze schlingerte heftig. Steve starrte wie gebannt nach hinten, wartete auf den nächsten Blitz, der sie zermalmen und zu radioaktivem Staub zerblasen würde. Doch er blieb aus.

»Sie werden uns mit Richtmikrophonen angepeilt haben«, sagte Jerome, »denn gesehen haben sie uns in dieser Waschküche mit Sicherheit nicht.«

»Dann fahr langsamer! Die hören uns ja auf hundert Meilen, verdammt noch mal!« fuhr Steve ihn gereizt an und bereute es im selben Moment, daß er sich hatte gehen lassen. Jerome warf ihm einen grimmigen Blick zu, sagte aber nichts. Er schwitzte stark von der Anstrengung des Fahrens. Schweißperlen standen ihm auf der Stirn und zwischen den dunklen, drei Tage alten Bartstoppeln.

»Bei denen scheint es mit dem Nachschub besser zu klappen als bei uns, wenn sie aufs Geratewohl Atomgranaten verschießen können«, meinte Steve nach einer Weile. »Dann wundert es mich nicht, wenn unsere Leute derart ins Hintertreffen geraten sind. Wir werden uns hart tun, den Scheichen das Öl wegzupumpen, wenn die so fest draufsitzen.«

»Damit wäre der kühnste und wohl auch teuerste Coup der Weltgeschichte ein erbärmlicher Schlag ins Wasser – buchstäblich«, sagte Jerome.

»Glaubst du, es stimmt, daß sie die Straße von Gibraltar gesprengt haben?«

»Bei den Sprengladungen, die sie zur Verfügung haben, ist das durchaus denkbar«, sagte Jerome achselzuckend. »Aber so schnell läuft der Trog nicht voll. Sie müssen schon ein gewaltiges Loch machen, damit er überhaupt voller wird, wenn Ströme wie der Nil und die Rhône und ein paar hundert weitere respektable Flüßchen es nicht verhindern konnten, daß er austrocknete.«

»Mir war aber so, als verliefe die Küstenlinie der Balearensee erheblich weiter südlich als auf den Karten der topographischen Rekonstruktion.«

»Was mir weit mehr Sorgen macht, ist die Unkerei, es gäbe keine Möglichkeit, in die Zukunft zurückzukehren.«

»Du hältst es allen Ernstes für möglich, daß man uns verschaukelt hat?« fragte Steve entgeistert. »Das würde ja bedeuten ...« Er brach ab, als Jerome mit aller Kraft auf die Bremse stieg und die Katze mit einem Ruck zum Stehen brachte. Steve blickte durch die Windschutzscheibe, um nach dem unvermuteten Hindernis Ausschau zu halten, und starrte in das schrecklichste Gesicht, dem er sich je gegenübergesehen hatte. Auf einem Stahlrohr von etwa fünf Zentimeter Durchmesser, das jemand tief in den Boden gerammt hatte, steckte ein abgeschlagener menschlicher Kopf. Es war der Kopf eines jungen Mannes, denn der wie zum Schrei geöffnete Mund zeigte ein fehlerloses Gebiß. Er trug eine eng anliegende Fliegerhaube aus Leder, wie man sie bei russischen Kosmonauten oft sieht. An der Seite war mit einer Lasche eine Atemmaske befestigt, deren geripptes Schlauchstück offenbar mit dem Hals durchtrennt worden war.

Jerome hatte den Motor abgestellt. Wie gebannt musterten sie den schrecklichen Fund. Der Tod konnte vor noch nicht allzu langer Zeit eingetreten sein. Die fahle Haut zeigte nicht die geringste Spur von Verwesung; das Blut an dem verzinkten Stahlrohr war klumpig geronnen und sah aus wie Rost. Trotz des Nebels hatten sich die ersten Fliegen bereits eingefunden. Steve warf einen Blick in die Runde, konnte aber nirgends den

Rest des Leichnams entdecken. Die Stille hatte plötzlich etwas Bedrohliches. Irgendwo in der Ferne war ein helles gackerndes Lachen zu vernehmen, das ebensogut Affengeschnatter oder der Ruf eines großen unbekannten Vogels hätte sein können wie das triumphierende Gelächter der Bestie, die diese Scheußlichkeit verübt hatte.

Steve atmete erleichtert auf, als Jerome den Motor wieder startete. Sie ließen das grausige Wegzeichen hinter sich. Jedesmal faßte Steve die Waffe fester, wenn sich ein Schatten im Nebel abzeichnete und er glaubte, der Mann mit der Ledermaske verstelle ihnen den Weg, das Richtschwert drohend erhoben, doch es waren nur Euphorbien, die ihre dunklen Äste reckten.

Der Baumwuchs wurde nun dichter, und bald darauf stießen sie auf einen Fluß, dem sie in nördlicher Richtung folgten. Sie suchten nach einer Furt, um ans östliche Ufer zu gelangen, und kamen nur noch im Schrittempo voran. Das Buschwerk am Ufer war fast undurchdringlich, und immer wieder versperrten ihnen umgestürzte Bäume den Weg. Sie mußten mehrmals Umwege fahren. Schließlich fanden sie eine Stelle, an der das Wasser seicht genug schien, um durchzukommen.

Jerome schaltete den Motor aus, als er eine Bewegung am gegenüberliegenden Ufer sah. Eine Herde Mastodonten brach durch das Gehölz und trottete zur Tränke. Die gewaltigen, bis zu sechs Meter hohen Tiere mit ihren kurzen, fast etwas unterentwickelt erscheinenden Stoßzähnen und dem tapirähnlichen plumpen Kurzrüssel, der sich erst beim Mammut und Elefanten zum geschickten Greiforgan ausformen würde, wirkten allesamt ermattet und elend, das dunkle zottige Fell schien ihnen büschelweise auszufallen, und wo an den abgemagerten Flanken die bloße grauscheckige Haut zutage trat, zeigte sie eitrige, schwärende Wunden und frisch aufgebrochene Risse, aus denen hellrotes Blut sickerte. Die typischen Anzeichen fortgeschrittener Strahlenkrankheit. Eins der Jungtiere hatte einen verkrüppelten Rüssel, der wie ein verkohlter Beinstumpf zwischen den kleinen, eben erst zutage tretenden Stoßzähnen hin und her zuckte.

Einer der älteren Bullen war durch Granatsplitter oder Schüsse am Kopf verletzt worden. Durch das herabrinnende Blut geblendet, hob er mißtrauisch witternd den Rüssel in ihre Richtung und stieß einen grollenden Trompetenton aus, der in einem heiseren Schluchzen erstarb. Die Flanken des mächtigen Bullen bebten vor Schwäche. Er bot einen erbärmlichen Anblick. Das Tier mußte sich in unmittelbarer Nähe befunden haben, als eine Atomgranate explodierte, und hatte nicht mehr lange zu leben. Die Weibchen nahmen wie in düsterer Vorahnung die Jungtiere in ihre Mitte und drängten ihn beiseite, sichernd nach allen Seiten.

Der Leitbulle ging mit taumelnden Schritten zum Fluß hinab, brach in die Knie, als er am schlammigen Ufer ausglitt. Er tauchte den Rüssel ins Wasser und bespritzte sich, bevor er mit tiefen Zügen zu trinken begann. Das Wasser rötete sich. Erst als der Bulle seinen Durst gestillt und die Wache wieder übernommen hatte, wagte der Rest der Herde sich an die Tränke.

»Grauenhaft, was sie hier angerichtet haben«, flüsterte Jerome.

»Ich fürchte, das ist erst ein Anfang«, sagte Steve bitter. »Wo auch immer der Mensch hinkommt, dominiert er rücksichtslos auf Kosten seiner Umwelt.«

Sie warteten, bis die Herde ihren Durst gelöscht hatte und sich vom Ufer zurückzog, aßen unterdessen die restlichen Sandwiches auf und tranken den Rest des Tees aus den Thermosflaschen. Sie beobachteten, wie die Mastodonten durch den ziehenden Nebel davonstapften, sich gegenseitig mit liebevoller Geduld wieder auf die Beine halfen, wenn eins von ihnen ausglitt, im Schlamm steckenzubleiben drohte und änstlich schnaubend um Hilfe flehte. Sie waren allesamt vom Strahlentod gezeichnet.

Steve übernahm nun das Steuer und Jerome setzte sich neben ihn, die entsicherte Maschinenpistole auf dem Schoß. Nach dem Durchqueren der Furt wurde die Landschaft wieder savannenartiger. Es wuchsen weniger Bäume, das Buschwerk wurde lichter. Sie fuhren nun fast genau nach Nordosten und kamen gut voran. Allmählich stieg das Gelände an; zaghaft und

bläßlich wie der Mond drang dann und wann die Sonne durch. Die Katze kletterte, und plötzlich, als tauchten sie aus einem Gewässer empor, lag das Nebelmeer unter ihnen, dehnte sich bis zum Horizont. Im Süden erhoben sich die Kegelstümpfe, die einst in ferner Zukunft die Inseln von La Galite bilden würden, dahinter, wie eine dunkle Mole, gegen die das Weiß der erstarrten Nebeldünung anbrandete, der Saum der afrikanischen Küste. Von dort aus waren sie beschossen worden. Jerome hob das Fernglas an die Augen und musterte die bewaldeten Höhenzüge. Es waren keine Einzelheiten auszumachen, keine Mündungsfeuer blitzten auf.

Unter ihnen ragten da und dort die gefiederten Wipfel von Palmen durch die Wolkendecke wie seltsame überdimensionale Wasserpflanzen, überspült von Rauch. Jerome deutete nach Norden, wo ein wildzerklüftetes Hochplateau aufstieg, das in einigen Millionen Jahren die Insel Sardinien bilden würde. »Dort müssen wir hin«, sagte er. »Aber ich hätte große Lust, ein Stück zurückzufahren und im Schutz des Nebels den späten Nachmittag abzuwarten, bevor wir mit dem Aufstieg beginnen.«

Steve dachte schaudernd an den abgeschlagenen Kopf des Piloten, der ihnen den Weg gewiesen hatte. Den Weg wohin? »Ich bin dagegen«, sagte er. »Wir kennen die Reichweite ihrer Geschütze nicht. Aber je weiter wir nach Norden kommen, desto sicherer sind wir von ihnen.«

Jerome musterte die steilen Abstürze Sardiniens. »Wer weiß«, sagte er achselzuckend.

»Das Landegebiet ist radioaktiv verseucht«, gab Steve zu bedenken. »Es ist möglich, daß wir schon heiß sind wie die Sonnen. Wir sollten sehen, daß wir bald Hilfe finden, ehe es zu spät ist.« Er glaubte bereits, auf den ungeschützten Partien seiner Haut einen unerträglichen Juckreiz zu verspüren, das sicherste Kennzeichen einer übermäßigen Strahlendosis. »Sie werden uns nicht im Stich lassen«, fügte er hoffnungsvoll hinzu. »Sie haben versprochen, uns rauszuholen.«

»Wenn sie dazu in der Lage sind. Sonst holt uns der Teufel«, meinte Jerome, und nach einer Weile setzte er sarkastisch hinzu: »Sofern er um diese Zeit schon Dienst tut. Aber daran hege ich nicht den geringsten Zweifel.«

Es war früher Nachmittag, als Jerome wieder das Steuer übernahm. Sie waren inzwischen hoch über dem Nebelmeer, aber das sardinische Plateau schien nur unmerklich nähergerückt. Der Baumbestand veränderte sich allmählich, zwischen Palmen und Euphorbien tauchten da und dort Schirmakazien und Pinien auf, vereinzelt sogar Gingkos.

Kurze Zeit später stießen sie auf das ausgebrannte Wrack eines Jeeps. Es war eine Vierergruppe, die hier umgekommen war. Die Skelette trugen noch Uniformreste. Einer der Männer schien nicht gleich tot gewesen zu sein. Er hatte sich noch etwa sechzig Meter weit geschleppt, bevor er zusammengebrochen war und die Geier sich über ihn hergemacht hatten. Den Einschüssen nach zu urteilen, war es ein Luftangriff mit Raketengeschossen gewesen. Also hatten die Gegner auch die Luftüberlegenheit. Steve suchte mit unbehaglichem Blick den Himmel ab.

»Scheint nicht weit her zu sein mit der Hilfe für die Gelandeten«, knurrte Jerome. »Oder was hältst du davon?«

Steve antwortete nicht. Sie kamen durch eine Gegend, in der schwere Kämpfe stattgefunden haben mußten. Der Boden war mit Bombentrichtern übersät, die Vegetation niedergebrannt, verkohlte Baumstümpfe ragten in den Himmel. Jerome fuhr langsamer; die Ketten wirbelten Wolken aus Staub und Asche auf. Er kurvte zwischen Kratern hindurch und versuchte Kurs zu halten, dann ging es wieder steiler bergan; lichter Wald säumte ein ausgetrocknetes Bachbett, dem sie nach Norden folgten. Die Hitze in dem geschlossenen Fahrzeug wurde unerträglich.

»Die Gegend hier scheint sauber zu sein«, sagte Jerome und lenkte das Fahrzeug unter ein dunkles schattenspendendes Dach aus dicht verwobenen Pinienästen. In einer Kuhle hatte sich Wasser gesammelt; Sonnenlicht fiel durch das Geäst und blitzte auf der Oberfläche. Jerome zog die Stiefel aus und ließ die Beine im Wasser baumeln, während Steve die Uferböschung hinaufkletterte, um Ausschau zu halten. Während hier am Fuß des Plateaus die Sonne noch mit unverminderter Heftigkeit herabbrannte, waren die steilen Hänge der Südküste Sardiniens bereits von Schatten gefurcht. Dort oben irgendwo mußte der Stützpunkt liegen, den sie anzusteuern hatten. Dort erst würden sie in Sicherheit sein.

Plötzlich vernahm Steve ein heiser rasselndes Grollen. Im ersten Moment glaubte er, Jerome spiele am Motor herum, dann wurde ihm mit Entsetzen klar, daß es sich um ein großes Raubtier handeln mußte, das sich ganz in der Nähe befand, eine Raubkatze, ein Löwe oder ähnliches. Er stürzte Hals über Kopf den Abhang hinunter und brüllte Jerome, der erschrokken seine Beine aus dem Wasser gezogen und nach der Maschinenpistole gegriffen hatte, zu: »Ein Löwe! Ein Löwe!«

Jerome fuchtelte grimmig mit der Waffe herum, konnte jedoch kein Ziel finden. Während ihrer Ausbildung hatte man ihnen eine Menge unnützes Zeug beigebracht, das Verhalten gegenüber Raubkatzen hatte nicht dazugehört.

»Sei doch ein bißchen vorsichtiger, verflucht!« herrschte Jerome ihn an. »Hier kann es Säbelzahntiger geben, die ein Mastodon reißen können. Warum läufst du ohne Waffe in der Hand herum?«

Steve warf, erbost über seinen eigenen Leichtsinn, den Stahlhelm auf den Rücksitz, setzte sich ans Steuer und ließ den Motor an. Er fuhr, bis es dunkel wurde und dann noch ein Stück im Licht der Scheinwerfer, bis er in dem unwegsamen Gelände nicht mehr weiterkam. Es begann zu regnen. Den ganzen Nachmittag schon hatten sich über dem Hochplateau Gewittertürme aufgebaut, über den Gipfeln im Osten zuckte Wetterleuchten, und mit Windeseile brach das Unwetter über sie herein. Steve steuerte die Katze einen steilen Hang hinauf aus dem Bachbett, dem sie bisher gefolgt waren, weil es sich in kürzester Zeit in einen Katarakt verwandeln konnte. Erschöpft zog er die Bremse an. Faustgroße Regentropfen schienen auf das Verdeck zu trommeln, Wasser überflutete die Windschutzscheibe, in Sekundenschnelle konnten sie keine zwei Meter weit mehr sehen. Dunkelrote Blitze zuckten, Donner schmetterte gegen die nahen Felsklüfte und rollte zu Tal. Die Bäume ächzten unter dem Ansturm des Windes und schüttelten das Naß aus dem üppigen Blattwerk.

Als der Regen nachließ, bauten sie unter schützendem Gezweig das Zelt auf. Sie waren kaum fertig damit, da erwachte das Funkgerät wieder zum Leben. Eine Stimme, die ganz nah sein mußte, sagte:

»Anker an Boje. Wir werden in den Nachtstunden versuchen, direkten Kontakt mit euch aufzunehmen. Gebt Signal, damit wir eure Position ermitteln können. Wir hören. Ende.«

»Moment mal«, sagte Steve zu Jerome, der unentschlossen am Sender herumhantierte. »Das könnte ein Trick sein.« Jerome nickte.

Und als wäre der Sender in Betrieb gewesen, sagte die Stimme im Empfänger: »Ihr habt völlig recht, Jungs. Der Trick wird immer wieder versucht. Gelingt er, ist es unsere Aufgabe, sofort eine Warnung anzusetzen und alles zu unternehmen, daß ihr vollends heil rauskommt. Wir haben keinen gemeinsamen Kode, aber unsere Aufgabe ist echt. Ihr müßt ganz in unserer Nähe sein. Bitte kommen. Ende.«

Jerome schnippte kurz den Sender an. »Verstanden. Ende und Aus.«

»Großartig. Danke. Das genügt. Bleibt auf Empfang. Ende.«

Steve übernahm die Wache, während Jerome zu schlafen versuchte. Von Zeit zu Zeit tauchte ein blutrotes Wetterleuchten die Wolkenmassen in düstere Helligkeit, dann und wann prasselte ein Regenschauer aufs Zeltdach, vom Wind aus den Baumkronen gerauft.

Kurz nach Mitternacht war das Motorengeräusch eines Hubschraubers zu vernehmen. Als das *Whopp-whopp-whopp-whopp* fast unmittelbar über ihnen war, sagte Steve leise ins Mikrophon: »Landen Sie.« Er entsicherte die Maschinenpistole. Jerome kam mit seiner Waffe aus dem Zelt gekrochen und ging in Deckung.

Ein paar bange Sekunden lang erwartete Steve, das Mündungsfeuer eines Maschinengewehrs oder die Zündung einer abgefeuerten Rakete über sich aufblitzen zu sehen, doch nichts dergleichen geschah. Die kleine zweisitzige Maschine schaltete einen Suchscheinwerfer ein und ging nieder. Zwei Gestalten kletterten heraus. Steve konnte im unsicheren Licht erkennen, daß es sich um zwei Männer handelte, die ziemlich abgerissene und ausgebleichte Kampfanzüge und Stahlhelme trugen.

»Murchinson«, sagte der kleinere der beiden und streckte die Hand aus. Er war etwa fünfzig, soweit Steve sein Gesicht in der Dunkelheit erkennen konnte.

»Ruiz«, stellte der andere sich vor, ein mittelgroßer untersetzter Mann, der Mitte vierzig sein mochte und sie mit einer Stablampe anleuchtete.

»Von jenseits des Mississippi, aber hundertprozentig einer der Unseren«, versicherte Murchinson. Weder Steve noch Jerome verstanden diese Bemerkung. Da die Ankömmlinge auf militärische Ränge keinen Wert zu legen schienen, nannte Jerome nur ihre Namen. Die beiden nickten.

»Ich glaube, ich habe eure Namen auf der Liste gesehen. Auf der Liste derer, die noch unterwegs sind«, sagte Ruiz und lächelte. »Habt ihr ein Schwein.«

Steve nickte. »Es hätte schlimmer sein können.«

»Von wann kommt ihr?« wollte Murchinson wissen.

»1986«, sagte Steve. »Was ist eigentlich los hier?«

»Der Teufel«, sagte Murchinson. »Aber das werdet ihr schon gemerkt haben.«

»Wieviele sind eigentlich schon hier?« fragte Jerome.

»Oh, eine ganze Menge«, sagte Murchinson zögernd. »Schließlich sind es schon über vierzig Jahre, seit die ersten hier gelandet sind. Und einige sind auch inzwischen wieder ... heimgegangen.«

»Zurück in die Zukunft?« fragte Jerome.

Steve bemerkte, daß die beiden einen raschen Blick wechselten.

»Ach wissen Sie, dieser Punkt des Unternehmens gehört eigentlich nicht zu unseren Aufgaben«, sagte Ruiz und scharrte unbehaglich mit dem Stiefel nasse Erde zusammen. »Wir geben euch ein paar gute Tips und eine Karte, damit ihr morgen sicher die Festung erreicht. Wir möchten dem Kommandanten nicht vorgreifen. Er wird euch alle Fragen zufriedenstellend beantworten.«

»Was ist mit dieser Pipeline?« fragte Jerome. »Wenn die Navy seit vierzig Jahren hier operiert, müßte doch ...«

»Hören Sie«, sagte Ruiz mit betrübter Miene, soweit dies im Licht der Stablampe erkennbar war, »das Ding sollten wir lieber vergessen. Diese Schnapsidee hat einer verdammten Menge Leute das Leben gekostet. Und wir haben beide an dieses Scheißding mehr als zwanzig Jahre unseres Lebens gehängt, mit einer verflucht dünnen Aussicht, aus diesem Schlamassel überhaupt herauszukommen.«

»Wollen Sie damit sagen, daß in vierzig Jahren nichts erreicht worden ist und unsere Leute sich in Festungen verschanzen, während das Material, das unter ungeheurem Aufwand hierher transportiert worden ist, auf dem Meeresgrund verrottet?« sagte Jerome heftig.

»Hören Sie, Mister ...«, ereiferte sich Ruiz.

»Major Jerome Bannister, Sir!«

»Regt euch um Himmels willen wieder ab«, sagte Murchinson und lachte meckernd. »Sie werden auf Ihre Fragen erschöpfende Auskunft erhalten, Major, wenn Ihnen der Anschauungsunterricht, den sie bisher erhalten haben, noch nicht genügt.« Er breitete eine handgezeichnete Karte auf die nasse Motorhaube der Katze und hielt die Stablampe darüber. Das Papier sog sich rasch voll Wasser. Murchinson deutete mit gekrümmtem Zeigefinger ihre Position an und wies unbestimmt in nördliche Richtung. »Die exakte Position der Festung ist aus begreiflichen Gründen nicht eingezeichnet«, sagte er. »Wenn Sie auf etwas klein geratene Gentlemen stoßen, die am ganzen Körper etwas unrasiert wirken und ein etwas merkwürdiges Englisch sprechen, dann werfen Sie sich vertrauensvoll an deren haarige Brust. Dann sind Sie nämlich in Sicherheit. Sollten Sie dagegen auf einen Trupp Kamelreiter stoßen – sie wagen sich allerdings selten bis hier herauf –, dann schießen Sie diese getrost und ohne zu zögern über den Haufen. Das ist irgendwelches Söldnergesindel, das ursprünglich im Dienst der Scheiche stand, den Krieg aber inzwischen längst auf eigene

Rechnung führt. Die Burschen kommen sich nämlich auch etwas verschaukelt vor. Sie sind beileibe nicht alle schlecht, aber es gilt das ungeschriebene Gesetz, daß sie von Neuankömmlingen die Finger lassen sollen, auch wenn es sie noch so sehr nach der Ladung juckt. Alles klar?«

»Nichts ist klar«, sagte Jerome verärgert.

»Sie scheinen sich über einige Dinge hier zu wundern«, sagte Ruiz versöhnlich in einer Anwandlung von Friedfertigkeit.

»Allerdings.«

»Sie werden sich noch über einiges hier wundern, Major.«

»Wir sind hierhergekommen, um bestimmte Dinge zu korrigieren«, fuhr Jerome unbeirrt fort. »Wenn sich die Sache nicht so entwickelt, wie wir uns das vorgestellt haben, dann muß sich das doch ebenfalls korrigieren lassen. Die Navy wird doch sicher von zurückkehrenden Einsatzgruppen unterrichtet sein, daß ...«

»Entschuldigen Sie, Major Bannister«, unterbrach ihn Murchinson, »es ist nicht meine Art, mit der Tür ins Haus zu fallen, aber drüben auf den Bermudas sitzen inzwischen einige Leutchen, die auf die siebzig zugehen und immer noch auf ihre Passage der Navy in einen gesicherten Lebensabend warten. Und sie sitzen dort drüben und warten dank einer riesigen Portion Glück und dank uns, die wir den lausigen Job haben, sie nach drüben zu verfrachten, sonst hätten sie ihren Lebensabend nämlich schon hinter sich, wie manch einer, dem wir nicht mehr helfen konnten, Major, und ...« – er deutete nach Südosten in die Dunkelheit – »der dort draußen geblieben ist. Wir tragen nämlich buchstäblich unsere Haut zu Markte und sind so heiß, daß wir Sie nicht länger mit unserer Gesellschaft belästigen möchten. Verstehen Sie, was ich meine?«

»Entschuldigung«, murmelte Jerome. »Ich wußte nicht ...«

»Dafür können Sie nichts, Major«, sagte Ruiz, »ich kann es nur auf den Tod nicht ausstehen, wenn jemand hier den wilden Mann spielt, der keine Ahnung hat. Das haben wir nämlich schon zu oft erlebt.«

»Und warum sind Sie nicht längst in die Zukunft zurückgekehrt?« sagte Jerome. »Wenn Sie es so satt haben?«

»Er will es tatsächlich genau wissen«, seufzte Murchinson.

»Weil wir verschaukelt worden sind, Major«, sagte Ruiz barsch. »Es gibt keine Rückkehr in die Zukunft!«

Steve war es, als spüre er eine eisige Hand am Herzen. Ein einziger Gedanke ballte sich hinter seiner Stirn, explodierte, als würde es ihm die Schläfen sprengen.

Es ist alles aus!

So muß einem Delinquenten zumute sein, wenn er die Gewehrmündung eines Erschießungskommandos auf sich gerichtet sieht, das Richtschwert des Exekutionsoffiziers hoch erhoben. Steve hielt sich am nassen Blech der Kühlerhaube fest. Das Wasser unter seiner Handfläche schien augenblicklich zu verdampfen.

»Ich habe es geahnt«, flüsterte Jerome. Er war unglaublich gefaßt, und doch klang es wie ein quallvolles Stöhnen.

»Das geschah sicher nicht mit Absicht«, sagte Ruiz begütigend, »aber irgendwas scheint da ganz schön schief gelaufen zu sein.«

»Kennen Sie den Vertrag von Miami zwischen Castro und Maximilian V.?« fragte Murchinson lauernd.

Jerome blickte ihn verständnislos an.

Ruiz nickte bedeutungsvoll und sagte: »Sehen Sie?«

Nachdem der Hubschrauber abgehoben und sich entfernt hatte, kroch Steve ins Zelt. Jerome übernahm die zweite Wache und kauerte zwischen den Bäumen, wo er sich ein trockenes Plätzchen gesucht hatte. Eine Weile später kam er ins Zelt, um etwas zu holen. Steve stellte sich schlafend. Ihm war es, als ob er seinen Freund unterdrückt schluchzen hörte, doch er konnte sich getäuscht haben. Jerome kroch wieder hinaus und zog von außen den Reißverschluß zu.

Steve fühlte sich wie gerädert, aber er konnte nicht einschlafen. Dann und wann fielen dicke Regentropfen aufs Zeltdach wie eine Handvoll reifer Pflaumen, wenn ein Windstoß ins Geäst fuhr. Er hatte das Gefühl, als läge die Luftsäule eines himmelhohen Kamins auf seiner Brust, lastete auf ihm wie Milliarden Millibar, ein Gebirge aus Zeit. Er wußte, daß unerreichbar über ihm ein Ausstieg ins Freie existierte, aber keine Möglichkeit, ihn je zu erreichen, daß alles, was er liebte und schätzte, jenseits dieses unermeßlichen Korridors lag, der hinauf in die Zukunft führte.

»Jesus Christus«, keuchte er, während die Furcht und die Last der Zeit ihm die Brust einschnürten. Und da wurde ihm bewußt, daß die Kreatur auf Erden noch mehr als 50 000 Jahrhunderte auf ihren Erlöser würde warten müssen.

Die elende Kreatur, allein in ihrer dumpfen Angst. Steve wälzte sich herum und dachte an die todgeweihte Herde im Landegebiet, die ihnen begegnet war; das Jungtier, lebensunfähig mit seinem verkrüppelten Rüssel, wie ein verbrannter Beinstumpf zuckend. Wir haben zu Gottes Wohlgefallen die Erde verändert, sie uns untertan gemacht; nach seinem Bilde, sagte sich Steve grimmig. Und dieses Ebenbild ist nun zeitlos geworden wie sein Schöpfer. Seine Ausdünstung sinkt lähmend in die Ozeane, kriecht in die Erde, verändert den Geschmack der Luft; Jahrmillionen alte Orientierungsmarken schweigen, verendet ratloses Gewürm in der Tiefe, suchen Zugvögel neue Routen im Gewirr von Luftstraßen und Einflugschneisen. Das sickert durch die Zeit, sickert hinein in die dumpfen Träume der Kreatur, die aufschrickt überm metallischen Geruch der Angst, der plötzlich alles durchdringt, sie die Wegzeichen vergessen läßt; Schatten aus Rauch, der die Sterne verdunkelt. Ein Jucken wie von heißer Asche auf der Haut, schwarzes Licht, das Siechtum verbreitet; Unwetter aus der Helle des Mittags, unvermutet, die wie ein Blutsturz die Sonne verdunkeln und die Witterung der Tränke rätselhaft verfärben, bis der Boden tückisch nachgibt unterm tastenden Tritt, die bebenden Flanken ihren Dienst versagen. Steve krümmte sich zusammen, als fühlte er physisch den Schmerz. Er fuhr erschrocken auf, als Jerome seinen Knöchel umfaßte, um ihn zu wecken.

Der Morgen war ganz Harzduft und Helle. Der Himmel war strahlend und klar und wölbte sich wie ein blaues Segel. Adler kreisten über den vom ersten Sonnenlicht erhitzten Klippen, spürten den zögernden Aufwinden nach, die sich zu regen begannen. Irgendwo in der Nähe schrie ein Häher. Dann krachte ein Gewehrschuß; sein Echo rollte die Felsschründe entlang.

Jerome hatte bereits das Frühstück zubereitet. Er sah übernächtigt aus und hatte tiefe Schatten um die Augen.

Sie aßen ohne Appetit, lauschten wachsam, doch es war nur Vogelgezwitscher zu vernehmen. Ohne viel Geräusch zu machen, brachen sie das Zelt ab und verstauten es.

Obwohl Steve den Motor ganz vorsichtig startete, schien er einen höllischen Lärm zu machen. Jerome blickte unbehaglich in die Runde. Dann fuhren sie los. Das Gelände wurde immer unwegsamer und gebirgiger. Wieder erreichten sie ein steiniges Bachbett.

»Sie hätten uns Mulis mitgeben sollen, anstatt dieser Kiste«, knurrte Steve.

Jerome, der von Zeit zu Zeit einen Blick auf den Kompaß warf, tippte auf die wasserfleckige handgezeichnete Karte. »Dieser Ruiz hat von einem Flußtal gesprochen. Das könnte es sein. Nur habe ich das Gefühl, wir sind bereits zu weit östlich. Wenn dieser Höhenzug das spätere Kap Teulada bildet, müssen wir uns mehr nach links halten, denn die Festung liegt hier im Porto Pino.«

Steve folgte dem Bachbett ein paar hundert Meter weiter, doch er wandte sich immer mehr nach Osten. Er wendete, fuhr ein Stück zurück und ließ die Katze das Westufer hinaufklettern. Sie durchbrachen Gebüsch und erreichten eine sanft nach Süden abfallende Hochebene, auf der fast keine Bäume wuchsen.

»Es können höchstens noch vier bis fünf Meilen sein.«

In dem Moment war ein lauter Knall zu hören, als hätte ein Flugzeug die Schallmauer durchbrochen, und gleich darauf das Kreischen von Strahltriebwerken. Ein Jagdbomber kam von Osten her im Tiefflug an den Bergflanken entlang auf sie zugeprescht. Steve öffnete die Tür, rannte ein paar Schritte von der Katze weg und warf sich zu Boden. Binnen Sekunden war die Maschine über sie hinweg. Es war eine MIG 25.

Im ersten Moment war Steve drauf und dran, das Fahrzeug

im Stich zu lassen und nur seine Haut zu retten, dann kletterte er hastig hinters Steuer.

»Jetzt aber los!« schrie Jerome. Steve steuerte die Katze in einer engen Kurve nach rechts und hielt mit Vollgas auf eine niedrige Felswand zu, während Jerome den Himmel absuchte. Keine 5 Minuten später war die MIG zurück. Steve stülpte den Stahlhelm über den Kopf, brachte die Katze längsseits der Felswand zum Stehen und hechtete hinaus, um hinter ein paar Felsbrocken Deckung zu suchen, dabei scheuchte er irgendein Tier auf, das verängstigt davonstob, und zerkratzte sich an irgendwelchen Ranken das Gesicht. Er hörte das typische *Fffwosch-fffwosch*, als zwei Luft-Boden-Raketen abgefeuert wurden, und gleichzeitig das *Tratt-tratt-tratt-tratt* einer leichten Flak. Der Angriff galt also nicht ihnen.

Steve rannte zur Katze zurück und sah Jerome reglos hinter dem Steuer sitzen. Seine sonst so hellen Augen waren ganz dunkel vor Furcht, und der Schweiß stand in dicken Perlen in seinem unrasierten Gesicht.

»Was ist los mit dir?!« herrschte Steve ihn an.

»Was sind wir für Idioten?« schrie er und hieb mit der Faust aufs Steuerrad. »Was sind wir für hoffnungslos verblendete Narren, daß wir uns auf sowas eingelassen haben?« Er öffnete mit einem Ruck die Tür und stürzte hinaus. Steve hörte, wie er nach hinten zum Anhänger rannte und sich übergab. Jeder muß auf seine Art mit dem Schock fertig werden, sagte er sich. Bei Jerome ist es ein physisches Problem. Während er sich auskotzt oder die Hosen runterläßt, weil Koliken ihm die Därme verwinden, nisten sich bei mir hinter der Stirn Spinnen ein, die mir die Gedanken mit grauen Netzen verhängen.

Pünktlich kehrte die MIG aus Osten zurück. Wieder waren die Abschüsse zweier Raketen zu vernehmen und fast gleichzeitig die Detonationen der Sprengköpfe, und im selben Moment begann auch wieder das Flakfeuer. Die MIG kreischte heran und huschte über sie hinweg. Sie zeichnete einen Rauchfaden ins Blau des Himmels. Der Pilot versuchte, die defekte Maschine noch hochzuziehen, um genug Höhe für den Absprung zu gewinnen, dann gab er auf. Ein Fallschirm erblühte im Gegenlicht und sank herab. An einer Bergflanke im Westen ein orangefarbener Blitz. Lautlos stieg eine Rauchwolke über der Aufschlagstelle empor. Lautlos schwebte das gebauschte Weiß aus dem Blau des Mittags und gab der Stille einen fast heiteren Akzent, dann erst wurde sie von der Wucht der längst vergangenen Explosion zerrissen.

Steve überkam mit einemmal große Ruhe. Es war, als hätte Jeromes Schwächeanfall der Situation ihren Schrecken genommen. Er hatte plötzlich das Gefühl, daß er auch hier und jetzt, auf der anderen Seite des entsetzlichen Korridors, gebraucht wurde, um seinesgleichen beizustehen. Und dieses Gefühl verschaffte ihm Befriedigung. Der Alp der Jahrtausende, der die Nacht zuvor auf seinem Herzen gelastet hatte, war von ihm gewichen.

Steve stieg aus und setzte den Gaskocher in Betrieb. Als der Kaffee fertig war, füllte er zwei Becher ab und ging nach hinten zu Jerome. Nebeneinander im Schatten der Felswand niedergekauert, tranken sie das heiße Gebräu, ohne sich gegenseitig anzublicken.

»Danke«, sagte Jerome, wischte sich den Schweiß von der Stirn und aus den Augen und ließ den Stahlhelm vor sich ins Gras plumpsen.

Dann und wann waren kehlige, keckernde Schreie zu vernehmen, die aus einiger Entfernung beantwortet und dann weitergegeben wurden. Sie hörten sich fröhlich an, als breche ein Satyr beim mittäglichen Liebesspiel in Lachen aus, und die Heiterkeit pflanzte sich über die Berghänge fort, die voll unsichtbarer Liebesnester zu sein schienen. Steve hob den Kopf und lauschte staunend, aber er konnte die Rufe nicht deuten. Eine ausgestorbene Vogelart? fragte er sich, doch irgendwie, bei aller Fremdheit, muteten sie ihn vertraut an, und beinahe hätte er ihnen in seiner unbeholfenen Art geantwortet.

Die Festung

Sie hatten etwa eine Stunde gerastet, als sie aus Südwesten das Geräusch eines Automotors hörten. Steve und Jerome nahmen ihre Maschinenpistolen und gingen in Deckung. Das Geräusch kam rasch näher und kurz darauf erschien ein Stück weiter unten zwischen Geröll und Büschen ein Jeep, ein uraltes Vehikel, zerbeult und schlammverkrustet, mit zersprungener Windschutzscheibe und ohne Verdeck. Der Mann, der ihn steuerte, war von kleiner Gestalt und hinter dem Steuer kaum zu sehen. Das Fahrzeug preschte mit Vollgas heran, hielt mit quietschenden Bremsen etwa zehn Meter von ihnen entfernt. Der Motor wurde sofort abgestellt.

Sie trauten ihren Augen nicht, als sie das Wesen erblickten, das unglaublich behend heraussprang. Es war höchstens einsfünfzig groß und hatte unverhältnismäßig lange Arme, die bei seiner gebückten Haltung bis auf den Boden reichten. Es trug einen Stahlhelm, der ihm viel zu groß war, eine vielfach zerrissene und ausgeblichene kurze Khakihose, die er von einem langjährig gedienten englischen Kolonialoffizier geerbt haben mochte, die bloßen Partien seines Körpers jedoch waren über und über behaart, ja selbst das Gesicht war von einem dichten sandfarbenen Fell bedeckt. Die zottigen Beine, die aus den Khakishorts ragten, waren dünn, aber erstaunlich muskulös; die fast fingerlangen Greifzehen hatten starke, gefährlich aussehende Klauen. Die eine Hand hatte das seltsame Wesen zur Faust geballt, mit der es sich auf dem Boden aufstützte, in der anderen hielt es ein amerikanisches Sturmgewehr.

Ein Affe, dachte Steve im ersten Moment, wir müssen dem Vieh das Gewehr abnehmen, bevor es etwas damit anstellt.

Das Wesen hob den Kopf, ein drohendes Knurren rollte in seiner Kehle, dann fletschte es gefährlich aussehende Zähne, die spitz und makellos weiß aus hellrotem Zahnfleisch ragten, wohl als Andeutung eines auffordernden Lächelns gemeint, denn die mit dem Sturmgewehr bewaffnete Hand vollführte eine Geste, die nur bedeuten konnte: Kommt heraus, ich tu euch nichts.

Steve und Jerome traten aus ihrer Deckung und senkten ihre Maschinenpistolen. Das Wesen reckte das Kinn vor, spitzte mühsam die dunklen wulstigen Lippen, als habe es Schwierigkeiten mit der Artikulation. »Goodluck«, brachte es schließlich mit dunkler kehliger Stimme heraus und wischte sich mit seiner sehnigen sandfarben behaarten Hand übers Gesicht, bevor er sie ihnen lässig mit nach unten gekrümmten Fingern zum Gruß reichte. Sie war schmal und kräftig und fühlte sich hart und kühl an. Steve zuckte innerlich zurück, als seine Finger das dichte Fell auf dem Handrücken berührten, aber ein Blick in die dunkelbraunen, ihn wachsam musternden und dabei fast etwas verschmitzt blinzelnden Augen sagte ihm, daß er ein kluges, ein denkendes Wessen vor sich hatte, das nur äußerlich einem Affen glich, wie er sie aus seiner Zeit kannte. Es war eine Kreatur, die kein Tier mehr war, die ihre Entwicklung zu einer intelligenten Lebensform bereits angetreten hatte, ohne ihre Instinkte schon preisgegeben zu haben. Steve war fasziniert von dem Geschöpf. Es war fremdartig und doch das Menschenähnlichste, dem er je begegnet war. Es wirkte anziehend in seiner geschmeidigen Grazie und natürlichen Anmut und zugleich abstoßend in seiner Tierhaftigkeit, obszön in seiner naturhaften Schamlosigkeit und gefährlich in seiner Wildheit. All diese Eindrücke schienen in der raubtierhaften Ausdünstung zusammengeballt zu sein, die das Geschöpf umgab, ein herber, undefinierbarer, faszinierender Geruch, auf den sogar noch seine abgestumpften Sinne ansprachen. Das ist ein Fleischfresser, sagte sich Steve, ein gefährlicher und gnadenloser Jäger. Das schrecklichste Raubtier, das die Erde je hervorgebracht hat. Und es ist im Begriff, sein Paradies zu verlieren.

»Goodluck«, sagte Steve, der die Worte des Affenmenschen für eine Begrüßung gehalten hatte, doch das Wesen brach unvermutet in ein vergnügtes Lachen aus, zuckte mit den Ohren und sagte mit gespitzten Lippen: »Goodluck ist mein

Name.« Er kratzte sich zähnefletschend die haarige Brust. »Und ihr seid die beiden Neuen.« Dann nickte er bedeutungsvoll und fügte hinzu: »Ich habe ihn.«

Erst jetzt sah Steve, daß quer über die Rücksitze des Jeeps eine Gestalt lag, ein kaum zwanzigjähriger drahtiger Bursche von dunkler Hautfarbe und mit kurzgeschorenem Kraushaar. Das mußte der Pilot der abgeschossenen MIG sein. Er war mit Fallschirmseilen verschnürt wie ein Paket und blutete an der Stirn. Sein olivfarbener Teint hatte sich vor Entsetzen wächsern verfärbt. Der Junge zitterte wie Espenlaub. Steve konnte es ihm nachfühlen, wenn er an die Gefangennahme dachte. Gegen diesen behenden muskulösen Zwerg hatte selbst ein ausgewachsener Mann keine Chance. Er hatte den Eindruck, als könne das Bündel geballter Energie aus dem Stand über den Jeep springen.

»Moskito«, sagte Goodluck fröhlich und klatschte sich mit der flachen Hand auf den haarigen Unterarm. Offensichtlich meinte er damit geringschätzig die MIG 25.

»Money«, sagte er dann und deutete mit Daumen und Zeigefinger eine Geste an, die auch im 20. Jahrhundert weltweit jeder verstanden hätte. Wahrscheinlich ist auf die Ergreifung abgeschossener Piloten eine Prämie ausgesetzt, dachte Steve, doch dann dämmerte ihm, was der Affenmensch damit meinte. »Er hat Glück gehabt«, sagte Goodluck. »Er hat sich nicht die Beine gebrochen. Ich kann ihn verkaufen. Sonst ...« Er legte den Zeigefinger an den Hals und machte eine unmißverständliche Bewegung. Steve erinnerte sich an den Kopf auf dem Eisenrohr. Sie machten keine Gefangenen, wenn sie sich nicht in die Sklaverei verkaufen ließen. Aber wer hielt sich Sklaven? Die Navy?

Goodluck hob die Hände an den Mund und stieß den keckernden, satyrhaften Ruf aus, den sie schon wiederholt gehört hatten. Prompt antworteten zwei Stimmen von den Berghängen über ihnen.

»Fahrt mir nach«, sagte Goodluck in seinem holprigen Englisch und kletterte in sein Fahrzeug. Jerome setzte sich ans Steuer der Katze und folgte dem Jeep. Goodluck fuhr wie ein

Wahnsinniger in dem unwegsamen Gelände, aber offenbar kannte er die Gegend besser als seine Hosentasche – oder besser als so etwas wie eine Hosentasche.

Nach etwa einer halben Stunde durchquerten sie ein ausgetrocknetes Bachbett. Goodluck hielt an. Flußaufwärts erhob sich auf der Anhöhe ein merkwürdiges Gebilde. Etwa 30 Meter lange Plastikrohre von etwa drei Meter Durchmesser waren zwischen den Felswänden verankert und zu einer Art Pyramide aufgetürmt. Das umliegende Gelände war mit Kratern übersät und von Geschossen zerfurcht, der Wald auf weite Strecken niedergebrannt.

Goodluck schaltete den Motor ab und bedeutete ihnen, es ebenfalls zu tun. Er rief hinauf in die Berge, aber erhielt keine Antwort.

»Das scheint die Festung zu sein«, sagte Jerome, aber Goodluck machte keine Anstalten, sich der Pyramide zuzuwenden.

»Attrappe«, rief Goodluck und deutete auf das Bauwerk. »Viele Attrappen.« Er deutete mit dem Finger über die Schulter. »Reingefallen!« lachte er fröhlich, dann erstarb plötzlich das Lächeln auf seinen dunklen Lippen. »Viel Tod«, sagte er traurig und wies mit einer umfassenden Geste ringsum. »Viel Tod.« Er kratzte sich mit allen Anzeichen des Abscheus die Unterarme. Dann schlug er seinem Gefangenen blitzschnell mit dem Handrücken ins Gesicht. »Viel Tod«, knurrte er und seufzte. Es war, als hätte ihn plötzlich unsägliche Traurigkeit überkommen, als sei er mit einemmal mutlos geworden und alle Heiterkeit verflogen.

Goodluck fuhr langsam weiter gen Osten. Sie umrundeten bewaldete Vorberge, dann bogen sie Richtung Norden ab und erreichten ein Gewirr von Schluchten, deren Hänge steil abfielen. Unter ihnen rauschte Wildwasser. Zwischen den dicht wachsenden Bäumen führte ein ausgeholzter Fahrweg hindurch, auf dem Spuren von Reifen und Kettenfahrzeugen zu sehen waren. Von Zeit zu Zeit hielt Goodluck an, stellte den Motor ab und stieß einen dieser seltsamen Rufe aus, die regelmäßig beantwortet wurden. Doch keiner der Rufer ließ sich sehen. Sie waren stets über ihnen, versteckt in hohen Baumwipfeln oder auf Felsvorsprüngen.

»Wachtposten«, erklärte Goodluck. Die Söldnerarmee der Navy schien bestens zu funktionieren.

»Das muß das Schluchtengewirr unterhalb des Porto Pino im Golf von Palmas sein«, sagte Jerome. »Wir sind da.«

Erst jetzt bemerkte Steve, daß das enge Tal vor ihnen künstlich überdacht war. In die Felswände beiderseits waren Gesimse gesprengt worden, auf denen Pipelinerohre in Schichten übereinander dicht an dicht lagen wie ein Schilfdach. Darüber war zur Tarnung Erdreich aufgehäuft und Büsche und Bäume gepflanzt.

Sie fuhren in den dunklen Schlund und befanden sich in einer geräumigen Höhle, in deren Mitte ein Bach schäumte. Überall stand schweres Gerät herum: Planierraupen, Bagger, Kranwagen, Zugmaschinen und Tieflader. Baracken und Blockhütten waren beiderseits des Fahrwegs zu sehen, dazwischen Treibstofftanks aus Plastik, aber keine Menschenseele.

Plötzlich brach Sonnenlicht von oben herab, ein Stück des Tals war unüberdacht geblieben. Hier war der Boden wieder grün bewachsen, dann folgte wieder ein Stück Dach, eine Sandsackbarriere, ein bewaffneter Posten: zwei ältere Männer in Khakishorts, der eine mit nacktem Oberkörper, tiefgebräunt, der andere mit einem löchrigen T-Shirt und einem breitkrempigen Hut. Sie saßen auf dem Wrack eines Fahrzeugs, das früher eine Katze gewesen sein mochte, und spielten Karten. Der eine hob grüßend die Hand und winkte sie lässig durch.

»Zu den ersten scheinen wir wahrhaftig nicht zu gehören«, sagte Jerome mißmutig. Auch Steve kam sich vor, als erschiene er zu einer Theatervorstellung und die Bühnenarbeiter seien längst dabei, die Kulissen abzuräumen. Dann hielten sie vor einer Baracke, die seit Jahren einen Anstrich nötig hatte, und Goodluck brachte sie zum Kommandanten.

»Willkommen in der Festung Future One«, sagte der Kommandant. »Wir nennen den Ort hier Maledetta. So wird hier einst eine Nuraghe bezeichnenderweise genannt werden. – Howard

Harness«, stellte er sich vor und reichte ihnen die Hand. Er war ein breitschultriger, etwa 65 Jahre alter Mann mit energischen dunklen Augen und lichtem schlohweißen Haar. Sein nackter Oberkörper war braungebrannt; er war nur mit ein paar ausgebleichten Shorts und mit ein paar selbstgebastelten Sandalen bekleidet, deren Sohlen aus alten Autoreifen geschnitten waren. Jerome registrierte all diese Zeichen militärischen Niedergangs mit wachsendem Entsetzen.

»Ich war der ranghöchste Offizier hier in der Westsenke«, fuhr der Kommandant fort, nachdem er ihnen auf einer grob gezimmerten Bank Platz angeboten hatte. »Wir haben die militärischen Ränge inzwischen längst abgeschafft, der Posten des Kommandanten ist mir geblieben.«

Steve starrte unverwandt auf den linken Arm seines Gegenübers. Er war etwa zehn Zentimeter unterhalb des Ellbogengelenks amputiert worden, und der Stumpf bot einen schrecklichen Anblick. Er sah aus, als wäre er von einem Metzger mit einem Hackebeil abgetrennt und dann stümperhaft genäht worden. Die Wunde mußte lange nicht geheilt sein, denn sie wies tiefe Löcher auf, grauschorfig wie schlecht abgebundener Zement.

»Um die medizinische Versorgung war es am Anfang hier in der Tat schlecht bestellt«, sagte Harness, der Steves Blick bemerkt hatte. »Sie werden es in dieser Hinsicht besser haben.«

Steve betrachtete angestrengt seine staubigen Stiefelspitzen und murmelte: »Entschuldigung, Sir.«

Harness nahm keine Notiz davon. »Wenn Sie keine Malaria erwischen. Mit Medikamenten steht's schlecht.« Er lauschte nach hinten in den Nebenraum, wo aus einem Gerät lauter, aber sehr undeutlicher Sprechfunkverkehr zu hören war. »Sie dürfen den Container unter keinen Umständen aufsprengen!« schrie er mit lauter Stimme in den Wortwechsel. »Solange wir nicht feststellen können, was sich darin befindet, auf keinen Fall ... Wie alt? – Zweihundert Jahre? Dann muß es einer der ersten gewesen sein, der runtergekommen ist. – Entschuldigen Sie«, fuhr er an sie gewandt fort. »Es ist für uns immer ein freudiges Ereignis, wenn wir irgendwo in der Senke einen Container ausgraben, der noch nicht von den Händlersöldnern geplündert worden ist.«

»Sagten Sie 200 Jahre, Sir?« fragte Jerome.

»Ich sagte 200 Jahre.«

»Es war von Streubreiten von sechs bis acht Jahren die Rede.«

»Das mag für die schönen runden Testeier gegolten haben. Hier rieselt seit 200 Jahren Material vom Himmel. Als die ersten Trupps landeten, war ein großer Teil des Zeugs hoffnungslos verrottet und unbrauchbar.« Er nahm eine Liste zur Hand, hielt sie weit von sich und las ihre Namen ab. »Major Steve B. Stanley und Major Jerome Bannister, ausgeklinkt von der *MSS Thomas Alva Edison* am 30. Juni 1986. Mein Gott, wie lange ist das her.«

»Noch keine zwei Tage«, sagte Jerome.

»Ja«, sagte Harness mit einem bitteren Lachen. Er klemmte mit dem Armstumpf die Liste auf der Tischplatte fest, strich mit einem Bleistiftstummel säuberlich ihre Namen durch und schrieb Ziffern dahinter.

»Kann einer von euch beiden Linsen schleifen?« fragte er. Steve und Jerome blickten einander ratlos an.

»N-nein, Sir«, sagte Steve.

»Das dachte ich mir. Sie hätten mir eine Brille schleifen müssen, meine Augen lassen in letzter Zeit sehr nach. Ich hoffe, Sie haben nützliche Kenntnisse in nichtmilitärischer Hinsicht, damit können Sie sich hier sehr begehrt machen. An Petrochemikern, Pipeline-Spezialisten und Geologen fehlt es allerdings nicht«, fügte er hinzu. Dann hob er den Blick und meinte: »Das Datum, das ich hinter ihre Namen auf der Liste eingetragen habe, ist nicht so fiktiv wie es den Anschein haben mag. Es ist jedenfalls realistischer als jede andere Zeitrechnung, die ich kenne, und Sie werden diese Realität möglicherweise selbst und in bitterer Weise am eigenen Leib erfahren. Sie befinden sich im Jahre 47 nach der ersten registrierten Landung. Unsere Gegner waren ein paar Jahrzehnte früher da und etwas besser ausgerüstet. Das ist unser Pech, sonst hätten wir mehr erreicht. Dies ist eine Tatsache, die man hätte vorhersehen und berücksichtigen können, wenn man nicht über die Maßen zuversichtlich gewesen wäre.«

»Dann ist alles umsonst?« fragte Jerome. »Und ein paar Milliarden Dollar und ein paar hundert Leute wurden buchstäblich zum Fenster hinausgeschmissen?«

»Es handelt sich um einige hundert Milliarden Dollar und um knapp 3000 Menschen, von denen bisher etwa 280 durch Kampfhandlungen und durch Strahlenkrankheit ums Leben gekommen sind.«

»Und wo sind die Leute alle?« fragte Steve.

»Die meisten sind nach den Bermudas gebracht worden. Vor allem Frauen und Kinder. Es gibt inzwischen eine prächtig florierende Kolonie dort. Ihre Bewohner nennen sie euphemistisch ›Atlantis‹, nach dem sagenhaften Kontinent. Es sind jetzt schon mehr als 4000 Personen, die auf eine Rückkehr in die Zukunft warten.«

»Dann stimmt es also, daß es keine Rückkehr in die Zukunft gibt«, sagte Jerome.

»Ich würde das nicht so kategorisch behaupten«, sagte der Kommandant, zog eine Schublade an seinem Schreibtisch auf, warf einen prüfenden Blick hinein und schob sie wieder zu. Er nickte. »Ruiz und Murchinson haben Sie rausgeholt, nicht wahr?«

»Rausgeholt ist gut«, sagte Jerome. »Sie haben uns ein paar Tips gegeben, das ist alles.«

»Sie dürfen den Hubschrauber unter keinen Umständen gefährden. Es ist unser letzter. Und wir haben ihn nur deshalb, weil ihn der gute alte Harry immer wieder zusammenflickt. Wenn er abgeschossen würde, könnten wir für unsere Leute, die ahnungslos vom Himmel fallen, nur noch verdammt wenig tun. Aber sie hätten Ihnen diese Information nicht geben dürfen. Der Schock ist zu groß. Wir hatten ein paar tragische Fälle, bei denen die Neuankömmlinge durchdrehten, den Sender einschalteten und sich in wüsten Beschimpfungen Luft machten. Der Rest ist dann eine Sache von Minuten. Entweder eine Atomgranate, ein Marschflugkörper mit Nuklearsprengkopf, oder drüben in Afrika steigt eine MIG auf, die ihnen sehr schnell den Garaus macht.«

»Wer sind eigentlich unsere Gegner?« fragte Steve. »Sind es Araber oder Sowjets?«

»Ein buntscheckiger Haufen. Hauptsächlich Söldner, Franzosen, Italiener, Deutsche, ein paar sogenannte Militärberater aus dem Ostblock, alle ursprünglich im Dienst der Scheiche, führen aber längst Krieg auf eigene Rechnung, treiben Handel, auch mit Sklaven. Wir nennen sie Händlersöldner, üble Typen darunter, denen ein Menschenleben nichts wert ist, aber trotzdem sind die die harmloseren Zeitgenossen. Einige arbeiten mit uns zusammen, um sich eine Passage nach Atlantis zu erkaufen. Die Schlimmeren sind die Fanatiker, vor allem die Palästinenser. Die kommen hier als Kamikazeflieger an. Die Sowjets verkaufen den Scheichen ihre alten MIG 25 und erklären sich bereit, sie samt Piloten, nach deren Ausbildung in der UdSSR, mit ihren Chronotronen in die Vergangenheit zu expedieren – gegen die entsprechenden Barrel Rohöl, versteht sich. Die Burschen hängen 50 Stunden lang mutterseelenallein unter der *Kiew* oder unter einem anderen als Hubschrauberträger getarnten Chronotron, sind in Panik und lechzen nach Blut. Dann werden sie mit Treibstoff für vier bis fünf Stunden vollgepackt und mit Raketen und Tatendrang ausgeklinkt. Die sausen hier in der Senke herum wie Hornissen und schießen auf alles, was sich bewegt, nicht selten auf ihre eigenen Landsleute, bis sie sich durch gutes Zureden dazu bewegen lassen, sich die Landeplätze auf dem afrikanischen Plateau wenigstens anzusehen, bevor sie wegen Treibstoffmangel abstürzen und sich todesmutig auf eine vermeintliche Pipeline werfen. Inzwischen haben sie ein gutes Dutzend Maschinen drüben in den Hangars, aber es werden dank unserer Flak immer weniger, und sie steigen immer seltener auf. Scheinen auch ihre Nachschubprobleme zu haben. Sie sitzen auf dem Öl und haben Treibstoffmangel. Es läuft bei denen auch nicht so, wie sie sich das vorgestellt haben.«

»Aber wie war diese Niederlage möglich?« fragte Jerome.

»Niederlage? In der Tat. Aber in einem anderen Sinn«, meinte der Kommandant. »Nun, Major Bannister, ich habe sehr viel Zeit gehabt, darüber nachzugrübeln. Sie kommen frisch aus der Zukunft und denken in dieser Hinsicht in ganz anderen Kategorien. Ich bin schon zu lange hier, um mich noch in solche

Dinge hineinfinden zu können. Ich habe zu viel gesehen. Ich würde es so sagen: Der Glaube an den Dollar und die unbegrenzte Machbarkeit des Möglichen ist ebenso ein Hirngespinst wie die Hohlwelttheorie. Wer vom Zinsfuß von gestern auf die Zukunft spekulieren will, ist um kein Haar besser als der Spinner, der von schiefgetretenen Absätzen und abgelatschten Schuhspitzen auf einen Weltinnenraum schließen will. Wer glaubt, daß sich die Wirklichkeit seinen Ideen anpassen muß, der scheitert. Entweder er geht kaputt oder die Wirklichkeit – oder beide.«

Eine Frau etwa Mitte vierzig in einem einfachen Kleid mit bunten Stickereien kam herein mit einem Holztablett und drei Gläsern, in denen schmale, hübsch geschnitzte Holzlöffel steckten, an denen eine weißliche rohgummiartige Masse klebte, und einem Glaskrug, in dem sich eine trübe Flüssigkeit befand. Sie stellte vor Steve, Jerome und den Kommandanten Gläser hin und den Glaskrug dazwischen.

»Das ist Nina«, sagte Harness. »Sie ist dageblieben und sorgt für uns.«

Die Frau nickte Steve und Jerome freundlich zu und ging wieder hinaus, ohne ein Wort zu sagen. Harness goß ihnen ein.

»Was ist das?« fragte Steve neugierig und deutete auf sein Glas.

»Das ist Melasse mit Zitronensaft und Wasser«, sagte der Kommandant. »Wir versuchen mit den einheimischen Produkten zurechtzukommen.« Er lächelte. »Habe ich Ihre dringendsten Fragen beantworten können?«

»Ja«, sagte Steve und nippte an seinem Glas. Das Getränk hatte einen leicht süßsauren Geschmack und war sehr erfrischend. »Aber was meinten Sie mit der Wirklichkeit, die zerstört würde.«

Der Kommandant zögerte, rieb sich mit dem Armstumpf das Kinn und sagte: »Es ist sicher fahrlässig gehandelt worden. Es hätte niemand in die Vergangenheit geschickt werden dürfen, bevor nicht experimentell sichergestellt worden war, daß man die Versuchspersonen auch zurückholen konnte. Man hat dies alles jedoch in gutem Glauben getan. Logischerweise, denn was hätte das ganze Unternehmen für einen Sinn, wenn man das Öl nicht in die Zukunft holen könnte – und die Leute, die mit dem Coup beschäftigt sind. Allen Einwänden wurde mit dem Argument begegnet, irgendwann in der Zukunft werde das Problem lösbar sein, wie man bisher mit jedem Problem fertiggeworden ist. Ein Wechsel auf die Zukunft, wie es bei den Fortschrittsoptimisten schon immer gang und gäbe war. Doch irgendwann muß dieser Wechsel geplatzt sein. Die Techniker hier haben für den technischen Aspekt des Problems natürlich eine plausible Erklärung. Sie behaupten, daß beim umgekehrten Vorgang auch so etwas Ähnliches wie Streubreiten auftreten. Die Energie, mit der zugegriffen wird, läßt sich nicht auf einen Zeitpunkt konzentrieren. Sie verzettelt sich über einen großen Zeitraum hinweg und entlädt sich in Unwettern, die ständig über der Zugriffszone toben. Aber die Massen, welche die Wissenschaftler dort aufgestellt haben, rühren sich nicht von der Stelle. Nun sind sich aber die Fachleute darüber einig, daß dieses Problem prinzipiell lösbar ist. Ich habe keine Ahnung, was ihnen diese Sicherheit gibt. Wenn sich aber noch immer keine Energieblase um die Masse gelegt und sie in die Zukunft gerissen hat, so kann das nur bedeuten, daß die USA nicht ausreichend Zeit dazu haben, um dieses Problem zu lösen.«

»Wie ist das zu verstehen?« fragte Jerome irritiert.

»Nun, das ist der springende Punkt. Das ist genau das, was ich unter Zerstörung der Wirklichkeit verstehe. Sie verändern ständig die Geschichte durch irgendwelche Aktionen und Gegenaktionen, ohne daß sie es merken. Nur wir hier in der Vergangenheit stellen mit Bestürzung fest, daß wir aus ganz verschiedenen Zukünften stammen.«

»Der Vertrag von Miami«, sagte Steve aufs Geratewohl.

»Das ist Murchinsons Zukunft«, nickte der Kommandant. »Die USA haben Florida nie von den Spaniern erworben, sondern Fidel Castro hat es im Vertrag von Miami im Juli 1969 an den Kaiser von Mexiko verkauft – oder besser gesagt, an die Pemex, das größte Erdölimperium zwischen dem Mississippi und dem Rio de la Plata. Maximilian V. ist nur die Galionsfigur. Es ist höchst interessant, sich mit Murchinson darüber zu unterhalten. Und so gibt es eine Jerome Bannister-Zukunft, die identisch ist mit der Steve Stanley-Zukunft, dagegen eine ganz andersartige Howard Harness-Zukunft, wie ich sie kenne und *erlebt* habe.«

»Und wie sieht die aus?« fragte Jerome mißtrauisch.

»In Ihrer Zukunft dürfte der Staat Israel das Gebiet zwischen Nil und Euphrat kontrollieren.«

»Das ist etwas übertrieben«, sagte Steve, »aber das Gebiet zwischen Mitla-Paß und den Golan-Höhen.«

»Als ich aus dem Jahr 1989 hierherkam, hörte ich zum ersten Mal etwas von einem Staat Israel. Leute, die sehr früh ausgeklinkt wurden wie Sie, berichteten davon. Mir dagegen hat man in der Schule von den aufsehenerregenden und rätselhaften Zionistenmorden vor der Jahrhundertwende erzählt, dem Mord an Leo Pinsker 1882 in Odessa, an Theodor Herzl 1896 in Paris und 1897 an Baron von Hirsch-Gereuth und dem Brandanschlag auf den Zionistenkongreß in Basel im gleichen Jahr; von den grausamen Palästina-Massakern im Zweiten Weltkrieg durch arabische Freischärler, die auf deutscher Seite in Afrika und im Vorderen Orient kämpften. Seit dem Heiligen Vertrag von Medina liegt zwischen dem Altantischen und dem Indischen Ozean, zwischen der Bucht von Aleppo und dem Golf von Aden eines der mächtigsten Staatsgebilde der Erde: die Vereinigten Nationalarabischen Republiken.«

»Eine wahnwitzige Vorstellung«, sagte Jerome, und es klang, als schnüre sie ihm die Brust zusammen.

»Nein, eine geschichtliche Realität. Eine von vielen. Um so erstaunter war ich, als hier ein Kontingent hervorragend ausgerüsteter Elitetruppen eintraf. Sie stammten aus dem Jahr 1992 und behaupteten, der Staat Israel habe neben der Sechsten Flotte den Hauptanteil beim Schutz der Südflanke der NATO. Das war vor fast zwanzig Jahren. Diese Isarelis lieferten den Arabern eine erbitterte Schlacht um Gibraltar, bis die ihre Drohung wahr machten und die Meerenge in die Luft sprengten.«

»Es ist also wahr«, sagte Steve.

»Ja. Sie haben ein mächtiges Loch gesprengt, das sich allmählich erweitert. Sie haben damit eines der beeindruckendsten Naturschauspiele geschaffen, einen 400 m hohen Katarakt, über den mehr als hundertmal so viel Wasser herabstürzt wie über die Niagarafälle. Aber der Meeresspiegel steigt kaum einen Meter im Jahr. Es dürfte noch tausend Jahre dauern, ehe das Mittelmeer vollgelaufen ist. Wir werden uns keine nassen Füße mehr holen.«

»Wird die Festung aufgegeben?« fragte Jerome.

»Vorläufig noch nicht. Aber es können nicht mehr viele Gruppen unterwegs sein. Höchstens noch ein oder zwei von den allerersten von 1986. Sie hatten die größten Streubreiten. Die späteren – die letzten stammen aus dem Herbst 1996 – lagen alle ziemlich genau in der Mitte des Zielzeitraums. Die Treffsicherheit hatte sich verbessert.«

Moses und seine Gruppe, schoß es Steve durch den Kopf. Ob sie noch unterwegs war?

»Im Herbst 1996 hören auch die Materiallieferungen auf. Wir haben nie einen Container gefunden, der später auf die Reise geschickt wurde.«

»Dann wurde das Projekt wahrscheinlich eingestellt, weil es ein Fehlschlag war«, meinte Jerome und trank sein Glas aus.

Er will es nicht wahrhaben, sagte sich Steve. Sie können es nie bemerkt haben, daß es einer war, weil die Rückkopplung fehlt. Nur wir könnten es ihnen sagen. Nur wir wissen, daß die Zukunft in Bewegung geraten ist, immer neue Varianten gebiert. Aber warum hat das niemand in Rechnung gestellt, niemand vorhergesehen? Sie haben die Wirklichkeit in Stücke gesprengt. Nun fliegen die Zukünfte auseinander wie Galaxien. Selbst wenn sie je in die Zukunft zurückkehrten, welche war ihre Heimatgalaxis? Vielleicht lag hierin der Grund, warum das Chronotron nur in einer Richtung funktionierte, die prinzipielle Schwierigkeit, die den Fachleuchten entgangen war.

»Es ist durchaus möglich«, sagte der Kommandant und blickte Jerome fest an, als wolle er ihn auf seinem Platz festbannen, damit die Erkenntnis, die gleich über ihn hereinbrechen würde, ihn nicht hinwegfegte, »daß es nach dem Herbst 1996 die Vereinigten Staaten von Amerika nicht mehr gibt.« Sie traf ihn wie ein Hieb. Harness taxierte Jerome wie ein Boxer, der seinen Gegner auf die Bretter geschickt hat.

»Das ist eine reine Spekulation«, warf sich Steve dazwischen. Er war plötzlich sehr durstig und trank hastig sein Glas leer, spürte, wie der Geschmack der Zitrone seinen Gaumen zusammenzog.

»Zugegeben«, sagte der Kommandant, während er die Gläser wieder füllte, »wenn auch eine von überwältigender Wahrscheinlichkeit. Die USA scheinen etwas glücklos im Poker um die Zukunft gewesen zu sein. Wir sind mit etwas zu großem Dünkel an die Sache herangegangen, das hat uns leichtsinnig gemacht. Jetzt haben wir unser letztes Hemd verspielt.«

Jerome starrte schweigend geradeaus. Seine Augen waren vor Entsetzen geweitet. Steve folgte seinem Blick. An der Wand hing ein aufwendiger, schon etwas vergilbter und von Fliegendreck heimgesuchter Kalender der Pemex für das Jahr 1992, darauf war eine Landkarte von Nordamerika abgebildet. Das Staatsgebiet der USA reichte von Maine im Norden bis Georgia, Alabama und Mississippi im Süden ohne Zugang zum Golf. Jenseits des Flusses begann eine riesige mit abblätternder Goldfarbe unterlegte Fläche, die bis zum Pazifik und weit nach Süden reichte: das Kaiserreich Mexico. Links oben prangte das pompöse Wappen der Habsburger, rechts das noch pompösere der Ölfirma.

Steve bemerkte, daß er die grob zurechtgehobelten hölzernen Armlehnen seines Stuhls umklammert hielt, als säße er in einem Schleudersitz, der im nächsten Sekundenbruchteil hinauskatapultiert würde. Behutsam ausatmend ließ er sich zurücksinken.

»Kehren wir in unsere gemeinsame Gegenwart zurück«, sagte der Kommandant. »Wir haben heute den 26. Juli. Das Datum haben unsere Amateurastronomen errechnet. Es ist jetzt ...« – er blickte auf seine Armbanduhr – »sechzehn Uhr zwölf. Wenn Sie bitte Ihre Uhren danach richten. Dies nur der Ordnung halber, auf die wir hier weder verzichten können, noch verzichten möchten.« Jerome und Steve stellten gehorsam ihre Armbanduhren. »Sie müssen sie übrigens jede Nacht um elf Uhr achtundfünfzig auf Mitternacht stellen. Der Tag ist etwa zwei Minuten kürzer als bei unserer gewohnten Zeitrechnung. Die Erde dreht sich noch etwas schneller. Gezeitenreibung, Sie verstehen.«

Irgendwo tuckerte ein Dieselmotor, und sein metallener Herzschlag durchpulste die nachmittägliche Stille, die nur dann und wann von einem Prasseln und einem rauhen krächzenden Ruf im Sprechfunkgerät unterbrochen wurde.

»Da wir beim besten Willen keine militärische Organisation mehr darstellen, möchte ich Ihnen keine Befehle erteilen. Wir sind etwa dreißig Leute hier, dazu kommen noch etwa 50 Eingeborene, die von ihren beiden Stammeshäuptlingen kommandiert werden. Goodluck haben Sie kennengelernt; Blizzard werden Sie noch kennenlernen. Einige der Leute wie Murchinson und Ruiz, sollten dringend vom Außendienst abgelöst werden. Sie tun beide schon mehr als sechs Jahre Dienst auf dem Horchposten, das heißt, sie müssen ständig auf dem Sprung sein, auch wenn es Monate dauert, bis die nächste Gruppe eintrifft. Wenn ein Materialisationsknall zu hören ist, müssen sie mit den Neuankömmlingen sofort Kontakt aufnehmen, sie warnen und aus dem Landegebiet herauslotsen, bevor die Scheiche sie erwischen. Sie sind beide strahlenkrank, weil sie sich zuviel in heißen Bereichen aufgehalten haben. Wir haben nur unzureichende Schutzmittel.

Sie beide haben sich für fünf Jahre verpflichtet. Von dieser Verpflichtung sind Sie in Anbetracht der veränderten Umstände selbstverständlich entbunden. Ich möchte Sie aber bitten, uns zu unterstützen, die armen Teufel, die ahnungslos vom Himmel fallen, dort unten rauszuholen und hierherzubringen. Das läuft nicht immer so glimpflich ab wie in Ihrem Fall, das möchte ich gleich jetzt betonen. Oft benötigen sie dringend medizinische Hilfe, um die es bei uns ohnehin schlecht bestellt ist. Sie werden auch manchmal zu spät kommen und sich vergeblich der Gefahr ausgesetzt haben. Überlegen Sie es sich. Im Spätsommer, bevor die Herbststürme einsetzen, kommt alljährlich ein Schiff über den Atlantik. Es steht Ihnen frei, es zu benutzen und beim Aufbau von Atlantis mitzuhelfen. Das Leben dort ist mit Sicherheit leichter und erheblich vergnüglicher als hier.«

»Ich bleibe«, sagte Jerome.

»Sie brauchen sich nicht Hals über Kopf zu entscheiden«, sagte Harness.

»Da gibt es nichts zu entscheiden«, sagte Steve.

»Ihren Jeep, Treibstoffvorräte, Waffen und Munition muß ich beschlagnahmen. Die Nahrungsmittel stiften Sie freiwillig. Wir veranstalten, wenn jemand heil und glücklich angelangt ist, eine Art ... äh ... Heimatabend, an dem es Konserven zu essen gibt. Erinnerungen an die Zukunft sozusagen. Nicht daß unsere Kost hier schlecht wäre, ganz im Gegenteil, aber es hat sich nun mal so eingebürgert.

Ihre Kleidung und Ihre persönlichen Dinge dürfen Sie natürlich behalten. Ihre Stiefel sind Gold wert. Lassen Sie sich nicht übers Ohr hauen. Legen Sie sich bequemere Kleidung zu, wie sie das Klima hier erfordert. Die meisten tragen Shorts wie ich oder einen Burnus. Es gibt ein paar Leute hier, die mit atlantidischem Tuch handeln. Es ist inzwischen von bemerkenswerter Qualität.

Geld haben wir nicht. Wir tauschen. Diese Art des Handels bewegt die Menschen dazu, sich auf handwerkliche Fähigkeiten zu besinnen und sie zu entwickeln, sich den Kopf zu zerbrechen und allerlei nützliche Dinge auszudenken. Sie können auch mit den Händlersöldnern feilschen und Navy-Güter erwerben, die sie aus unseren Nachschubcontainern gestohlen haben. Nur Waffen und Munition an sie zu verkaufen, ist bei Todesstrafe verboten. Am besten, Sie machen ...«

»Heh!« schrie eine Stimme von der Tür her. »Glaubt dem alten Howard kein Wort. Er geht mit geborgten Zukünften hausieren und hört sich gern reden.«

Steve drehte sich indigniert um. Auf der Schwelle stand ein kleiner, etwa siebzigjähriger Mann. Er war völlig kahl, und sein runzliges Gesicht war tief gebräunt und über und über mit Altersflecken übersät. Er hatte seinen zahnlosen Mund weit zu einem lautlosen Greisenlachen geöffnet, so daß man das hellrosa Fleisch seiner nackten Kiefer erkennen konnte, und wischte sich die Hände immer wieder an seinem fleckigen, durchlöcherten T-Shirt ab. »Ich bin gerannt wie ein Boisei, hinter dem die Knirpse her sind, als Ruiz mir sagte, wer angekommen ist«, krähte er begeistert und kam auf sie zugeeilt. »Jerome!« rief er und schloß ihn in die Arme. Tränen stiegen ihm in die hellblauen Augen und liefen ihm die Wangen herab. Jerome stand stocksteif und etwas peinlich berührt da. »Kennst du denn deinen alten Freund Harald Olsen nicht mehr?«

»Hal?!«

Gnädiger Gott! dachte Steve und stand da wie ein Stier, den die Axt des Schlachters zwischen die Augen getroffen hat. Es ist erst vier Tage her, daß wir beisammensaßen, und er war noch keine dreißig. Die Starre war noch nicht von ihm gewichen, als die abgezehrten Greisenarme sich um ihn schlossen und er die magere nasse Wange an der seinen fühlte und die greinende Stimme sagen hörte: »Daß ich das noch erleben durfte! Wie habe ich auf euch gewartet. Mein Gott, wie habe ich auf euch gewartet die vielen Jahre!« Da überkam Steve ein Begreifen, das ihm bis dahin versagt geblieben war. Er wußte mit einem Mal, was *Zeit* bedeutet.

»Wie haben wir immer nach euch Ausschau gehalten. Bei jedem Wetter sind wir losgefahren, und wenn noch so viele Ölknechte sich unten im Landegebiet herumtrieben. Wir dachten, ihr müßtet doch längst da sein, seid doch auch vor uns abgesegelt. Ihr habt euch vielleicht Zeit gelassen! Wir waren so ziemlich mit den ersten hier. Abgesehen von den Scheichen natürlich, aber das war damals noch nicht so schlimm. Ab und zu ein paar Kamelreiter, ab und zu eine MIG, die hier herumsauste, nicht besonders aufregend. Sie warfen noch keine Atomgranaten, wollten uns lebendig, für irgendwelche Schauprozesse in der Zukunft. Bis sie auch langsam dahinterkamen, daß sie verschaukelt worden waren. Da ließen sie ihren Zorn an uns aus, und es wurde schlimm. Das waren schwere Zeiten, bis Salomon die Knirpse abgerichtet hatte und wir uns ein wenig sicherer fühlen konnten.«

Sie hatten sich rasiert und geduscht und umgezogen und

saßen im Freien unter dem dichten Blattwerk von Kastanien am Rande einer Überdachung. Die Sonne war untergegangen. Es roch nach Holzfeuer, dessen Rauch talwärts zog. Es hatte für alle anderen Konserven und für Jerome und Steve eine warme Mahlzeit gegeben, die sie gemeinsam mit dem Kommandanten, etwa zehn weiteren Leuten aus der Festung und einem halben Dutzend von Goodlucks Kriegern in der Kantinenbaracke eingenommen hatten. Die Knirpse, wie die sand- bis rötlichfarbenen »unrasierten« Gentlemen genannt wurden, waren versessen auf Konserven und Leberpastete. »Kein Wunder«, hatte Harness erläutert, »sie essen mit Vorliebe die Leber ihrer getöteten Gegner.« Steve war beinahe das Stück Ziegenfleisch, das er eben runterschlucken wollte, im Hals steckengeblieben. »Wundern Sie sich nicht. Das sind alles Kannibalen. Wir haben alles mögliche versucht, es ihnen abzugewöhnen. Ohne Erfolg. Wir konnten sie nur davon überzeugen, daß es lohnender ist, seinen Gegner am Leben zu lassen und zu verkaufen.«

»Dann unterstützt die Navy hier den Sklavenhandel?« fragte Jerome entsetzt.

»Nennen Sie es wie Sie's wollen«, sagte der Kommandant. »Es ist die einzige indirekte Möglichkeit des Gefangenenaustauschs. Unsere Gegner lehnen jeden direkten Kontakt ab.« »Ihr dürft euch nicht vorstellen, daß sie die Leichen ihrer Gegner angeschleppt bringen, damit sie hier in der Kantine zubereitet werden«, sagte der alte Harald kichernd. »Das machen sie ganz unter sich, bleiben dann einige Tage verschwunden. Und irgendwo prankt dann an einem Schädelbaum, die man da und dort an ihren heiligen Plätzen findet, ein neuer Kopf. Ja, Jerome, es herrschen rauhe Sitten hier.«

Dann hatten sie sich ins Freie gesetzt und Hal und ein anderer Alter, der einen zerschmetterten Fuß hatte und an einer Krücke ging, brachten einen Krug mit einem undefinierbaren Gebräu, das nach vergorenem Honig und Kräutern schmeckte. »Das ist Met«, versicherte Harald, »das köstlichste Getränk, das wir hier produzieren.« Jerome warf ihm einen grämlichen Blick zu und dachte mit Wehmut an die Dose Bier, die er vor vier Tagen achtlos durch die Kehle hatte rinnen lassen. Doch allmählich freundeten sie sich mit dem leicht berauschenden Gebräu an.

Es war inzwischen fast dunkel geworden, und der alte Trucy, oder Elmer mit dem kaputten Bein, wie er genannt wurde, klebte eine dicke Kerze aus Bienenwachs auf die Platte des roh gezimmerten Tischs. »Wir sind hier sicher«, sagte er, als er Steves fragenden Blick bemerkte. »So sicher wie in Abrahams Schoß.«

»Und was ist aus den anderen geworden?« fragte Jerome. »Aus Paul und Salomon? Und wo ist Moses?«

»Ach, wo soll ich anfangen?« sagte Harald. »Das sind schon so lange Geschichten. Ist mehr als vierzig Jahre her. Moses ist oben im Norden, dort, wo später die Schweiz ist. Er züchtet Kamele. Früher kam er jedes Jahr herunter, um Tiere und Felle zu verkaufen, jetzt schickt er seine Söhne. Er selbst muß ja schon über achtzig sein. Er hat eine Frau genommen, als er noch Jäger war, und die ist mit ihm gegangen. Er hat ein paar Boisei abgerichtet, die für ihn arbeiten. Er ist immer gut mit diesen Burschen ausgekommen, hat sie auf seinen Streifzügen durch die Rhône-Schlucht und in den Seealpen kennengelernt, wo sie zurückgezogen leben.«

»Boisei?«

»Ja, die größeren Brüder der Knirpse, der Anthropus Africanus Boisei, zottige Kerle mit rotem oder schwarzem Fell, bis zwei Meter groß. Sehen wild aus mit ihren flachen Quadratschädeln, sind aber sanft wie Lämmchen und tun keiner Fliege was zuleide. Sie sind Pflanzenfresser, leben hauptsächlich von Bananen und Beeren und so ein Zeug. Die Knirpse werden sie bald völlig verdrängt und eines Tages ausgerottet haben, denn die können sie partout nicht ausstehen. Schon der Geruch eines Boisei macht einen Knirps blutrünstig, dabei sind die Riesen völlig harmlos, eben ein bißchen bekloppt und schwer von Begriff, aber ich hab' sie immer sehr gemocht.«

»Und was ist mit Paul Loorey?«

»Der ist vor ein paar Jahren rübergegangen nach Atlantis. Er ist noch recht rührig für sein Alter. Wollte sich die Sache erst einmal aus der Nähe ansehen, bevor er sich endgültig zur Ruhe setzte, aber es scheint so, als hätte es ihm drüben gefallen. Die auf den Bermudas waren lange Zeit ein lahmer, herumflennender Haufen, der wie gebannt auf die Testmassen in der Zugriffzone starrte und schon Schadenersatzforderungen an die Navy aufsetzte, aber seit etwa fünfzehn Jahren haben ein paar clevere Burschen da drüben das Heft in die Hand genommen. Versuchen die Leute zu begeistern mit ihrer Parole ›Wir bauen Atlantis‹ und machen seither schwer auf Zivilisation, sind dabei eine neue Stadt zu bauen, bilden Handwerker aus, haben eigene Münzen geprägt und liefern uns sogar schon Zeug herüber: Stoffe, Gläser, Papier, Haushaltsgeräte, Werkzeuge, alles mögliche. Ja, und das wollte sich Paul erst mal ansehen, bevor er sich entscheidet. Viele von uns wollen nämlich gar nicht rüber, was Elmer? Wir sind froh, uns alle Zivilisation abgewöhnt zu haben. Wir haben hier gelebt wie ein Haufen Wilder und uns daran gewöhnt. Was sollen wir noch?«

Die Kerze flackerte und malte geisterhafte Schatten in die Gesichter der beiden Greise, daß sie einen Moment lang wie Totenschädel aussahen. Steve fröstelte. Das Wasser des Bachs war eisig gewesen, und die Kälte hatte in Sekundenschnelle an seinen Schienbeinen genagt. Er umfaßte den Holzbecher und trank ihn leer. Elmer goß nach.

»Und Salomon Singer?« fragte Jerome.

»Das ist die traurigste und lustigste Geschichte zugleich«, sagte Harald. »Der hat es doch tatsächlich fertiggebracht, ein Verhältnis zu den Knirpsen zu finden. Am Anfang haben ihn alle ausgelacht, aber er hat sich nicht beirren lassen, und bald ist den anderen das Lachen vergangen.«

»Auf jeden Fall hat er es als erster gewagt, eines ihrer Weibchen zu beschlafen«, kicherte Elmer und lehnte seine Krücke an die Tischkante. »Von hinten natürlich, wie sie's gewohnt sind. Sie können nämlich schrecklich beißen, wenn sie die Lust packt. Und einen Geruch haben die manchmal, der ist atemberaubend, was Hal?«

»Ja, er hielt es für wichtig, um in den Clan aufgenommen zu werden. Er hat die Knirpse ja monatelang beobachtet, ihnen jede Geste abgeguckt, ließ sich nicht abschütteln und saß ihnen wie eine Klette im Pelz. Ein paarmal haben sie ihn so übel zugerichtet, daß wir dachten, wir brächten ihn nicht mehr durch. Aus Fehlern lernt man, hat er gesagt und ist wieder losgezogen. Und eines Tages hatte er es geschafft. Er wurde von Goodlucks Vater, wir nannten ihn Lazarus, in den Clan aufgenommen.«

»Wenn man von Vater sprechen kann«, warf Elmer ein. »Die pflegen ihre Weibchen reihum zu befriedigen.«

»Und dabei war die Reihe auch an Salomon. Der Häuptling bestand darauf, auch wenn er dem Weibchen erst gut zureden mußte. Und Richard mußte wohl oder übel, sonst wäre die Arbeit von Monaten umsonst gewesen.«

Jerome bog sich vor Lachen.

Steve versuchte vergeblich, sich das immer etwas traurige Gesicht Singers mit der sorgenvoll gerunzelten Stirn vorzustellen, das über die pelzige Schulter eines Affenmenschenweibchens blickt, während er aus sozusagen rein wissenschaftlichem Interesse eine Kopulation vollzieht.

»Und irgendwie scheint er dabei auf den Urquell der Lust gestoßen zu sein, denn er konnte nicht mehr von den sanftäugigen Geschöpfen lassen, mit ihren eisenharten Muskeln unter seidenweichem Fell. Die Weibchen waren übrigens auch begeistert, ganz scharf waren sie auf ihn, saßen nächtelang winselnd auf der Schwelle der Schlafbaracke und griffen jedem zwischen die Beine, der zum Pinkeln wollte. Die Männer hatten natürlich auch nichts dagegen. Da waren oft Orgien im Gange, Junge, Junge«, kicherte Harald.

»Die Krieger hatten natürlich einiges dagegen, und es gab gelegentlich Reibereien. Die Weibchen liefen öfters mit blutigen Nasen herum. Aber Salomon hatte den Häuptling fest in der Hand. Der alte haarige Teufel hatte bald heraus, daß es bei uns einiges zu erben gab an Knowhow, regelmäßigen Mahlzeiten, Ausrüstung, Bewaffnung und so weiter, was ihm eine himmelhohe Überlegenheit über die anderen Clans zwischen dem Atlas und den Sümpfen des Rhône-Deltas verschaffte. Er hätte eher eigenhändig einem von seinen Söhnen den Kopf abgeschlagen als Salomon einen Wunsch.

Salomon steckte die jungen Männer des Stamms, die der alte

Lazarus abkommandiert und seinem Befehl unterstellt hatte, in Khakishorts und drillte sie wie auf dem Kasernenhof. ›Erectus! Erectus!‹ brüllte er und gerbte ihnen mit einem Rohrstock das Fell, daß es staubte, wenn sie sich auf alle viere niederließen und das Gewehr achtlos nachschleiften, ›ihr wollt Vertreter des Pitecanthropus erectus sein und lauft auf allen vieren?‹ Und bald hatten die Burschen kapiert, um was es ging. Sie sind ja unglaublich intelligent und ahmen jede Bewegung nach, die man macht, auch solche, die sie besser nicht lernen würden, und mit ihren Sinnen sind sie geradezu ideal geeignet, die Gegend zu überwachen. Sie sind unsichtbar und allgegenwärtig, und wenn drüben in Afrika ein Scheich auch nur hustet, haben sie ihn schon im Zielfernrohr. Daran sind diese Ölknechte aber auch selber schuld. Sie haben am Anfang in ihrer Blödheit regelrechte Treibjagden auf die Knirpse veranstaltet und sie mit Brandbomben aus ihren angestammten Jagdgebieten vertrieben, bis an den Schädelbäumen immer mehr braune und weiße Köpfe auftauchten.

Am Anfang war unsere Hauptaufgabe, den Knirpsen klarzumachen, daß zwischen denen da drüben und uns ein etwa ebenso herzliches Einvernehmen besteht wie zwischen ihnen und den Boisei. Daß die drüben die Schlechten waren, hatten sie selbst bewiesen. Wir gaben uns alle Mühe, die Guten zu sein.

Aber eines Tages gab es so eine Art Palastrevolution. Der alte Lazarus hatte eine recht häßliche Schußwunde im Bauch und lag im Sterben, und Goodluck führte plötzlich das Kommando über den Stamm. Und irgendeiner muß geglaubt haben, ungestraft bei Salomon eine alte Rechnung begleichen zu können. Wahrscheinlich war er eifersüchtig auf ihn, weil sein Lieblingsweibchen zu oft um die Schlafbaracke herumstrich und seine Liebesdienste verschmähte. Er hatte Salomon bei dem Durcheinander die Kehle durchgebissen.

Nun wollte unser altes Arschloch, unser Sechs-Sterne-Walton, es genau wissen.«

»Was? Captain Walton ist auch hier?« fragte Steve erstaunt.

»*War* hier. Ist nicht mehr. Gott sei Dank. War eine schlimme

Zeit, solange der Kommandant war«, sagte Harald. »Der machte genau zu dem Zeitpunkt, da das Verhältnis zu den Eingeborenen am gespanntesten war, aus der Geschichte einen Fall für die Militärgerichtsbarkeit, ließ das Kerlchen verhaften, das Salomon getötet hatte, und vor ein Kriegsgericht stellen. Der Junge gab seine Tat unumwunden und ahnungslos zu, denn für ihn war das nichts anderes als ein Zweikampf gewesen, aus dem er als Sieger hervorgegangen war. Walton ließ alle Waffen einsammeln – aber natürlich wußte längst kein Mensch mehr, wieviele Gewehre die Knirpse sich unter den Nagel gerissen hatten – und stellte ein Erschießungskommando zusammen. Als sich ein paar Leute aus der Festung weigerten, bei diesem Irrsinn mitzumachen, brüllte er herum: Disziplinlosigkeit, Befehlsverweigerung und drohte mit weiteren Erschießungen, wenn man ihm nicht gehorche. Als er bei uns Alten, die wir schon seit mehr als zehn Jahren hier waren, bevor der Lackaffe auftauchte, auf Ablehnung und Befremden stieß, glaubte er, ein Exempel statuieren zu müssen. Er nahm seine Maschinenpistole und schoß den verurteilten ›Mörder‹ eigenhändig über den Haufen, der überhaupt nicht begriff, was der Captain von ihm wollte. In der Nacht drauf waren sämtliche Knirpse aus der Festung verschwunden – und mit ihnen der Sechs-Sterne-Walton. Ich glaube kaum, daß irgend jemand aus Goodlucks Stamm auch nur einen Bissen von diesem fiesen Typ gegessen hat, aber er blieb spurlos verschwunden. Kein Hahn krähte nach ihm. Ein paar Wochen später tauchte an einem Schädelbaum oben auf der Hochebene ein frischer Kopf auf, der entfernte Ähnlichkeit mit dem Kopf unseres verdienten Navy-Offiziers hatte, aber es war nicht mit Sicherheit festzustellen, ob es tatsächlich der vom Sechs-Sterne-Walton war, denn die Geier waren schon dagewesen. Wie dem auch sei, er dürfte keinen leichten Tod gehabt haben.«

Die Nachtluft war kühl. Ein Knirps, der von der Wache zurückgekehrt war, hatte sich zu ihnen gesetzt und hörte schweigend aber aufmerksam zu. Die flackernde Kerzenflamme spiegelte sich in seinen Augen. Seine breite Nase weitete sich, als er sich die Witterung der Neuankömmlinge einprägte.

»Es hat uns viel Überredungskünste und eine Menge Geschenke gekostet, bis Goodluck sich versöhnt zeigte.«

Der Affenmensch hielt den rechten Zeigefinger in die Kerzenflamme. Die Haare auf der Oberseite begannen zu glimmen, und es roch nach versengtem Fell. Er zog den Finger zurück und schnupperte daran, dann steckte er ihn in den Mund.

»Unter Walton wurden doch tatsächlich etwa zwanzig Kilometer Pipeline ins tunesische Schelf hineingebaut. Das hat ihn innerhalb von drei Monaten siebzig Menschenleben gekostet, aber das war ihm gleichgültig. Er wollte das Projekt erzwingen, obwohl er sah, daß das meiste Material nur noch Schrott war, entweder in Jahrzehnten des Herumliegens verrottet oder durch die Söldnertrupps unbrauchbar gemacht. Sie hieß ›Walton's Deadline‹, und die Scheiche haben sie geradezu mit Hingabe bepflastert und ausradiert.«

Durchs Blattwerk der Kastanie blinzelten Sterne. Der Krug war geleert.

»Ich bin ins Erzählen gekommen«, sagte Harald und gähnte. »Ich muß morgen vor Tagesanbruch die Kamele satteln und für den Markt beladen. Wenn ihr wollt, könnt ihr mitkommen. Ihr seid in zwölf oder vierzehn Tagen wieder zurück.«

»Wir haben dem Kommandanten zugesagt, Ruiz und Murchinson abzulösen, um die nächsten Landegruppen rauszuholen.«

»Glaubt ihr, die fallen herunter wie die reifen Äpfel. Wahrscheinlich wird es Wochen oder Monate dauern, bis die nächste eintrifft. Selbst in den besten Zeiten kamen im Monat zwei, höchstens drei. Es sind nicht mehr viele unterwegs.«

»Ich bleibe lieber hier«, sagte Jerome.

»Gut, ich komme mit«, sagte Steve.

»Ich werde dich wecken«, sagte Harald.

Elmer mit dem kaputten Bein sammelte die Holzbecher ein und steckte sie in den Krug. Er nahm seine Krücke. »Gute Nacht«, sagte er. Leuchtkäfer blinkten wie perfekt gleichgeschaltete Pulsare ihre rätselhaften Lichtbotschaften aus den Galaxien des Mikrokosmos.

»Gute Nacht«, sagte der Affenmensch und berührte mit den Fingerspitzen der rechten Hand rasch und flüchtig ihre Stirnen, bevor er in der Dunkelheit verschwand.

»Wo schläft er?« fragte Jerome.

»Er hat seinen Schlafplatz in den Bäumen«, sagte Elmer und deutete mit der Krücke unbestimmt nach oben. »So ist er es gewohnt.« Er humpelte davon.

Als Steve sich auf seinem Feldbett unter den Decken verkroch, lag die *USS Thomas Alva Edison* bereits Lichtjahre entfernter hinter ihm als der Sirius. Er dachte an den smarten Offizier, der ihn in Miami am Flughafen erwartet hatte, und die Vorstellung, seinen Kopf auf einen Schädelbaum gespießt zu sehen, verschaffte ihm ein gewisses Gefühl der Befriedigung. Dafür schämte er sich, aber kurz darauf war er eingeschlafen und lag eingebettet in Goodlucks Welt wie ein Meteorstein, der nach einem endlosen Fall durch die Tiefen des Alls durch eine günstige Konstellation in einem fremden Schwerefeld zur Ruhe gekommen ist und seine ihm zugewiesene Bahn zieht.

Die dunkle Barke

Über ihnen graute der Morgen. Unter den Dächern der Festung war es noch stockfinstere Nacht. Steve stolperte schlaftrunken an Haralds Seite dahin, stetig bergauf.

Dann hörte er leise Stimmen, das Schnauben der Tiere, roch ihren Dung und ihre Ausdünstung. Schatten im Halbdunkel, das Knirschen von Lederzeug, beruhigende Rufe, das Stampfen von Hufen auf hartem Boden. Wasser plätscherte; feuchte, schwabbelnde Wassersäcke aus Fell über Sattel gewuchtet und festgezurrt; das Klappern von Waffen. Irgend jemand reichte ihm eine Tonschale mit heißem Pfefferminztee, dessen intensiver Geruch ihn augenblicklich belebte, er sog ihn tief ein, schlürfte in kleinen Schlucken die Flüssigkeit.

Als sie oben im Tal die Festung verließen, wurde es bereits Tag. Der Zenit war mit dünnen lachsfarbenen Fähnchen beflaggt. Im Zickzack ging es auf Saumpfaden hinauf aufs Hochplateau. Im Westen lagen die bewaldeten Höhen von San Antioco und San Pietro, benannt nach Heiligen, die noch tief im Schoß der Geschichte ruhten, dahinter die dunstigen Tiefen der Balearensenke, das wachsende Meer.

Die zwölf Lastkamele hatten vor allem Wassersäcke geladen, Waffen und Munition. Außer Steve und Harald waren noch sechs Männer dabei und vier Knirpse, zwei aus Blizzards und zwei aus Goodlucks Clan. Sie gingen zu Fuß durch Korkeichenwälder, die morgendliche Luft war erfüllt vom Duft der Myrten und des Oleanders, der hier oben weiß, rot und rosafarben blühte und größtenteils schon verblüht war. Mit gleichmäßigen Schritten bewegten sich die Kamele in ihrer seltsam steifbeinigen Anmut und schlafwandlerischen Sicherheit über den von knorrigen Wurzeln geäderten Felsboden.

Steve hatte Hunger, aber es dauerte lange, bis die erste Rast eingelegt wurde. Er aß einen Streifen getrockneten Fleisches, eine Handvoll getrockneter Datteln und trank den herben ungezuckerten Pfefferminztee.

Während die Sonne hoch stand, rasteten sie lange, die Tiere waren abgesattelt und weideten in der Nähe mit zusammengebundenen Beinen. Dann ging es weiter, ständig nach Norden, am Monte Linas vorbei. An seinem Fuß schlugen sie das Nachtlager auf, erreichten am übernächsten Abend einen Fluß, der eines Tages Tirso heißen würde, und lagerten an seinem Ufer; aßen Forellen, die man an Stecken über dem Feuer briet.

Am sechsten Tag hatten sie das Vorgebirge von Asinara erreicht und begannen mit dem Abstieg in die Senke. Unter ihnen lag das wachsende Meer. Am Abend hatten sie sein Ufer erreicht und hörten seine Wellen. Sie brachen sich in halbertrunkenen Wäldern. In der kristallklaren Tiefe waren die überfluteten Vorberge zu sehen, deren Bäume sich bereits in das geisterhafte Weiß ihres Todes hüllten, während Seevögel kreischend auf den letzten herausragenden Wipfeln bäumend sich um die Beute stritten. Sie ritten am Ufer entlang weiter nach Norden, bis es tiefe Nacht war. Dann schlugen sie in einer Bucht ihr Lager auf und lauschten auf See hinaus, von wo die Barke kommen sollte.

Ein paar der Männer hatten tagsüber Schnecken am Weg gesammelt. Nun wurden sie in kochendes Wasser geworfen, dann brach man Dornen von einem Zweig und holte mit ihnen die zarten, fad schmeckenden Eingeweide heraus, um sie zu verzehren. Dazu gab es Lamponi, eine süße wilde Zwiebel, die in Massen überall auf dem felsigen Boden wuchs.

Mitten in der Nacht wachte Steve plötzlich auf, weil er gehört zu haben glaubte, daß die Männer das Lager auf einen höheren Ort verlegten, da das Wasser rasch anstieg. Doch alle schliefen, bis auf zwei Knirpse, die am niedergebrannten Feuer hockten, das zwischen den aufgeschichteten Steinen verglomm. Sie blickten ihn schweigend an.

Die Wasser waren schwarz. Die flache Dünung verlor sich in Farnen und niedrigem Gehölz. Die ertrunkenen Bäume hatten sich zum Sterben in größere Tiefen zurückgezogen, die kein Vogelruf mehr erreichte. Kühler Salzhauch und der Geruch von

Weite, darüber ein Halbmond dicht überm Horizont, der eine schmale zitternde Bahn ins Ungewisse zeichnete.

Später träumte Steve, als farbenprächtiger lodernder Flammenvogel durch die Wälder der Tiefe zu stürmen, mit heißem Flügelschlag die bleichen Baumskelette entzündend, wie ein Irrwisch Funken verstiebend. Doch dann merkte er, daß sein Schrei ungehört verhallte, das salzige Wasser alle Glut erstickte, und ringsum alles Feuer erstarb.

Kurz vor dem Morgengrauen waren Rufe zu hören. Steve wachte auf und blickte aufs Wasser hinaus, sah in unregelmäßigen Abständen ein Licht blinken. Harald antwortete, indem er das Licht einer Laterne mit seinem breitkrempigen Lederhut kurzzeitig verhängte und wieder freigab. Steve buchstabierte mit. Es war ein Kode. Harald stülpte den Hut, der ihm das verwegene Flair eines betagten Räuberhauptmanns verlieh, wieder auf den Kopf und sagte: »Ich habe ihnen durchgegeben, daß die Luft rein ist.« Steve bemerkte, daß die Männer ausgeschwärmt waren und die vorgesehene Anlegestelle gegen Land hin sicherten.

Es wurde allmählich heller, aber so sehr Steve seine Augen auch anstrengte, er konnte auf dem Wasser kein Schiff entdecken, obwohl er ganz deutlich von See her in einiger Entfernung das Meckern von Ziegen hören konnte. Dann – plötzlich, wie in einem Vexierbild – sprang ihm die Kontur des Fahrzeugs ins Auge, das sich im Frühdunst abzuheben begann. Es war nicht verwunderlich, daß er es nicht früher hatte ausmachen können, denn Bordwand und Aufbauten, Rah und Mast waren mit dunkelblauer, fast schwarzer Farbe gestrichen, und auch das Segel hatte man mit Indigo schwarzblau gefärbt. Er hatte noch nie einen so tristen Kahn gesehen, ein flacher plumper Segler von nur geringem Tiefgang mit einem primitiven Lateinsegel an einem kurzen Mast. Das Segel wurde eben gerefft und die Rah niedergeholt; langsam glitt das Schiff aufs Ufer zu. Rufe gingen hin und her.

Es ist das Gefährt über den Acheron, sagte sich Steve. Warum haben sie es so scheußlich dunkel gestrichen?

»Schön ist es zwar nicht«, sagte Harald, als hätte er die stumme

Frage gehört, »aber ungeheuer praktisch. Es ist auch bei Tag aus der Luft nicht auszumachen; selbst mit Radar nicht, weil es ganz aus Holz ist. Die Scheiche haben uns schon zwei davon zerschossen. Wir haben daraus gelernt.« Er nickte grimmig. »Ja, es ist häßlich«, räumte er dann ein. »Aber hast du eine Ahnung, wieviel Leute von der Navy was von Schiffbau verstehen? Ich hab's auch nicht für möglich gehalten. Niemand! Ein paar Zimmerleute, die eigentlich Baracken aufschlagen sollten, haben das Ding zusammengenagelt. Und wir lassen es uns nicht mehr kaputtmachen. Deshalb die Tarnfarbe.«

Taue wurden ans Ufer geworfen und an Bäumen vertäut, Planken über die Bordwand geschoben. Die Besatzung war in dunkle Burnusse gekleidet, trug Kopftücher und Turbane in Schwarz und Dunkelblau. Fracht und Passagiere waren unter einem schwarzen Sonnensegel verborgen.

»Sie macht regelmäßig ihre Tour und legt so ziemlich genau alle neunzig Tage hier an. Verbindet uns mit den Stützpunkten in Spanien, von denen wir Lebensmittel und vor allem Schlachtvieh beziehen. Sonst müßten wir es durch die Sümpfe des Rhône-Deltas treiben. Bringt auch die Leute mit, die von Atlantis kommen, und nimmt die mit, die hinüberwollen, im Herbst.«

Bezinfässer rollten polternd über die Planken; etwa zwei Dutzend gezähmte Wildziegen wurden einzeln von Bord gezerrt und wieder zusammengebunden, Körbe mit gepreßten Datteln und Bündel getrockneter Fische ans Ufer geschleppt; Wassersäcke, die am Abend vorher am Bach frisch gefüllt worden waren, an Bord getragen, um das Schiff für seine lange Reise über die tausend Kilometer bis zur Mündung des Almanzora auszurüsten. Bei widrigen Winden brauchte die Barke bis zu fünfunddreißig Tage für die Entfernung, einen Monat unter einem gnadenlosen Himmel, gegen den meist aus West wehenden Wind kreuzend und gegen die Strömung des durch die Straße von Gibraltar hereinschießenden Wassers ankämpfend, die südlich der Balearen allmählich spürbar und immer stärker wurde, je weiter man nach Westen vordrang.

Ein paar finstere Gestalten gingen von Bord, ehemalige Söldner. Sie hatten im Rhône-Tal gejagt und trugen Packen mit

Boisei-Fellen auf den Schultern. Die anwesenden Knirpse witterten die Häute und wurden unruhig.

»Die würde ich lieber hier unten lassen«, rief Harald ihnen zu und deutete auf die Felle. »Wenn einer von Moses Söhnen auf dem Markt ist, dann könnt ihr ganz schön Ärger kriegen. Und er ist der einzige, der euch Reit- und Packtiere verkaufen kann. Also seid vernünftig.«

Die drei Jäger tauschten unschlüssige Blicke, dann warfen sie ihre Fellbündel auf den Boden.

»Könnt ihr uns keine Tiere verkaufen?« fragte einer.

»Was wollt ihr mit dem Zeug?« fragte Harald und deutete verächtlich auf die staubigen rotzottigen Felle.

»Die Scheiche zahlen einen guten Preis dafür.«

»Und mit was wollt ihr die Kamele bezahlen?«

»Wir haben auch Tigerfelle und -zähne. Die bringen in Atlantis jedes Jahr mehr.«

»Darüber ließe sich reden«, brummte Harald. Steve wußte inzwischen, daß von den Bermudas keine Almosen zu erwarten waren. Schon die Verbindung über den Atlantik kostete eine Menge wertvollen Treibstoffs und stellte eine großzügige Geste dar. Die Vorräte, die die Navy drüben in die Vergangenheit geschickt hatten, waren zwar groß, aber nicht unerschöpflich. In der Westsenke war das Dieselöl inzwischen eine Rarität, weil die meisten Container von den Söldnern aufgespürt und sinnlos in die Luft gejagt worden waren oder auf dem Grund des Meeres lagen. Die Fahrzeuge wurden nur noch in außergewöhnlichen Situationen verwendet, wenn es um die Rettung von Menschenleben oder die Verteidigung der Festung ging. Wenn sie Treibstoff von Atlantis bezogen, mußten sie ihn bezahlen, wie alle Güter und Handelswaren. Die junge Kolonie hatte nichts zu verschenken.

»Platz da!« hörte Steve jemand rufen. Er wandte sich um – und erblickte Blizzard, der mit der Barke aus dem Norden heruntergekommen war. Man konnte ihn schwerlich als ›Knirps‹ bezeichnen. Er war ein ungewöhnlich großes Exemplar seiner Rasse und hatte ein seidiges, fast weißes Fell. Seine imposante äußere Erscheinung und seine gemessenen Bewegungen gaben ihm etwas aristokratisches. Er strahlte Würde aus. War Goodluck ein stolzer Krieger, ein kampferprobter Häuptling, Blizzard war ein Fürst. Seine hellgrauen Augen blickten feinsinnig und unnachsichtig, mit ihnen herrschte er schweigend und gebieterisch. Auch über Menschen gebot er; sie unterwarfen sich ihm unbewußt. Mit der Sicherheit eines Grandseigneurs diktierte er das Protokoll, legte er die Hackordnung fest. Niemand in der Festung wäre sehr überrascht gewesen, hätte man ihn eines Tages hinter Harness' Schreibtisch gesehen, mit ruhigen Gesten die Operationen leitend. Seine Weibchen – fünf oder sechs gehörten zu seiner ständigen Begleitung – waren um sein leibliches und seelisches Wohl besorgt. Sie beteten ihn geradezu an. Sie rissen sich darum, seinem gepflegten Fell noch mehr Pflege angedeihen zu lassen, ihm Leckerbissen in den Mund zu schieben und ihm bei der leisesten Regung von Lust willfährig zu sein.

Er ging von Bord wie ein Pascha mit seinem Gefolge und begrüßte die Anwesenden mit einem huldvollen Neigen des Kopfes. Unwillkürlich neigte ihn auch Steve.

Der »Markt« lag eine halbe Tagesreise östlich der Anlegestelle auf einem Berggipfel, der rundum weit ins Tiefland Aussicht bot. Hier trafen sich auf »neutralem« Territorium Festungsleute, Händlersöldner, Jäger und ehemalige Angehörige von Landungsgruppen, die ihren Dienst in der Festung quittiert hatten und nun versuchten, wie Moses irgendwo in der Wildnis Südeuropas eine eigene Existenz aufzubauen. Hier tauschten sie ihre Produkte aus: Felle, Leder und Lederwaren, Gebrauchsgüter aus Atlantis oder aus geplünderten Navy-Containern, Tiere der Wildnis, die sie zu zähmen oder zu züchten versucht hatten. Das Angebot war erbärmlich und rührend zugleich und erinnerte Steve an Weihnachtsmärkte, auf denen Kinder für einen guten Zweck Selbstgebasteltes anbieten – nur war hier der Zweck das Überleben und ein wenig Luxus und Behaglichkeit, das dieses mühsam gehaltene Leben lebenswert machte.

Steve staunte über die Vielfalt von Häuten und Fellen, welche die Jäger anboten.

»Wer braucht all diese Pelze?« fragte er Harald.

»Damit tauschen wir drüben alles ein, was wir brauchen.«

»Aber auf den Bermudas ist es doch das ganze Jahr über warm.«

»Das spielt keine Rolle. Das ist eine reine Prestigefrage. Große Mode – und unser Glück«, kicherte er. »Dem wir gelegentlich etwas nachhelfen«, versicherte er augenzwinkernd, »indem unsere Händler drüben pelzverbrämt auftreten wie russische Großfürsten. Sie machen die Preise im Schweiße ihres Angesichts.«

Plötzlich fiel Steve ein junger Mann auf, der ganz so aussah, wie der Moses, den er vor knapp zehn Tagen gekannt hatte.

»Das ist Ruben, einer von Moses Söhnen. Der zweitälteste. Er hat die einjährigen Hengste zum Verkauf heruntergebracht. Moses selber ist schon zu alt für den langen Ritt aus dem Tessin bis hierher. Und der Bursche, der da drüben bei den Tieren hockt, ist ein ausgewachsener Boisei.«

Zum ersten Mal in seinem Leben sah Steve einen dieser scheuen harmlosen Affenmenschen, von denen er schon soviel gehört hatte. Es war ein Männchen von gut zwei Meter Größe, breitschultrig wie ein Orang Utan, mit fliehender Stirn, einem Scheitelkamm, rostrotem zottigen Fell und großen, dunklen, ängstlich blickenden Augen. Er war als Treiber in Begleitung des jungen Calahan gekommen, kauerte bei den angepflockten Jungkamelen und aß friedlich eine Handvoll wilder Zwiebel, die er mit behutsamen, fast zärtlichen Bewegungen seiner Riesenpranken schälte, bevor er sie ins Maul schob.

In dem Moment entdeckte ihn ein Krieger aus Blizzards Eskorte. Der Knirps fletschte die Zähne, ließ sich auf alle viere nieder und schlich lautlos näher. Sein Jagdinstinkt war erwacht. Der Boisei bemerkte ihn erst, als es zu spät war. Er heulte auf, weil er sah, daß er in der Falle saß, und versuchte vergeblich, zwischen den Beinen der Kamele hindurch zu entkommen, doch der Knirps hatte ihn bereits an seinen Zottelohren gepackt. Er riß ihm mit brutaler Gewalt den Kopf nach unten und versetzte ihm mit seinen klaubenbewehrten Füßen ein paar

Hiebe gegen die Rippen. Blut begann zu fließen. Die Kamele scheuten und trippelten aufgeregt mit zusammengebundenen Beinen hin und her. Der Boisei kreischte vor Angst und urinierte.

Steve stand starr vor Schreck und wußte nicht, was er unternehmen sollte. Der Grund der wilden Rauferei war ihm schleierhaft, denn der zottige Riese konnte den Knirps doch wahrhaft nicht provoziert haben.

Aber da war schon Ruben heran, der nun seinerseits den Knirps bei den Ohren packte und dessen Kopf zurückriß, damit der Hals des Boisei außer Reichweite der Zähne des Kleinen war. Dabei geriet der Knirps in den Urinstrahl des Großen und heulte auf, als ob er verletzt worden wäre. Ruben ließ los und wich ein paar Schritte zurück. Der Kleine wischte sich heftig die Brust, als wollte er die Flecken auf seinem sandfarbenen Fell austilgen. Er war außer sich vor Wut und duckte sich zum Sprung, schnellte aus dem Stand zwei Meter durch die Luft und hätte Ruben mit seinen scharfen dunklen Zehenklauen, die wie braune Glasscherben blitzten, im Unterleib und mit seinen spitzigen Zähnen am Hals erwischt, wenn dieser sich ihm nicht entgegengeworfen und einen mörderischen Faustschlag auf die flache Nase versetzt hätte. Der Knirps machte einen halben Salto rückwärts und stürzte rücklings zu Boden. Der Schlag hätte einen Bullen gefällt, der Bursche aber raffte sich blitzschnell wieder auf, war behend wie eine Katze sofort auf den Beinen und duckte sich. Ruben ging in Boxerstellung. Der Knirps erwartete deshalb, erneut mit einem Faustschlag abgewehrt zu werden, und versuchte Ruben auszutricksen. Diesmal sprang er höher, um mit den Klauen der Hinterhände an den Hals seines Gegners heranzukommen. Ruben aber wich unerwartet einen Schritt zurück und versetzte dem Knirps, als die geballte Ladung Muskeln mit hochgereckten Armen und gespreizten, nach vorn gestreckten Beinen auf ihn zugeflogen kam, einen fürchterlichen Tritt in die Hoden. Der Knirps stürzte zu Boden, krümmte sich zusammen und verlor die Besinnung, kam aber in erstaunlich kurzer Zeit wieder zu sich und war, bevor Steve es sich versah, erneut auf den Beinen.

Ruben, den eine der gefährlichen, mit Steinen messerscharf geschliffenen Klauen am Oberarm gestreift hatte und der ziemlich stark blutete, kehrte ihm den Rücken zu und war eben dabei, den verängstigten Boisei und die Kamele zu beruhigen. Steve stieß einen Warnschrei aus, doch Ruben hörte ihn in dem Durcheinander offenbar nicht, denn er zeigte keine Reaktion. Steve war drauf und dran, sich von hinten auf das vermaledeite Biest zu werfen, um einen hinterhältigen Angriff zu verhindern, als etwas Seltsames geschah. Der Knirps ging seelenruhig auf Ruben zu und sagte: »Ist das deiner?«, indem er mit einer Kopfbewegung auf den Boisei wies, der sofort wieder erschrocken die Augen rollte.

Als Ruben wortlos nickte, sagte er: »Sorry«, tippte mit dem Finger auf das blutdurchtränkte Hemd über Rubens Schulterwunde, leckte den Finger ab und trottete davon, als wäre nicht das geringste geschehen.

»Warum sind die beiden Rassen so erbost aufeinander?« fragte Steve später den jungen Calahan, als sie im Schatten eines Binsendaches saßen und warteten, bis die am Spieß gebratene Ziege gar wurde.

Ruben, der mit seinem abstehenden dichten Kraushaar aussah, als hätte er ein großes, von Webervögeln geflochtenes Nest auf dem Kopf, hob die frisch verbundene Schulter.

»Sie haben ein rätselhaftes Verhältnis zueinander. Die Boisei wittern die Knirpse normalerweise auf eine Meile Entfernung und machen sich buchstäblich naß vor Angst. Sie sind nicht zu halten. Und sperrt man sie ein, werden sie verrückt und geraten in Raserei vor Panik. Die Knirpse weiden sich an dieser Angst, überlisten sie mit ihren Tricks, denn weitaus schlauer sind sie ja, und quälen diese harmlosen Tölpel grausam zu Tode. Dann fressen sie sie auf, wie sie es oft mit ihren Gegnern machen. Aber ich habe auch schon gesehen, daß sie Boisei feierlich aufbahrten, mit Blumen bestreuten und Steine darüber häuften, wie sie es nur mit ihren beliebtesten Stammesführern tun. In den Bergen bei uns gibt es einige dieser Begräbnisplätze. Irgendwie scheinen die Knirpse sie bei allem Haß zu verehren. Sie spüren, daß sie näher mit ihnen verwandt sind als mit allen anderen Lebewesen, daß sie ihre Vorfahren sind, und gleichzeitig fühlen sie das Ungenügen, das mangelnde Überlebensvermögen. Das scheint sie besonders herauszufordern. Und die liebenswerten Dümmlinge haben gegen die gewitzten Teufel nicht die geringste Chance, obwohl sie ihnen an Körperkraft überlegen sind. Sie tappen in jede Falle, die ihnen gestellt wird, rennen in jedes Messer, das die Kleinen bereithalten. Eines Tages werden sie die Boisei verdrängt und ausgerottet haben. Wir haben alles mögliche unternommen, ihnen den Rücken zu stärken und ihnen mehr Selbstachtung zu geben, aber mit einem Knirps konfrontiert, versagen sie völlig. Das scheint ihr Schicksal zu sein. Vielleicht ist es ihre Ernährung. Ziemlich sicher sogar. Sie essen kein Fleisch, haben eine fast heilige Scheu davor.«

»Daraus hätte sich das Menschengeschlecht nicht entwickeln können«, sagte Steve. »Dazu bedurfte es des Killeraffen, kaltblütig, unberechenbar und erbarmungslos.«

»Sie sind noch nicht lange da«, sagte Ruben. »Wir haben die Zukunft vor uns. Es liegt alles noch in unserer Hand.«

Steve schüttelte entschieden den Kopf. Wir sind nicht mehr als ein Mund voll Wasser, den du ins Meer speist, dachte er bei sich. Er bewirkt nichts. Doch er sagte es nicht laut.

Auf dem Ritt nach Hause schlug das Wetter um. Die Berggipfel hüllten sich in Wolken. Es wurde kühl und begann zu regnen, einen feinen, aber unablässigen Regen, der lautlos herabsank und alles durchnäßte.

Die Lagerfeuer qualmten, aber wärmten nicht mehr. Die Nächte waren klamm, die Tage verhangen. Der Wald, luftig und lichtdurchschossen auf dem Weg nach Norden, war nun düster und nebelig. Die Wipfel kämmten die tiefhängenden Wolken aus und schüttelten das Naß in die Farne. Das glänzende Fell der Tiere war von der Nässe stumpf und struppig, ihre Flanken wirkten eingefallen. Ihr Hufschlag klang dumpf auf feuchtem Moos und Polstern abgefallener Piniennadeln. Die Stimmung war gedrückt; sie ließ Mensch und Tier verstummen.

Gebirgsbäche, aus denen vor wenigen Tagen mit den Ledereimern kaum genug Wasser zu schöpfen war, brausten nun zu Tal, um sich durch steile Schluchten in die Westsenke zu stürzen, rissen Steine mit sich und entwurzelten Bäume. Immer wieder kam es vor, daß eines der Tiere beim Durchqueren der tosenden Wasser den Halt verlor, unter verkeilte Baumstämme gedrückt wurde und zu ertrinken drohte. Bis zu den Hüften standen die Männer im Wasser, um sie mit Seilen herauszuzerren und hochzuhieven.

Am leichtesten hatten es die Knirpse. Sie balancierten leichtfüßig auf umgestürzten Bäumen über die Furten oder schwangen sich hangelnd von Ast zu Ast, Gewehr und Ausrüstung über Brust und Rücken gehängt. Das nasse Gesichtsfell ließ ihre Mienen tieftraurig erscheinen, als wären sie beisammengesessen und hätten bitterlich geweint. Doch ihre Augen sprühten Munterkeit und dann und wann einen Funken Spott über soviel Ungeschicklichkeit ihrer fernen Nachfahren.

Obwohl sie alle hundemüde waren, konnten sie nachts nicht schlafen, und Harald bellte sich die Seele aus dem Leib, so hatte er sich in dem eisigen Gebirgswasser erkältet.

Einmal querten sie frische Kamelspuren, zuweilen die von wilden Ziegen. Sie begegneten niemand. Das Land war weit und leer. Es gehörte den Bäumen und den Vögeln.

Sie erreichten die Festung am späten Nachmittag. Unter den bepflanzten Röhrendächern war es dunkler denn je. Irgend jemand hatte auf dem Sattelplatz ein Feuer angezündet und trockene Tücher bereit gelegt. Die Ankömmlinge nahmen sie dankbar zur Hand und rieben sich ab, denn alle waren sie durchgefroren und seit Tagen in nassen Kleidern.

Steve trocknete sich Haar und Gesicht mit einem gewärmten Handtuch, das ihm jemand reichte, und trank eine Holzschale heißen duftenden Tee von frischer Pfefferminze. Dann half er beim Absatteln und Abreiben der Tiere, die sich vor Müdigkeit kaum noch auf den Beinen halten konnten. Er nahm einen Armvoll trockene Eichenblätter, die nach der Sonnenwärme eines milden Herbsttags rochen, und rieb sie einem jungen

Kamelhengst ins nasse Fell, der mit zitternden Flanken dastand und lustlos an einem Büschel Heu schnupperte.

Der Bach schäumte zu Tal; von weiter unten war der Motor einer Planierraupe zu hören.

Die Traglasten, die ins Magazin befördert werden mußten, wurden verteilt. Steve ließ sich einen der glitschigen Lederballen, in den Trockenfleisch eingenäht war, auf die Schultern wuchten. Er krallte sich mit den Fingern in die groben Nähte, damit ihm die Last nicht entglitt. So wankte er den Fußpfad hinab zu den Baracken im mittleren Bereich der Festung. Die Wärme des Tees und der Anstrengung durchströmten ihn und ließen ihn beinahe schwindeln.

Überall waren Männer mit Planierraupen und Schaufeln dabei, den Bach einzudämmen, der über die Ufer zu treten und die Baracken zu unterspülen drohte und so toste, daß man sich nur mit lauter Stimme verständigen konnte.

»Seit wir hier sind, haben wir keine derartigen Regenfälle gehabt«, sagte der Kommandant. »Das Wetter scheint doch rascher umzuschlagen, als wir bisher angenommen haben.« Er gab mit seinem Armstumpf dem Fahrer der Planierraupe ein Zeichen, der im Bachbett herumkurvte, die Raupenketten von der Flut überspült, eine Schaufel Kies aus dem Wasser hob und auf die Böschung kippte. Steve griff nach einer Schaufel, um den Männern zu helfen, den aufgeschütteten Kies zu einem niedrigen Damm zu verteilen. Dabei würde ihm am schnellsten warm werden, sagte er sich.

»Wie war's?« brüllte Jerome, ohne mit dem Schippen innezuhalten.

»Interessant«, schrie Steve zurück. »Ich habe einen von Moses' Söhnen auf dem Markt kennengelernt. Ein prächtiger Kerl. Moses soll eine stattliche Reihe solcher Burschen haben und eine Hazienda im Tessin.«

»Ein Nigger im Tessin?« Jerome lacht lauthals. »Unvorstellbar.«

»Ihm gehört praktisch die ganze Schweiz, und der Rest von Europa dazu. Nördlich der Alpen leben nur ein paar Stämme von den Boisei. Immer auf der Flucht vor den Knirpsen.«

Jerome nickte. »Ich habe davon gehört. Es war also schon

immer so. Dabei gibt es, weiß Gott, Platz genug in dieser Wildnis.«

Plötzlich warfen sie beide ihre Schaufeln weg und rannten los. Zwei Männer, die mit im Norden gewesen waren, brachten Harald angeschleppt. Er war unter seiner Traglast zusammengebrochen und hatte das Bewußtsein verloren. Sie faßen mit an und brachten ihn ins »Lazarett« hinter der Kantine.

»Zieht ihn aus«, sagte Nina, die eins der vier Betten frisch überzog. Dann brachte sie heißes Wasser aus der Küche und schüttete es in eine Feldbadewanne aus gummiertem Perlongewebe. Sie steckten Harald hinein, worauf er augenblicklich wieder zu sich kam.

»He, was soll das?« krähte er, noch etwas benommen, während Nina ihm Rücken und Kopf abseifte. »Habt ihr keinen Respekt vor einem alten Mann?« Er kniff die Augen zu, als ihm die Seife ins Gesicht rann. »Von dir hätte ich das zuletzt erwartet, Nina. Ich habe dich stets für eine anständige Person gehalten.« Sein hochrotes Gesicht tauchte über dem Rand der Wanne auf und musterte die Umstehenden mit der Bitterkeit eines Wiedertäufers, der bei seinem heiligen Geschäft beinahe selbst im Jordan ertrunken wäre. »Ich bin nicht krank«, fauchte er. »Laßt mich in Ruhe. Ich habe zu tun.«

»Du hältst den Mund, Hal, und legst dich ins Bett«, grollte Jerome. »Du hast Fieber.«

Harald blickte ihn unglücklich an. »Meinst du?«

»Das werden wir gleich feststellen«, sagte Nina. »Wir werden uns um dich kümmern. In ein paar Tagen bist du wieder auf den Beinen.«

Harald blickte mißtrauisch vom einen zum anderen, und jeder nickte ihm aufmunternd zu. Er wurde abgerubbelt und ins Bett gesteckt, ließ es mit sich geschehen und ergab sich in sein Schicksal.

Alle schauten sie bei Harald rein, um nach ihm zu sehen, auch der Kommandant, Blizzard und Goodluck, doch er schlief längst wie ein Stein vor Erschöpfung.

Nach dem Essen saßen sie dicht beieinander ums Feuer, das nicht die klamme Kälte vertreiben konnte, die alles durchdrang. Zwischen den Rohren troff das Wasser von der Decke; der Bach brauste zu Tal, eilte unerbittlich hin wie die Zeit, die für immer besiegt zu haben sie geglaubt hatten. Die Fragen und Antworten waren einsilbig. Wer im nächsten Frühling nach Atlantis gehen würde; was man sich auf dem Markt erzählt habe; wieviele der arabischen Söldner sich den Händlern angeschlossen haben mochten und auf eigene Faust Krieg führten und wieviele wohl bereit sein mochten, Frieden zu schließen und eine gemeinsame Lösung zu suchen.

Selbst die Knirpse blickten niedergeschlagen drein, die Gesichter auf ihre dunklen haarigen Fäuste gestützt. Auch sie spürten irgendwie, daß sich die Zeit neigte, etwas zerbrochen war. Die Talglichter und Öllämpchen auf den Tischen malten bizarre Schatten auf die morschen Barackenwände, von denen der Anstrich abblätterte.

Nacheinander verabschiedeten sich die Männer mit gemurmeltem Gruß und tauchten in die Dunkelheit, krochen in ihr klammes Bettzeug und ihre kärglichen Träume.

Harald ging es schlecht. Steve vermutete, daß er sich eine Lungenentzündung zugezogen habe. Jerome ging zum Kommandanten, um Antibiotika zu erbitten, doch Harness schüttelte bedauernd den Kopf.

»Seit acht Jahren haben wir keinen Container mehr mit Medikamenten aus der Senke gefischt. Und die anderen auch nicht. Sonst wären zumindest ein paar Sachen aus der Ladung auf dem Markt aufgetaucht. Die Navy wähnt uns bei bester Gesundheit. Francis ist wie immer optimistisch, und der Transport kostet Geld. Tut mir leid, Major. Wir können ihm nicht helfen. Wir müssen zusehen, daß er allein durchkommt.«

Sie wechselten sich ab, um Harald Gesellschaft zu leisten, soweit sie nicht auf Horchposten saßen, Patrouille in der Senke fuhren oder mit Arbeiten in der Festung beschäftigt waren: Steve, Jerome, Charles Murchinson, Ricardo Ruiz, ein kleiner schüchterner Mann Ende vierzig namens Leonard Rosenthal, Elmer Trucy, auf seine Krücke gestützt, stundenlang ausharrend, und natürlich Nina, die den Kranken versorgte.

Steve saß nächtelang auf einer der Pritschen im Lazarett, horchte sich geduldig die wirren Erzählungen des alten Mannes an, wachte über seinen rasselnden Atemzügen, wischte ihm den Schweiß von der leberfleckigen Stirn. Zuweilen war es ihm, als schlafe Harald nicht, sondern lausche erheitert irgendwelchen längst verwehten Dialogen der Vergangenheit, die wie Wellenschlag den Saum seines Bewußtseins berührten, das nicht mehr ganz das seine war.

Und mit einemmal überkam Steve die beklemmende Idee, daß der Tod eine Art Gedankenlosigkeit sein könnte, eine Art greisenhafte Desorientierung, die Unfähigkeit eines Bewußtseins, sich in der Zeit zurechtzufinden, nicht mehr in der Lage, sich in die Gegenwart zurückzutasten, das durch die Korridore der Vergangenheit irrte, geisterhaften Dialogen der Erinnerung lauschte, während der Leib, achtlos den Gesetzmäßigkeiten der Materie überantwortet, in den Katakomben der Zeit vermoderte, wie eine ausgebrannte Schlacke der Zukunft entgegentrieb.

Steve wischte die schwarzen Gedanken beiseite. Er war für einen Moment eingenickt, blickte auf.

Harald war wach und musterte ihn aufmerksam.

»Ich wollte dich nicht wecken, Jerome«, sagte er: »Aber nun, da du wach bist, kann ich dich ja fragen. Hast du schon mal dieses Zeichen gesehen? Ein Wimpel mit einem Kreuz, der an einer Querstange an einem Fahnenmast hängt. Und dieser Fahnenmast wird von einem Schaf gehalten, das in alberner Weise sein rechtes Vorderbeinchen darum schlingt und ihn mit der Schulter aufrecht hält.«

Steve schüttelte verständnislos den Kopf.

»Agnus Dei«, sagte Harald, hob bedeutungsvoll den Zeigefinger und entblößte in einem Lächeln seine zahnlosen Kiefer. »Das Lamm Christi, das uns errettet.«

Steve versuchte, seine Schläfrigkeit zu überwinden.

»Ich kann mich erinnern, daß ich höchst empört war, als ich dieses Zeichen zum erstenmal sah.« Harald hustete, tat ein paar rasselnde Atemzüge und fuhr fort: »Ich war noch ein kleiner Junge, ging in die zweite oder dritte Klasse. Wir hatten Osterferien, und mein Vater, der damals auf dem Kopenhagener Flugplatz Flugstunden gab und eine Reparaturwerkstatt für Privatmaschinen betrieb, nahm mich nach Deutschland mit, als er geschäftlich dort zu tun hatte. Wir waren in München, und es war ein unglaublich warmer Vorfrühlingstag mit einem blauen Himmel, wie es ihn bei uns in Dänemark kaum im Juli gibt. Die Leute saßen im Freien und tranken Bier aus riesigen Glaskrügen. Da sah ich in einer Bäckerei eine ganze Herde dieser Schafe, dieser Agnus Dei, große, mittlere, kleine, mit Staubzucker überpudert, dicht an dicht, eines blöder als das andere, und jedes hatte sein rechtes Vorderbeinchen um die Stange geschlungen, an welcher ein Wimpel mit der dänischen Flagge hing.

›Was hat das zu bedeuten?‹ fragte ich meinen Vater.

Er machte ein sehr ernstes und sehr besorgtes Gesicht und meinte: ›Sie machen sich über uns lustig, Harald. Sie wollen damit sagen, wir Dänen würden von Schafsköpfen regiert. Und vielleicht haben sie gar nicht so unrecht.‹ Er zwinkerte mir zu. Ich erinnerte mich später, daß ich den Schalk in seinen Augen sah, ihn aber nicht zu deuten wußte. Nie hatte ich am Wort meines Vaters gezweifelt. Ich war zutiefst ergrimmt, und mein Verhältnis zu den Deutschen war jahrelang ziemlich getrübt.« Harald kicherte, und seine Heiterkeit löste erneut einen quälenden Hustenanfall aus. Sein Gesicht war erhitzt, und Tränen standen ihm in den Augen von der Anstrengung.

Er redet im Fieber, sagte sich Steve, als er ihm das Kissen schüttelte und wieder in den Rücken stopfte.

»Und weißt du, Jerome, wo ich dieses Zeichen wiedergesehen habe?« sagte Harald und blickte Steve prüfend an. *»Hier!«*

»Hier?« fragte Steve und wußte nicht so recht, wie weit er sich auf die Phantasien einlassen sollte. Harald schien völlig wach und bei Sinnen, auch wenn er ihn mit Jerome verwechselte, aber es mochte nach so langer Zeit das Namensgedächtnis sein, das ihn im Stich ließ. Er hatte die Augen zu schmalen Schlitzen zusammengepreßt, und mit seinem spitzbübischen Lächeln wirkte er wie der greise Henry Miller, von der hübschen Reporterin nach seinen Tagen in Clichy befragt.

»Ja, hier!« sagte Harald. »Ich war mit dem Jeep ziemlich weit nach Südosten gefahren, auf das Gebirgsmassiv von Sizilien zu, und hatte auf einer Anhöhe angehalten, von der aus man einen weiten Ausblick in die Tyrrhennische Senke hat. Da hörte ich noch weiter im Osten einen Materialisationsknall und sah Minuten später ein Fahrzeug heranschweben, das wir in unserer Jugend vielleicht als Fliegende Untertasse bezeichnet hätten, herrlich kobaltblau lackiert und mit einer gefährlich aussehenden Kanone, die eher wie eine Kurzwellenantenne aussah und oben auf das Dach dieses merkwürdigen Fahrzeugs montiert war. Und vorn auf dem Bug war dieses Zeichen, wunderschön, in Gold auf kobaltblauem Grund, das Lämmchen mit der Fahne. Ich kurve mit dem Jeep aus der Deckung, fahre geradewegs auf das gelandete Ding zu und traue meinen Augen nicht. Kommt ein baumlanger Kerl herausgeklettert, zwei Meter und was, mit kobaltfarbenem Schutzanzug und einem Helm wie ein Astronaut, hinter dessen goldbeschichteter Scheibe man nur ganz undeutlich ein Gesicht ausmachen konnte, und auf dem Ärmel seines Anzugs wieder dieses Zeichen. Jetzt spielt noch ein Verein mit bei diesem scheußlichen Poker, denke ich, steige aus und geh auf ihn zu, die MP habe ich wohlweislich auf dem Beifahrersitz gelassen.

›He‹, sage ich, aber der Kerl versteht nicht ein Wort Englisch – von Dänisch ganz zu schweigen. Er redet in einer Sprache, die mich weit entfernt an meine Lateinstunden erinnert, aber es ist weder Latein noch Italienisch, eher so dazwischen drin. Ich werde nicht schlau aus dem Jungen, aber ich bemerke verblüfft, daß die Kanone auf dem Dach seiner Maschine mühelos jeder seiner Handbewegungen folgt. Ich habe natürlich sorgsam darauf geachtet, daß ich ihm keine Gelegenheit bot, auf mich zu deuten.

›Laser?‹ frage ich scheinheilig.

Er deutet auf eine Baumgruppe, vielleicht sechs- bis siebenhundert Meter entfernt. Die Kanone ruckt, speit Feuer, und die Bäume springen förmlich in die Luft, als das Licht sie trifft, bevor sie auflodernd zusammenstürzen.

Ich nicke bewundernd und schiele mit gemischten Gefühlen

auf das Lämmchen auf seinem Ärmel. Er radebrecht in seinem komischen Latein, und ich flehe alle Götter an, der futuristisch gewappnete Humanist möge nicht im Dienst der Scheiche stehen. Aber die Sorge erweist sich als grundlos. Nachdem ich einen Teil meiner längst verschütteten Bildung ausgegraben und meinen Scharfsinn zusammengenommen hatte, stellte sich die Sache so dar: Er sei von der Päpstlichen Mittelmeerflotte – was immer das sein mag – und habe den Auftrag, den Weg des Herrn zu bereiten – was immer das bedeuten soll. Auf jeden Fall hatten die Scheiche den Kreuzritter binnen kurzem geortet. Es war kurz nach der Schlacht um Gibraltar, und unsere afrikanischen Freunde waren um diese Zeit ganz besonders schießwütig. Sie begannen uns einzudecken, und ich machte mich schleunigst aus dem Staub, denn was hätte ich ihm nutzen können? Das Gefecht zog sich tagelang hin. Der Kobaltblaue war nicht kleinzukriegen. Er funzelte mit seiner Laserkanone die Stellungen drüben ab, bis ganz Afrika in Flammen stand. Die MIGs glühten auf wie Motten und rieselten als Asche aus dem Himmel, aber irgendwann mußten sie ihn dann doch getroffen haben, denn die Schießerei hörte auf. Sie haben ihn mit Atomschlägen eingedeckt, daß mir die Luft wegblieb in meinem Versteck. Ich habe damals eine Menge Strahlung abbekommen, mir war wochenlang übel, und ich leuchtete, daß ich im Dunklen hätte lesen können.

Ja, Jerome, so war das damals mit dem Kerl von der Päpstlichen Flotte. Irgendwie hat er mir imponiert. Er ganz allein gegen diese Übermacht, unbeirrbar. Mir kam dieses Zeichen auf einmal gar nicht mehr so albern vor, wenn du verstehst, was ich meine.«

»Ja, ich verstehe«, sagte Steve. »Sind noch weitere dieser Kreuzritter aufgetaucht?«

Aber Harald gab keine Antwort. Von einem Moment auf den anderen war er eingenickt. Sein weit geöffneter Mund atmete qualvoll.

Später kam Jerome, um ihn abzulösen. Er hatte zusammen mit Ruiz die halbe Nacht auf Horchposten gesessen, und obwohl er todmüde war, ließ er sich nicht ausreden, bei Harald

Wache zu halten. Steve ging in die Schlafbaracke und legte sich in seine Koje. Er schlief sofort ein. Kurze Zeit später – ihm war, als seien es nur ein paar Minuten gewesen – umfaßte jemand seinen Fußknöchel und rüttelte.

»Harald ist tot«, flüsterte Jerome.

»Oh, mein Gott«, sagte Steve. Er fühlte sich außerstande, aufzustehen, bis er merkte, daß Jerome weinte. »Leg dich ein bißchen hin«, sagte er zu ihm. »Ich kümmere mich um alles.«

Er stand auf. Ihn fror plötzlich, obwohl es warm war in der Baracke. Es war noch immer dunkel draußen.

»Verdammt noch mal, ich war nur einen Moment lang eingenickt«, sagte Jerome, »und als ich aufblickte, da war er bereits tot. In seinen letzten Minuten habe ich ihn allein gelassen.«

»Laß gut sein, Jerome, er hat es nicht bemerkt. Er dachte den ganzen Abend, du seist bei ihm. Er hat mich immer wieder mit deinem Namen angesprochen.«

Steve trat in die Nacht hinaus. Im Lazarett traf er Nina und Goodluck. Hatte ihn der Geruch des Todes hergelockt?

»Er ist fortgegangen«, sagte Goodluck mit seiner kehligen Stimme.

»In unserer Welt hättest du Pfarrer werden können«, sagte Nina sarkastisch zu ihm.

Harness blickte zur Tür herein. »Ich habe soeben gehört ...«

»Ja«, sagte Nina. »Wir müssen ihn waschen. Er hat sich beschmutzt.«

»Laß mich das machen«, sagte Steve leise. Er schlug das Linnen über dem Toten zusammen und nahm ihn auf die Arme. Er wog nicht mehr als ein Hündchen.

»Sieh zu«, sagte Nina zum Kommandanten, »daß Alfaro einen Sarg für ihn macht. Wir bahren ihn am besten hier auf.«

Steve ging mit seinem Bündel zum Bach hinüber. Der Tag zog herauf. Steve legte den Leichnam ins seichte Uferwasser und schlug das Linnen auf. Haralds Mund war weit geöffnet, als hätte er in einen Chor miteingestimmt, den nur noch er vernehmen konnte. Steve riß einen Streifen Stoff ab und band ihm den Kiefer hoch, bevor die Fröhlichkeit zu einem quälenden Schrei versteinerte, dann wusch er den Toten. Sein Körper schien im eisigen Wasser seine Beschaffenheit zu verändern; die bläuliche Haut fühlte sich unter seinen Händen mit einemmal an wie Metall, glatt und gerundet, starr.

»Wir werden ihn oben in der Sonne begraben«, sagte Elmer Trucy. Steve blickte auf. Er hatte den Alten nicht herankommen hören. Da stand er, das verkrüppelte Bein um die Krücke geschlungen. »Dort oben, wo die Knirpse ihre Krieger bestatten, war er am liebsten. Es ist ein schönerer Platz als der Heldenfriedhof, den Walton unterhalb der Festung hat anlegen lassen.«

Steve gab keine Antwort. Er hüllte den Toten ins klatschnasse Tuch und trug ihn ins Lazarett zurück.

Wie klein Tote sind, dachte er bei sich. Es ist, als hätten sie mit dem Leben an Größe eingebüßt.

Es hatte aufgehört zu regnen. Helles Licht brach durch die Zwischenräume in den Dächern. Über den Bergen im Osten stand die Sonne.

Tags darauf begruben sie ihn auf der Bergkuppe über der Festung, wo schon seit unvordenklichen Zeiten große Häuptlinge und Krieger ruhten unter ihren Schädelbäumen. Große Eichen wuchsen dort und stattliche Zimtbäume und Akazien. Durchs unruhig raschelnde Laubgeäst fielen Sonnenkringel auf das frisch ausgehobene Erdreich und die Gesichter der Versammelten. Alle fühlten sie die Blicke der großen Toten, die hier ruhten, auf sich gerichtet, während sie Harald in fünf Fuß Tiefe zwischen ihre Gebeine betteten. Die Luft war dunstig und das Licht wie goldener Rauch.

Der Kommandant las ein paar Worte vor, die anderen schwiegen. Blizzard stand gebeugt auf seine mächtigen Fäuste gestützt, und starrte in die Ferne.

Der schmucklose Sarg war so verschwenderisch mit Blumen überhäuft, daß das Erdreich, das ihn bedecken sollte, fast lautlos in die Grube fiel.

Der Wind wisperte im Laubwerk, und irgendwo ganz in der Nähe sang laut eine Zikade, unablässig und mit beinahe mechanischer Präzision. Die Sonne stand fast im Mittag.

Ein verlorener Haufen

Der »Horchposten« war eine Felskanzel westlich der Festung. Sie bot einen weiten Ausblick nach Süden und Südwesten hin und bestand aus einem Vorsprung, bewachsen mit niedrigem Gebüsch, das genug Deckung gegen Sicht von unten und den benachbarten Höhenzügen bot. Dahinter lag eine trockene Höhle, in der man bei schlechtem Wetter oder wenn ein feindliches Flugzeug sich am Himmel zeigte, Schutz suchen konnte. Hier befand sich auch ein Funkgerät und ein Satz Batterien, die mit Sonnenzellen aufgeladen werden konnten, sowie eine Telephonverbindung mit der Kommandantur in der Festung.

In den folgenden Wochen war Steve wiederholt mit Charles Murchinson eingeteilt, um den Posten zu besetzen. Am liebsten war ihm der Wachtdienst am Morgen, wo sich tagelang ein grandioses Schauspiel bot. Der Komet, den sie am Abend ihrer Ankunft gesehen hatten, war inzwischen über den Taghimmel gewandert und begann sich nun nach Morgen hin von der Sonne zu entfernen. Kurz vor Tagesanbruch stieg über den östlichen Bergen ein Geysir aus Licht empor, als bliese die auftauchende Sonne wie ein Wal; dann erhob sich der funkelnde Kopf des Haarsterns, während der Schweif hineinloderte in die erlöschenden Sterne, um dann selbst zu erlöschen, während das Morgenlicht den Himmel füllte. Tag für Tag ging er nun früher auf und verlor an Leuchtkraft, der Schweif verkürzte sich und allmählich verschwand die Klinge, die sie bei ihrer Landung erschreckt hatte, im weiten dunklen Gewand des Alls.

Es vergingen Monate, doch keine weitere Reisegruppe tauchte am Himmel auf. Immer wieder waren im Westen Explosionen zu hören, die von Materialisationen herrührten, aber stets waren es Rohrleitungen oder Erdbewegungsmaschinen, die ausgeklinkt wurden. Charles konnte die Sendungen am Knall identifizieren, und mit der Zeit lernte es auch Steve, doch er starrte jedesmal nervös mit dem Glas in den Dunst des Landegebiets, um auch wirklich sicher zu gehen. Charles hingegen blickte nicht einmal von seiner Lektüre auf. Er las gern, und Steve lieh ihm die Bücher, die er mitgebracht hatte.

Die Explosionen, deren Nachhall ihnen der Wind von Afrika herübertrug, waren weit zahlreicher als die am westlichen Saum der Insel in den Abwurfregionen der Navy.

»Sie kriegen wieder Nachschub«, grollte Charles. »Ich wollte, es gäbe eine Zukunft, in der die US-Navy so schlau wäre, den Halunken da drüben ein paar Atombomben direkt in den Schoß zu expedieren. Das würde uns eine Menge Ärger ersparen. Aber die Wissenschaftler unserer Navy haben sich ebensowenig die Mühe gemacht, gründlich nachzudenken, wie die von eurer NASA.«

»Was soll das heißen: ›eurer‹ NASA?«

Murchinson lachte trocken. »In unserer Zeit hat es nie eine NASA gegeben, geschweige denn eine Raumfahrt. Die USA waren ein armes Land. Sie hätten sich nie diesen Luxus leisten können. Aber sie waren ein tapferes Land. Unsere Soldaten haben den Krieg gegen Deutschland und Japan gewonnen, als Hitler die habsburgischen Stammlande besetzte und den tönernen panamesischen Koloß verhöhnte. Welche Versprechungen wurden uns von den Gesandten des Kaisers gemacht, als er uns beschwor, der allamerikanischen Allianz beizutreten, um zusammen mit den Lenin-Republiken und Großbritannien das besetzte Frankreich und Spanien zurückzuerobern, die Achsenmächte zu zerschmettern und die Japaner ins Meer zu werfen, die schon vor Los Angeles standen und Luftangriffe auf Mexico City und Pueblo flogen.

Und was war nach dem Krieg? Alles vergessen. Der Kaiser weigerte sich sogar, die Kriegsrenten für die Krüppel zu bezahlen, die für die Pemex den Kopf hingehalten hatten in Okinawa und an der Algarve. Plötzlich wurde die Einheit der ölfördernden Länder beschworen, und Maximilian machte gemeinsame Sache mit den Scheichen und mit dem Schah und dann mit den Ayatollahs. Die Erdölpreise kletterten und kletterten, und bei uns die Arbeitslosenziffern. Und so ging es weiter bis zu Carters Energiegesetzen, nach denen jeder Amerikaner, der eine 100-Watt-Birne kaufen wollte, nachweisen mußte, daß er sie zu gewerblichen Zwecken benötigte.

Was Wunder, daß wir alles auf die Trumpfkarte setzten, die dieser Fleissiger aus dem Ärmel gezaubert hatte, mit seiner fabelhaften Zeitmaschine und der Nacht- und Nebel-Aktion von ein paar Spezialeinheiten der Navy im Mittelmeer. Das war doch unsere einzige Chance, die Scheiche zur Ader zu lassen, um auch ein Stück von dem großen Kuchen zu ergattern und uns gegen die Umklammerung des Kaiserreichs zu wehren. Deshalb haben wir ja alle Mittel in dieses irrsinnige Projekt gesteckt. Wir wollten Florida haben und einen Zugang zur Bucht von Mexiko. Natürlich hätte die USA die Halbinsel Castro gern abgekauft. Vor hundert Jahren hätten sie das Stück Sumpf von den Spaniern noch für ein Butterbrot haben können, aber Castro forderte natürlich ein bißchen mehr dafür, wollte seine Insel industrialisieren, und gegen die Pemex konnte Washington natürlich nicht mitbieten. Auf unsere Dollar war noch nie jemand scharf, aber nach dem Vertrag mit Miami fiel der Kurs ins Bodenlose. Wo du als US-Bürger auf der Welt auch hinkamst, wenn du Dollar auf den Tisch gelegt hast – Naserümpfen. Tut mir leid, Mister, alles ausgebucht. Nein, auch kein Zimmer frei, alles besetzt. Nicht einmal die Schuhe putzen sie dir. Wenn du Pesos oder Dirhan hingeblättert hast – Sesam öffne dich! Und die Türen gingen auf.

Und ich weiß, wovon ich rede, mein Bester. Ich war drüben, auf der anderen Seite des Mississippi, in Texas, als Gastarbeiter, wie viele aus den Staaten, hab Baumwolle gepflückt und es als Driller bei der Pemex versucht, mit Erfolgsprämie: kein Öl, keine Pesos. Wir haben in verwanzten Baracken gehaust, und wenn du krank wurdest, haben sie dich kurzerhand rausgeschmissen. Und wenn sie dich gefeuert haben, hat sich kein Aas um dich gekümmert – außer die von der kaiserlichen Polizei natürlich. Die waren schon immer schnell mit ihren Knüppeln und Colts bei der Hand, um dir eins über den Schädel zu geben und dich auf die Heimreise zu schicken. Sie leerten dir die Taschen aus und schmissen dich in den Mississippi.

Weißt du, wie da drüben einer das Wort ›Yankee‹ aussprechen kann? Das ist, als spuckte er dir ins Gesicht. So ist das.«

In meiner Welt lag das Blatt andersherum, dachte Steve. Die Tatsachen aber waren haargenau dieselben. Doch er sagte nichts.

»Da trat dieser Captain Francis auf, der aus irgendeiner Waffenversuchsanstalt der Navy in Boston kam, und er sagte: So kann das nicht weitergehen. Dieser Meinung waren eine ganze Menge Leute, und ich auch. Mit diesem Fleissiger war auch noch ein Japaner von der Partie, an der Wunderwaffe herumzubasteln, Nobodaddy's Coffee oder so ähnlich hieß er: sein Vater war aus mexikanischer Gefangenschaft geflohen und einfach über den Mississippi geschwommen, wie Tom Sawyer und Huckleberry Finn in dem Roman von Mark Twain. Und dieses Wunderding, dieses Chronotron, funktionierte tatsächlich – wenn auch nur in einer Richtung, wie mir scheint. Aber das konnte ja damals niemand ahnen.

Schluß jetzt! sagte also dieser Francis. So geht's nicht weiter. Wir werden den Scheichen nicht länger für jedes Barrel Öl die Plattfüße küssen und dem Kaiserreich nicht länger erlauben, uns das Mississippi-Wasser wegzupumpen, um ihre Trockengebiete im Südosten zu bewässern, und uns auch noch anzuspucken, wenn wir dagegen protestieren. Wir werden den Spieß jetzt umdrehen und den Scheichen das Öl unterm Hintern wegpumpen, bevor sie sich überhaupt draufsetzen können. Wir pumpen es durchs ausgetrocknete Mittelmeer und quer durch Europa bis in die Britische See ...«

»In die Nordsee«, korrigierte ihn Steve. Charles blickte ihn verständnislos an.

»Dort wird seit einigen Jahren ein bißchen Gas und etwas Öl gefunden. Aber das wird alles mächtig hochgespielt. Sullum Voe wird zu einem riesigen Ölhafen ausgebaut, die Shetland- und Orkney-Inseln mit Raffinerien vollgepflastert, um das reich sprudelnde Gold der Britischen See aufzunehmen, zu verarbeiten und zu verschiffen. Aber jede zweite Bohrinsel zwischen dem Ekofisk und der schottischen Küste wird eine getarnte Zeitmaschine sein, die das Zeug aus der Vergangenheit heraufpumpt. In ein paar Jahren kann die Pemex samt ihrem vertrottelten Kaiser als Galionsfigur mit ihrem Öl hausieren gehen. Wir werden ihr kein Barrel mehr abnehmen. Gemeinsam mit der BP und den anderen Europäern, die nicht mit Habsburg liiert sind, werden wir in der Britischen See ungeahnte Vorräte ›erschließen‹.« Charles zuckte die Achseln. »So stellte Francis sich das vor – und ich auch, bevor ich eines Besseren belehrt wurde. Deshalb habe ich mich ja zur Navy gemeldet, um unserem Land aus dem aussichtslosen Schlamassel zu helfen. Ich war vielleicht enttäuscht, als ich hier ankam und sah, was los war. Ich hätte heulen können, Steve, als mir klar wurde, wie dilettantisch das alles aufgezogen worden war, daß das Scheitern schon einprogrammiert sein mußte.«

Sie schwiegen eine Weile. Steve mochte den kleinen agilen Mann, auch wenn er etwas Galliges an sich hatte. Er war bei aller Unduldsamkeit ein bedingungsloser Kamerad, und Steve hatte das Gefühl, daß er in ihm einen Freund gewonnen hatte. Um vom Thema abzulenken, das Charles so erhitzte, sagte Steve:

»Du hast vorhin gesagt, in dem Roman von Mark Twain seien Huckleberry Finn und Tom Sawyer über den Mississippi geschwommen.«

»Ganz richtig. Sind sie.«

»Ich glaube, meinen Mark Twain recht gut zu kennen. *Über* den Fluß sind die beiden nie geschwommen. Sie sind zu dieser Insel hinaus ...«

»Hör mal gut zu, Steve. Ich kenne meinen Mark Twain auch sehr gut, habe alle seine Bücher gelesen. Ich kenne seine Romane, seine Autobiographie und seine Reiseberichte, ich habe sein *Als Gringo quer durchs Kaiserreich,* in dem er Maximilian II. auf den Arm nimmt, ebenso gelesen wie seinen *Yankee an König Artus' Hof,* in dem er den monarchistischen Klüngel und den subalternen Klerikern der Habsburger eines auswischt.«

Steve starrte Charles entgeistert an, da dämmerte ihm die ungeheure Wahrheit.

»Wo wurde Mark Twain geboren?« fragte er.

»Das weiß doch jedes Schulkind«, sagte Charles. »In Thebes/Illinois.«

»Schon mal von der Stadt Hannibal gehört?«

Charles dachte einen Moment lang nach. Dann schüttelte er den Kopf. »Nie gehört. Vielleicht liegt das Nest irgendwo jenseits des Flusses.«

Steve nickte. »*Diesen* Mark Twain kenne ich nicht«, sagte er. »Aber wenn du *meinen* Mark Twain kennenlernen willst – ich habe eine Ausgabe seiner wichtigsten Werke in meinem Reisesack.«

Am Abend händigte er ihm das zerfledderte Exemplar einer Taschenbuchausgabe der Werke Mark Twains aus. Murchinson blieb verschwunden; den ganzen nächsten Tag sah ihn niemand im Lager. Am Morgen darauf erschien er auf der Felskanzel, wo Ricardo Ruiz und Steve auf Horchposten saßen. Er gab das Buch wortlos zurück. Er sah blaß aus, war völlig übernächtigt und sichtlich verstört.

Ihm muß zumute sein, als hätte er unversehens in einen Abgrund geblickt, dachte Steve.

Murchinson starrte lange schweigend in die Westsenke hinaus. Es ging ein scharfer Wind, scharf genug, daß er Tränen in die Augen trieb. Charles wischte sie sich aus den Augenwinkeln und sagte mit rauher Stimme: »Unglaublich.« Und nach einer Weile: »Ich wußte nicht, daß soviel verlorenging.« Dann wandte er sich mit einem Ruck um und blickte Steve in die Augen, mit einer Mischung aus Neugier und Bangigkeit, ja sogar ein wenig Furcht glaubte Steve zu entdecken.

»Ich sehe dich, Steve«, sagte er. »Sehe dein gebräuntes Gesicht, die kleinen trockenen Fältchen um die haselnußfarbenen Augen, als hättest du zuviel gelacht und zuviel in die Sonne geblickt. Ich sehe deine vollen dunklen Lippen, deine angegrauten Schläfen, die kleinen, etwas abstehenden Ohren. Du bist mir vertraut. Du bist *wirklich* und mir nah. Und dennoch bist du mir ferner als eine andere Galaxis, bist für mich irgendwie ein Monster – wie dein fremder Mark Twain. Ich wäre dir nie begegnet, wenn man mich in meiner Welt gelassen hätte. In meiner Welt bist du wahrscheinlich nie geboren worden. Wo wurdest du geboren, Steve?«

»In Los Angeles.«

»In Los Angeles«, sagte Charles und sprach den Namen der Stadt auf die harte kehlige Art der Spanier aus. »In Los Angeles werden wenige Yankees geboren. Los Angeles ist eine Stadt der Klöster und der Heiligen. Dort wurden noch in den zwanziger Jahren dieses Jahrhunderts zum Lobe Gottes Bücher und Menschen verbrannt. In Los Angeles regiert die Inquisition, herrschen die Rotkutten, die zu Gericht sitzen über die Lebendigen und die Toten und ihre Gedanken und Träume. Doch angenommen, du wärst im Los Angeles meiner Welt geboren. Was wärst du geworden? Pilot bei den Diablos des los Aereos, die in Manila die Zeit totschlagen und Napalm über den Dschungeln von Zamboanga und Basilan ausgießen, um die ungläubigen Moros auszutilgen, oder in Brasilien ›Widerstandsnester‹ der Indianer bombardieren, die den Drillern der Pemex im Weg sind, und weil man bei diesen armseligen Analphabeten angeblich aufrührerische leninistische Flugschriften aus Castros Druckereien gefunden hat?« Er wandte sich heftig ab. »Entschuldige, Steve. Ich wollte dich nicht verletzen. Es war eine schreckliche Erfahrung für mich.«

»Weshalb die Bitterkeit?« sagte Steve. »Trauerst du deiner Welt nach? Sie hat genauso wenig getaugt wie die meine.«

»Ich wollte, ich wäre in deiner Welt aufgewachsen. Sie war größer, als ich mir die vorgestellt habe, die Admiral Francis uns versprochen hat. Dabei hat dieser selbstgerechte Schwachkopf eine weit bessere verspielt – und es nicht einmal bemerkt.«

»Das liegt in der Natur chronotronischer Fraktionen«, sagte Steve. »Er hätte es nur bemerken können, wenn er hierhergekommen wäre.«

»Ich hätte ihn über den Haufen geschossen«, versicherte Charles Murchinson grimmig. »Zur Hölle hätte ich ihn geschickt.«

»Die hat er sich wahrscheinlich längst schon selbst geschaffen.«

»Was ist das für eine Hölle, die er nicht einmal bemerkt?«

Steve zuckte die Achseln. »Möglicherweise die grausamste.«

»Ich habe mich schon oft gefragt«, warf Ruiz ein, »ob die eine Zukunft die andere auslöscht, oder ob sie irgendwie nebeneinander weiterexistieren.«

»Irgendwie schon«, sagte Steve, »zumindest in unseren Erinnerungen. Ob sie in der Realität existieren, bezweifle ich. Aber wir wissen zu wenig darüber.«

»Das würde bedeuten, daß die Zukunft, wie ich sie in Erinnerung habe, mit mir stirbt«, sagte Ruiz.

Steve nickte.

»Dann sollte ich sie aufschreiben.«

»Für wen?« fragte Charles.

»Für die Goodlucks und Blizzards der nächsten fünf Millionen Jahre. Für die Nachfahren der Atlantiden.«

Charles lachte. »Laß gut sein, Ricardo. So erstrebenswert war unsere Welt nicht. Sie werden eine bessere finden.«

»Dabei könnten ihnen unsere Aufzeichnungen helfen.«

»Du unterschätzt die Zeiträume«, sagte Steve. »Zwischen diesem Tag und der Epoche, die man die ›menschliche Kultur‹ nennt, liegen unbeschreibliche Einöden, in denen der Staub der Geschichte wieder und wieder umgeschichtet werden wird. Selbst Pyramiden hielten solchen Zeitspannen nicht stand. Was also sollen ein paar Fetzen Papier, die Kunde von einer fernen Zukunft geben, die selbst uns schon unwirklich vorkommt. Lehre sie ein paar schmutzige Tricks, damit sie sich besser durchschlagen können. Das ist alles, was du ihnen auf den langen Marsch mitgeben kannst.«

Es war ein paar Wochen später – Steve war mit Jerome und Leonard Rosenthal nach Norden geritten, um die Küste zu inspizieren – da sah Steve zum ersten Mal eine Materialisation. Es war ein Bündel von einem Dutzend fünfzig Meter langer Pipeline-Rohre. Der Nachhall des Materialisationsknalls rollte an den westlichen Berghängen entlang; an beiden Enden der Ladung entfalteten sich ganze Trauben von Fallschirmen, blühten auf in frühlingshaftem Weiß, dann sank das Gebilde majestätisch herab, schlug wie in Zeitlupe auf die Meeresoberfläche, Wasserfontänen schossen empor, stiegen hoch und immer höher, fielen lautlos wieder zurück. Die Fallschirme erschlafften und breiteten sich aus, und während die Rohre langsam versanken, sammelten sie sich an beiden Enden wie

Kolonien blaßgrauer Quallen, bevor sie ihrer Last zögernd in die Tiefe folgten.

Im Frühjahr darauf war Steve mit Charles in den östlich der Festung liegenden Bergen auf Ziegenjagd. Sie trugen Stiefel und Kampfhosen, weil es in der Gegend eine Menge Schlangen gab, ärmellose Jacken aus Ziegenfell über ihren zerrissenen, ausgewaschenen T-Shirts und breite, aus Riedgras geflochtene Hüte gegen die Sonne. Sie jagten mit Bogen, um Munition zu sparen und keine ungebetenen Gäste anzulocken.

Charles hatte eine junge Ziege erwischt, aber nicht tödlich getroffen. Sie floh bergwärts, und sie kletterten ihr nach über Geröllhalden, durch Kakteendickicht und dürres dorniges Gebüsch, folgten keuchend der deutlichen Schweißspur. Dann entdeckten sie das waidwunde Tier vor sich, es war in dichten Ranken hängengeblieben und niedergebrochen; vergeblich suchte es hochzukommen, als sie sich näherten, stieß ein klägliches blökendes Meckern aus. Charles warf sich mit einem Hechtsprung auf die Ziege und zog ihr das Messer durch die Kehle. Helles Blut quoll aus der Wunde und lief ihm in einem dicken Schwall über den rechten Unterarm, mit dem er den langsam erschlaffenden Hals des sterbenden Tiers festhielt. Er hob den Kopf, Sonnenlicht fiel auf sein schmales, sonnenverbranntes Gesicht unter der breiten Hutkrempe. Er hatte Blutspritzer auf Wangen und Stirn. Er blinzelte und lächelte glücklich, wischte das Messer ab und stand auf. Steve half ihm das Tier aus den Ranken zu ziehen.

In dem Augenblick war im Süden ein Materialisationsknall zu kören. Charles fuhr herum wie von der Tarantel gestochen und suchte angestrengt den südlichen Himmel ab. Dann fiel sein Blick auf die blutbesudelten Hände und Arme. Er musterte sie entsetzt und sah Steve betroffen an. »Das ist ein schlechtes Zeichen«, keuchte er. »Oh, verflucht!« Mit hastigen Bewegungen versuchte er, sich an dem spärlichen, dünnen Gras, das zwischen den Steinen wuchs, zu säubern, doch das Blut begann bereits zu gerinnen und hing ihm in dunkler werdenden Klumpen bis an die Ellbogen.

Steve reichte ihm seinen Bogen und Köcher und hob sich die Beute auf die Schulter. Der Leichnam war noch warm und begann wieder zu bluten. Eilig machten sie sich an den Abstieg und rannten Richtung Festung.

»Gleich wird das Feuerwerk losgehen«, rief Charles.

Zehn Minuten später tauchten aus Südosten zwei MIGs auf und kreischten durch die Senke.

»Verflucht noch mal!« schrie Charles atemlos. »Und nicht ein Wölkchen am Himmel! Die armen Schweine!«

Als sie endlich die Festung erreichten, hatte Steve das Gefühl, als habe man ihm die Kehle mit Schmirgelpapier ausgerieben. Achtlos warf er die Ziege in den Staub zwischen den Baracken, riß sich den Hut vom Kopf, stülpte sich den Stahlhelm über und griff nach seiner Maschinenpistole.

»Sind Sie verletzt?« brüllte Harness.

Steve sah ihn einen Moment lang verständnislos an, bis er bemerkte, daß seine Schulter über und über vom Blut der Ziege bedeckt war. Er schüttelte nur den Kopf, weil er keinen Ton herausbrachte.

»Nehmt den Hubschrauber. Die anderen sind schon ausgerückt. Blizzards und Goodlucks Leute und jeder Mann, der abkömmlich ist. Seid vorsichtig, im Südwesten, am Wasser, sind Händlersöldner gesehen worden, mindestens ein Dutzend. Haltet euch möglichst weit südlich.«

»Wo sind sie gelandet?« fragte Charles.

»Weiß ich noch nicht. Sowie ich eine Peilung habe, gebe ich sie über Funk durch. Los!«

Sie rannten durchs Lager zum Landeplatz hinunter. Der alte Trucy war schon dabei, die Tarnung zu entfernen. Sie halfen ihm, die Maschinen startklar zu machen. Steve warf den Motor an. Zwei Minuten später stiegen sie auf und flogen dicht über die Baumwipfel hinweg Richtung Süden. In einigen Meilen Entfernung preschten die beiden MIG 25 in kurzem Abstand hintereinander Richtung Osten.

»Bleib schön unten«, sagte Charles. »Sie sind zu schnell. Bis sie uns ausmachen, sind wir kein Ziel mehr für ihre Lenkwaffen. Aber dann heißt es, einen mächtigen Haken zu schlagen und zu verschwinden, bevor sie gewendet haben und wiederkommen.«

Steve steuerte den Helikopter Richtung Südosten ins Landegebiet hinein. Weit voraus standen einige Rauchsäulen über der Senke, wahrscheinlich von Bomben. Charles, links von ihm, spähte angestrengt über die Schulter nach hinten.

»Behalte das Gelände im Auge. Ich sage dir Bescheid, wenn die Vögel wieder im Anflug sind.«

Die Stimme des Kommandanten drang aus dem Funkgerät. »Sie müssen ziemlich weit nordwestlich runtergekommen sein, noch näher am Wasser als die letzten. Hören Sie, Stanley?«

»Ich habe verstanden.« Steve korrigierte den Kurs.

»Sieh zu, daß du über hellem Grund bleibst, dann fällt das Flirren des Rotors nicht so ins Auge. Sie müssen gleich wieder da sein.«

Zwei Minuten später donnerten die beiden Überschalljäger im Tiefflug nach Westen. Diesmal noch weiter südlich.

»Schwein gehabt«, sagte Charles aufatmend. »Jetzt kann's nicht mehr weit sein.«

In dem Moment geschahen mehrere Dinge gleichzeitig. Steve glaubte voraus ein Aufblitzen wahrzunehmen, das wie Mündungsfeuer aussah. Den Bruchteil eines Augenblicks später hörte er ein helles schmetterndes *Ping* und links in seinem Gesichtsfeld trübte sich das Glas der Kanzel um einen daumennagelgroßen Einschuß, gleichzeitig färbte sich das von links in die Kanzel einfallende Licht purpurn, und das Rot wurde in Sekundenschnelle intensiver.

Steve riß instinktiv die Maschine nach rechts in extreme Schräglage und zog sie knapp über den Baumwipfeln fast auf der Stelle um 180 Grad herum.

»Was ist los?« fragte er erschrocken, als er das Steuer wieder fest in der Hand hatte, und warf einen Blick nach links, weil Charles nicht antwortete. Da sah er, daß die linke Hälfte der Kanzel über und über mit Blut besudelt war. Charles war mit weitgeöffneten Augen in seinen Gurten nach vorn gesunken, und aus seinem Hals schoß ein diffuser Blutschwall wie roter

Rauch, der das Glas der Kanzel mit Millionen funkelnder roter Tropfen bedeckte.

Steve schrie auf und verlor fast die Gewalt über die Maschine, schloß einen Moment lang die Augen und sah, wie Charles am dürren Gras seine Arme und Hände hastig von Ziegenblut säuberte. Er setzte den Helikopter halsbrecherisch auf und stellte den Motor ab, kletterte aus der Kanzel, stolperte ein paar Schritte weit, krümmte sich zusammen und übergab sich. Ein paar Minuten lang hockte er reglos da, wagte nicht, die Augen zu öffnen und sich umzublicken. Aus westlicher Richtung war Gewehrfeuer zu hören.

Dann stand er auf und ging zur Maschine zurück, löste Charles aus den Gurten, hob ihn aus dem Sitz, trug ihn ein paar Meter weit weg und bettete ihn auf den Boden. Der schreckliche Quell unter seinem linken Ohr war versiegt.

Steve riß ein paar Äste ab und tarnte die Maschine behelfsmäßig. Dann nahm er seine MP und pirschte sich Richtung Westen vor. Das Meer war nicht mehr weit, er konnte seine Kühle riechen. Nach etwa zweihundert Metern stieß er auf einen toten Knirps, es war einer von Blizzards Stamm. Gleich darauf sah er den Gleiter. Er hatte bei der Landung ein paar Bäume abrasiert und war ziemlich schwer beschädigt worden, doch er war offen, und das Fahrzeug war herausgefahren worden.

Steve sah einen Händlersöldner geduckt über die Lichtung rennen. Im gleichen Moment hämmerte eine MP, und der Mann brach getroffen zusammen.

An einen Baumstamm gepreßt, versuchte Steve, die Lage zu sondieren. Die Schüsse mußten von rechts gekommen sein, dort mußten sich die Ankömmlinge oder Leute von der Festung verschanzt haben. Von Deckung zu Deckung arbeitete er sich weiter, bis er den Rand einer weiteren Lichtung erreichte. Da sah er den Jeep. Er war umgestürzt und lag auf der rechten Seite. Die Windschutzscheibe war zerschossen und halb aus dem Fahrersitz geschleudert hing eine leblose Gestalt. Keine fünf Schritte von dem Fahrzeug entfernt lag ein weiterer Toter, beide von der Landegruppe. Der Ausrüstung nach mußte es eine Vierergruppe sein. Wo waren die beiden anderen? Steve duckte sich und versuchte, sich im Schutz des niedrigen Buschwerks weiter vorzuarbeiten.

»Deckung, Mann!« schrie eine Stimme, und wie um den Worten Nachdruck zu verleihen, spürte Steve einen Schlag an der Schulter, wurde herumgewirbelt und flach in die Büsche gefegt. Er kam neben einer Gestalt im Kampfanzug zu liegen, die ihn am Gürtel packte und mit einem Ruck noch tiefer ins Buschwerk zog. Ein dreckverschmiertes Gesicht wandte sich ihm zu.

»Bailey«, sagte das Gesicht, »Rick Bailey«, verzog dabei den Mund zu einem breiten Rechteck und entblößte ein bemerkenswertes Gebiß. »Lassen Sie mal sehen.«

Erst jetzt bemerkte Steve, daß ein brennender Schmerz in seiner linken Schulter aufgeflammt war. Er tappte ungeschickt danach.

»Finger weg!« kommandierte Bailey, der die Wunde untersuchte. »Nur ein Kratzer. Das war der Bursche da drüben auf dem Baum. Mit der MP können wir ihn nicht erreichen, dazu brauchte ich einen Karabiner.«

Steve rollte sich auf den Bauch und biß die Zähne zusammen.

»Was sind das für Leute hier?« wollte Bailey wissen.

»Sie sind scharf auf Ihre Ladung. Vor allem auf die Munition.«

»Denke ich mir. Aber was sind das? Russen oder was?«

Steve schüttelte den Kopf. »Das würde jetzt zu weit führen, wenn ich Ihnen das erklären wollte. Aber es sind mindestens ein Dutzend.«

»Von dem können Sie vier bis fünf abziehen. Die sind ausgeschieden. Nur gut, daß ihr uns schon über Funk gewarnt habt. Das wäre auch alles nicht passiert, wenn wir den Jeep gleich aus dem verdammten Gleiter herausgekriegt hätten. So konnten sie uns in aller Ruhe einkreisen. Ein Glück, daß uns die MIGs nicht auch noch beschossen haben.«

Steve nickte. »Wo ist euer vierter Mann?«

Bailey wies mit einer Kopfbewegung in die andere Richtung. Steve drehte sich um und sah zwei Schritte entfernt eine Frau zusammengekrümmt in der Deckung des Gebüschs liegen. Sie wimmerte leise. Daneben lag ein toter Knirps auf dem Rücken, noch einer von Blizzards Stamm. Ein Schuß hatte ihn in die rechte Schläfe getroffen.

»Ich dachte, ich seh nicht richtig, als plötzlich dieser Schimpanse hier mit Stahlhelm neben mir auftauchte und auf Englisch zu mir sagte, daß ich ihm Feuerschutz geben soll. Er ist aber nur ein paar Schritte weit gekommen, dann hat ihn der Scharfschütze dort drüben unter Feuer genommen. Ich habe ihn sofort zurückgeholt, aber ich konnte ihm nicht mehr helfen.«

Steve hatte mit einem neuen Anfall von Übelkeit zu kämpfen. Dann sagte er: »Ich werde es versuchen. Ich ...«

»Den Teufel werden Sie. Das schaffen wir so nicht, wenn das so viele sind. Wo sind denn unsere Leute?«

»Sie können nicht weit sein. Wenn Blizzards Krieger hier sind ...«

»*Wessen* Krieger?«

»Blizzards. Er ist der Anführer dieser Männer.« Er deutete auf den toten Knirps.

»Von den Affen?«

»Das sind keine Affen.«

»Hören Sie! Ich kann einen Menschen von einem Affen unterscheiden.«

»Nein, das können Sie *nicht*!« sagte Steve heftig.

Bailey musterte ihn verblüfft. Dann schüttelte er den Kopf, als wollte er einen bösen Traum vertreiben. »Okay. Und Sie hüten die Ziegen hier?«

»Wieso?«

»Weil Sie danach riechen, Mann. Behalten Sie den rechten Abschnitt im Auge! Ich sichere nach links. Dann warten wir ab, wer schneller ist. Ihre Leute oder die da drüben. Vielleicht haben wir Glück.«

Zweimal brausten die Jagdbomber über sie hinweg, dann drehten sie ab und blieben verschwunden. Einmal hörten sie gegen Norden hin Geschrei und vier, fünf Gewehrschüsse, sonst blieb es ruhig. Insekten summten. Steve starrte durchs Gebüsch. Dann und wann glaubte er eine Bewegung wahrzunehmen, aber er fand kein Ziel. Der Schmerz in seiner Schulter wurde immer unerträglicher. Ein paarmal hörte er die Frau unterdrückt schluchzen.

»Reiß dich zusammen, Jane«, sagte Bailey überraschend sanft. »Mach es uns nicht noch schwerer.«

Ein paar Minuten später kroch sie heran und legte sich zwischen sie. Steve warf ihr einen raschen Blick aus den Augenwinkeln zu. Sie war eine kleine, zarte Person. Die Stupsnase dicht unter dem viel zu großen Stahlhelm war sonnenverbrannt und sommersprossig. Das Gesicht kam ihm vertraut vor. Wie lange war das her? Ein Jahr, zehn Jahre? Ein Jahrtausend? In Madrid hatte er sie zuletzt gesehen. Jane ... Jane Brookwood. Loorey war mit ihr beisammen gewesen. Mein Gott, natürlich! Auch sie hatte zu den Landungstrupps gehört. Sie war für die zweite Welle vorgesehen gewesen, die ihrer Vorausabteilung folgen sollte.

Sie barg das Gesicht in den Händen, als sie die Toten sah, die bei dem Jeep lagen.

Plötzlich war auf der gegenüberliegenden Seite der Lichtung Unruhe wahrzunehmen, Rufe wurden laut; Schüsse peitschten herüber, und sie drückten ihre Gesichter ins Gras, dann ratterte Baileys Maschinenpistole.

»Verdammt!« sagte er. »Den Halunken hätte ich zu gern gehabt. Jetzt ist er runter von seinem Hochstand.«

»Ich rieche Feuer«, sagte Steve und hob den Kopf. Im Norden standen dichte Rauchwolken, Geschrei war zu hören und ein seltsam grollendes Brüllen. Dann begann die Erde zu erbeben.

»Was ist das?« fragte Bailey. »Irgendeine Teufelei?«

»Nein«, sagte Steve, während er die herannahende Staubwolke musterte. »Das sind unsere Leute.«

»Donnerwetter«, sagte Bailey, als er die ersten graubraunen Ungeheuer auftauchen sah. »Die Navy scheint hier ja einen ganzen Zoo gegen ihre Gegner aufzubieten.« Von Norden her näherte sich eine Herde von sechs bis acht Baluchitherien, nashornähnliche Geschöpfe mit giraffenähnlichem Hals und riesigen Pferdeschädeln, das größte Landsäugetier, das je die Erde bewohnte. Mit ihren drohend gesenkten Köpfen durchpflügten sie schnaubend und brüllend das Unterholz wie lebende Planierraupen. Auf den mächtigen Keulen des Leitbullens stand Blizzard, hielt sich mit einer Hand an dem kurzen Schwanz des Ungeheuers fest und trieb das verängstigte Tier an, indem er ihm den Speer in den After stieß. Blizzards weißes Fell war zerzaust; er hatte die Zähne gefletscht, warf den Kopf ekstatisch hin und her und stieß schrille jauchzende Schreie aus. An den nachfolgenden Tieren hingen seine und Goodlucks Männer wie die Kletten und trieben sie gleich einer Herde Dämonen vor sich her.

Als der Spuk vorüber war, liefen Steve und Bailey zum Jeep hinüber, aber für die beiden Männer kam jede Hilfe zu spät.

Von den Händlersöldnern war keine Spur mehr zu sehen. Sie hatten sechs Tote zurückgelassen; vier hatte Bailey erschossen, zwei hatten sich nicht mehr rechtzeitig absetzen können und waren von den Baluchitherien zermalmt worden.

Sie entluden den Jeep und richteten ihn mit vereinten Kräften wieder auf, banden die Toten auf dem Anhänger fest und fuhren zu dem Helikopter. Minuten später tauchte Ruiz mit Goodluck im Jeep auf.

Steve berichtete, was vorgefallen war. Ruiz war aschgrau im Gesicht, als er Murchinsons Leiche sah.

»Diese Hunde!« schluchzte er und bearbeitete in ohnmächtiger Wut mit den Stiefelspitzen den Vorderreifen seines Jeeps.

»Nimm den Helikopter und fliege Miß Brookwood zur Festung«, sagte Steve zu ihm. »Ich nehme den Jeep.«

Der Mexikaner schüttelte wortlos den Kopf, trug den Toten zu seinem Fahrzeug und bettete den Kopf seines Freundes in den Schoß. Er blickte starr geradeaus und weinte trockenen Auges. Die anderen standen minutenlang schweigend. Alle waren sie erschöpft und deprimiert. Steve raufte einen Arm voll Gras aus und begann das Cockpit des Hubschraubers zu säubern. Bailey half ihm dabei. Er befeuchtete das trockene Gras mit Wasser aus einer Feldflasche und wischte das zu Klumpen geronnene Blut notdürftig von den Scheiben und dem Plastikbezug der Sitze.

»Er war sein Freund?« fragte er.

»Das sind wir eigentlich alle hier«, sagte Steve. »Sie sind vor

zwölf Jahren miteinander angekommen, aus der gleichen Zukunft.«

»Ich bleibe fünf Jahre hier, keinen Tag länger. Es war keine Rede davon, daß wir hier den Kopf hinhalten müssen.«

Steve blickte den Neuankömmling fest an und sagte:

»Es wird Ihnen wie uns allen nichts anderes übrigbleiben, als etwas länger auszuharren. Man hat uns nämlich hereingelegt.«

Baileys lebhafte dunkelbraune Augen musterten ihn prüfend. »Was sagen Sie da?«

Steve erklärte ihm die Situation. Baileys Kiefermuskeln zuckten. Er schüttelte leicht den Kopf, als sei er etwas benommen, er setzte sich auf die Landekufe des Helikopters und starrte seine blutverschmierten Hände an, dann stieß er sich den Stahlhelm vom Kopf und rieb sich die Stirn und den kurzgeschorenen Schädel mit dem Unterarm.

»Ist Ihnen nicht gut, Bailey?«

»Ich versuche aufzuwachen, Mann. *Aufzuwachen*!«

»Das ist leider kein Traum, Mr. Bailey.«

Blizzard tauchte von Süden her auf, mit etwa zwanzig von seinen und Goodlucks Kriegern. Sie hatten die Händlersöldner auseinandergetrieben und ein paar von ihren Reitkamelen erbeutet, waren in Siegesstimmung und blickten erstaunt, als sie die todernsten Gesichter bemerkten.

»Charles ist tot«, sagte Goodluck.

Blizzard, das sonst schneeweiße Fell verdreckt und mit Blut besudelt, schob seine Männer beiseite und drängte sich nach vorn. In seinen dunklen Augen glomm ein gefährliches Feuer, er war noch stark erregt von der Jagd, und sein stattlicher Penis war erigiert. Er ging auf den Jeep zu, in dem Ruiz saß und blickte den Toten an, hob die Hände und betastete Charles' Stirn und Wangen wie ein Blinder, der sich ein Gesicht einprägen will. Darauf wandte er sich um, richtete sich zu voller Größe auf und hob die Fäuste, als wolle er sich gegen die Brust schlagen, ließ sich dann nach vorn auf seine geballten Fäuste sinken und stieß ein gequältes Knurren aus, das tief aus seiner Brust zu kommen schien.

»Wir müssen hier weg, bevor das Feuer uns den Weg abschneidet«, mahnte Steve.

»Flieg mit dem Weibchen«, sagte Goodluck. »Wir bringen die Fahrzeuge nach Hause. Und die Toten.«

Bailey starrte ihn verdattert an.

»He!« sagte er. »Führt er hier das Kommando? Hol mich der Teufel, aber ...« Er verstummte, als Goodluck ihn fragend anblickte, mit geschickter Bewegung das leergeschossene Magazin aus seiner MP stieß und ein neues einsetzte.

»Kommen Sie, Miß Brookwood«, sagte Steve. »Ich bring Sie in Sicherheit.« Er half ihr ins Cockpit, verriegelte die Tür und kletterte auf den Pilotensitz. Als er den Motor anwarf, sah er, daß das Funkgerät noch eingeschaltet war. Er hörte Jeromes Stimme. Dieser hatte zusammen mit Leonard weiter östlich gesucht. Steve sagte ihm in kurzen Worten, was passiert war. Jerome fluchte.

Als er aufstieg, bemerkte er, daß vier oder fünf Knirpse auf den Landekufen hockten, um sich den Heimweg zu ersparen. Er bekam die Maschine kaum hoch und fühlte plötzlich ungerechtfertigten Zorn auf diese Passagiere in sich aufsteigen. Er unterdrückte ihn und sagte sich, daß die Burschen ihnen wahrscheinlich das Leben gerettet hatten, als sie mit Feuer und Geschrei die Baluchitherien in Bewegung setzten und sie wie lebende Tanks in die feindlichen Stellungen lenkten.

Er nahm die rechte Hand von der Steuerung und blickte sie an. Sie flatterte wie ein Espenblatt.

»Scheiße!« sagte er. »Oh, entschuldigen Sie, Miß Brookwood.«

Aber sie nahm keine Notiz von ihm, saß zusammengekauert auf dem Sitz neben ihm und hatte die Hände vor die Augen geschlagen. Seine Schulter schmerzte höllisch und begann wieder zu bluten. Unter sich sah er den Jeep mit Jerome und Leonard von Osten herankommen. Er gab ihnen die ungefähre Position der anderen durch und sah, wie das Fahrzeug die Richtung wechselte, um dem Konvoi den Weg abzuschneiden.

Es war eine traurige Heimkunft. Der blutigste Tag seit vielen Jahren.

Nina nahm das Mädchen in ihre Obhut. Dann verband sie seine Schulter, während er Harness Bericht erstattete.

Der Sommer wurde heiß. Wieder nahmen einige im Lager Abschied, um das Herbstschiff nach Atlantis zu nehmen. Alfaro war darunter, der Schreiner von Beruf war und in der Festung eine Art Mädchen für alles. Er wollte sein Glück in Atlantis machen, eine Werkstatt eröffnen, sagte er. Die Besatzung der Festung war damit auf eine Handvoll Männer und die beiden Frauen zusammengeschrumpft.

Den ganzen Juli über suchte sie eine fiebrige Infektion heim, alle litten an Durchfall und Schwäche.

Im Westen gingen ganze Meteoritenschwärme von Materialsendungen nieder und versanken in den steigenden Wassern.

Steve genas von seiner Schulterwunde. Sie hatte lange geeitert, und er hatte Wochen in fiebrigem Halbschlaf dahingedämmert, die aus seiner Erinnerung herausgestanzt waren wie Programmanweisungen für ein anderes Bewußtsein, das nur lose mit dem seinen gekoppelt war und vage Bilder lieferte wie verschwommene Momentaufnahmen.

Als er wieder kräftig genug war, daß er im Lager umhergehen konnte, suchte er gelegentlich Jane Brookwood auf, um sich mit ihr zu unterhalten, weil er das undeutliche Gefühl hatte, sich durch sie an eine Welt zu erinnern, die für ihn mehr und mehr unwirklich wurde. Ihm war, als hafte an ihr noch die Witterung jener fernen Realität, die Lucy bewohnte, als sei sie die Spur, der er nur zu folgen brauchte, um zurückzufinden durch ein geheimnisvolles Tor, das es nur zu ertasten und zu durchschreiten galt, jenseits dessen die ihm entglittene Vergangenheit sich auftun würde, um ihn aufzunehmen wie einen verlorenen Sohn.

Manchmal ließ ihn sein Gedächtnis im Stich, und er sprach das Mädchen mit Lucy an. Sie legte ihren Arm um seine Schultern, und eine schmale sommersprossige Hand ließ sich auf der seinen nieder. Das waren Augenblicke, die er deutlich in Erinnerung behielt, weil sie ihn erfüllten.

Eines Tages trat Nina unversehens ins Zimmer, und beim

Weggehen nahm sie ihn beiseite und bedeutete ihm, da sie seine Absichten mißverstand, er solle die junge Frau in Ruhe lassen. Sie habe durch die Ereignisse bei der Landung einen schweren Schock erlitten, den sie wohl nie ganz verwinden werde. Es sei das Beste für sie, wenn man sie mit dem nächsten Schiff nach Atlantis schicke, damit sie wenigstens die Illusion haben könne, der Hölle entronnen und in die Zivilisation zurückgekehrt zu sein.

Steve blickte ausdruckslos in Ninas altgewordenes Gesicht, sah die tiefen Falten, die sich um Augen und Mundwinkel einzukerben begannen, dann nickte er schweigend.

»Du bist sehr krank, Steve«, sagte sie schluchzend, wandte sich hastig um und eilte davon.

»Warum weint sie?« fragte Steve laut und hob in hilfloser Geste die Hand. Er ging langsam zur Schlafbaracke zurück. Vor dem Spiegel über der zerkratzten Plastikwaschschüssel blieb er stehen. Der Mann, der ihn daraus anblickte, erinnerte ihn entfernt an seinen Vater. Das Schädeldach war fast kahl geworden, ein schütterer, von grauen Fäden durchschossener Bart rahmte die eingefallenen, in ihrer Blässe beinahe grau wirkenden Wangen. Die Augen hatten einen unnatürlichen Glanz, wie unter dem Einfluß einer Droge.

Er schob das löcherige verwaschene T-Shirt bis zu den Schultern hoch. Sein Brustkorb war abgezehrt, die Haut spannte sich über die Rippen und wies unter den Schlüsselbeinen und an den Hüften zwischen dunkelroten Pusteln daumennagelgroße nässende weißliche Flecken auf.

»Strahlenpest«, murmelte er. Dieselben Symptome, die er auch bei Harald und Harness beobachtet hatte. »Ein paarmal zuviel erwischt.« Mit langsamen Bewegungen schob er das T-Shirt wieder herunter, hakte die Zeigefinger in zwei Löcher und zog. Mit einem knirschenden Geräusch gab der morsche, ausgeblichene Stoff nach.

Dann trat Steve ganz nahe an den Spiegel heran und musterte fasziniert das silbrige Gespinst hinter der Glasscheibe, das die beginnende Erblindung anzeigte. Er glaubte, Muster darin zu erblicken, die sich zu einer weiträumigen Landschaft ordneten. Tagelang plagte ihn die Vorstellung, daß es sich um einen Zauberspiegel handelte, durch den er in eine andere Wirklichkeit blicken könnte. Vielleicht konnte er sich Zugang zu ihr verschaffen, wenn er ihn zerschlug, vielleicht tat sich eine sonnendurchflutete Landschaft vor ihm auf, Städte, die er überflog, Highways, riesige Weizenfelder, Staudämme, Flüsse mit Ausflugsdampfern, eine Piste, auf der er zur Landung ansetzen konnte.

Er starrte auf die Scherben, die vor seinen Füßen lagen, ein paar graue Asseln suchten träge Schutz in den Ritzen des feuchten, vermodernden Holzes, aus dem halb herausgerissen die Klammern hingen, mit denen der Spiegel befestigt gewesen war. Mit zitternden Händen klaubte Steve die Scherben in die Plastikwaschschüssel.

Als er wieder mehr zu Kräften gekommen war, stieg er hinauf, wo sie Harald und Charles beerdigt hatten. Dort saß er oft viele Stunden lang reglos und starrte über die Ausläufer des Gebirges nach Süden. Manchmal, an klaren Tagen, konnte er weit im Südwesten den Saum der afrikanischen Küste erkennen. Er wußte von Männern, die weit im Süden gewesen waren, daß es die Sahara noch nicht gab, sondern sich dort eine weite Savanne erstreckte, in der unvorstellbar große Herden weideten, daß die Höhenzüge dicht mit Lärchen und Steineichen bewachsen und die Niederungen von Flußläufen durchzogen waren, gesäumt von Birken und Erlen. Von dort waren die Knirpse gekommen, tief aus dem Herzen Afrikas, und hatten ihren Lebensraum über das Mittelmeergebiet bis zu den Alpen ausgedehnt.

Steve spürte, daß er ins Driften geraten war, dahintrieb in Mündungsgewässern, umgeben von Fäulnisgeruch abgestorbener Zeit. Aber er spürte auch, wie das Steuer allmählich wieder ansprach, er begann sich dagegenzustemmen, versuchte die Richtung zu halten. Wenn er aufblickte, um nach Landmarken Ausschau zu halten, sah er vor sich nur dunstige Stille, über der das Licht dröhnte wie eine Glocke, Land, das seinem Schmelzpunkt entgegenbrütete und sich wabernd aufzulösen begann in einem Gluthauch, der das Gestein schwärzte, und dunkle Geier schwebten in den ungeheuren Aufwinden über den Salzpfannen. Ein andermal waren es schwere Wolkenpelze, Lichtpfützen auf stahlgrauen Wassern, dazwischen die herabgesenkten Rüssel von Regengüssen, kühlendes Naß, das ihm ins Gesicht schlug und ihm in die Augen rann.

Manchmal, an klaren Abenden, waren weit drüben im Nordosten, jenseits des Tyrrhenischen Meeres, die Gipfel des italienischen Plateaus auszumachen, schmale im Abendlicht rötlich glimmende Kanten, zernagt von Flüssen, die in die mehr als dreitausend Meter tiefe Senke herabstürzten. Und ein paarmal war es ihm, als nähme er dort drüben seltsame Lichterscheinungen wahr, wie die Signale eines Leuchtturms, die in unregelmäßigen Abständen aufglommen und wieder erloschen. Er dachte an Haralds Erzengel mit dem Agnus Dei am Ärmel und seiner Laserkanone, die dem Wink seiner Hand gehorchte wie ein Flammenschwert, und er lächelte.

Während in der Tiefe, die schon Dunkelheit füllte, das Brüllen der Mastodonten heraufscholl, endlose Herden vorweltlichen Getiers, das durch die Senke nach Süden zog, als spürte es die Zeitenwende der Erdalter. Eine unmerkliche Veränderung des Luftdrucks? Des magnetischen Feldes?

Über Afrika, dem großen Beinhaus des Erdaltertums wurde es ruhig. War es Totenstille? Es traf kein Nachschub mehr ein. Auch die Leute von der Festung warteten vergeblich auf die Ankunft einer weiteren Landegruppe.

Der Winter kam früh, und er wurde kalt. Sie wickelten sich des Nachts in die schlecht gegerbten Felle und wurden von Flöhen geplagt, die Goodlucks und Blizzards Leute regelmäßig einschleppten.

Eines Morgens fanden sie Harness tot im Lehnsessel seines Büros. Er hatte sein Kommando in aller Stille niedergelegt und sich ohne viel Aufhebens davongemacht. Als sie den Schreibtisch öffneten, entdeckten sie auf Dutzenden von Metern Computerpapier – bestimmt für eine Rechenanlage, die nie eingetroffen und wahrscheinlich in den Äonen verschollen war, wo sie in stromloser Selbstvergessenheit in einem Spezialcontainer der Wiedererweckung harrte – Hunderte von alternativen Zukünften. Mit unglaublicher Akribie hatte der Kommandant Nacht für Nacht an seinem Schreibtisch, das Papier mit dem Armstumpf festgeklemmt, in seiner winzigen Druckschrift synchronoptische Liniennetze alternativer Zeitläufe skizziert, die wichtigen Knoten- und Verzweigungspunkte ausgearbeitet, an denen geschichtsträchtige Eingriffe mit einem Minimalaufwand möglich waren. Winzige Kreuze markierten den Tod von Kolumbus, bevor er zu neuen Ufern aufgebrochen war, von Cortez und Pizarro, von Napoleon, Maximilian von Mexiko und Hitler; die Kreuze von Lincoln, Kennedy und Martin Luther King waren säuberlich durchgestrichen; Pfeile markierten die Schlacht auf den Katalaunischen Feldern und die Schlacht von Gettysburg, von Cannae und Stalingrad, die am Little Big Horn und bei Liegnitz, von Tours und Poitiers und von Guadalquivir, von Waterloo und Chikamauga.

»Er hatte oft Schmerzen in seinem Armstumpf und konnte nicht schlafen«, sagte Nina. Sie hatte mehr als zwanzig Jahre mit ihm zusammengelebt.

Die imaginären, längst verwesten Finger in imaginäres Feuer gekrallt, von imaginären Eisschollen zermalmt, während sich unter der glosenden Hitze die Haut ablöste und gleichzeitig die Kälte unter die Nägel kroch, die gekappten Nervenenden unter luftelektrischen Schwankungen der Großhirnrinde peinigende Botschaften übermittelten, hatte er den schwitzenden, grau verschorften Armstumpf aufs Computerpapier gestützt, die Schaltstellen der Geschichte markierend.

»Ich habe vor Jahren eine Wechselwirkungs-Matrix-Analyse des IFF* gesehen«, sagte Jerome. »Die waren ähnlich aufgebaut. Diese Methode hätte das Projekt auf die Vergangenheit anwenden müssen. Sie waren sich ihrer Sache zu sicher und daher fahrlässig leichtsinnig. Dabei hätten wir die Mittel dazu gehabt. Mit den Computern der NASA wäre es ein leichtes gewesen, die Kausalketten der historischen Alternativen bis in ihre Ver-

* ›Institute For the Future‹ in Middletown/Connecticut

flechtungen mit anderen Wirklichkeiten hinein zu verfolgen. Er hat es ohne technische Hilfe, gestützt auf sein Gedächtnis und dürftige Nachschlagewerke versucht.«

Steve betrachtete den riesigen Gobelin aus verwirklichten und unverwirklichten Möglichkeiten, Siegen und Niederlagen des Menschen und der Menschlichkeit. »Man müßte einen riesigen Palast bauen und diese Zeitlinien in unzerstörbaren Reliefs festhalten. Die Geschichte der machbaren Zukünfte dieser Welt.«

»Oder den ganzen Humbug ins Feuer werfen«, sagte Leonard mit seiner leisen Stimme. »Oder glaubt etwa einer von euch, daß die Geschichte dieses Planeten je wieder diesen Verlauf nehmen wird, nachdem wir derart in die Entwicklung eingegriffen haben?«

»Niemals!« sagte Trucy fest. »Es ist Gottes Wille, daß der Geist die Zeit überwindet, bis die gesamte Materie des Universums sich in Geist verwandelt hat, dem die Entropie nichts mehr anhaben kann.«

Leonard blickte ihn über die Brille hinweg prüfend an. Jerome tippte sich verstohlen an die Stirn.

»Bevor auf einer anderen Zeitlinie Moses auf den Berg Sinai steigen wird, um die Gesetzestafeln entgegenzunehmen, ja längst bevor der Grundstein zu den ägyptischen Pyramiden gelegt wird, werden wir die Galaxis besiedelt haben und bis weit in die Vergangenheit vorgestoßen sein«, erklärte Trucy hitzig. »Das ist unsere Bestimmung.«

»Entschuldigen Sie, meine Herren, wenn ich mich von diesem metaphysischen Affenzirkus zurückziehe«, sagte Bailey. »Ich werde mich mit Blizzard und Goodluck zusammensetzen, um das Gefühl zu haben, unter vernünftigen Menschen zu sein.«

Trucy ballte empört seine Linke zur Faust und hob mit der Rechten seine Krücke. »Was verstehen Sie schon?!« schrie er. »*Nichts* verstehen Sie!«

Er wäre hingestürzt, wenn Jerome ihn nicht aufgefangen hätte.

»Wie lange bist du schon da, Elmer?« fragte ihn Steve.

»Dreiunddreißig Jahre«, sagte Trucy. »Und glaubt mir, ich hatte genug Zeit, darüber nachzudenken. Meint ihr, man kann dreiunddreißig Jahre so leben, ohne ein Ziel? Ohne ein Ideal?«

»Ist schon gut, Elmer«, sagte Jerome.

»Ihr werdet alle nutzlos sterben, wenn ihr keine Ideale habt«, sagte Trucy. »Soll denn unser ganzes Leben und der Tod von so vielen guten Männern umsonst gewesen sein? Wir müssen unsere Herausforderung annehmen. Die Zukunft der Welt gehört uns, wenn wir's richtig anpacken. Mit Gottes Hilfe ...«

»Ist schon gut, Elmer«, sagte Jerome.

»Laß mich los!« fauchte Trucy ihn verärgert an und humpelte hinaus.

In der folgenden Nacht träumte Steve Haralds Traum, nur daß ihm nicht der Erzengel begegnete, sondern er selbst der Erzengel war, eingezwängt in einen schrecklich unbequemen Raumanzug, in dem er sich kaum bewegen konnte. Aber er war dennoch voller Tatendrang, fühlte sich aufgerufen, mit dem Finger auf die Schandflecke der menschlichen Geschichte zu deuten und sie wegzubrennen. Immer wieder versuchte er, den Arm zu heben, um den sengenden Strahl der Laserkanone ins Ziel zu lenken, doch sein Arm hing ihm leblos an der Seite, wie ein Klotz, wie ein schorfiges Stück roher Beton, das sich nicht bewegen ließ.

Am Tag darauf stimmten sie ab, wer Festungskommandant werden sollte.

Jerome schlug Bailey vor.

7 Ja-Stimmen, darunter auch die von Blizzard und Goodluck.

1 Nein-Stimme: Trucy.

2 Enthaltungen: Nina und Bailey.

Es war an einem sonnigen Wintertag, da kam Snowball, Blizzards Sohn, zu Steve und sagte ihm, daß sich im Tal oberhalb des Lagers eine Wildziege in einer seiner Schlingen gefangen hätte. Sie machten sich sofort auf den Weg, damit ihnen kein Raubzeug oder die Aasfresser zuvorkämen. Während sie den Bach entlang den ausgetretenen Karawanenpfad hinaufstiegen, hielt Snowball nach Forellen Ausschau, die in den schattigen Kuhlen standen wie Speerspitzen aus gedunkeltem Silber, und dann und wann drehte er einen Stein im feuchten Ufergrund, denn hier wimmelte es von Krebsen. Im Nu hatte er sich ein paar gefangen, knackte sie mit seinem unglaublich kräftigen Gebiß und löste mit flinker Zunge das Fleisch aus den gepanzerten Gliedmaßen, während sich die Tiere mit ihren Scheren noch träge zur Wehr setzten.

Die Ziege – sie sah noch eher wie ein kurzhaariges Schaf aus, denn die Entwicklungslinien dieser beiden Tierarten begannen sich erst zu trennen – war noch jung. Sie blökte kläglich, ein paar Geier hatten sich bereits eingefunden, häßliche Leichenbitter in ungepflegtem Federkleid und grausam gleichgültigen Augen. Snowball sträubte das weiße Nackenfell, fletschte die Zähne und knurrte sie an, vermochte sie jedoch wenig zu beeindrucken. Ein Marabu zog sich beleidigt ein paar Schritte zurück, breitete vorsorglich die Flügel aus und musterte ihn anklagend.

Das Zicklein schien es dankbar hinzunehmen, den Schnäbeln der Aasfresser entronnen zu sein, und ließ sich widerstandslos zum Bach hinunterführen. Ungläubiges Entsetzen trat in seine bernsteinfarbenen Augen, als Steve ihm das Messer in die Kehle stieß. Das helle meckernde Blöken gerann zu einem röchelnden Seufzer, während der Körper sich wie in einem lautlosen Hustenanfall aufbäumte. Hellrotes Blut sprudelte hervor und benetzte Steves Hand und die hellen Kiesel am Ufer. Snowball sah ihm zu und starrte mit einer Mischung von Grauen und Bewunderung auf Steves Hand, wie er das Messer aus der Todeswunde zog. Er ließ sich nie eine Schlachtung entgehen; das Töten schien eine ungeheure Faszination auf ihn auszuüben.

Steve band das Tier mit den Hinterläufen an zwei starken Ästen fest, setzte die scharfe Klinge an und zog sie senkrecht vom Unterleib bis zum Hals, dann drang er mit kräftigen Fingern unter die Haut und schlug mit den Handkanten fachgerecht den Kadaver aus dem Fell, bis seine Arme bis über die Ellbogen unter der Decke verschwunden waren und es aussah, als hielte er den nackten Körper in einer obszönen Stellung umfangen. Darauf schnitt er das Fell an den Läufen ab und breitete es auf dem Kies zum Trocknen aus.

Snowball kauerte mit gesträubten Nackenhaaren ein paar Schritte hinter Steve und registrierte aufmerksam jede seiner Bewegungen. Als Steve zum zweiten Mal das Messer ansetzte und mit einem kräftigen, knirschenden Schnitt den Leib aufbrach, begann der Junge drohend zu knurren. Steve drehte sich um.

»Was ist mit dir?«

Snowball versuchte zu sprechen, aber seine Kiefer schienen von einer Art Lähmung befallen zu sein, als habe er sich in ein Opfer oder einen Gegner verbissen. Er brachte nur ein unartikuliertes knurrendes Jaulen zustande.

»Irgendwie nähern wir uns an«, sagte Steve, während er mit raschen kurzen Schnitten den Leib des Zickleins ausweidete, bis das Gekröse sich senkte und ihm schließlich vor die Füße fiel. »Ich wurde in einer Kunst des Tötens ausgebildet, die vor allem der Vernichtung von meinesgleichen galt und mit dieser nicht das geringste zu tun hat. Ich mußte lernen, was meine Vorfahren Jahrhunderttausende lang bis vor kurzem noch als alltägliches Handwerk beherrschten, und mich schaudert dabei. Und dich lehre ich, wie du mit einem Stück Metall oder einem Stein in der Hand, jedes lebendige Wesen zerstören und zu Nahrung verarbeiten kannst, auch wenn es dir an Zähnen und Klauen, Kraft und Schnelligkeit überlegen ist. Und mich schaudert.«

Snowball betrachtete eine graublaue Darmschlinge, die im Bach hing, sich träge bewegte wie eine Schlange und gelbgrünen Kot ins Wasser entleerte, musterte interessiert die Eingeweide und berührte scheu mit den Zeigefingern Leber und Milz. Als er bemerkte, daß Steve ihm zusah, zog er hastig die Hand zurück, als habe man ihn bei einer unerlaubten Handlung ertappt. Steve fuhr ihm ins dichte Nackenfell und kraulte ihn.

»Eines Tages wirst du sogar lernen, daraus deine Zukunft zu lesen.« Der Junge blickte ihn fragend an. Ich bin doch nicht etwa dabei, irgendwelche metaphysische Vorstellungen zu initiieren, schoß es ihm durch den Kopf. Der ziegenköpfige Gott, der mit der Zukunft schwanger geht. »Wir wollen das Fleisch waschen«, fügte er hastig hinzu.

»Fleisch«, sagte Snowball und fletschte sein scharfes Gebiß.

Da sah Steve, daß sie von der anderen Seite des Bachs ein Riesenmolch musterte, ein grauschwarzes Ungetüm von mehr als einem Meter Länge, mit flachem haifischartigen Kopf und weit auseinanderstehenden rätselhaft blickenden Augen, die sich unabhängig voneinander bewegten.

Wie kann dieses winzige Gehirn die beiden Gesichtseindrücke zur Deckung bringen und zu einer Welt verschmelzen? fragte sich Steve. Aber es funktionierte tadellos, denn als Snowball in einer Drohgebärde beide Arme hochwarf, war das Tier wie ein dunkler Blitz im Ufergestrüpp verschwunden.

Im Frühjahr tauchte das Gerücht auf, Paul Loorey sei von Atlantis zurückgekehrt. Er sei in Cadiz gesehen worden, schon im Herbst, sei an Bord der Barke gegangen, aber niemand wußte Genaueres über seinen Aufenthalt.

»Paul war sehr skeptisch, als er hinüberging«, sagte Elmer Trucy. »Er stellte damals so etwas wie eine Abordnung dar, die sich über die Lebensumstände drüben informieren sollte. Und weil er dem Atlantis-Projekt keine Chance gab, haben wir uns auf ihn geeinigt. Er sah die Dinge kritisch.«

Steve lag auf der Felskanzel im trockenen alten Gras des vorigen Herbstes, genoß die Frühjahrssonne und hörte nur mit halbem Ohr zu. Sie waren auf Lauschposten, doch niemand rechnete ernsthaft damit, daß noch weitere Reisegruppen ankommen würden. Nach Waltons und Harness' Listen waren aus den Zukünften, in denen das Projekt Westsenke realisiert worden war, alle eingetroffen, die ausgeklinkt worden waren. Aber das bot natürlich keine Gewähr, daß nicht in weiteren Zukunftsvarianten ähnliche Projekte in Angriff genommen worden waren, die denselben Zielzeitraum ins Auge gefaßt hatten.

»Paul behauptete, daß sie einfach zu wenig seien, um eine

Zivilisation aufzubauen, die auch nur einigermaßen einen Standard halten könne, der über dem von Steinzeitjägern liegt. Um eine Arbeitsteilung zu erreichen, die für eine Hochkultur Voraussetzung ist, müßten mindestens zwanzig- bis dreißigtausend Individuen der Gemeinschaft angehören, plus ideale Bedingungen rundum, die Ackerbau und Viehzucht ermöglichen.«

»Aber sie haben doch technische Hilfsmittel.«

»Die seien völlig wertlos, behauptete Paul. In einer Generation allenfalls Schrott, in dreien restlos vergessen.«

»Das Knowhow ist doch da.«

»Aber nicht das Knowhow, das wirklich benötigt wird. Sensenmacher, Schuster, Schiffszimmerleute, Stellmacher, Seiler, Gerber, Sattler, Müller, Schmiede.«

»Sie werden es lernen müssen. Auch wir sind dabei, uns wieder alte Techniken zu erarbeiten, wie unbefriedigend die Ergebnisse auch sein mögen.«

»Aber drüben kommt noch etwas Wesentliches hinzu. Ein großer Teil der Bevölkerung steht der ›Wir-bauen-Atlantis‹-Bewegung gleichgültig oder ablehnend gegenüber, weil viele noch immer sehnsüchtig darauf warten, daß der Erlöser in Form einer Zeitmaschine erscheint, wie von den Propheten der hl. Navy verheißen. Und diese Gläubigen sind vor allem unter den Technikern der NASA zu suchen und unter den höheren Offizieren. Sie stellen ihre Intelligenz nicht in den Dienst der Sache.«

»Ob diese Art von Intelligenz nötig ist, eine Kultur aufzubauen, bezweifle ich. Was gebraucht wird, sind Phantasie und Einfallsreichtum, Wagemut und Zivilcourage. Das sind nicht gerade Tugenden, mit denen Fachidioten, Logistiker, Beamte oder gar Militärs gesegnet sind.«

Elmer zuckte die Achseln. »Du magst recht haben. Sie begreifen nicht einmal, welche Chance in dieser Entwicklung läge. Die Menschheit könnte sechs Millionen Jahre Zeit gewinnen. Dieser Sprung ...«

»Fangen wir nicht wieder damit an, Elmer. Mach dir klar, was sechs Millionen Jahren bedeuten. Selbst wenn Atlantis eine

Chance hätte, irgendwann in dieser gigantischen Einöde der Zeit würden unsere Gene versickern. Die Knirpse werden es schaffen. Wir sind nicht mehr wie ein Mund voll Wasser, den du in den Ozean speist. Dieser künstliche Wurmfortsatz der Evolution wird verdorren wie sie viele Triebe an Darwins Baum. Mach dir keine Illusionen. Selbst wenn Atlantis ein paar Jahrtausende überlebte, es wird nicht einmal eine Legende bleiben, denn dunkle Äonen werden folgen.«

»Das glaube ich nicht.«

»Um die Jahrtausendwende landeten die Drachenboote Leif Erikssons in der Neuen Welt. Die Normannen stießen bis weit in den Kontinent vor und siedelten am Ufer der Großen Seen und im Quellgebiet des Mississippi. Sie wurden nicht alle von den Indianern erschlagen, das ist barer Unsinn, sie wurden aufgesogen. 1738 und 1840 – also kaum ein Jahrtausend später – hatten Sieur de la Verandrye und Maximilian Prinz zu Wied-Neuwied, die beide die Mandans, die sogenannten ›weißen Indianer‹ besuchten und studierten, Mühe, zu präzisieren, worin sie sich von den Ureinwohnern Amerikas unterschieden. Die Nachkommen der Wikinger waren Indianer geworden, der eine oder andere vielleicht etwas hellhäutiger, blauäugig und von größerem Wuchs, aber in Sprache, Sitten und Überlebenstechniken hatten sie sich absolut angepaßt. Ein Vorgang, der sich hier im Mittelmeerraum übrigens ein halbes dutzendmal nachweisen läßt.«

»Du glaubst also, wir werden zu Knirpsen degenerieren.«

»Elmer, du bist eigentlich lange genug hier, um zu wissen, daß du jetzt das falsche Wort gebraucht hast.«

Trucy biß auf einem Grashalm herum und gab keine Antwort. Plötzlich klingelte das Telephon. Bailey war am Apparat.

»Irgend etwas ist im Busch«, sagte er. »Ich habe seit heute morgen nicht einen von Goodlucks und Blizzards Leuten gesehen. Sie sind alle wie vom Erdboden verschluckt. Haltet die Augen offen. Ich habe Jerome und Ricardo mit dem Jeep losgeschickt, um herauszukriegen, was los ist. Ich glaube, Steve, es ist besser, du kommst runter und machst mit Leonard den Helikopter einsatzbereit. Für alle Fälle. Ende.«

»Verstanden«, sagte Steve. Er setzte das Glas an die Augen und musterte die Senke. Der Süden und Südwesten lag im Dunst des Mittagslichts. Er nahm keine Bewegung wahr.

Als er zur Festung hinuntereilte, war ihm, als höre er im Osten Schüsse, ziemlich weit entfernt, gegen Kap Malfatano zu. Es war das Gebiet, in dem Goodlucks und Blizzards Stämme ihre Schlafbäume hatten. Wahrscheinlich waren die Knirpse und Händlersöldner aneinandergeraten, wie es oft passierte, wenn sie sich über den Preis nicht einigen konnten oder versuchten, sich die begehrten Dinge gratis abzujagen.

Leonard wartete bereits am Helikopter. Sie wollten gerade starten, als ein Jeep in halsbrecherischer Fahrt den Weg zur Festung heraufpreschte. Es war Ricardo, neben ihm saß Blizzard. Der Stammesführer blickte sie mit leeren Augen an. Er blutete aus mehreren Wunden und hielt sich mit seiner mächtigen Pranke die Brust. Der Mexikaner fuhr wie ein Verrückter, das Fahrzeug schleuderte und bockte. Leonard und Steve eilten ihm nach ins Lager zurück.

Bailey, Nina und Jane kümmerten sich um den Verletzten, aber sie konnten nicht mehr viel für ihn tun. Wie aus dem Nichts tauchten zwei Weibchen auf und stimmten ein Klagegeheul an, als sie Blizzard sahen. Er blickte sie vorwurfsvoll an und verscheuchte sie mit einer Handbewegung. Er setzte sich keuchend auf, während das Leben aus ihm rann. Die Menschen standen ratlos, versuchten ihm mit stummen Gesten Erleichterung zu geben. Er blickte sie der Reihe nach aus dunklen Augen an und herrschte bis an sein Ende – schweigend.

Nur zögernd löste sich ihre Erstarrung. Leise berichtete Ricardo, was geschehen war. Die Knirpse hatten tags zuvor an einem Treffpunkt im Osten Kontakt mit Händlersöldnern aufgenommen, um Tauschhandel mit ihnen zu treiben. Dabei mußten Überlebende des Gefechts im Landegebiet Blizzard erkannt und beschlossen haben, sich für die Niederlage zu rächen. Es war ihnen gelungen, einen Schlafbaum ausfindig zu machen, ihn nachts zu umstellen und zwei Weibchen mit drei Jungen zu überwältigen und gefangen zu nehmen. Blizzard war bereit, für die Freilassung der Geiseln mit Fellen zu bezahlen, doch die Kidnapper forderten Waffen und Munition. Als ihnen dies verweigert wurde, knüpften sie kurzerhand eins der Weibchen auf, um ihrer Forderung Nachdruck zu verleihen. Sie fühlten sich stark genug, die Bedingungen diktieren zu können, denn sie waren eine Gruppe von 22 Mann, bis an die Zähne bewaffnet und zum überwiegenden Teil erfahrene und abgebrühte Söldner.

Blizzard versuchte sie hinzuhalten, während er seine und Goodlucks Leute zusammenzog, doch die Kidnapper bemerkten, was er vorhatte, massakrierten ihre Gefangenen und eröffneten das Feuer. Blizzard, außer sich vor Zorn, versuchte, seine Gegner zu überrennen, bevor genügend Verstärkung eingetroffen war, und wurde dabei schwer verwundet. Zu dem Zeitpunkt erreichten Ricardo und Jerome den Kampfplatz. Während Jerome mit Goodluck die Führung über die Krieger beider Stämme übernahm, versuchte Ricardo Blizzards Leben zu retten, indem er ihn so schnell wie möglich in die Festung brachte.

»Warum hast du nicht den Helikopter gerufen? Wir hätten in ein paar Minuten da sein können«, sagte Steve.

Der Mexikaner wies auf die Einschüsse am Fahrzeug. »Das Gerät ist hin. Wir hatten Glück, daß der Tank nicht getroffen wurde.«

Am späten Nachmittag kam Jerome mit sechs Knirpsen, die alle Verletzungen davongetragen hatten, aber keiner war in Lebensgefahr. Sie führten 18 Kamele mit sich, die eine Menge Waffen, Ausrüstungsgegenstände und Handelsgüter trugen. Die Knirpse hatten ihre Gegner restlos vernichtet.

Jerome war bleich. »So etwas habe ich noch nicht erlebt«, sagte er leise und warf einen scheuen Blick auf die Verwundeten, die vor der Krankenbaracke hockten, wo sie versorgt wurden. »Sie haben gekämpft wie Berserker, ohne Rücksicht auf Verluste. Es war schrecklich. Wie die Furien fielen sie kreischend über ihre Gegner her und machten sie nieder. Sie bissen ihnen die Kehlen durch, wenn sie nahe genug herankamen.«

»Sind viele tot?«

»Von den anderen alle. Von den Knirpsen bestimmt zehn oder zwölf.«

Bei Anbruch der Dunkelheit kam Goodluck mit zwölf weiteren Kamelen. Er brachte die Toten der beiden Stämme und die Weibchen und Jungen. Bailey ließ Essen verteilen. Später zog Goodluck mit seinen Leuten und den Überlebenden von Blizzards Stamm durch die Festung bergwärts, um beim Begräbnisplatz auf dem Hochplateau ein Lager aufzuschlagen. Das Wehklagen der Weibchen und das Weinen der Kinder war die ganze Nacht über zu hören.

Am späten Vormittag stiegen Bailey, Jerome, Ricardo und Steve zum Begräbnisplatz hinauf. Es bot sich ihnen ein gespenstisches Schauspiel. Die Krieger hatten sich die Gesichtsfelle weiß eingefärbt und hockten im Halbkreis um die aufgebahrten Toten. Sie hatten eine lange flache Grube gescharrt. In der Mitte lag Blizzards mächtige Gestalt, etwas erhöht, links und rechts von ihm je fünf der gefallenen Krieger. Die Leichen waren über und über mit grünen Zweigen und Blumen bedeckt. Während die Weibchen und Kinder sich schweigend im Hintergrund hielten, begannen die Krieger mit dem Totenritual. Mit rhythmischem Keuchen warfen sie alle gleichzeitig den Oberkörper nach vorn, die Hände auf den Rücken gelegt, senkten sie die Stirn ruckartig bis fast auf den Boden. Rascher wurde der Rhythmus, das Keuchen wuchs zum Stöhnen; die gefärbten Gesichter, nahezu ununterscheidbar, waren schmerzverzerrt, die Zähne gefletscht. Die Stirnen fuhren schneller auf und nieder, das Stöhnen steigerte sich zum spitzen qualvollen Schrei, der plötzlich erstarb wie die Bewegung. Stille. Nur das heftige Atmen war zu vernehmen und das Rascheln der Blätter im Wind. Und plötzlich stimmten die Weibchen ein durchdringendes Geheul an, während ihre Jungen, verängstigt schutzsuchend sich ans Brustfell klammernd, in lautes Weinen ausbrachen.

Nach langer stummer Reglosigkeit erhoben sich die Krieger, standen wie Gespenster im Mittagslicht, dann begannen sie Steine heranzuschleppen und über die Toten zu häufen.

»Hast du je einen Schädelbaum gesehen?« fragte ihn Elmer am nächsten Morgen.

Steve schüttelte den Kopf.

»Dann komm mit nach oben.«

Sie stiegen bachaufwärts, am Sattelplatz vorbei, zur Anhöhe, auf der die Krieger ruhten, und bei ihnen Charles und Harald. Die Stätte bot einen grausigen Anblick. Über dem Steinhaufen, der über Blizzard und seinen Gefährten aufgetürmt worden war, erhob sich ein kahler, von Meer und Sonne gebleichter Ast, der wie eine Knochenhand aus der Erde ragte. Und an den zugespitzten Enden der Äste steckten zweiundzwanzig abgeschlagene Köpfe. In einem glaubte Steve den des Piloten wiederzuerkennen, den Goodluck seinerzeit bei ihrer Landung gefangengenommen und an die Händlersöldner verkauft hatte, aber er war sich nicht sicher. Es waren viele junge dunkelhäutige Gesichter darunter, in denen sich noch der Schmerz der Todeswunde spiegelte. Sie begleiteten Blizzard auf seiner langen Wanderschaft und würden ihm jenseits des Großen Wassers dienen.

Fliegen summten; ein Geier schwebte herab und musterte sie, die Schwingen noch halb geöffnet, mit kaltem Auge. Der erste Hauch von Verwesung färbte den frischen Geruch des Tages; bald würde er erstickend sein.

Sie mieden fortan die schreckliche Stelle. Blizzard herrschte über die Toten, reglos und schweigend.

Nach Atlantis und anderswohin

Später im Frühjahr ritten sie zum Markt, Ricardo, Jerome und Steve. Sie brachten Jane zur Barke. Das Schiff, das im Frühsommer von den Bermudas herüberkommen würde, sollte sie nach Atlantis bringen.

Die Anlegestelle lag nun etwas südlicher. Die Wasser stiegen. Die Wälder sanken weiter ab in die Tiefe.

Sie lagerten unweit der Anlegestelle an einem Bach und gingen auf Jagd. Diesmal mußten sie vier Tage lang warten, bis die Barke eintraf und in der Bucht festmachte. Es waren eine Menge Leute an Bord, und ihrem Gepäck nach zu urteilen, waren sie im Begriff, über den Atlantik zu gehen.

»Dort ist Paul Loorey«, sagte Ricardo und winkte. »Er ist also doch zurück.«

Steve warf einen Blick über die Schulter auf Jane, die mit Jerome etwas abseits stand. Sie hatte es nicht gehört, die Rufe der Matrosen, welche die Taue festmachten, das Geschrei der Leute, die zur Reling drängten und das Meckern der Ziegen waren laut genug. Er hätte Loorey nicht wiedererkannt. Der etwas mürrische junge Mann, den er am Cape kennengelernt hatte, ähnelte dem wunderlichen alten Herrn, der an der Reling stand und grüßend seinen Wanderstab hob, nicht im geringsten. Er sah eher aus wie ein Wanderprediger, trug ein knielanges togaähnliches Gewand aus braunem Tuch, mit Leder paspeliert, eine weite schwarze Pumphose, die über den Knöcheln mit Bändern geschnürt war, auf dem Kopf ein safrangelber Turban, unter dem dichtes weißes Haar hervorquoll, das ihm bis auf die Schultern fiel; ein weißer gestutzter Bart rahmte das braungebrannte Gesicht. Seine ebenso braungebrannten Füße steckten in bequemen Ledersandalen; an seiner Seite hing eine riesige Tasche aus grobgewebtem Stoff, neben ihm stand ein Reisekorb aus Flechtwerk.

»Paul Loorey, wie eh und je«, sagte Ricardo lachend, »mit einer großen Einkaufstasche voller Krimskrams und einem Korb voller Sprüche. Ich wette, er ist nur deshalb wieder herübergekommen, weil er drüben niemanden mehr gefunden hat, der ihm zuhört, und weil er platzt vor Neuigkeiten.«

Steve hielt den Atem an.

Jane stand mit Jerome am Ende der Planke, über welche die Passagiere von Bord gingen. Als Paul an ihr vorüberging und den Fuß an Land setzte, stutzte er einen Moment lang wie vom Donner gerührt, dann ging er weiter, ohne sich umzudrehen. Er starrte vor sich hin und schüttelte unmerklich den Kopf, betroffen über die Begegnung mit einer Wirklichkeit, die er längst vergangen glaubte, dann stieß er kräftig seinen Wanderstab auf den Boden, wie um seine Entscheidung zu dokumentieren, hinter diese Vergangenheit einen Schlußpunkt gesetzt zu haben, und kam auf sie zugestapft.

»Paul!« rief Ricardo.

Paul zog den Kopf ein, als wollte er ihn zwischen den breiten Schultern verschwinden lassen, und legte den Finger an den Mund. Jane drehte sich irritiert um, lächelte und winkte ihnen zu, dann richtete sie ihre Aufmerksamkeit wieder den Männern zu, die Körbe und Ballen an Land trugen und sie auf Lasttiere verluden. Sie hatte ihn nicht erkannt.

Paul wirkte untersetzt, breitschultrig, fast ein wenig korpulent, hatte das Gesicht eines steinalten pfiffigen Bauern, der sich bester Gesundheit erfreut, mit feisten roten Bäckchen und munter blitzenden Augen.

»Täuschen mich meine Augen«, schnaufte er und setzte seinen Reisekorb ab, »oder war das die liebliche Jane Brookwood vom mathematisch-logistischen Department der NASA, frisch angeliefert, duftig und knusprig wie ein *croissant*?« Er spitzte genießerisch die Lippen und strich sich über den gepflegten weißen Kinnbart.

»Deine Augen täuschen dich nicht«, sagte Ricardo, umarmte den Ankömmling und küßte ihn auf beide Wangen.

»Dann laß uns um Himmels willen augenblicklich von hier verschwinden, Ricardo. Ich schäme mich meines Alters und der

Lüsternheit, die ich bei ihrem Anblick verspüre. Nach all den vielen Jahren habe ich sie noch in bester Erinnerung. Es war in Madrid. Wir hatten gerade …« Er brach ab und warf ihr verstohlen einen Blick über die Schulter zu. »Laß uns gehen, bevor sie mich erkennt und einen Schock erleidet, von dem sie sich nie mehr erholen würde.«

»Du übertreibst.«

»Wer ist das neben ihr?« fragte er und deutete mit einer Kopfbewegung auf Jerome, der gerade Janes Gepäck an Bord trug. »Ich bin ihm schon irgendwann begegnet. Und dem da auch, verdammt noch mal.« Er wies mit seinem Wanderstab auf Steve. »Es überkommt mich die Erinnerung an einen köstlichen Whisky, den ich für eine noch köstlichere Nacht in den Armen dieser Schönheit hingab.« Er schloß die Augen und legte die Hand an die Brust. Dann wies er unauffällig mit dem Daumen über die Schulter und sagte: »Wenn mich nicht alles täuscht, dann ist dieser alternde Westernheld Jerome Bannister, und du …« – er tippte Steve mit dem Zeigefinger an die Brust – »bist unser abgedankter Astronaut Steve Stanley. Stimmt's? Ihr seid so schön jung geblieben. Wo habt ihr so lange gesteckt?«

»Wir sind auch schon fast drei Jahre hier«, sagte Steve.

»Drei Jahre!« schnaubte Paul geringschätzig. »Wo drückt sich der alte Schlapphut herum? Habt ihr Hal nicht mitgebracht? Er war immer da, wenn die Barke anlegte.«

»Hal ist tot«, sagte Ricardo. »Charles auch, und Howard, und Blizzard …«

»Tot, tot«, sagte Paul und stieß vorwurfsvoll mit dem Stock auf den Boden. »Ich habe Moses besucht.«

»Wir hörten, daß du schon länger von Atlantis herübergekommen bist. Man hat dich gesehen.«

»Die Welt ist klein. Jeder kennt jeden. Ich habe euch viel zu berichten, von drüben, von Moses und seiner Familie. Ich war den ganzen Winter bei ihm. Wir hatten uns soviel zu erzählen, daß wir nicht früher fertig wurden.«

»*Du* hattest viel zu erzählen«, korrigierte ihn Ricardo.

»*Ich* hatte viel zu erzählen«, gab Paul zu, »aber er hatte *auch* einiges zu erzählen.«

Inzwischen waren die Passagiere an Bord gegangen, frisches Trinkwasser in Ziegenhäuten lag aufgetürmt an Deck, schwarzglitzernd, übereinandergeworfen wie aufgedunsene verstümmelte Tierkadaver.

Die Leinen wurden losgeworfen, die schwere Rah wurde hochgezogen, Holz knarrte, Winschen quietschten, dann entfaltete sich das große dunkle Lateinersegel, die Barke glitt hinaus ins silbern glitzernde Wasser.

Sie standen lange und winkten, während die Treiber mit Rufen und Peitschenhieben ihre beladenen Tiere antrieben, mit denen sie ihre Waren zum Markt brachten.

»Da fährt sie hin, meine Jugend«, sagte Paul und schneuzte sich lautstark in ein riesiges, nicht eben frisches rotes Sacktuch, das er aus den Tiefen seiner Umhängetasche gefischt hatte. Steve warf ihm einen Seitenblick zu und bemerkte, daß Paul sich verstohlen die Augen wischte. Er nahm den Reisekorb, um ihn zu den Kamelen zu bringen – und setzte ihn schleunigst wieder ab, als er ein drohendes Knurren aus dem Innern vernahm.

»Ruhig, Davy«, sagte Paul, »niemand will dich stehlen. Wir sind hier unter Freunden.« Er öffnete den Deckel des Flechtkorbs und hob am Nackenfell einen jungen Hund heraus, ein rostrotes Knäuel mit buschigem Schwanz, schwarzer Schnauze und kurzen stumpfwinkligen Ohren, das entfernt an einen Chow-Chow erinnerte. Er ging von einem zum anderen, um alle schnuppernd zu inspizieren, und zog sich dann zwischen Pauls Beine zurück, wo er sich offenbar am sichersten fühlte.

»Er stammt aus Amerika«, sagte Paul. »Jäger haben einige auf dem Festland gefangen und domestiziert. Auf Atlantis sind sie schon fast zur Landplage geworden. Ich habe einige mit herübergebracht und sie Moses geschenkt. Ich bin mit einem ganzen Rudel an Bord gegangen; dachte einige davon werden die lange Reise wohl überstehen. Aber als ich in Cadiz von Bord ging, hatte sich ihre Anzahl verdreifacht, und der Kapitän schlug drei Kreuze, als er uns endlich los war. Nicht wahr, Davy? Die halbe Mannschaft war Tag und Nacht beschäftigt, Fische zu fangen, um das unersättliche Pack zu füttern. Und wie lange haben die Wissenschaftler erfolglos daran herumgerätselt, wie der Hund aus der Neuen Welt in die Alte gelangt ist. Wer hätte gedacht, daß ich, Paul Loorey, das Rätsels Lösung bin?«

»Wie geht es Moses?« fragte Jerome.

»Nicht gut. Er hat sich letzten Sommer mit einem Säbelzahntiger angelegt. Das ist ihm nicht bekommen. Sie haben ihn durchgebracht, aber das hat er vor allem den Boisei zu verdanken. Sie brachten Kräuter aus den Bergen, und die scheinen Wunder gewirkt zu haben, erzählte mir seine Frau. Er geht an Krücken und sitzt fast den ganzen Tag auf der Veranda. Die Söhne und Töchter tun die Arbeit.

Moses hat sich ein Haus gebaut aus Stein, als sollte es die Ewigkeit überdauern. Und er hat eine Schmiede, läßt Eisen aus dem Berg graben und hat sich einen Boisei als Hephaistos abgerichtet, bei dem es ihm gelang, die Angst vorm Feuer zu nehmen.

Ich bin kein Anthropologe, aber mich würde es nicht wundern, wenn Moses' Brut es fertigbrächte, sich mit den Boisei zu paaren und fünf Millionen Jahre zu überdauern. Das wäre eine Rasse, die sich gegen die Knirpse behaupten könnte, ohne das Schicksal der Neandertaler zu erleiden.«

»Er hat ein Dutzend Kinder, hörte ich«, sagte Jerome.

»Er hat acht Söhne und vier Töchter, einige davon schwarze Satansbraten wie er, andere schlagen mehr der Mutter nach. Sein Ältester, Algis, hat ganz Europa durchstreift, ist bis oben an der Nordsee gewesen und hat dort ganz merkwürdige Dinge entdeckt, die ich mir selbst hätte gern mal ansehen mögen. Aber für solche beschwerlichen Reisen bin ich wohl zu alt.«

»Er wird doch nicht das andere Ende von Francis' Pipeline entdeckt haben«, sagte Steve.

»Nein. Er sagte, es sieht eher wie ein gigantisches Bunkersystem aus. Er hielt es für eine Befestigungsanlage. Sie liegt an der Küste und steht halb unter Wasser. Landeinwärts ist es völlig von der Vegetation überwuchert. Die Bauwerke müssen viele Jahrtausende alt sein. Er erzählte auch von Schienen aus irgendeinem Material, das nicht verwittert. Er sagte, er sei den Schienenstrang viele Stunden entlanggeritten, bis er ins Meer mündete. Und weit drin im Wasser seien noch mehr dieser Bunker zu sehen gewesen, zernagt von der Brandung und von Muscheln und anderem Seegewächs verkrustet.«

»Was mag das sein?« fragte Steve.

Paul zuckte die Achseln. »Ihr seid jung. Reitet hin und seht's euch an. Nach den Schilderungen zu schließen, sind es Startrampen für Raumschiffe. Ein riesiger Komplex, von dem aus sich Sternenschiffe auf den Weg machten. Vielleicht waren es Menschen, die in die Galaxis aufgebrochen sind, vielleicht Besucher von den Sternen, die dort eine Basis errichtet hatten. Wer weiß. Der Junge sprach auch von Inschriften, die er entdeckt hat, Reliefs im verwitterten Beton. Aber es ist nicht mehr viel zu erkennen. Es ist ein von Stürmen heimgesuchtes Land.«

Sollte der alte Trucy doch recht haben? fragte sich Steve. War der Mensch längst in die Galaxis aufgebrochen?

»Und was besagen die Inschriften?«

»Das wissen die Götter. Moses' Satansbrut kann zwar mit dem Bogen und dem Messer umgehen, aber lesen und schreiben hat ihnen niemand beigebracht. Wozu auch? Aber wenn der Bastard etwas mehr Grütze im Kopf gehabt hätte, würde er sich hingesetzt und die Zeichen wenigstens abgemalt haben. Es ist jammerschade, denn so hätten Moses und ich sie entziffern können.« Paul seufzte und trank aus dem Wassersack, den Ricardo ihm reichte. Er wischte sich den Bart. »Ich weiß, was die verwitterten Inschriften besagen.« Er zeichnete mit seinem Wanderstab ein Rechteck auf den Boden neben dem erloschenen Lagerfeuer. »Die ihr diese Welt betretet«, sagte er, »laßt alle Hoffnung fahren. Sie hat keine Zukunft.«

Sie blickten ihn fragend an.

»Laßt, die ihr eingeht, alle Hoffnung fahren!
Die Worte, dunkler Farbe, sah ich
Ans Haupt geschrieben einer Pforte stehn.
Dies ist die Welt, die keine Zukunft trägt.
Durch ewig selbstverschuldet Elend
Hat sie sich selbst beraubt der Zeit
Und deren Segen. Sie ist verflucht
Und schon verlassen, eh noch der erste Keim

Entsprang, um gnädig zu verhüllen ihre Schau ...«

»Das kommt mir irgendwie bekannt vor«, sagte Steve.

»So oder so ähnlich wird es eines Tages ein Dichter hier in dieser Gegend ausdrücken«, sagte Paul und hob den Zeigefinger, blinzelte spöttisch.

»Du warst schon immer ein lustiges Luder«, sagte Ricardo lachend.

Paul zuckte die Achseln. »Nun, ja. Habe ich nicht recht?«

»Das mußt du besser wissen«, sagte Jerome.

»Du warst in Atlantis«, sagte Ricardo. »Steht es schlimm?«

»Ich werde euch von Atlantis erzählen«, sagte Paul.

»Atlantis«, sagte er, als sie, nach dem Markt gen Süden reitend, am abendlichen Feuer saßen und ringsum im Dunkel die Zikaden lärmten, »ist ein gar seltsamer Kontinent. Nirgendwo siehst du Wagemut und Mutlosigkeit näher beieinanderwohnen als dort. Wenn du auf der Terrasse von Dudleys ›Future‹ in St. George sitzt, des Lokals, das sich rühmt, das erste Bier der Welt zu brauen und auszuschenken – es schmeckt scheußlich, wird aber von Jahr zu Jahr besser –, kannst du sie an ihrer Kleidung unterscheiden. Die Atlantiden mit Turban und selbstgewebter Toga, die anderen in ausgeblichenen, schäbigen Uniformen. Die einen wirken wie Einheimische, behäbig und selbstzufrieden, die anderen wie Touristen, ungeduldig und ein bißchen mißtrauisch. Alle blicken sie nach Südwesten in die sogenannte Zugriffzone; die einen amüsiert, ein wenig gelangweilt, die anderen nervös und voll Mißbehagen wie Fluggäste, die seit Tagen auf ihre Maschine warten und von einer Stunde auf die andere vertröstet werden.

Man hat die Bucht von Castle Harbour und einen großen Teil der Lagune westlich von St. George zum nördlichen Riff hin zugeschüttet, alle Unebenheiten des Geländes mit Planierraupen beseitigt und das Areal exakt nivelliert. Es hat eine Ausdehnung von etwa acht Kilometer Länge und fünf Kilometer Breite. In der Mitte befindet sich eine Plattform, auf der die Testmassen aufgebaut sind, nach denen seit Jahrzehnten ›gegriffen‹ wird – vergeblich. Niemand weiß so genau, was der Grund dafür ist. Es gibt eine ganze Menge Experten in dieser

Frage – und ebensoviele Begründungen. Am plausibelsten hört sich noch die an, daß es schwierig ist, das Rückholfeld räumlich und zeitlich scharf genug zu bündeln. Es verpufft über Hunderte von Quadratkilometern und lange Zeiträume hinweg. Könnt ihr euch an den Rummel erinnern, der Mitte der siebziger Jahre um das sogenannte Bermuda-Dreieck gemacht wurde? Das war nicht ganz der Humbug, als den die Wissenschaftler ihn hinstellten. Und die Gerüchteküche wurde sicher von höchster Stelle immer wieder angeheizt, um die Geschichte noch obskurer und damit unglaubwürdiger zu machen, weil man mit einiger Bangigkeit zu ahnen begann, was sich in der geographischen Ecke abspielen könnte, wenn man auf dem Navy-Stützpunkt mächtige Zeitmaschinen in Betrieb nahm und Energie in der Größenordnung von Millionen Megawattstunden unkontrolliert in die Vergangenheit schickte. Damit ließen sich selbst mit offenen Schwerkraftfeldern gewaltige Massen durch die Zeit befördern, und Gnade dem Schiff oder dem Flugzeug, das in den Strudel einer künstlichen Gravitationsblase geriet, die rekursiv der Zeitlinie entlangtrieb, um eine Masse aus fernster Vergangenheit heraufzuholen.

Es ist ein erregendes Schauspiel, wenn die Reste dieser chronotronischen Gewitterfronten Atlantis erreichen. Die Menschen starren wie gebannt in die riesige künstliche Ebene aus Beton. Das eben noch helle Licht trübt sich, die Luft ist mit einem Mal elektrisch geladen. Von den Testmassen lodern die Strahlenzungen von Elmsfreuern in den sich verfinsternden Himmel. Gewitter entladen sich in prasselnden Schlägen. Über der See steigen Wasserhosen empor, und manchmal regnet es weit im Landesinneren zappelnde Fischleiber, die hoch in die Atmosphäre getragen wurden. Manchmal färbt sich der Himmel schwarz, und ein heißer trockener Höllenatem geht über die Stadt hin, der aus anderen Äonen zu kommen scheint, dann wieder geht mitten im Sommer ein Schneeschauer nieder und Hagel wie Zentnerstücke.

Ein paarmal bin ich nach einem solchen Unwetter hinausgegangen in die Zugriffzone. Ein beklemmendes Gefühl beschleicht einen dabei. Die Menschen meiden diese Fläche.

Man glaubt, jeden Augenblick ergriffen und in einen dunklen Abgrund geschleudert zu werden. Sie ist inzwischen von Staub und Flugsand bedeckt und man kann dort die merkwürdigsten Gegenstände finden.«

Paul nestelte an einem Lederbeutel, den er an einem Band um den Hals trug, und leerte seinen Inhalt in die hohle Hand.

»Hier ein Trauring R.F. 16.1.1873. Aber das Merkwürdigste: die flache Innenseite befindet sich außen, die gerundete innen, wie von mächtigen topologischen Kräften verformt. Hier der Teil eines Aluminiumschilds: oben ist ›... RAY‹ zu erkennen, wahrscheinlich die letzte Silbe eines Namens, darüber ›773‹ und darunter ›...ORCE‹, sicher handelt es sich um die Hundemarke eines Piloten der Air Force, der Murray oder so ähnlich hieß. Hier: zwei goldüberkronte Backenzähne mit einer zweiteiligen Brücke dazwischen. Das da ist eindeutig ein menschlicher Daumen, völlig dehydriert und mumifiziert. Hier eine Schraube, ein Viertelzoll, von einer unglaublichen Kraft deformiert. Dieses Stückchen Messing muß von einer Schiffsarmatur stammen, denn hier an der Seite ist eine Noniusskala eingraviert und die Ziffern 7 und 8.

Manchmal findet man noch ganz andere Dinge. Zerschmetterte Maschinenteile, bis zur Unkenntlichkeit verformt, Fetzen aus Aluminium- und Stahlblech, verkohltes Plastikmaterial, granuliertes Metall, das geschmolzen und wieder erstarrt ist, aber auch Leichenteile, abgerissene menschliche Gliedmaßen, meist völlig dehydriert, an manchen Stellen finden sich dunkle Flecken, als sei ein Schwall Blut oder Öl niedergegangen.«

Paul ließ die Gegenstände wieder in den Lederbeutel fallen.

»Treibgut der Zeit. Von den Brandungswellen, die von den Maschinen der achtziger Jahre erzeugt werden, in die Vergangenheit geschwemmt und ans Ufer gespült.

Es scheint einiges nicht so zu funktionieren, wie man sich das vorgestellt hat«, sagte Paul achselzuckend.

»Die Atlantiden haben sich eine Menge einfallen lassen, um gute Ratschläge in die Zukunft zu schicken, auffällige Anachronismen, unzerstörbare Zeitkapseln, eine Menge chronologischer Flaschenpost sozusagen, aber keine scheint angekommen zu sein. Vielleicht wurden sie an fremden Gestaden angeschwemmt, an denen keine Menschen wohnen, oder die Erde trägt sie zu tief in ihrem Schoß und gibt sie nicht preis.«

Als sie in der Festung anlangten und der Alltag wieder begann, wirkte sich Paul Looreys Gegenwart aus wie ein erfrischender Sommerregen. Alle lebten wieder auf, faßten neuen Mut.

Er berichtete, daß das Atlantis-Projekt immer mehr Anhänger fände und einige Aussicht auf Erfolg hätte, wenn die Stützpunkte auf dem amerikanischen Festland sich weiter so gut entwickelten, um eine Versorgung mit lebensnotwendigen Gütern und später auch mit Rohstoffen zu gewährleisten.

Paul Loorey war entschlossen, wieder über den Atlantik zu gehen. »Der einzige zivilisierte Fleck auf dieser riesigen ungemütlichen Welt«, versicherte er.

Nachdem sieben Monate lang keine Materialisation mehr stattgefunden hatte und die letzte Landung fünfzehn Monate zurücklag, beschlossen sie einstimmig, die Festung aufzulösen.

Es war der 18. August des Jahres 50 nach der ersten registrierten Landung.

Sie schrieben den Beschluß, ihre Namen und das Datum ins Logbuch; dann wurde es in eine Bleikassette eingelötet, in eine Zeitsonde aus unzerstörbarer Plastik eingeschmolzen und auf der Höhe des Monte Lapanu vergraben.

Damit war das ehrgeizigste und kostspieligste Projekt der Menschheitsgeschichte offiziell für gescheitert erklärt.

Sie alle taten es leichten Herzens, denn nichts verband sie mehr mit dem Zeitabschnitt, dem sie entstammten und der eine Blütezeit menschlicher Kultur hätte sein können, wenn er unter anderen Sternen gestanden wäre als unter denen auf den Schulterstücken ehrgeiziger Generäle.

Sie überließen den größten Teil der Ausrüstung den unter Senegal, dem Sohn Goodlucks, vereinigten Stämmen. Er wollte gen Osten ziehen, um in der Tyrrhenischen Senke und dem sizilianischen Hochland neue Jagdgründe zu suchen.

Jerome sprach davon, zu Moses zu gehen, und Goodluck

und Snowball wollten ihn begleiten. Steve war noch unentschlossen.

So zogen sie mit einigen Kamelen und ihren persönlichen Habseligkeiten nach Norden und warteten südlich des späteren Capo dell' Argentiera auf die Barke, die am 2. September eintraf.

Sie gingen an Bord: Ricardo Ruiz und Nina Jamisson, Leonard Rosenthal und Elmer Trucy, Jerome Bannister und Paul Loorey, Goodluck und Rick Bailey, Snowball und Steve Stanley, ein Jeep mit Anhänger, vierzehn Kamele – und natürlich Davy.

Aus dem Norden kamen freie Siedler, die von der Auflösung der Festung gehört hatten und sich nun nicht mehr sicher genug fühlten. Auch eine Anzahl Händlersöldner, die von Afrika herabgekommen waren, gingen an Bord. Sie bezahlten die Passage mit wertvollen Tigerfellen und -krallen, die in Atlantis ein Vermögen bringen mochten, mit Krummsäbeln bester arabischer Handwerkskunst, mit Gold- und Silberschmuck von bizarrer Form und erlesenen Lederarbeiten.

»Aus welcher Zeit stammen diese Sachen?« fragte Steve einen der Händler. Dieser zuckte die Achseln und antwortete auf arabisch. Steve verstand ihn nicht.

»Er meint, diese Dinge seien zeitlos«, antwortete ein anderer und verzog sein dunkles Gesicht zu einem Lächeln. »Er versteht Ihre Frage nicht.«

Steve nickte.

Die Barke glitt durch glitzernde Mittagshelle nach Nordwest, das mächtige Segel von einem kräftigen Süd gebläht. Die Steuerleute im dunklen Burnus mit dunklem Turban lehnten dösend am Ruder in der Mittagshitze. Die meisten Passagiere hatten unter dem Sonnensegel Schutz gesucht oder sich unter Deck zurückgezogen und hielten Siesta.

Steve holte Howard Harness' Aufzeichnungen hervor und blätterte sie durch. Davy leistete ihm Gesellschaft und beschnupperte neugierig das zähe grün-weiß-gestreifte Computerpapier.

Ein Zeitungsausschnitt fiel heraus. Aus der *Newsweek* vom 17. Oktober 1983, auf schlechtem Papier gedruckt, ziemlich vergilbt, das Bild eines pompös gekleideten alten Mannes, darunter:

ATTENTAT AUF MAXIMILIAN V.

Mexico City – AP: *Wie durch ein Wunder entging in den gestrigen Abendstunden der greise Habsburger den Kugeln eines Attentäters, der dem Monarchen aufgelauert hatte, als er nach der Vesper die Kathedrale am Platz des Kaiserreichs verließ, um sich zum Nationalpalast zu begeben. Von der kaiserlichen Familie wurde niemand verletzt. Einer der Leibwächter des Kaisers fand bei dem Schußwechsel den Tod. Der Attentäter konnte überwältigt werden. Berichten der Guardia Nacional zufolge bestreitet er, irgendeiner Gruppe der trotzkistischen Stadtguerrillas anzugehören, doch seine Aussagen sind widersprüchlich. Obwohl er lateinamerikanischer Abstammung zu sein scheint, hat sich der Täter offenbar lange Zeit im Ausland aufgehalten. Darauf weist sein fremdländischer Akzent hin sowie einige Gegenstände, die er bei sich trug.*

SCHLECHTE ARBEIT! hatte Harness in Druckschrift an den Rand geschrieben und darunter: Wurde lt. Murchinson enthauptet.

Steve ließ die Schleifen des Endlosstreifens durch die Finger gleiten und musterte das probabilistische Netzwerk der Zeitlinien. Einige Punkte waren herausgehoben.

März 1867: Sieg der mexikanischen Aufständischen über die französischen Invasionstruppen. *19. Juni 1867 Querétaro:* Ferdinand Maximilian, Erzherzog von Österreich, seit 1863 Kaiser Maximilian I. von Mexiko, von einem Peloton Benito Juárez erschossen.

Am Rand: *Entwicklung höchst unwahrscheinlich. Erfolgreiche Kurskorrektur?* Weiter oben: *1519 – Hernando Cortés.*

Steve schloß die Augen. Am 16. August waren sie in Zempoala abmarschiert – 400 Mann mit 15 Pferden und 6 Kanonen; 200 *tamenes* trugen die Arkebusen und anderen schweren Waffen sowie den Proviant, Rüstungen nur die Reiter und Hauptleute. Drei Tage lang hatten sie sich durch das heiße feuchte Tiefland und die moskitoverseuchten Sumpfniederungen der *tierra caliente* gekämpft. Am vierten Tag beginnt der Aufstieg in die dunstigen Hänge des Cofre de Perote. Der Weg wird steiler, über in Fels gehauene Treppen erreichen sie erschöpft Jicochimalco. Im Abendlicht erblicken sie im Süden das Massiv der Sierra Madre, überragt von der makellosen Pyramide des Orizaba. Hinter dieser Bergkette liegt die Hochebene, das gelobte Land, die goldene Stadt Tenochtitlán.

Die Nacht ist bitter kalt. Die Soldaten in ihren schweißdurchnäßten mit Baumwolle gepolsterten Wämsern frieren erbärmlich. Vor dem ersten Morgengrauen wird das Lager abgebrochen, dann steigen sie auf zum Paß, den sie den Puesto de Nombre de Dios nennen. Die Träger kommen nur noch langsam voran, die Pferde müssen am Zügel geführt werden; die Luft wird dünner, eisiger, der Atem von Mensch und Tier bildet flüchtige Wolken, während hinter ihnen die Sonne rot aus dem Dunst der Küste steigt. Vor ihnen erstrahlt der schneebedeckte Gipfel des Orizaba, in den Schluchten liegt der Nebel. Der Weg führt im Zickzack steil bergan, das Tal verengt sich.

KORREKTUR

Plötzlich ist vom gegenüberliegendem Hang ein seltsames Geräusch zu hören, wie das Rattern von explodierenden Feuerwerkskörpern, die man am Karneval dicht an dicht gepackt und an Zündschnüren aufgereiht vor den Stufen der Kathedrale abbrennt. Lichtblitze züngeln an zwei Stellen aus dem Gebüsch, dazwischen dumpfe Explosionen wie von abgefeuerten Arkebusen.

Ein Pferd steigt erschreckt wiehernd hoch, stürzt rücklings in den Abgrund, reißt den Mann mit, der es am Zügel führte. Ringsum öffnen sich feuerspeiende Krater und säen Tod, zuckende übereinandergeworfene Körper, die Garben der Stahlmantelgeschosse zerfetzen die baumwollgefütterten Lederwämslein, zerstanzen die Rüstungen wie Karton, fräsen Pferdeleiber auf, Fels zersiebt, Querschläger steigen kreischend in den Morgenhimmel, Cortés im Zielfernrohr eines Scharfschützen, wie er sich unter den Einschlägen zusammenkrümmt und hinstürzt, die Hand am Schwertknauf, die ziselierte Klinge nur halb aus der Scheide gerissen, schaumiges Blut, das aus einem Wams kocht, ein entsetzt blickendes Auge, von einem Geschoß durchdrungen und im Bruchteil einer Sekunde in seine molekularen Bestandteile zerlegt, ein Helm, der sich mit Blut füllt, gerinnendes Eiweiß an Knochensplittern, und über allem der Rhythmus des unaufhörlichen Hämmerns, der Takt dieses grausamen Totentanzes.

Nach zehn Minuten ist alles vorbei. Eine Weiche ist anders gestellt. Der Tod aus dem Nichts, die mitleidlose Abrechnung für eine lange tragische Geschichte, die sich gerade anschickte zu entwickeln. Im Keim erstickt.

Harness hatte hinter dem Punkt vermerkt:

Datum: *29. August 1519, 9 Uhr Ortszeit*

Ort: *Cofre de Perote*

Mission: *4–5 Mann, zwei schwere Maschinengewehre, Granatwerfer, Scharfschützen. Teilnehmer antikolonialistisch motiviert, mit romantischen Neigungen zur Aztekenkultur.*

Durchführung: *Umgebaute B 747 mit aufgesetztem Geräteteil (Käfig), als Radaranlage getarnt. Ausklinken mit Fallschirmabsprung kombiniert.*

Ziel: *Es ist zu verhindern, daß dieses fanatisierte katholische Gesindel in Mittelamerika Fuß faßt und die alten dort vorhandenen Kulturen auslöscht.*

Kreuzritter, sagte sich Steve. Als wäre das reformierte Gesindel, das ihnen zwangsläufig folgen würde, um ein Haar besser. Als wäre es nicht höchste Zeit gewesen, daß das blutrünstige Pfaffenregime der indianischen Militärdiktatoren auf den Kehrichthaufen der Weltgeschichte gefegt wurde.

Aber vielleicht ist Amerika nicht von Weißen entdeckt und besiedelt worden. Vielleicht segelte Kolumbus ahnungslos ins Feuer der Küstenbatterien Ahuizolts, die ihm eine wohlwollende Macht der Zukunft aufgeschwatzt hatte, ein kleines Team von Militärberatern aus Japan oder China am Hofe des Kaziken. Der Seefahrer ist auf der Suche nach einem westlichen Seeweg zu den lockenden Gestaden Indiens und der Gewürzinseln verschollen, vom Sargassomeer verschlungen. Keine Kunde von neuem Land im Ozean gelangte je nach Europa, keine unermeßlichen Goldschätze lockten. Wer hätte die nächste Expedition bezahlt?

KORREKTUR

Datum: *12. Oktober 1492, 2 Uhr Ortszeit*
Ort: *Guanahani*
Ein Ruf aus dem Mastkorb. Fragende Stimmen in der Dunkelheit, eine Fackel wird entzündet. Männer, die an Deck geschlafen haben, reiben sich die Augen und klettern halb in die Wanten, um die Küste zu entdecken. Es ist nichts zu sehen. Sterne stehen noch am Himmel, glitzern durch Wolkenlöcher. Ächzendes Takelwerk, Wasser rauscht träge die Bordwand entlang.

Wieder ein Ruf aus dem Ausguck.

»Land!«

Befehle werden gerufen, eine Kanone wird losgebrannt. Signale gehen zwischen den Schiffen hin und her, die Rudergänger verständigen sich.

Ja! Man kann es riechen. Es ist Land. Deutlich der Duft wie von Gewürzen und Fäulnis, den der Wind herüberweht, das Geräusch von Brandung.

Segel werden gerefft, ein Lot ausgeworfen. Sie stehen mit nacktem Oberkörper an Deck in der Kühle des frühen Morgens. Allmählich verblassen die Sterne in bleifarbener Dämmerung. Vor ihnen eine Küste. Alle starren gebannt, berühren sich, wie um sich zu vergewissern, daß sie nicht träumen. Sie haben das Grenzenlose bezwungen, sind nicht über den Rand des Erdkreises gesegelt und in den Abgrund gestürzt. Sie haben Land erreicht, wie es der Admiral versprach.

An der Küste ein Lichtschein. Feuer? Ein ferner Schrei. Menschen?

Indien. Wird man sie freundlich empfangen? Schwielige, von Salz und Sonne verätzte Hände schlagen ein Kreuz. Da und dort tastet einer heimlich nach einem Amulett, murmelt »Salvador«

U S A Order

und spuckt trotzig auf die Planken. Manch einer glaubt schon exotische Spezereien zu riechen, den linden Duft von Zimt und Vanille, das anmutig erregende Aroma von gepreßten Teeballen, die sich auf der Mole türmen, die kühle Ausdünstung kostbarer Hölzer. Der Tag würde enthüllen, von dem der weitgereiste Venezianer berichtet hatte, vom Reiche Cathay und der Insel Zipangu, den hochgebauten Städten aus Marmor und goldenen Palästen, über denen die seidenen Drachenbanner des großen Khans wehen, die Häfen, in denen es von großen Schiffen wimmelt, die Tausende von Meilen die Küsten befahren.

Der Abgeordnete des Kaisers erweist ihnen die Reverenz und kommt ihnen entgegen. Sein Reitdrache steigt auf, peitscht wie mit rasenden Stahlklingen die Luft, der Schuppenpanzer seines gedrungenen Leibs blitzt hell im Morgenlicht, sein Schwanz ist aufgereckt und mit einer flirrenden silbernen Scheibe geschmückt, sein Grollen ist meilenweit zu hören, wie er majestätisch seine Bahn zieht und auf sie zukommt, seine Stimme ist wie Donner, sein Maul öffnet sich und speit Feuer. Licht wird über sie ausgegossen, doch nicht die Flammen pfingstlicher Erleuchtung, sondern die des Napalms.

Im Nu ist das Deck eine Hölle, schmelzende Gesichter, sich verformende Münder zu qualvollem Schrei geöffnet im Aschengestrüpp verbrannter Bärte, herabstürzendes Takelwerk, lodernde Segelfetzen mit sich reißend, lichterloh brennende Menschen, die über die Reling ins Wasser springen, das die Glut nicht zu löschen vermag. Und der Drache speit unaufhörlich, bis nur noch schwelendes Treibgut die See bedeckt, von einer flachen Dünung bewegt. Dann durchpflügen Geschosse den Teppich aus Tod, bis keine Hand sich mehr an eine Planke oder einen verkohlten Rahstumpf klammert.

»Schläfst du?« fragte ihn die Stimme Paul Looreys.

Steve öffnete die Augen.

»Tagträume«, sagte er. »Unnützes Zeug. Sieh es dir an. Marginalien für eine zukünftige Geschichte.«

»Howard Harness' Summa?«

»Ja. Du wußtest davon?«

»Er schrieb schon vor zwanzig Jahren daran. Wir haben manchmal darüber diskutiert.«

Paul ließ sich im Schatten neben Steve nieder.

»Und was soll das alles?«

»Das ist die reizvollste Historiographie, die man sich ausdenken kann, Steve. Tagträume sind wichtig. Die ungeheuren, nie verwirklichten Möglichkeiten der Geschichte. An den Punkten, wo die Wirklichkeit sich in einem überraschenden Moment öffnet und den Blick auf die Landschaft einer anderen Realität freigibt, dort liegen die Bergwerke der menschlichen Phantasie. Und wenn diese Welt eines Tages tatsächlich zugrunde gehen sollte, dann durch den Mangel an Phantasie ihrer Bewohner.

Gewiß, die Realität ist auch wichtig, wir hätten sie nicht der Verwaltung durch Bürokraten und der Beherrschung durch Militärs überlassen sollen. Nun, es mußte so kommen, als man das Faktum zum obersten Kriterium machte. Aber was ist sie für den menschlichen Geist? Ein Getto, mit dem sich bescheidene Gemüter zufrieden geben mögen, die nur auf das vertrauen, was sie befingern können, ein kleiner Ausschnitt aus dem breiten Spektrum menschlicher Existenz.«

Der Wind war fast eingeschlafen. Das große dunkle Segel hing schlaff herab und warf einen schmalen Schatten quer über das Deck. Der Rudergänger schlief. Ganz in der Nähe sprangen Delphine.

Gruß an Leakey

Die Delphine begleiteten sie. Ihre Lust, einen neuen Lebensraum zu erobern, setzten sie in Bewegung um, in heitere Ausgelassenheit. Es waren noch nicht die eleganten glatten Geschöpfe, wie Steve sie in Erinnerung hatte, sondern Tiere mit grauem kurzhaarig samtigen Fell und spitzschnauzigen Köpfen, aus denen die Stummel von Barthaaren sprossen. Es waren lustige, verspielte Gesellen mit pfiffigen Gesichtern und klauenbewerten Paddeln; sie schnellten aus den Fluten, schnaubten geringschätzig beim Anblick des plumpen Fahrzeugs und tauchten wieder in ihr Element.

Die Barke kroch dahin. Ein schläfriger heißer Süd spielte lustlos mit dem Segel. Der Kapitän hielt Westnordwest. Am siebten Tag ihrer Reise tauchte das Massiv der Balearen am Horizont auf. Der Himmel bezog sich, der Wind drehte auf West. Regen peitschte über die geriffelte schiefergraue See; das Schiff ächzte.

Paul, Jerome und Steve blieben an Deck im Schutz einer wasserdichten Plane. Snowball und Goodluck kauerten zwischen ihnen, musterten mit gemischten Gefühlen die hochgehende See und vergewisserten sich immer wieder mit prüfendem Blick auf die Gesichter der Menschen, ob das Ende nicht unmittelbar bevorstünde.

Es war sinnlos, gegen den stürmischen West anzukämpfen; der Kapitän ließ schon am frühen Nachmittag dicht unter Land steuern und hielt nach einem geeigneten Landeplatz Ausschau. Wasser gischtete über das Deck, Regen platschte auf die Planken und trommelte auf die Plane, unter der sie hockten. Kommandos wurden gerufen. Matrosen in klatschnassen Burnussen und triefenden Turbanen hantierten an den Tauen, um das Segel zu bergen. Ein Boot wurde zu Wasser gelassen und am

Bug festgemacht. Riemen senkten sich. Der Kapitän ließ die Barke gegen den Wind schleppen.

»Was ist das?« fragte Steve. Er wies auf eine merkwürdige Felsformation steuerbords, die zwischen zwei Regenschauern sich vor dem düsteren Himmel abhob.

»Die Schulter des Herkules«, sagte Paul.

Tatsächlich hatte der Felsen die Form einer Schulter, die steil aus dem Wasser stieß. Oberarm und Rundung waren deutlich zu erkennen, ein Halsansatz, darüber Ohr und Kinn, ein begonnener Mund in einem zerklüfteten ungeformten Gesicht. Und die Schulter stemmte sich gegen das Bergmassiv, als müsse sie die Last des Landes gegen die See hin abstützen.

»Sieht aus wie künstlich geschaffen«, sagte Steve erstaunt.

»Ist es auch. Eine Reisegruppe, die noch viel weiter in die Vergangenheit geraten ist, hat versucht, Zeugnis von sich zu geben durch ein weithin sichtbares Kunstwerk.«

»Hat man das nicht genauer untersucht?« fragte Steve.

»Für die Seeleute ist das ein böser Ort. Du wirst keinen dazu überreden können, hier in der Nähe anzulegen«, sagte Paul. »Sieh, wie sie pullen. Als ginge es um ihr Leben.«

Ganz langsam zog die Barke an der Felsschulter vorüber. Von dem Monument schien eine seltsame Bedrohung auszugehen; es wirkte kraftvoll und trotzig und doch wie ein zu Stein gewordener Vorwurf. Wie muß Menschen zumute gewesen sein, die in diese Welt geworfen wurden und nichts und niemanden hier vorfanden, dachte Steve. Adam im unfertigen Paradies. Unvorstellbar, was solche Leute durchgemacht haben mußten. Um so bewundernswerter die Leistung dieses Künstlers, der neben der Mühsal seines Tagwerks die Kraft fand, mit diesem Giganten zu beginnen, über dessen Vollendung er starb.

»Es geht unter den Seeleuten die Sage«, fuhr Paul fort, »daß es keine Menschen mehr geben wird, wenn dieser Herkules ertrunken ist in den steigenden Wassern.«

»Das könnte noch heute der Fall sein, wenn es so weiter regnet«, meinte Jerome und wischte sich die Nässe aus Gesicht und Bart.

Erst nach Anbruch der Dunkelheit legte die Barke an. Treibholz säumte das Ufer und wurde beiseitegedrückt. Schattenhafte Gestalten balancierten darüber hinweg. Leinen wurden geworfen, Holz knirschte gegen Holz.

Der Regen trommelte die ganze Nacht. Am nächsten Morgen wurden die Tiere an Land gebracht und unter Bewachung auf die Weide getrieben. Rick Bailey und Jerome brachen auf zur Jagd; zwei Händlersöldner und ein ehemaliger Siedler schlossen sich an. Sie erlegten ein kleines tapirähnliches Geschöpf und einen riesigen Hirsch von gut drei Metern Schulterhöhe. Jerome schoß ein paar Wildenten und versuchte, Davy zum Apportieren abzurichten, doch der Hund war zu eigensinnig und gehorchte seinen Kommandos nicht.

Die Barke lag vertäut. Der Kapitän ließ die Schläuche mit frischem Trinkwasser füllen und Fleisch auf Vorrat braten.

Sie hockten im Schutz provisorischer Laubdächer und starrten ins schwelende Feuer, über dem Fleischstücke hingen und nur sehr langsam garten.

Zwei Tage später sprang der Wind um, und der Himmel klarte auf. Tiere und Vorräte wurden an Bord gebracht, die Leinen losgeworfen.

Da erschien aus dem Uferdickicht eine Gestalt, hellhäutig, mit bärtigem Gesicht und schulterlangem Haar. Das Wesen hatte kurze, überaus stark behaarte Beine und ungewöhnlich lange Arme, war weitaus kräftiger gebaut als ein durchschnittlicher Knirps und fast so groß wie ein ausgewachsener Mensch. Um den Leib trug es ein roh gegerbtes Ziegenfell, das an der Achsel von einer Knochenspange zusammengehalten wurde, über der Schulter einen Wassersack und eine Umhängetasche, ebenfalls aus Ziegenfell; im Gürtel steckte ein langes schmales Messer, das entfernt einer Bajonettklinge ähnelte. Es war eine Bajonettklinge, erkannte Steve, nur war sie uralt und seit vielen Jahrzehnten immer wieder geschärft worden. In der rechten Hand hielt der merkwürdige Bursche eine zusammengerollte geflochtene Lederpeitsche.

Er eilte auf das noch nicht ganz eingeholte Fallreep zu, hielt es fest und stieß einen unartikulierten Schrei aus.

»Was willst du?« fragte der Kapitän barsch, doch das Wesen schien nicht über Sprache zu verfügen und antwortete in mühsam hervorgestoßenen kehligen Lauten:

»Kammon boi! He, kammon boi!«

Goodluck kam hinzu und versuchte, sich mit Kehllauten und Gesten verständlich zu machen, doch mit wenig Erfolg.

»Er ist keiner von uns«, sagte Goodluck schließlich. »Er ist einer der letzten *Föhst*, sagt er, und will mit seinen Kindern nach Westen zum Festland. Die Jagd werde hier von Jahr zu Jahr schlechter.«

Der Kapitän schüttelte den Kopf. Zwei Matrosen versuchten dem *Föhst* das Fallreep zu entwinden, doch er hielt es mit seinen kräftigen behaarten Armen beharrlich fest und hätte die beiden Männer fast ins Wasser gerissen. »Kammon boi. He, kammon boi«, rief er flehentlich.

»Laßt ihn an Bord!« sagte der Kapitän.

Der *Föhst* stieß einen schrillen Pfiff aus. Im gleichen Moment brachen zwei Junge aus dem Gebüsch und huschten flink wie die Wiesel herbei. Ehe sich's die Matrosen versahen, waren alle drei an Bord. Der *Föhst* hielt dem Kapitän eine Handvoll spannenlanger Säbelzahntigerkrallen hin, um für seine Passage zu bezahlen.

»Die sind in Atlantis ein kleines Vermögen wert«, murmelte Paul.

Steve beobachtete die beiden Kinder. Sie gingen unbekleidet und waren für ihr Alter – der Junge mochte vielleicht acht oder neun, das Mädchen ein oder zwei Jahre jünger sein – am ganzen Körper außerordentlich stark behaart, wenn das Fell auch nur ein weicher seidiger Vlies war. Sie verkrochen sich aneinandergeklammert in einem Winkel, blickten sich scheu um und begannen sich unverzüglich sexuell zu betätigen. Die Peitsche des alten *Föhst* fuhr zwischen sie. Sie stoben auseinander.

»Kammon boi! He, kammon boi!« knurrte er. Keine zehn Minuten später hockten sie schon wieder zusammen.

»He, kammon boi!« knurrte der *Föhst* und schwang die Peitsche.

Ein Mundvoll Wasser in einem Ozean, sagte sich Steve und warf Elmer Trucy einen mitleidigen Blick zu. Werden sich unsere Nachkommen die *Säkends* nennen und ebenso qualvoll sprachlos ums nackte Überleben kämpfen wie die Nachkommen der *Firsts,* wie sie sich nannten, die es noch weiter in die Vergangenheit verschlagen hatte? Elmer, die Galaxis wird noch lange unbesiedelt bleiben, vielleicht dem Menschen ewig verwehrt sein.

Sie legten ab und glitten hinaus. Das frische Meer war blau, schaumköpfig, eins mit dem Wind, das Segel schwanger. Und die Abende, in die sie hineinschwebten, waren Lavendel und Kupfer.

Am zwölften Tag ihrer Reise tauchte im Westen das Plateau der Pyrenäenhalbinsel auf. Sie liefen vor einem kühlen trockenen Nordost und machten gute Fahrt, trotz der allmählich stärker werdenden Gegenströmung des bei Gibraltar hereinschießenden Wassers. Sie segelten dicht unter der Küste stetig Westsüdwest, bis sie nach Umrundung des weit nach Süden ausholenden Kap von Gata die Mündung des Almeria erreichten. Im Dunst des Südwestens konnte man den massigen Gebirgsstock des Alboran erkennen, der mehr als tausend Meter fast senkrecht aus dem Meer ragte.

Die Barke hatte ihr letztes Ziel erreicht. Auch der Kapitän und seine Crew waren entschlossen, über den Atlantik zu gehen, weil man für sie drüben bessere Verwendung hatte, um die Verbindung zwischen dem amerikanischen Festland und der Insel aufrecht zu erhalten.

»Was haben Sie mit dem Schiff vor?« fragte Steve den Kapitän, einen Navy-Mann Mitte sechzig, der mehr als dreißig Jahre lang die Senke befahren hatte. Seine hellgrauen Augen im tiefgebräunten Gesicht unterm ausgeblichenen blauen Turban musterten Steve abschätzend.

»Ich werde es lassen, wo es liegt«, sagte er. »Vielleicht findet sich jemand, der Verwendung dafür hat.«

Steve nickte.

»Warum fragen Sie?«

Steve zuckte die Achseln. »Es könnte sein, daß ich es brauche.«

»Sie gehen nicht mit hinüber?«

»Ich weiß es noch nicht. Ich bin mir noch nicht schlüssig.«

»Sie sind ein Mann in den besten Jahren. Sie können sich noch eine Zukunft aufbauen. Drüben haben Sie eine Chance.«

Steve blickte lächelnd in die hellgrauen Augen. Der Kapitän senkte den Blick und schob sich den Turban aus der Stirn.

»Wie Sie meinen«, sagte er. »Binden Sie das Ruder fest, wenn Sie schlafen, und setzen Sie immer nur einen Teil des Segels. Solange Sie vor dem Wind herlaufen, schaffen Sie es allein. Springt er um, holen Sie am besten die Rah herunter, denn gegen den Wind kreuzen können Sie nicht. Kommt Sturm auf, beten Sie. Mehr kann ich Ihnen nicht sagen. Eine Yacht kann ich Ihnen nicht zur Verfügung stellen. Dieses Ding ist nicht viel mehr als ein Floß. Aber es ist ein gutes Floß. Odysseus wird kein besseres Schiff haben. Viel Glück damit.« Er wandte sich ab und gab seinen Leuten Anweisungen. Die Passagiere gingen von Bord, Tiere und Güter wurden an Land gebracht, Jerome fuhr den Jeep über schwankende Holzbohlen ans Ufer. Nach der langen Stille hörte sich das Dröhnen des starken Motors barbarisch an. Die Kamele scheuten und rollten die Augen. Die Männer, die sie sattelten, hatten Mühe, die aufgeschreckten Tiere zu beruhigen.

Zwei Stunden später brach die Karawane in Richtung Cadiz auf. Sie folgte zunächst dem Lauf des Almeria flußaufwärts durch seine Schluchten, dann ging es in Richtung Westen, südlich parallel der dichtbewaldeten Kette der Sierra Nevada nach Westen folgend. Im Laufe der Jahrzehnte hatte man den Saumpfad zu einem einigermaßen benutzbaren Fahrweg ausgebaut, um auch schwerere Güter von der Atlantikküste in die Senke transportieren zu können.

»Ich hörte, du willst nicht mit rübergehen«, sagte Jerome während einer Rast. Sie waren mit dem Jeep ein Stück vorausgefahren. Goodluck, Snowball und Ricardo waren bei ihnen. Sie bereiteten den Lagerplatz für die Karawane vor, sammelten trockene Zweige, trugen Steine zusammen, um die Feuerstelle einzufrieden.

»Die Weite lockt mich«, sagte Steve, »die unermeßliche Weite dieser unfertigen Welt. Der Mensch wird einst aus Afrika kommen. Dort ist der sechste Tag der Schöpfung angebrochen. Vielleicht ist es mir vergönnt, ein paar Sekunden davon zu erleben und zuzusehen.«

»Du wirst aufgefressen sein, bevor du auch nur einen Blick tun kannst. Und du wirst ganz allein sein.«

Steve zuckte die Achseln und hob grinsend die Hände.

»Und Gott der Herr sprach: Es ist nicht gut, daß der Mensch allein sei; ich will ihm eine Gehilfin geben, die um ihn sei.«

Jerome schnob verächtlich. »Hast du dir die haarigen Bälger angesehen, die wir an Bord hatten?«

»Sie sind besser dran als wir. Sie gehen nackt.«

»Du glaubst immer noch, dich unauffällig ins Paradies schmuggeln zu können, was?«

»Das ist vielleicht gar nicht so schwierig, Jermone. Man muß nur wissen, wo es liegt.« Und nach einer Pause fragte er: »Und wie stellst du dir deine Zukunft vor?«

»Mich lockt die Weite wie dich«, sagte Jerome leise und legte den Arm um Steve. »Ich werde nach Norden fahren und Moses besuchen. Vielleicht treffe ich ihn noch lebend an. Goodluck und Snowball werden mich begleiten. Hast du nicht Lust, dich anzuschließen?«

Steve schüttelte den Kopf. »Ich muß meine eigene Zukunft suchen«, sagte er bestimmt.

»Ich werde mit einem von Moses' Söhnen nach Norden ziehen, um mir diese alten Ruinen am Meer anzusehen, werde nach den Ufern des legendären Lac Mer suchen, hinter denen sich die Weiten Asiens auftun, wo eben der Himalaya sich auffaltet. Vielleicht finde ich den Landweg nach Amerika und ...«

»Wie ich sehe, hast du ein umfangreiches Programm.«

»Auf einer Insel würde ich ersticken.«

»Du glaubst nicht mehr an eine Rückkehr in die Zukunft?«

»Es wäre absurd«, sagte Jerome.

Nach 21 Tagen erreichten sie Cadiz. Die *New Atlantis* lag bereits vor Anker, ein hochseetüchtiger Dreimaster aus Fertigbauteilen, die man in die Vergangenheit expediert hatte.

»Warum hat man uns in die Senke nie ein so schönes Schiff geschickt?« fragte Elmer grollend.

»Weil niemand daran gedacht hat, daß sie je schiffbar sein könnte«, gab Ricardo zur Antwort.

Elmer, der mit schmerzverzerrtem Gesicht im Sattel hockte, knurrte: »Man hat überhaupt verdammt wenig gedacht!«

Über den elenden Baracken am Hafen kreisten Möwen und stritten sich mit zankenden Schreien um die im Wasser der Bucht schwimmenden Abfälle. Draußen auf dem glitzernden Meer sah man Fischerboote.

Steve war während seiner Studienzeit noch einmal in Europa und für ein paar Tage in Südspanien gewesen. Er erinnerte sich an Cadiz als eine helle, luftige Stadt, an den scharfen Geruch der Salzpfannen neben der Zufahrtsstraße, in denen die Sonne das Meer eindickte und vermummte Männer grauweißes feuchtes Salz zu Haufen zusammenschaufelten. An einen Speisesaal ehrwürdigen Alters, in dessen hohem Gewölbe das Klappern des Bestecks und die Stimmen der Gäste überlaut widerhallten und dessen Mauern selbst an heißen Julitagen eine Kühle verströmten, die sie in Jahrhunderten gespeichert zu haben schienen. Sehnsüchtig hatte er in Algeciras zur afrikanischen Küste hinübergestarrt, hinter deren Linie sich Städte verbargen, deren Namen sich anfühlten wie Gold und Elfenbein, wie die mahagonifarbene Haut schöner Sklavinnen und kostbare Gewänder aus Brokat und Seide. Er hatte sich damals geschworen, diese Stätten der Phantasie nie zu betreten, um sie sich unangetastet zu bewahren in ihrem sagenumwobenen Glanz und ihrer Herrlichkeit. Nun würde er sie aufsuchen. Sie waren dieser Wirklichkeit so fern wie jener, aber sie hatten den unschätzbaren Vorteil, noch unsichtbar zu schlummern im Schoß der Zukunft, nicht verrottete Kadaver zu sein niedergegangener Größe einer glanzvollen Vergangenheit.

Längst hatte die *New Atlantis* abgelegt und ihre weißen Segel gesetzt, war gen Abend davongezogen und hinter dem Horizont verschwunden.

Sie standen auf dem felsigen Rücken des Riegels von Gibraltar, der einst die Senke gegen die Wasser des Atlantiks abgeschirmt hatte. Steve führte fünf Reit- und Packtiere am Zügel; Jerome hatte seinen Jeep mit Anhänger für die Reise gerüstet, vollgestopft mit Reservekanistern und Vorräten, Waffen und Munition.

Auf einer Breite von mehr als acht Kilometern – der Durchbruch hatte längst noch nicht die späteren Ausmaße erreicht – donnerten die Wasser in die Tiefe. Manchmal sah man das Aufblitzen tausender silberner Fischleiber, die der gewaltige Strom über die Kante riß, Leben, das sich aus einer Schale in die andere ergoß, Überfülle der Schöpfung. Gegen Osten hin stand der Rauch des Wassers über den Stromschnellen. Ein Brausen war in der kühlen, feuchtigkeitsgeschwängerten Luft, daß man kaum sein eigenes Wort verstehen konnte.

Steve verabschiedete sich von Snowball und Goodluck, kraulte Davy das dichte Nackenhaar und schloß Jerome in die Arme, dann stieg er in den Sattel. Er hob die Hand.

»Gruß an Leakey!« schrie Jerome und startete den Motor. »Ich wünsche dir ein langes Leben, Steve. Aber wenn es soweit ist, leg dich so hin, daß er dich findet.«

»Lebwohl!« rief Steve noch einmal und trieb sein Reittier an. Er blickte sich nicht um, ritt die brausenden Wasser entlang zu Tal, um dem Strom zu folgen, bis er die Bucht von Almeria erreichte, wo die Barke vertäut lag.

Er konnte die Explosion nicht hören.

Jerome war noch keine dreitausend Meter weit gefahren, da passierte es. Ein tapferer Soldat hatte während des Kampfes um Gibraltar die Heldentat vollbracht, auf dem holprigen Fahrweg, der die Zufahrt zu dem ehemaligen Bergrücken bildete, eine Mine zu vergraben.

Jerome war auf der Stelle tot. Ein Splitter drang unter dem Kinn ein, durchschlug den Gaumen, durchquerte den rechten Stirnlappen und trat am Scheitel wieder aus. Snowball, der auf

dem Beifahrersitz saß, wurde von Splittern förmlich durchsiebt, aus dem Fahrzeug herausgeschleudert und starb ein paar Minuten später. Goodluck, der auf dem Rücksitz gesessen hatte, wurde ebenfalls herausgeschleudert, verlor das Bewußtsein und blieb schwerverletzt liegen.

Die Wucht der Explosion hatte die Anhängerkupplung abgerissen und den Anhänger umgestürzt. Das Heck des Jeep war hochgeschleudert worden, aber das Fahrzeug war wieder auf den Rädern gelandet. Mit dem toten Jerome am Steuer rumpelte es nun auf zerfetzten Reifen gemächlich linksab vom Weg zu Tal auf einen schlammigen Tümpel zu und kam mitten darin zum Stillstand. Dann begann das Fahrzeug langsam zu versinken.

Davy bellte wie ein Irrsinniger die Blasen an, die aus der Tiefe aufstiegen. Als sie versiegten, machte er mit einem ängstlichen Winseln kehrt und trottete den Hang hinauf. Er blutete aus der Nase und zitterte am ganzen Körper.

Die Begegnung mit dem Engel

Am frühen Nachmittag stieß Steve auf ein Bachbett und machte Rast, um die Tiere zu tränken. Während die Kamele an den saftigen Blättern des Ufergebüsches zupften, setzte er sich in den Schatten und aß kalten gebratenen Fisch.

Mit einem Mal glaubte er durch das Stampfen und Schnauben der Tiere Hundegebell zu hören. Er blickte auf. Sekunden später tauchte Davy auf, kläffte aufgeregt, trottete dann zum Bach, um gierig seinen Durst zu stillen, um dann wieder voller Unrast aufzubrechen, wobei er Steve auffordernd anbellte.

»Komm her, Davy. Was ist los?«

Winselnd kam der Hund näher und zog ängstlich den Schwanz ein. Steve packte ihn am Nackenfell und untersuchte ihn. Er stellte fest, daß er an der Wange eine Wunde hatte, als hätte ihn ein Schuß gestreift. An der Brust, dicht unterhalb des rechten Vorderbeins entdeckte er eine weitere Wunde, kaum verkrustet, auch wie von einem Streifschuß.

Davy entwand sich unruhig seinem Griff und trottete in die Richtung zurück, aus der er gekommen war. Dort blieb er winselnd stehen und kläffte wieder.

»Du willst, daß ich mit dir komme, Davy? Ich verstehe.«

Steve packte seine Sachen zusammen, band die Tiere los und schwang sich in den Sattel.

»Ich hoffe, du bist klug genug, mich nicht zum Narren zu halten«, sagte er. Der Hund folgte seiner Fährte zurück. Steve befiel Unruhe. Er trieb die Tiere trotz der Mittagshitze zu einem scharfen Trab an. Wenn er eine Anhöhe erreichte, machte er kurz halt und blickte durchs Glas Richtung Westen, konnte aber keine Bewegung wahrnehmen.

Haben sie es sich anders überlegt? Sind sie mir mit dem Jeep gefolgt? fragte er sich. Unwahrscheinlich. Der ausgebaute Pfad auf dem Hochplateau zum Tal des Almeria war zwar ein Umweg, aber selbst für ein geländegängiges Fahrzeug war es wesentlich günstiger, ihm zu folgen, als dem Saum der Küste. Sollte Jerome einen Unfall gehabt haben? Ungeduldig stieß er dem Tier die Absätze seiner Sandalen in die Flanken. Nach zwei Stunden hatte er den Höhenrücken vor sich, von dem er am Morgen losgeritten war. Linker Hand donnerten die Wasser des Atlantiks herab. Die Luft war von Wassernebel erfüllt. Salz brannte auf der Haut.

Plötzlich preschte Davy los. Nach wenigen Minuten hatte Steve den Hund eingeholt. Er stand neben Goodluck, der auf dem Gesicht lag, und blickte hechelnd wie gebannt nach Westen, wo sich in kaum drei Kilometer Entfernung das großartige Naturschauspiel bot.

Steve sprang aus dem Sattel, drehte Goodluck auf den Rükken und untersuchte ihn sorgfältig. Er hatte zwei bös aussehende Wunden in den Oberschenkeln, zwei weitere an der linken Hüfte und eine in der Schulter. Offenbar Granatsplitter. Er mußte eine Menge Blut verloren haben, und dennoch war er ihm bis zum physischen Zusammenbruch gefolgt. Wollte er Hilfe holen? Steve bettete den Kopf Goodlucks auf eine zusammengerollte Decke, flößte ihm Wasser ein und wusch dann die Wunden, so gut er konnte. Durch den Schmerz wachte der Verletzte aus seiner Bewußtlosigkeit auf und krümmte sich wimmernd zusammen, stemmte die Ellbogen in den Magen und zog die Knie bis ans Kinn.

»Goodluck, ich bin's, Steve. Was ist geschehen?«

Der Knirps sah ihn an, die Augen dunkel vor Angst, befeuchtete mit der Zunge die Lippen und begann stockend zu berichten. Steve fühlte sich erstarren.

»Ich reite zurück«, sagte er.

Goodluck schüttelte müde den Kopf. »Ich habe Snowball begraben«, sagte er. »Jerome ist in ein Schlammloch gefahren. Aber er war wohl schon vorher tot.«

Steve starrte lange schweigend in die tosenden Wasser.

»Hör zu, Goodluck«, sagte er dann. »Ich kann dir die Splitter nicht aus dem Leib holen. Entweder sie eitern heraus oder sie kapseln sich ab und bleiben in deinem Körper. Wenn wir Glück haben, bringe ich dich wieder auf die Beine. Es sieht nicht schlecht aus. Du hast zwar viel Blut verloren, aber keins der lebenswichtigen Organe ist verletzt. Sonst wärst du nie so weit gekommen.«

Goodluck nickte.

Steve trug ihn in den Schatten einer Akazie und machte ihm ein Lager zurecht, dann zündete er ein Feuer an und bereitete dem Knirps eine Mahlzeit.

Am nächsten Morgen fällte er einige junge Bäume, baute ein *travail,* mit dem er Goodluck schleppen konnte, und befestigte es am Sattel eines der Packtiere. An Bord der Barke habe ich mehr Möglichkeiten, ihn zu pflegen, sagte er sich. Ich kann ihn nicht allein zurücklassen, wenn ich auf die Jagd gehe. Aber ich habe vielleicht eine winzige Chance, ihn durchzubringen, wenn ich ihn mit dem rohen Fisch ernähre.

Dann brach er auf, Richtung Osten.

Sie kamen nur sehr langsam voran. Steve wachte des Nachts und schlief oft tagsüber im Sattel ein. Er spürte die gemächlich ruckelnde Bewegung des Kamels, das sich schnaubend und mit sicherem Tritt seinen Weg in die Salzpfanne der Westsenke suchte. Die Hänge, einst sonnenverbrannt und von staubigen Dornefeubüschen bewachsen, zeigten nun zartes Grün, soweit das Auge reichte. Wenn Südwind wehte, zogen die Nebel nordwärts und benetzten die Hänge des Plateaus der Pyrenäischen Halbinsel. Die meisten Pflanzen, die ursprünglich hier in Trockenheit auf dem salzigen Boden des einstigen Meeres ihr Dasein gefristet hatten, gingen ein unter dem Hauch der Feuchtigkeit; neue faßten Fuß und siedelten sich an.

Ganz Europa würde bald ein anderes Gesicht zeigen. In die Palmenhaine nördlich der Alpen würde Schnee fallen, die riesigen Antilopen- und Gnuherden Europas würden nach Süden ziehen, und mit ihnen die Löwen, die Tiger, die Leoparden und anderes Raubzeug, soweit es schon auf Darwins Palette existierte. Nur die Mastodonten würden bleiben, bis sie einst durch Wälder zogen, die in Schnee ertranken, verzweifelt auf der Suche nach Nahrung, weil ihnen der Weg in die Weidegründe Afrikas durch die Wassermassen des Mittelmeers versperrt war. Und eines Frühjahrs nach einem langen unerbittlichen Winter würden sie ausgestorben sein.

Auch die Vorfahren des Menschen würden bleiben, die Boisei ebenso wie die Knirpse, und sie würden sich in Eis und Kälte zu behaupten lernen. Und wenn sie nach Süden zogen, den wandernden Herden auf der Fährte, würden sie es lernen, Hinternisse zu überwinden. Ja, es würde die vordringliche Aufgabe der menschlichen Rasse werden, Hindernisse zu überwinden. Und dabei würde sie immer größere Fertigkeiten entwickeln. Schließlich würde es keine unüberwindlichen Hindernisse mehr geben: feindliche Umwelt, Gebirge, reißende Bäche, Kälteeinbrüche, Wasserflächen, Hindernisse aus Zähnen und Krallen, Fleisch und Bein, dann der Raum, schließlich die Zeit, aber immer wieder würde der Mensch, wohin er auch kam, auf ein Hindernis treffen, das ihn bis zur Raserei herausforderte – sich selbst.

Steve blickte auf, stopfte sich das Mundtuch seitlich unter den Turban. Seit zwei Wochen ritten sie nun durch einen Herbst, der sich wie ein endloser Sommer gebärdete. Goodluck schlief seinen unruhigen Schlaf; Davy trottete voraus, immer parallel zum Ufer der Wasser, die einst zum Mittelmeer werden würden, die jedes Jahr um einen Meter und später schneller steigen würden, wenn die Katarakte von Gibtraltar sich tiefer ins Gestein gefressen und die Bresche zur Meeresstraße ausgewaschen hatten. Trotzdem würde es ein ganzes Jahrtausend dauern, bis sich das gewaltige Becken füllte, und noch in zwei Jahrhunderten würde es südlich von Sardinien und von Sizilien Landbrücken nach Afrika geben, über die sich Tiere in wärmere Gefilde retten konnten, bevor über Europa die Jahrmillionen währende Kette von Eiszeiten hinwegging, die bis in die ferne Gegenwart reichte und deren mächtige Eiszungen fast alles Leben nördlich der Alpen erstarren ließen.

Steve spürte, wie das Packtier mit dem *travail* ein wenig zurückblieb, und faßte die Zügel fester, mit denen es an seinem Sattel befestigt war.

»Komm!« sagte er. Er drehte sich nicht um, sondern ritt geradeaus nach Osten, der aufsteigenden Sonne entgegen.

Am Abend des achtzehnten Tages erreichten sie die Mündung des Almeria. Die Barke lag noch fest vertäut an den versinkenden Bäumen, wie sie sie zurückgelassen hatten. Steve trieb die Kamele auf die Weide, damit sie sich vollfraßen.

Aus Stricken bastelte er ein provisorisches Geschirr, spannte eins der Kamele an das Haltetau der Barke und zog sie näher ans Ufer. Dann machte er an Deck aus Matten und Segeltuch ein bequemes Lager und trug Goodluck an Bord. Sein Zustand war jämmerlich. Eine der Wunden an seinem Oberschenkel sah schlimm aus und hatte zu eitern begonnen. Das Bein war angeschwollen. Er konnte nicht mehr gehen, kaum noch kriechen.

Nachdem Steve alle verfügbaren Schläuche mit Frischwasser gefüllt hatte, brachte er die Tiere einzeln an Bord, band sie fest und machte die Taue los. Dann zog er das Segel an den Winschen in die Höhe – es blähte sich nur zögernd im schwachen Westwind – und steuerte hinaus in die Strömung. Dann band er das Ruder fest, wie der Kapitän ihm geheißen hatte, warf Fangleinen aus dem Heck und setzte sich neben Goodluck. Er untersuchte die stinkende Wunde, wusch den Eiter ab, und bettete das Bein hoch, damit die Schwellung zurückging.

Der Knirps fieberte, schlug manchmal mit seinen kräftigen kleinen Fäusten knurrend um sich. Steve überlegte, ob er ihn festbinden sollte, brachte es dann aber nicht übers Herz. Es war ihm klar, daß er ihn nicht durchbringen würde, doch er wollte alles versuchen, um ihm in seinen letzten Tagen Erleichterung zu verschaffen.

Alle paar Stunden kontrollierte er die Leinen, zerrte zukkende Fischleiber an Bord, tötete sie, um sie als Köder zu verwenden, oder bereitete sie zu, schabte das rohe Fleisch mit dem Messer, löste die Gräten heraus.

Es war mühsam, Goodluck zu füttern, doch Steve verlor nie die Geduld, während Davy ihm zusah und jedesmal mit einem halb vorwurfsvollen, halb gierigen Knurren registrierte, wenn der Knirps die Nahrung wieder von sich gab.

Nachdem er Goodluck versorgt hatte, lag Steve dösend unter dem Sonnensegel. Der Wind schlief zuweilen ganz ein, die

Takelage ächzte im Rhythmus der flachen Dünung, die die glitzernde Weite durchpulste, ein gleißender Mittag darüber ausgegossen, der Tag übers Meer gestülpt wie ein Dom aus Licht. In solchen unmeßbaren Zwischenräumen, in denen die Zeit stillzustehen, die Sonne festgebacken schien im Zenit, fielen ihm Worte ein, die er seit Jahrhunderten vergessen gehabt zu haben glaubte, von herabgestürzten Sonnen von Engeln, welche die Schalen des Zorns ausgossen über den Erdkreis. Manchmal faßte ihn die Beklemmung ans Herz, daß ihm die Brust weh tat. Er kroch an die Reling und übergab sich, hing keuchend an der Bordkante, bis er endlich die Kraft fand, sich kühles Wasser ins Gesicht zu schaufeln und seine Stirn zu netzen. Und später, wenn das Salz auf seiner Stirn trocknete, hatte er zuweilen das Gefühl, als liefen Spinnen durch seine Augenhöhlen aus und ein, um in der Dunkelheit seines Bewußtseins ihre Nester zu bauen.

Immer wieder suchte ihn derselbe Traum heim. Von einem erhöhten Standpunkt aus – er wurde nie inne, was eigentlich sich unter seinen Füßen befand, doch er kam sich vor wie ein Baum, festgewurzelt auf einem Felseiland – blickte er an ein Ufer, an das eine dunkle ölige Lache schwappte, eine träge stinkende Brühe, in der alle Wasser der Erde geronnen und alles Leben erstorben war. Hinter der Uferlinie erstreckten sich bis zum Horizont Dünen, die von einem kreidebleichen, über die Maße hellen Licht beleuchtet wurden. Darüber dräute ein erschreckend schwarzer Himmel, als hätte ein ungeheurer Sonnenwind die Atmosphäre davongeblasen und das Antlitz der Erde sei schutzlos den kosmischen Stürmen preisgegeben. Und plötzlich geriet das Land in Bewegung, gehoben und gesenkt von der Dünung eines mächtigen Erdbebens, die vom Horizont hereinrollte, Dünenkämme einebnete und Täler zu Wogenkämmen emporwuchtete. Trotz der Atmosphärelosigkeit war deutlich ein heißes trockenes Zischen zu vernehmen und Sand stob von den Wogenkämmen wie Gischtfetzen, als schlüge der Sonnenwind Photonen aus den Flanken der Kristalle und verwandelte sie in pures Licht. Und wie immer, so auch diesmal erwachte Steve mit dem lähmenden Gefühl, jene Erde ohne Zukunft gesehen zu haben, von der Paul gesprochen hatte.

Es war Abend, als er erwachte. Die Sonne war untergegangen. Er war schweißgebadet und erschöpft. Auf allen vieren kroch er zu Goodluck hinüber, in der Gewißheit, daß der Knirps gestorben war. Doch Goodluck lebte. Sein Atem ging flach, aber regelmäßig. Er schlief fest.

An der Kante der afrikanischen Küste hing eine dunkle Wolkenbank, schräg aufgeglitten, gegen die Bergflanken gelehnt, die Ränder in fahlgelber Helle.

Er atmete tief durch und wischte sich die Stirn. Die Hitze machte ihn benommen. Er starrte in die aufziehende Nacht.

Dies Stückwerk, fragte er sich bang, soll mein Leben gewesen sein? Irgendwie hatte er immer gedacht, daß es sich um eine Art Generalprobe handeln mußte, nach deren Abschluß sich der Vorhang zum eigentlichen Akt erst heben würde, wenn alle Rollen optimal verteilt waren, und jeder seinen Part souverän beherrschte. Niemand kann gezwungen werden, völlig unvorbereitet auf die Bühne zu stolpern, unwissend in einem Stück mitzuspielen, das er nicht kennt, dessen Handlung aber längst festgelegt ist.

Doch mit lähmender Gewißheit wurde ihm klar, daß dies sein Leben war, daß sich kein Vorhang mehr heben, sondern daß er über seinem Stück bald fallen würde. Er begriff, daß dies alles hier und das, was er mühsam in seiner Erinnerung festhielt, sein Leben war, und daß es ihm zwischen den Fingern zerrann, daß nicht eine Sekunde davon rückgängig gemacht werden konnte, daß die Weichenstellungen, die er mit sorgloser Hand vorgenommen hatte, in dem leichtsinnigen Glauben, daß die damit herbeigeführten Entscheidungen immer noch korrigierbar wären, sich als irreversibel erwiesen, und diese Gewißheit lastete auf ihm wie ein Gebirge, wie dieses Gebirge aus Zeit, das man über seiner Brust aufgehäuft hatte, nur weil er an jenem Morgen – noch whiskytrunken und leichthin wie so viele andere – sein Plastikkärtchen nicht zurückgegeben hatte, als man sie zu diesem Abenteuer einlud.

Es war ihm, als säße er in einem viel zu engen Raumanzug,

dessen lebensversorgende Systeme nur ungenügend funktionierten, an der Steuerkonsole eines Space Shuttle, unter ihm die tote Erde, eine ausgebrannte Schlacke wie er selbst, die leblos in die Zukunft trieb. Das Funkgerät schwieg, er hörte nur den elektromagnetischen Gesang der Sterne, den Nachhall der Schöpfung, vom Rand des Universums zurückgeworfen wie das Rauschen der Brandung an einem fernen Ufer, und seine eigenen röchelnden Atemzüge im Mundstück des Sauerstoffgeschirrs, während er lautlos über dem Abgrund schwebte, tief unter sich der Hauch der Erdatmosphäre wie eine leichte Trübung am Rand im Aufprall des Lichts, diffuses Photonengestöber.

Da trat zuckend der erste Schimmer der aufgehenden Sonne über den Horizont – und sank wieder zurück! Er musterte fieberhaft die Kontrollen, aber sie waren erloschen. Die Anzeigeinstrumente standen auf Null.

Ein Geruch von Fäulnis lag in der Luft. Schwarzer Atem füllte seine Lungen. Er hatte das Gefühl, daß die Erde ihn im Tod nicht länger festzuhalten vermochte, daß er hinaufschwebte gegen Mitternacht, haltlos den Sternen entgegen.

»Was ist mit dir, Goodluck?« keuchte er und stierte erschrocken die hochaufragende dunkle Gestalt an, die vor ihm stand und die Sterne verdeckte. Er roch die Fäulnis seiner Wunden, das von Todesschweiß durchtränkte Fell.

Die auf dem Achterdeck festgebundenen Tiere wurden unruhig, erhoben sich. Davy kam mit klickenden Klauen über die Planken auf ihn zu, schnaubte prüfend und stieß ihn mit der Schnauze an, daß er endlich erwache. Der Mond brach durch die Wolken.

Steve starrte den Mast an, der ihm das Schreckbild einer aufrechten Gestalt vorgegaukelt hatte. Fern im Osten war blutrotes Wetterleuchten zu sehen, aber kein Sturm erhob sich. Am Morgen zeugten nur noch ein paar schmale rauchige Wolkenbänke vom Gefecht der Luftschichten, die der aufsteigende Tag rasch einschmolz.

Goodluck lebte. Steve wusch ihn und gab ihm zu trinken, stillte seinen Hunger und Durst.

Sie fuhren gen Osten. Der Himmel war sonnentrunken und voller Heiterkeit, die Dünung im Gegenlicht von zuckenden Silberlanzen gestichelt, so segelten sie dahin, Tag um Tag, trieben durch eine endlose Dämmerung aus dunstiger Helle, über die sich fast unmerklich die bestirnte Nacht legte wie leichtes Gewölk.

Vogelschwärme kreuzten ihren Kurs. Sie flogen sehr hoch. Steve konnte nicht erkennen, um welche Vögel es sich handelte. »Wir werden ihnen nach Süden folgen, Goodluck«, rief er.

Nachts konnte er ihre Schreie zwischen den Sternen hören. Das Ufer zog vorbei, herbstlich gesprenkelter Wald, zwischen immergrünem Gingko loderten golden die Korkeichen, brannte der Ahorn, zwischen blaßgrünen Zimtbäumen die schwarzen Flammen der Zypressen, fahlgelbes Buschwerk von dunklen Zedern überzweigt und von Pinien beschirmt.

An der Mündung des Soumman steuerte Steve ans Ufer. Im östlichen Dunst lag die ehemalige Landezone, dahinter, fern, La Galite. Dort hatte es einst seinen Anfang genommen, war das Herz des Wals explodiert und hatte sie mit seinem Blut gezeichnet, waren die Galaxien der Realität auseinandergestoben.

Er brachte Goodluck an Land, dann die Kamele und den Rest seiner Vorräte und Habseligkeiten, schlug ein Lager auf.

Er trieb die ausgehungerten Tiere auf die Weide, versorgte Goodluck und legte sich nieder, um auszuruhen. Er schlief wie ein Stein und erwachte von einem Sirren in der Luft, das in seinen Ohren gellte. Davy knurrte, und Goodluck warf unruhig den Kopf hin und her.

Steve hob die Hand und beschirmte die Augen, sah ein helles kristallenes Glitzern in etwa zehn Metern Höhe, ein tropfenförmiges, nahezu durchsichtiges Gebilde von etwa fünf oder sechs Metern Länge, in dem – bäuchlings wie auf einem gedrungenen Wasserbett ruhend – eine Gestalt schwebte, gekleidet in einen scharlachroten Schutzanzug, mit einem weißen Gerätetornister auf dem Rücken, die Hände über

Armaturen, die wie ein silbern verkrustetes Gerinnsel in das durchsichtige Material am Kopfende der Andruckliege eingelassen waren.

Staub wallte auf, doch Steve konnte keine Aggregate erkennen. Mit einem hellen *Ping* lösten sich an der Unterseite drei dünne Teleskopbeine aus ihren Halterungen und spreizten sich. In dem Moment, als das Gefährt aufsetzte, wurde es undurchsichtig, zeigte an der Oberseite gelbe, unterhalb der pfeilförmigen Stummelflügel, die nur der Stabilisierung beim Überschallflug dienen konnten, weiße Färbung. Deutlich konnte er am Bug die Insignien erkennen, von denen Harald berichtet hatte. Auf dem Dach wurde nun eine Laserkanone ausgefahren, die sich mit einem sanften Ruck auf Steve richtete.

Er hob schützend die Hände. »Nicht schießen!« rief er.

Der untere Teil des Tropfens barst, und aus dem entstandenen Spalt senkte sich eine kurze Leiter, auf der ein Paar scharlachrote Stiefel erschienen.

Davy fletschte die Zähne und knurrte. Augenblicklich richtete sich die Laserwaffe auf ihn.

»Nicht schießen!« rief Steve der Gestalt zu, die unter dem Bauch des Fahrzeugs hervortauchte und auf ihn zutrat.

»Keine Angst«, sagte der Pilot in seinem seltsam harten Italienisch. Seine Stimme drang leise aus dem Helm. Er hob die behandschuhte Rechte, worauf die Waffe in den Himmel zielte und nach oben gerichtet blieb, als er die Hand wieder senkte.

Der Pilot war ein ungewöhnlich hochgewachsener und breitschultriger Mann. Er muß mindestens zwei Meter groß sein, sagte sich Steve und versuchte vergeblich, das Gesicht hinter dem goldbedampften Visier der Helmscheibe zu erkennen. Einen Augenblick lang meinte er zwischen den Reflexen ein schönes dunkelhäutiges Antlitz wahrzunehmen, das stolze Antlitz eines Nubiers, doch er mochte sich getäuscht haben.

Steve betrachtete die Insignien auf den Ärmeln des Schutzanzuges; auf der rechten Seite war es das Lamm, auf der anderen ein Schlüssel, gekreuzt mit einem Lasergewehr; CHRISTO SALVATORI stand darüber.

»Wer bist du?« fragte Steve in seinem schlechten Italienisch.

Der Pilot betätigte einen Schalter an seinem Helm und antwortete durch das Außenmikrophon: »Du sprichst unsere Sprache?«

»Leider nur sehr wenig.«

»Du kommst aus einer Zukunft, die nicht in Gottes Hand ist.«

Seine Hand lag schwer genug auf meiner Welt, dachte Steve. »Wer bist du?« fragte er noch einmal.

»Ich bin ein Wegbereiter des Herrn«, sagte der Pilot. »Ich suche einen unserer Soldaten, der in diesem Zeitabschnitt operierte und nicht zurückgekehrt ist.«

»Bedeutet das, daß ihr in die Zukunft zurückkehren könnt?« fragte Steve atemlos.

Der Pilot zögerte.

»Gewiß«, sagte er dann. »In meine Zukunft. In die des Herrn.«

»Könntest du uns mitnehmen?«

»Ich könnte dich mitnehmen, doch das kann ich nicht allein entscheiden.« Er deutete auf Goodluck. »Das Menschlein muß hierbleiben.«

»Er braucht dringend ärztliche Hilfe.«

Goodluck war erwacht. Er stützte sich auf und starrte den Piloten an, als begegne ihm ein Gespenst.

Dieser trat auf ihn zu und kniete neben ihm nieder. Er verstellte etwas an seinem Handschuh und berührte mit den Fingerspitzen Goodlucks Oberarm. Sandfarbenes Haar stob davon und auf einer handgroßen Fläche trat die dunkle Haut zutage. Der Pilot nestelte an seinem Versorgungstornister, löste ein halbkugelförmiges, schildkrötenähnliches Gebilde und drückte es gegen die Fläche. Es blieb haften und begann zu summen. Goodluck starrte das Gerät mit einer Mischung von Neugier und Entsetzen an. Er fletschte die Zähne, seine dunklen Lippen zitterten, doch er unterdrückte jeden Laut. Er zuckte auch nicht zusammen, als es nach einigen Minuten wieder abgenommen wurde. An drei Stellen quollen Blutstropfen aus der Haut.

Der Pilot richtete sich auf und wandte sich Steve zu, berührte mit den Fingerspitzen des Handschuhs seinen nackten Oberarm. Sie fühlten sich rauh an und verbreiteten eine angenehme

Kühle auf der Haut, dann biß sich die Schildkröte fest, aber der Schmerz war kaum wahrnehmbar.

»Es ist beinahe vierzig Jahre her«, sagte Steve. »Ihr Kamerad geriet in eine Auseinandersetzung zwischen unseren Truppen und denen der anderen Seite. Er wird umgekommen sein. Ich weiß es von einem Augenzeugen.« Er konnte keine Reaktion feststellen. Die Helmscheibe blieb dunkel und undurchdringlich. Er sah nur das Spiegelbild seines eigenen Gesichts, verzerrt durch die Rundung.

Er rieb sich den Oberarm, als das Gerät entfernt wurde. Die Haut juckte, er betrachtete die drei winzigen Wundmale, wo die Sonden in seinen Körper gedrungen waren.

»Ich werde sehen, was ich für dich tun kann«, sagte der Pilot. »Finde ich dich hier wieder?«

Steve nickte.

»Dann warte auf mich. Ich werde wiederkommen.«

Er kletterte in sein Fahrzeug zurück. Die unsichtbaren Aggregate warfen Staub auf, der Tropfenleib wurde durchsichtig und stieg in rascher Fahrt schräg nach oben in den Mittagshimmel, mit einem drohenden Grollen, als öffnete sich die Höllenpforte in der Taufkapelle des Lateran.

Steve hob unwillkürlich die Hand, als wollte er das glitzernde Gefährt zurückhalten, doch dann ließ er sie sinken und wandte sich Goodluck zu. Er sah, daß der Knirps eingeschlafen war. Da legte auch er sich in den kühlen Schatten der Akazien und war gleich darauf eingenickt.

Steve erwachte, als Davy ihn mit der Schnauze anstieß. Er reckte sich und fühlte sich ausgeruht und kräftig, innerlich entspannt und voller Tatendrang. Wie lange hatte er geschlafen? Dieser merkwürdige Traum ... er erinnerte sich an die Begegnung mit einem Engel, genau wie es damals Harald widerfahren war, an ein Dröhnen am Himmel, als würde ...

Er setzte sich mit einem Ruck auf und starrte seinen Oberarm an. Mit hastigen Bewegungen kratzte er den Schorf ab. Die winzigen Einschnitte darunter waren bereits verheilt und kaum noch zu erkennen.

Goodluck hatte ein Feuer angezündet und hielt einen angespitzten Stecken, an den er ein Stück Fleisch gespießt hatte, über die Flammen.

Steve stand auf, ging zu ihm hinüber und blickte ihn verblüfft übers Feuer hinweg an. Goodluck sah entsetzlich aus. Sein Körper war zum Skelett abgezehrt, die Haut spannte sich über seine Rippenbögen, die Schlüsselbeine traten wie eckige Ösen hervor, büschelweise hatten sich die Haare aus seinem struppigen glanzlosen Fell gelöst, am linken Oberarm hatte er eine handgroße nackte Fläche ...

Als hätte er Steves Blick gespürt, kratzte sich Goodluck an dieser Stelle.

»Davy hat eine Schlange erlegt«, sagte er.

Die Zweige knackten im Feuer. Steve schüttelte unmerklich den Kopf und suchte Goodlucks Blick, versenkte den seinen in die haselnußfarbenen Augen, in denen neues Leben funkelte.

Der Knirps verzog die Lippen und lächelte, und Steve lächelte zurück.

Was ist schon die Realität für den menschlichen Geist, hatte Paul gefragt. Ein Getto. Und als hätte Goodluck seine Gedanken verstanden, wischte er sich mit einer flüchtigen Bewegung über Stirn und Augen, wie um den Faden eines Altweibersommers abzustreifen.

Steve stand auf und begann die Tiere zu satteln. Goodluck sah ihm erstaunt zu.

»Reiten wir?« fragte er.

»Fühlst du dich stark genug?«

»Ich bin stark.«

»Dann komm!« Mit einem entschlossenen Ruck zog er den Sattelgurt fest. »Ich kann dich hier nicht zurücklassen, wo ich dich am nötigsten brauche.«

Goodluck blickte nach Westen, zur tief stehenden Sonne.

»Wir kommen heute nicht mehr weit.«

»Dann reiten wir die Nacht hindurch. Ich kann an diesem Ort nicht bleiben, er macht mir Angst.«

Goodluck blickte sich scheu um und nickte. Er schnitt die

gebratene Schlange in drei Stücke und verteilte sie. Dann löschte er das Feuer.

Die Sonne ging unter, noch während sie durch das Tal des Soumman aufstiegen. Nach Mitternacht hatten sie die Kante des Plateaus erreicht. Sie ließen die Tiere verschnaufen.

Die Mondsichel trieb den fernen Höhen im Westen entgegen und goß ihr Licht über das wogende Grasland der Sahara, das sich bis zum Horizont erstreckte unter einem grenzenlosen Himmel.

»Ich hätte große Lust, meine Schwingen auszubreiten und zu fliegen«, sagte Steve.

Goodluck blickte ihn prüfend an, bleckte die Zähne und stieß ein kollerndes Grunzen aus. Sterngefunkel war in seinen nachtdunklen Augen.

Steve fiel in sein Lachen ein, stieß übermütig die Fersen in die Flanken seines Reittiers und trieb es an. Ihm war, als werde er hinterm Horizont, jenseits der Dunkelheit, jenseits des Sterngefunkels erwartet, und Freude erfüllte ihn.

Als die Sonne aufging, hatte das weite helle Herz Afrikas sie aufgenommen.